MW01273587

生死盲点

无论黑暗中有什么　我都是你的守夜者

守夜者 3

GUARDIAN OF LIGHT

法医秦明　著

北京联合出版公司
Beijing United Publishing Co.,Ltd.

守 夜

者

守夜

◎皮革人

者

前情提要

一桩离奇越狱案，22 个逃犯流入街头，成为南安市居民的噩梦。重重压力之下，尘封已久的神秘组织守夜者获得重启。机敏顽劣的萧朗、冷峻寡言的凌漠和其他同伴一起，成为新一代守夜者的年轻主力。

在越狱案背后，他们发现了一个专门捕杀逃犯的少年——幽灵骑士。他不仅有可能是越狱案的策划者，更有可能获得了守夜者内部的机密信息，才会在每次守夜者行动前先行一步。几经波折，萧朗和凌漠终于联手生擒了神出鬼没的幽灵骑士，然而就在把守严密的医院里，幽灵骑士遭到暗杀，只留下一张印有“守夜者”几个字的神秘字条。

谁是杀害幽灵骑士的凶手？谁又是守夜者内部泄露信息的“卧底”？

在追凶的过程中，守夜者组织面临着一桩桩突发案件的挑战：雷雨夜的高速公路，车窗前忽然闪现一个白色魅影；平静小镇里，数名襁褓中的女婴被残忍刺入银针；医院附近的小旅馆中，一夜之间出现了五具可怖的浴血“蚕蛹”……

这些诡异的案件发生的地点各不相同，却都和某种黑暗潜能有关。凶手都在某一方面“天赋异禀”，他们在成长的过程中被某种因素所刺激，产生了演化能力，这些能力让这群演化者在犯罪中游刃有余，难以被抓获。

但守夜者的年轻人们不惜一切代价，从各种有悖常理的线索中，找到了应对演化者的破案方式，他们还顺着幽灵骑士的被杀案，串起了一系列婴儿失踪悬案，将幽灵骑士背后的庞大组织掀起了冰山一角。

原来，演化者中很多人都是当年失踪的婴儿，而这群人的下手对象，和多年前的一桩旧案有着千丝万缕的关系。当年，守夜者组织的成员董连和负责侦破一起杀夫案，在丈夫家暴阴影下生活多年的母子二人连夜潜逃，最终还是被老董找到。母亲被判死刑，只留下儿子杜舍一人。老董同情杜舍的境遇，将他送入福利院后仍然时常去探望，却没想到，杜舍却对老董怀着杀机。直到水面上打捞出老董的残肢，杜舍的罪行才被发现。但杜舍却因为一纸精神病证明逃过死刑，至今被关押在金宁监狱之中。

演化者们杀死的人，都是当年曾经帮助过杜舍的人。老董的儿子董乐已经死了，那么，这些演化者到底和老董有什么关系？一番苦斗之后，他们终于抓住了幽灵骑士案的凶手山魈，本以为一切疑问即将迎刃而解，没想到，在守夜者组织的导师唐骏审讯完山魈的当晚，他便葬身在空旷工地中的起重机之下……

唐骏的死亡看起来像是一场意外。但没有人知道，他为什么半夜出现在那里。

唯有唐骏手腕上的手环，透露出了一个微妙的信息：手环的步数和唐骏手机记录的步数有着巨大的差距……

无尽长夜，我以生命为誓，背抵黑暗，守护光明。

天眼小组

觅踪者

· 网络侦查
· 电子物证

寻迹者

· 法医勘查
· 痕迹物证

伏击者

· 追踪围捕
· 保护救援

狩猎小组

策划者

· 统筹策划
· 行动策划

捕风者

· 调查线索
· 潜伏卧底

读心者

· 心理分析
· 审讯谈判

守 夜 者

谨以此书献给所有守护光明的人

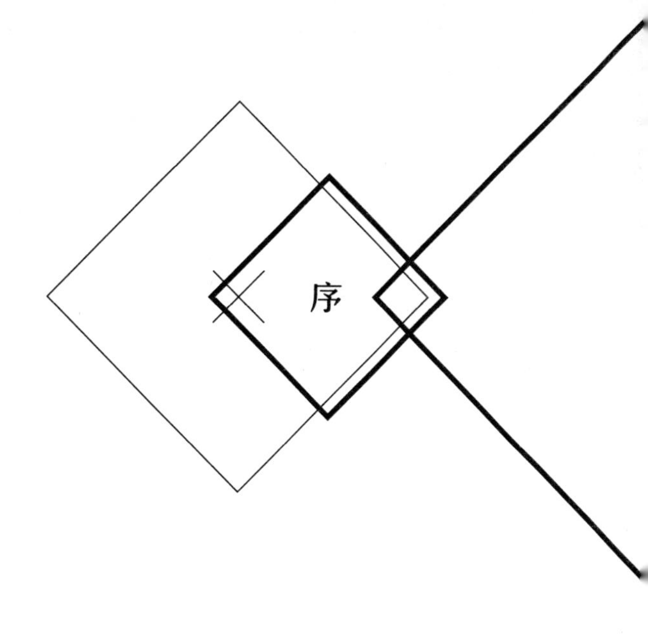

序

背抵黑暗，守护光明。

守夜者系列的第三季《守夜者 3：生死盲点》来了。

令人欣喜的是，《守夜者 2：黑暗潜能》一上市，立即在销售榜单上冲到了前列，这让我十分感动。正是无数读者，对我鼓励、对我鞭策，及时指出我的不足，提出意见和建议，才让我一直走到了现在。而且，我自认为我正在进步。

记得当时出版《守夜者：罪案终结者的觉醒》的时候，我的不少老朋友还是很不适应的。因为整体故事架构、写作手法的变化，使得守夜者系列和法医秦明系列的风格迥异。所以，我收到了很多批评和建议。确实，我自己也意识到，自己的写作缺点已然暴露了出来。说老实话，在那个时候，我打过退堂鼓。但我知道，如果真的不填坑了，那才是不负责任的表现，那就不是老秦了。

为了让守夜者系列更加好看，在撰写法医秦明系列第二卷（众生卷）

第一季《天谴者》的同时，我也开始了对《守夜者 3》整个世界观和系统故事的修改。

非常庆幸的是，有一个优秀的团队支持着我。那就是元气社的策划团队，还有法医秦明微信小站编辑团的同学们。他们给我提供了很多合理化的思路，也为守夜者系列后续作品的主线优化发挥了关键的作用。

历经半年时间，足足改了十三稿，《守夜者 2：黑暗潜能》的主线才敲定下来。在这期间，我沮丧过、焦虑过、彷徨过，但坚持熬了下来，果真有了丰硕的果实。当《守夜者 2》出版后，承蒙朋友们的支持，销量稳步攀升。更重要的是，读者们的评价有明显的提升。这对我是最大的安慰。

所以，我是以一种非常澎湃的心情来动笔写下这一篇序言的。当然，在此之前，我依旧花了几个月的时间，去打磨《守夜者 3》的主线。改了很多稿，费了很多脑子。我相信，这一版成形的《守夜者 3》，能够让你们阅读到更精彩的故事。

除了充分的前期准备，还有一件事情让我对写好这本书拥有了充分的信心和期待。

有一天，我和我的父亲喝酒聊天的时候，无意中提及了他年轻时候的警察状态和法治意识，让我大受启发。父亲耐心地述说了从“有罪推定”到“疑罪从无”的发展历程，甚至还有几个生动的案例，然后他提出了一个观点：现在的我们，都知道“疑罪从无”是真理，可是，大家的内心，真的认同“疑罪从无”吗？即便“疑罪从无”真的那么深入人心，那么，这里说的“疑”，又该怎么定义呢？什么样的证据算“疑”，什么样的证据算“确凿”？有明显的界限可分吗？

听起来很简单的问题，这么一说，是不是该值得思考了呢？

我相信，在我动笔写下这本书的时候，也会一直思考这个问题，让这种拷问灌输到字里行间。如果这本书能够让读者去思考这些问题，我的目的就达到了。当然，如果大家能够通过阅读这本书而看见那些“负重前行”的人民警察的荣耀和担当，那我就更是心满意足了。

同样，我还是准备了很多“看似虚幻、实则真实”的破案故事嵌入在了主线里，相信喜欢悬疑推理的朋友一定可以通过阅读来过足瘾。

最后，有一个不知道是好消息还是坏消息的消息告诉大家。在创作《守夜者3》大纲的时候，我发现我想表达的东西越来越多，原来设定的这一本“大结局”根本无法容纳那么多的故事和思想，于是，我只能将守夜者系列三本书的规划更改为四本书。

也就是说，这本书看完，故事还是没能结束。你们究竟是郁闷呢，还是期待？

不管怎么样，我已经压抑不住动笔开写的欲望了，啰啰唆唆的序言就到此为止吧。谢谢你们一如既往地支持着我，谢谢你们为“背抵黑暗、守护光明”的人民警察们喝彩！

故事，开始了！

2018年8月4日

目录 C O N T E N T S

Guardian of Light

引　子

人有三样东西是不该回忆的，

灾难、死亡和爱；

你想回忆却苦不堪言。

——弗拉基米尔·纳博科夫

1

大雨滂沱。

女孩没有打伞。

她全身湿透，倚靠在青灰色的墙砖上，感受不到墙砖的温度。

青灰色的墙砖很新，上面条纹状的机器压切痕迹都还没有被岁月磨平，可是，在这个阴雨的季节里，砖缝中都已长出了青苔。

女孩不知道在想着什么，她让整个后背紧紧地倚靠着墙砖，仰着头，任由豆大的雨点肆意撞击着她稚嫩且清秀的脸庞。雨雾之中，她似乎可以看见头顶上方三米多处，高墙的尽头，那带有毛刺的铁丝网，张牙舞爪。

女孩的双手贴着墙壁，十指却在墙缝中抠着，用力地抠着，像是想把这座坚实无比的青砖墙壁给掏空。青苔受到手指的作用，堆积在了一侧，也拼命地塞进了女孩的指甲缝里。

“嗨，干什么的？请远离这里！”

一个年轻的男声划破了均匀的雨声，传到了女孩的耳朵里，女孩全身微微一震。

“干什么的？远离这里！”男声重复了一遍，但语气加重了。

女孩循着声音侧脸朝自己的右上方看去，雨雾之中，仿佛看见墙顶有一座塔楼，塔楼之内有一个模糊的人影，穿着雨衣，握着钢枪。

“听见没有？远离这里！”声音再次增大，人影手中的枪也举了起来。

双方凝视了许久，女孩转头就跑。塔楼内的人影重新站直了身子，把枪负到背后，拿起桌上的对讲机。

“主门守卫注意，一名不明身份的女子正向你方移动。”

建筑物的正面是一片空旷的广场，连一棵树都没有，地面上的沙土被雨滴击打得乱飞。女孩站在广场的中央，双拳紧握，直视着面前庞大的建筑物。

她一动不动，任由冰冷的雨点顺着发梢和脖颈儿流进衣服里面，她的全身都已经被淋透。她盯着建筑物顶端的四个黑色大字，眼中充满了怒火，又或是悲伤。她已经融入了漫天雨水之中，如果不是眼睛通红，根本就看不出她痛哭不止。

咣。

一声铁门的巨大响声过后，眼前的两扇大铁门缓慢地移动着，直到出现了一道可以通过两人的门缝。门缝里，出现了两把大黑伞，黑伞下方是两名穿着绿色警服的人。

两人走出了铁门，身后的铁门随即关闭了。

两人向广场上的女孩走去，大雨击打着伞面，发出“哗哗哗”的噪声。女孩并没有移动，依旧目不转睛地盯着远方的四个黑色大字。

走到距离女孩两米远的时候，老警察停了下来，并且伸手拦住了还准备向前的年轻警察。年轻警察好奇地看着老警察。

“保持安全距离。”老警察小声说道，被雨声掩盖住而听不清楚。

年轻警察的喉结耸动了几下，想说什么，却没有说出来。他将手中的黑伞伸出去，似乎想给女孩遮挡一下瓢泼大雨，但是距离太远，无法够着。

“姑娘，这么大雨，淋着会生病的。”老警察试探道。

女孩像是什么都没看见、什么都没听见，依旧站在大雨里凝视着远方。

“姑娘？姑娘？”老警察在女孩眼前比画着，像是想引起她的注意，“你来这里做什么啊？是走迷路了吗？这边除了监狱，什么单位也没有。再往后面，就是农村了。”

女孩依旧不闻不问。

年轻警察实在是看不下去了，往前跨了几步，把雨伞遮在了女孩的头顶，而自己瞬间被大雨浇透。

可能是头顶的大雨突然停止了，女孩似乎回过神来。

她慢慢地直视和自己一步之遥的年轻警察，他似乎和自己差不多岁数，十七八岁，肩膀上戴着一颗星的学员肩章[1]。比起自己的父亲，他的肩章上少了四条杠。男孩面容俊秀、干净，此刻的眼神中有掩饰不住的好奇和同情。

“有什么需要我们帮忙的吗？我姓秦。”男孩说道。

女孩盯着男孩的眼睛，没有说话。虽然大雨已经被雨伞阻隔，但是女孩的眼眶依旧不停地有水滴正在下落。即使隔着自己帽檐上滴落下来的雨滴，男孩也看得清清楚楚。

“我们那里有电话，可以帮忙联系你的家人。”男孩补充道。

女孩仍然目不转睛地盯着男孩，让男孩有些无所适从。

“姑娘你还不到十八岁吧？你要是再不说话，我通知公安了啊。”老警察也凑近了说道。

“你们、你们不就是公安吗？”女孩的声音很小，在大雨中几乎听不清楚。

“我是司法警察，他是公安学院的学员。”老警察说，“你来这里做什么？”

“我、我、我来找人。”女孩低下了头，下意识地按了按腰间。

“找人啊？那你早说啊，淋着雨算什么事儿啊。”年轻警察把手中的黑伞递到女孩的手边。女孩没有接，男孩干脆把伞把塞到了女孩的手上，然后一溜烟躲到了老警察的伞下。

“你找谁啊？”老警察口气中的警惕减少了些。

“杜舍。”女孩依旧用蚊子一般的声音答道。

“杜舍？我们这儿没这个人啊。”年轻警察说。

老警察挥了挥手，说：“你有手续吗？探监是需要手续的。”

1　肩章：指的是佩戴在制服肩部的衔级识别标志，一般由横杠和星花等组成，反映了人员级别的高低。

“哦，杜舍是犯人啊。”年轻警察恍然大悟。

“我是他家属，我就想见见他，说一句话就走。”女孩又下意识地摸了摸腰间。

“家属？我可是听说他一个家属也没有啊。”老警察的眼神重新涌上了警惕，“再说了，不管是不是家属，都是要走程序办手续的。”

“可是，我就想看他一眼，一眼也不行吗？”女孩的声音变大了，语气中尽是哀求。

“这是法律程序，可不是儿戏。”老警察说。

“真的，我就看看他，不说话，看一眼我就走！”女孩忍不住喊出声来。

“姑娘，真的不行。”老警察把伞递给了年轻警察，抬腕看了看手表，说，“你在这儿逗留这么久了，必须离开了。”

“不！我不走！你不让我见他，我就不走！”女孩一把把手上的雨伞扔在了地上。

“我们是为你好啊，你不走也见不到啊。”年轻警察捡起雨伞，递回给女孩，可是女孩没有接。于是他只有和女孩一起站在雨伞下。

“那我就只有通知辖区派出所带你离开了。”老警察转身就走。

“哎，哎，等等，师父，可以商量一下嘛。”年轻警察想去追老警察，但是又担心女孩继续淋雨，一时不知道如何是好。

“好，那我不见了。”女孩对着老警察的背影喊道，“我可以进去用一下你们的电话吗？”

“这个可以，可以。”年轻警察在女孩身边说道。

老警察停下了脚步，但并没有回应。

“我自己没法回去，我打电话让我家人来接我可以吗？”女孩对着背影喊，“总不能让我一个人回去吧？我不认识路！而且还下雨！不是都说人民警察为人民吗？”

老警察停顿了一下，说：“带她去主控室打电话。”

“好咧。”年轻警察高兴地应道，带着女孩跟在老警察的后面，边走边问，“你多大了？叫什么名字啊？我公安学院大二的，现在在这里见习。你也刚上大学吧？在哪所学校呢？”

“我没上大学。”女孩直接回答了后面的问题。

“高中生啊？那你爸爸妈妈呢？”年轻警察追问道。

女孩没有再理睬年轻警察，在他撑着的伞下快步行走。直到走进了再次轰隆隆作响的大铁门之内。

老警察走过了安检仪，站在大门口主控室门旁，指了指主控室说：“电话在里面，打完以后，你可以在里面等你的家人来。”

女孩站在安检仪的后面，朝建筑物内部看去。可是，除了一个四周走廊都是铁栅栏的院落、一队正在经过院落穿着雨衣扛着枪的武警，什么也看不到。

年轻警察收了伞，越过安检仪，说：“进来啊。”

“我、我能参观一下吗？”女孩壮着胆子说。

整个建筑物内部，除了冰冷，就是肃穆。这样的环境和气氛，对于一个刚刚成年的女孩来说，确实是太压抑了，又或者说那种感觉，是恐怖。

“不可以。”老警察说，“如果不是下大雨，你根本不能进大门。”

“是啊，这里面还有好几道门呢。”年轻警察说，“我们这里的，都是危险犯、精神病人。”

老警察狠狠地瞪了一眼年轻警察，后者立即闭了嘴。

女孩缓缓地点点头，转脸又朝那间挂着“主控室”牌子的小屋看去，似乎小屋里的窗户，可以看得更远、更深。于是，女孩毫不犹豫地跨过安检仪，向主控室走去。

在跨过安检仪的同时，机器发出了“嘀嘀嘀”的刺耳蜂鸣。女孩被老警察拦在了门外。

“等等，你身上带了什么东西？”老警察警惕地说。

“没、没、没有。”女孩下意识地摸了摸腰间。

“腰上什么东西？拿出来我看看。”女孩的动作引起了老警察的注意，他侧脸朝女孩的腰间看去。

“真的没东西，没东西。”女孩的脸颊涨得通红。

“你是大姑娘了，男女授受不亲，你别逼我搜身啊，拿出来！”老警察厉声说道。

“真的没东西，我进去看一眼就走行了吧，不不，我打个电话就走行了吧？”女孩捂着腰间，探头向主控室里张望。

“女子监区，女子监区，来个管教到主控室。”老警察对着手中的对讲机说道。

“你这儿是不是有什么金属物品？别等到来人搜查，怪尴尬的。”年轻警察一边打着圆场，一边伸手去探。

“你干什么？”女孩感觉到了男孩的温度，猛地转身，不料腰间的物件撞在了安检仪的边缘上。

咣当一声，一把粗柄的匕首掉落在了地上。在日光灯的照射下，刀刃上闪着寒光。

说时迟，那时快，老警察一个箭步越过站在原地发愣的年轻警察，一脚踢飞了女孩脚边的匕首，一个擒拿动作，扭住女孩的上臂把她按在了安检仪上。

“放开我！放开我！我要杀了他！”女孩拼命地扭动着身体，她的哭喊，引来了正在巡逻的武警。

“赵管教，这是咋的了？”领头武警下意识地把枪端了起来。

“打电话通知辖区派出所。”老警察说，“我早就觉得她不简单。”

“别啊，别啊，师父。”年轻警察此时已经从诧异中回过神来，赶紧上来按住要打电话的武警，说，“你看她都还未成年，肯定是一时冲动。您这一送派出所，说不定她就要劳教了。您给她一次改过自新的机会，说不定她的人生就不一样了。”

老警察低头思索着。武警拿着电话机等待指令。女孩已经停止了挣扎，喘着粗气，等待老警察“宣判”她的命运。

“好，小姑娘，我放了你，但是希望你以后能够走正道儿。法律不是儿戏，要尊重法律，敬畏法律。不要因为自己的一时之气，心血来潮就任性。一失足成千古恨啊，这里面关着的人，都不是生下来就是坏人，而是一步一步坠下深渊的。”老警察慢慢地松开了女孩的臂膀，“匕首没收，这是管制刀具，你赶紧回去吧。”

“法律？法律是什么？法律只会保护恶人！”女孩被“松了绑”，开始跳脚哭骂起来，“法律连警察都不会保护，只会保护坏人！让我们怎么去相信法律？”

“姑娘，你这样说就不对了。”年轻警察松了口气，挺了挺胸膛，说，“法律是治国安民的良药，是悬在犯罪分子头上的利刃。我们这些人，就是维护法律尊严的！”

“呵呵，法律有尊严？”女孩摇了摇头，默默咬了咬唇，转身朝大铁门走去。

又是一阵轰响，门口的武警打开了铁门。

女孩沉默不语地走出了铁门，向雨中走去。年轻警察拿着一把黑伞追了上来，把伞再次递到了女孩的手里，说：“冷静冷静，你那么漂亮，会有精彩的人生，别再做傻事了。”

女孩盯着手中的伞把良久，转头对年轻警察说：“你说得对，我的人生一定会很精彩。法律做不到的事情，我来做。”

“嘿，你说什么呢？法律什么都能做到！”年轻警察对着女孩的背影喊了一句。她转脸之前那一脸的悲愤和哀伤，让年轻警察心痛不已。

回到了大铁门之内，老警察正在主控室里等年轻警察。

“怎么了，兆国？心软了？”老警察说，“当一个警察，无论是公安民警，还是司法警察，一定要有铁石心肠。今天的这种事情，会经常碰到。你要是以后从事公安监所管理工作，就要有心理准备。如果你对心存不良的人心软，就是对善良百姓的残忍。”

秦兆国垂着脑袋，无精打采，似乎并没有听明白老警察的谆谆教诲，他看着女孩离去的背影，有些怅然若失。

室外，女孩打着秦兆国送来的雨伞，正在大雨中漫步。她不知道自己究竟在想些什么，只知道眼泪完全不受自己的控制，在雨中肆虐。走着走着，她停下了脚步。她似乎是下定了什么决心，转过身来，朝那幢建筑物投去坚定的目光。

即便走出了很远，建筑物楼顶的四个黑色大字依旧清晰可辨。

“金宁监狱”。

2

两个月来，天气或阴或雨。

阴霾，在唐骏的头顶笼罩了两个多月。不仅仅是天气，更是心情。

九年前，二十一岁的心理学专业的大学毕业生唐骏，毅然选择了加入公安队伍，放弃了心理医生这一收入更高的新兴职业。在唐骏的心中，那一身橄榄绿色的警服、闪光的警徽，是他一生奋斗的目标。

更让他感到荣幸的是，他不仅仅是一名普通警察。心理学专业的大学生，在公安队伍中是个稀缺品种，所以他被组织上分配到了守夜者组织。可能知道这个组织的人不多，但是几年的工作下来，真的是极富挑战性，而且他的专业也真的可以学以致用。他爱上了这份工作。

可是，这两年发生的事情，正在慢慢地撕碎他的理想。一个悲痛接着一个悲痛，其间夹杂着极度的内疚。突发的变故，消磨着唐骏的积极性。更难以接受的是，组织上暂停守夜者行使职权的命令。

唐骏知道这一纸命令的严重性，他们已经从天天忙个不停，到现在工作完完全全成了一个闲差。两个月里，大家都无所事事。

和唐骏一起加入守夜者组织的萧闻天，已经申请去了基层公安机关工作，还有几个昔日的同事辞职下海。现在的守夜者组织，名存实亡了。

南安大学的校长不知道从哪里得来的消息，给唐骏抛来了橄榄枝。工资收入翻一番，有更多的时间自由支配，入职后还能直接获得副教授的职称。看起来这份可选择的新工作真的很有吸引力啊。可是，当一个大学教授，真的是唐骏的理想吗？但是，不去新的岗位燃烧自己，真的要在这一潭死水里坐以待毙吗？

守夜者会回到原来的样子吗？什么时候才能恢复呢？

一个月？一年？十年？还是……几十年？

如果真的在几十年后，才能回到原来的样子，那么，我，唐骏，该做些什么呢？我的满腔热血，究竟是不是只有在这一条路上才可以抛洒呢？

两个月来，唐骏唯一的工作，就是思考人生。

思考来思考去，没思考出什么门道，却无意中发现，今天是董乐二十一周岁的生日。唐骏比董乐大九岁，亦师亦友。如果董乐还活着，今天应该是他们两个人在一起喝酒吧。

可是，法律并没能让董乐活到二十一周岁。

如果当初对董乐的关注程度再高一点，如果当初对担心的事情更坚决一点，如果和他的沟通再多一些……哪怕再不济，在怀疑董乐有所行动之前拦住他，是不是董乐就会安然无恙呢？

但当初的犹豫不决和难以启齿，让唐骏失去了最后的机会。董乐没了，难道不是他这个老师、朋友的过错吗？

这种扎心的内疚，已经困扰了唐骏好几个月。唐骏也知道，它还会困扰自己更久，甚至是一生。即便唐骏是学心理的，也没用。

唐骏这段时间一直在调整着自己，他知道，逝者已矣，生者如斯，他必须好好地活下去，至少要等到守夜者组织重建的那一天。老董因为守夜者组织的工作而去世，立志要加入守夜者组织的董乐又没有实现理想，现在守夜者组织名存实亡，原因又与这父子俩息息相关。这一切，一定不是两位逝者希望看到的。他，唐骏，必须代替他们等到那一天。

可是，在董乐二十一岁生日的这一天，唐骏无法再控制自己的情绪。他决定，要去老董和董乐的墓上看看。

毕竟，两个人都是他埋的。

1985年，中央就已经有了强制火化的规定。董乐下葬的这一年，至少在城市里已经推广开了。所以，董乐被执行死刑后，尸体也随之被火化。可是，骨灰该埋在哪里成了问题。他们家没有任何亲戚露面，没人去张罗这事情。而且在那个年代，一个死刑犯，还想埋进公墓吗？所以，唐骏把董乐的骨灰埋在了老董的墓边。

老董是没法火化的，因为警方只找到了他的四肢残骸。没有头部和躯干，四肢残骸只能被当成是“物证”。在“物证”被检验完以后，只能交由家属处理。唐骏不忍已经找不到家属的老董一直不能入土为安，所以自作主张地把残骸埋到了老董老家的一座小山上，为他立了墓碑。

在唐骏看来，父子二人终究还是在阴间团聚了。

唐骏在楼下花店买了束菊花，带了一瓶二锅头，夹在自行车的后架上，骑了十几公里后，到了那座孤零零的小山。

步行穿过了一片小树林，两座坟墓就在眼前了。不过，与往常不同，坟墓前，有一个从未见过的陌生背影。

是一个身材高挑纤瘦的短发女孩。

她穿着黑色的短款人造革夹克和一条黑色人造革的裤子，在那个年代，这是个非主流的打扮。一把大黑伞的伞尖插在地上，整把伞像是一根拐棍，矗立在女孩的身边。从女孩微微颤抖着的肩膀来看，她正在哭泣。

董乐之前交过女朋友？

唐骏先是一惊，然后这样想着。

他不动声色地走到两座墓碑前面，和女孩肩并肩地站着。然后慢慢地把菊花放在墓前，打开二锅头，一股脑儿地倒在了地上。

唐骏眼睛的余光瞥见了女孩。十分清秀的脸庞，不过过分惨白。毫无血色的嘴唇正在微微颤抖。

“董乐，多好的孩子啊。他很小的时候就很懂事，还会照顾人。听说，在他八岁的时候，就可以照顾生病的父亲和年幼的妹妹。虽然那个时候他也只会制作一种食品。”唐骏说。

唐骏有的时候也还是很憎恨自己的，心理学的专业意识已经深入了自己的骨髓。在这种极度悲伤的时候，自己说的话都像是精心设计过的一样。

这明明就是在套话啊。如果是董乐的女朋友，她怎么会知道他小时候这么细碎的事情？

“方便面。”女孩勉强挤出这三个字后，扑通一声跪倒在董乐的墓碑前，用纤细的手指抚摸着墓碑上的名字。

顿时，唐骏明白了过来。虽然还是有些诧异，但是他知道自己的判断错不了。

“他比你，大两岁对吧。”唐骏说。

“大两岁，就像是大十岁一样。”女孩慢慢地说着。

这一句回答，基本印证了唐骏的猜测。他知道无须再追问下去了，于是说：“看你这头发，是不是淋了雨？几天没洗澡了？需要我帮你安排住处吗？”

女孩没有回答，像是在极力将自己即将涌出的泪水给憋回去。

“为了让他们在九泉之下放心，你要爱惜你自己啊。”

突然，女孩号啕大哭了起来。

“我没用，我没用！我真的去试了！我想为你们报仇，可是我做不到，我还是没能做到！”女孩声嘶力竭地喊着。

这让唐骏大吃一惊，无数悲惨的回忆在这一刻全部涌上了心头。董乐的笔记，还有他研究董乐心理时留下的记录，一页一页地浮现在了脑海里。最扎心的，还是董乐留在他家桌上的那张字条。

唐骏摇晃了几下，差点没站稳。他努力地控制着自己的情绪，因为他知道，他不能再像过去那样犹豫不决了。他要说服她，他要改变她，他不能再眼睁睁地看着她坠向深渊。

就这样过了不知道多久，墓前的二人都慢慢地平复了自己的心情。

“你，在上大学吗？”唐骏重新开口。

女孩并没有回答。

“看你的年纪，大一？”唐骏继续试探。

“真是奇怪，在你们的眼里，就一定要上大学才能活下去吗？”女孩斜眼看着唐骏，眼神带着一丝反感和桀骜。

“我，我们？”唐骏有些奇怪，说，“我的意思是说，我就要去大学当老师了。如果你愿意的话，可以接受到大学的教育。”

也不知道为什么，犹豫了好几个月的唐骏，此时突然下定了决心——离开守夜者。

“大学老师？那你怎么认识他们的？”女孩指着两座坟墓，狐疑道。

“我们以前是同事，非常要好的同事。”唐骏诚恳地看着女孩，说，“这两座坟，都是我建的。”

女孩低着头思考着。熟练掌握微表情识别方法的唐骏知道，此时女孩的表现，是在思考、是在抉择。

“怎么样？我先给你安排住处，然后你考虑考虑？”唐骏说。

“你既然原来是警察，是不是可以教会我很多警察的技能和知识？”女孩说。

“如果你能解开心结、一心向善的话，没问题。”唐骏答道，接着补充道，“我可以帮你解开自己的心结。”

女孩沉默着，像是不知道如何接下话茬儿。

“先找个住处，洗个热水澡吧。”唐骏说，“这个天淋雨，会生病的。”

“几天前的事情了，并没有生病。”女孩把油腻的头发捋了一捋。

“走吧，我的自行车在下面，我带你进城。”唐骏上前一步，把插在泥地里的大黑伞拔了出来，说道。

女孩没有拒绝，乖乖地跟在他的身后。

“年轻，要爱惜自己的身体，不然等老了，得一身病。”唐骏故作老成的声音，在小树林的上空回荡。

第一章

楼上的异响

最黑暗的时刻出现在黎明之前。

——保罗·戈埃罗

1

罗伊感觉自己要未老先衰了。

他合上眼前的书，伸了个大大的懒腰。

最近这种突击式的学习，也不知道在他的公务员考试上能不能发挥作用。这一次招考对他来说是最好的机会了，毕竟这个岗位的学历要求是大专，而不是本科。

当了好几年的辅警，罗伊对警察这个职业充满了向往。但是，一个年纪轻轻的小伙子，总不能干一辈子辅警吧？好歹也是个正规大专的毕业生。在父母的要求之下，罗伊决定抓住这次机会，考上这个警察职位，把自己肩膀上的两拐（见习警员）变成两颗星（一级警员）。

罗伊躺在床上，揉着今天奔波一天而酸痛无比的大腿，开始打起了瞌睡。这又费脑力又费体力的日子，估计也过不了几十天了，等公务员考试一结束就解放了。

罗伊幻想着自己被授予警衔的那一刻。

突然，一阵嘈杂之声打破了他的幻想。他瞬间清醒了过来。

不对啊，这个房子的隔音，总体来说还是不错的呀，以前就算是邻居吵架，似乎也听不见啊，怎么这个从楼上传下来的嘈杂声会这么清晰？

罗伊翻身坐起，坐在自己的床上，侧耳倾听。

他听到的是含含糊糊的声音，有男声，也有女声，可能是自己想多了，虽然能听见男声、女声嗡嗡地讨论着什么、训斥着什么，但是具体的谈话内容却是一点儿也听不见的。

罗伊尽可能地安静下来，想去听明白这些嘈杂的争吵声，究竟会不会引发一些社会矛盾，从而转化为治安案件。作为一名有理想、有抱负的辅警，他有责任去将这些可能转化为社会危害的矛盾及时化解。

罗伊甚至想暂时压抑住自己的心跳声。

“裘俊杰……嗡嗡嗡嗡……”一个女声似乎非常尖锐。

裘俊杰？为什么这个名字，有点似曾相识的感觉呢？

“嗡嗡嗡嗡……图纸……嗡……哪里？”另一个男声虽然低沉，但是很粗犷。

啪啪啪的声音随即响起。

这几记刺耳的声音之后，似乎是一个人的哀号和求饶。

这个啪啪啪的声音，罗伊再熟悉不过了。小时候，用鞭子抽打地面上旋转的陀螺，鞭子和地面接触，就是这样的声音！

我去！这还真是一起虐待案件？怎么能在我一个堂堂辅警的眼皮子底下欺负人？罗伊暗暗地攥了攥拳头。

“图纸……嗡嗡嗡嗡……”嘈杂的声音再次响起。

“不行，我要仗义出手了。”罗伊穿好了自己的辅警制服，从床上跳了下来。

附近的邻居，我都是认识的。隔壁的是吴阿姨家，就老两口，不可能。楼下两家都是普通的三口之家，很是和睦，也不太可能。楼上倒是有一套房子之前一直空着，是赵伯伯的房子。声音来的方向也像是那里，如果有治安案件的话，一定就是刚刚租出去的这套房。唉，赵伯伯也是，挑租客挑成那样，居然挑了这种人。

罗伊整理好制服，戴上大盖帽，深深吐了一口气，打开自家大门，向楼上走去。走到两层楼梯拐弯的地方时，嘈杂声突然停止了，就像是房间里的人听见有人靠近了一样。不过，这时候的罗伊，可以确定嘈杂声是从赵伯伯家的出租屋里发出来的。

罗伊壮了壮胆子，心想在如今法治社会，应该没人敢对一个穿着警察制服的人下手吧？于是，他举手敲了敲房门。

咚咚咚！

没有任何反应。

罗伊把耳朵贴在房门之上，细细聆听。不只是那些嘈杂声，就连刚才能明确听见的哀号声和求饶声，都一并消失了。

我去，不会灭口了吧？

罗伊再次敲了敲门，这次加大了力度。

还是一片死寂。

“喂，我是警察，开门。”罗伊对着大门叫了一嗓子。声音不大，因为他害怕吵醒其他的邻居。

还是没有任何反应。

罗伊站在门口不知所措。究竟是该一脚把门踹开呢，还是把邻居都叫起来？似乎都不太妥当。万一是自己最近神经紧绷而引发的幻觉怎么办？

罗伊想了想，从裤子口袋里掏出手机，拨了一串号码，这是所长的号码。今晚所长值班，按照派出所的惯例，值班就不可能睡得着觉。希望这个时候所长没有出警，这样的话，他很快就能帮自己拿一个更稳妥的主意了。

电话还没拨出去，房门突然开了。

房门突然打开倒是吓了罗伊一跳。他收起手机，示意屋内的人，把深色的纱门也打开。因为现在这样隔着一道纱门，灯光昏暗，对面是个什么样的人，他都看不见。

这一次，屋内的人倒是很听话地配合，她慢慢地打开了纱门。

面前是一个短发的女人，看起来大约四十岁。不过，因为屋内有光、楼道无光，所以处于背光状态的女人的眉目，罗伊却看不清楚。

罗伊摘下大盖帽，说：“我是警——”

话还没说完，罗伊就看见一根手腕粗的木棍突然从女人的身后出现，随着女人一个抡起的动作，木棍划过一条优美的弧线向他的头顶砸了过来。

这可不能怪我学艺不精，这种情况下，是避无可避的。罗伊这样想着，只能绝望地闭上了眼睛。

“砰”的一声，随着一股剧痛袭来，罗伊眼前一黑，重重地摔倒在了地上。

“咔嗒”一声，大门被缓缓地打开了。有一束夕阳的余晖顺着打开的门缝射进了房间之内。瞬间，聂之轩的眼前一片模糊。

“把门关上。”聂之轩没有转身，依旧站在空荡荡的大房间内，朝背后的身影说道。

随着清脆的关门声，一个身影急匆匆地奔跑到聂之轩的身后，说：“聂哥，你快去看看吧，组织里都乱成一锅粥了。”

聂之轩举起了他的右手，机械手指因为惯性微微抖动了几下。

“你还在这里看什么？”程子墨跳着脚说道。

“戴上。”聂之轩把左手拿着的另一副 VR 眼镜递给了程子墨。

“哪还有心思看这个！”程子墨没接。

“丫头，作为一名寻迹者，就应该冷静、客观。”聂之轩转过身，帮程子墨佩戴上 VR 眼镜，说，“越是混乱的情况，咱们就越要冷静。”

“我是捕风者。”程子墨虽然不情愿，但还是自己动手正了正头上的 VR 眼镜。

一戴上 VR 眼镜，程子墨的眼前瞬间出现了预设好的画面。这是守夜者组织使用的 VR 模拟大沙盘[1]，只要穿戴上专业的设备，他们俩就像是瞬移到了唐骏死亡时的案发现场——一个空旷的沙土场地，中央停着一辆铲斗已经被锯断的装载机。

程子墨的思绪被眼前的幻境迅速带了回去。

她清楚地记得那个荒凉的工地，工地的中央有一个大沙堆，大沙堆的一侧停着一辆铲斗放在地上的装载机。几名武装整齐的特警在周围警戒，而装载机的周围有十几个人围着，忙忙碌碌的。

同时浮现在程子墨脑海里的，还有唐骏那毫无生气的苍白的脸庞，以

1 大沙盘在《守夜者 2：黑暗潜能》中出现过，是公安部第一、第二研究所基于现有的 VR 技术，联合研制出的警用模拟沙盘系统，可以模拟命案现场的情况。

及血肉模糊的双手。

“领导，我们看了，确定是机器的液压装置出现了故障，可能是因为昨晚大风，或者有重型车辆途经附近导致地面震动，引发故障，导致液压杆失效，从而出现这一场意外。”那名戴眼镜的工程师的判断也回响在程子墨的耳边。

程子墨突然感觉有些心悸，她皱着眉头，半弯下腰，稳定了一下自己的身体。

“我们为什么还要看现场？市局不都已经勘查完了吗？现场什么痕迹物证都没有，也没有依据能证明唐老师是死于他杀。”

“可是凌漠发现了疑点。”聂之轩说，“手环和手机上计步数量的偏差；以及那个留在现场的，本不该从完整手环上脱落的三轴加速度传感器的一个部件。而且，唐老师凌晨突然出门的行动，也是很可疑的。如果这一切，都用意外来解释，无法说服我，也无法说服组织里的任何人。”

“可是，你现在这时候来看现场有用吗？”程子墨向四周看了看，和自己中午去到的真实现场的情况一模一样。

“我也不知道有没有用。但是，作为寻迹者，我们能够突破本案的唯一线索，就是现场。”聂之轩说，“而且刚才在这里待着的一个小时，让我知道了大沙盘的好处。”

“嗯？”程子墨心想，不就是看现场方便了吗？还能有什么其他好处？

“你也做过现场勘查员，也应该知道，现场破坏最大的因素还是自己人。”聂之轩说，“无论我们如何小心翼翼，无论我们是不是‘四套[1]齐全’，无论有没有勘查踏板[2]，其实一旦我们进入现场，就一定会对现场造成破坏。比如，我们即便是穿着鞋套，但踩踏进了现场，就会对现场原有的足迹造成破坏；即便我们戴了手套，但触摸过的地方，可能就会擦蹭掉原来的指纹。”

“所以，在大沙盘内，无论我们怎么走动，怎么活动，都不会破坏原

1　四套指的是：鞋套、手套、口罩、头套。这些装备都是为了做好防护措施，防止污染现场。

2　小板凳样子的东西，可以防止踩踏地面而破坏痕迹物证。

有的影像。”程子墨说。

聂之轩点点头，说：“因为这是技术民警第一时间抵达现场后，全景录制的画面，也是我们力所能及能保留的最早画面，我们也不会对其造成任何破坏。这比我们后期抵达现场后，再行勘查要更有意义。”

“那么，你待了一个多小时了，看出什么了没有？”程子墨问。

聂之轩沉默半晌，点了点头，又摇了摇头，说：“线索说有也有，但要说关键的线索，目前还没有发现。所以，我需要你的帮助。”

“我能帮你什么？”程子墨接着问。

“你看，我们面前的这一大片空场地，是沙土地。”聂之轩说，“之前萧局长说过，这里的地面载体不具备检验价值，其实这是不对的。虽然沙土地在大风等因素的影响下，很难保留下完整的足迹，但是模糊或者局部完整的足迹应该是可以保留下来的。”

“这个我知道，但是看初次现场勘查笔录，他们没发现疑点。”程子墨耸了耸肩。

“我来说一下顺序。”聂之轩掰起自己的假肢手指，说，“最先是报案人路过现场发现唐老师被压在铲斗之下，大概就站在我们的位置，没有进去，然后报了警。派出所和消防最先抵达，进去三个战士和一个民警，锯断了铲斗，把唐老师抬了出来。这时候 120 也到了，大概在我们站的位置对唐老师的生命体征进行了确认，医生护士并没有进入现场。紧接着南安市公安局刑警支队的技术民警就到了现场，并对现场进行了全景录制。也就是说，除了那三个战士和一个民警，没有其他人进入过现场。”

“只不过我们到达现场的时候，现场已经很杂乱了，进去的人很多。”程子墨说，“所以什么都看不出来了。”

“不止这样。”聂之轩说，“即便是最初的技术民警进入现场，也是对现场的一种破坏。法医、照相、痕迹检验、工程师等都进去了。所以，杂乱而广阔的现场，看起来就是不具备检验条件了。”

“所以最初的实地勘查，还不如我们在大沙盘里勘查最原始的照片？”程子墨说。

"是啊，科技改变生活。"聂之轩感叹道。

"你还没告诉我你发现了什么。"程子墨接着问，"聂哥，你的效率呢？"

"走，去中心现场看看。"聂之轩伸出他的右臂，拉了一下程子墨的手。机械臂的冰凉感，让程子墨微微颤抖了一下。

两人并肩走到装载机旁，蹲在了地上。照片的像素很高，所以能隐约看到地面上的足迹印记。

聂之轩从口袋里掏出一个遥控器，说："我之前还不知道，咱们大沙盘还有标记的功能。今天试了试，很好用。"

说完，聂之轩按了一下遥控器上的键。两个人的眼前，突然亮起了几十个红色的圆圈。

"红色标记的是消防战士A的足迹。"聂之轩说。

"逐个足迹分析，当初凌漠就是通过这个技术来分析出旅馆杀人案[1]其实是一个人作案的吧。"程子墨眼前一亮，有些兴奋地说道。

聂之轩点了点头，继续摁下手中的键，说："所有的足迹，我都进行了样本比对和标记。现场一共有五种足迹，其中四种是消防战士和民警的，剩下来用绿色标记的足迹，是唐老师的。"

"也就是说，只有唐老师一个人到了现场？"程子墨说。

聂之轩摇摇头，说："越是这样，越是可疑。大半夜的，唐老师一个人来装载机铲斗底下站着？等着被砸？这说不过去。而且，你看绿色的足迹，仅在事发现场有个几枚而已，周围都没有，难道唐老师是飞进来的？"

"中心现场沙子深，容易留下足迹，周围土地不容易留下足迹，再加上昨夜大风，有可能就看不出了而已。"程子墨说。

"这个论断我信服，但如果是你说的那样，足迹应该随着沙子厚度逐渐变薄而逐渐消失。而现在，周围是一点也没有，中央却很清晰地有好几枚。不是逐渐消失，就应该不是大风导致的足迹掩埋。"

1　见《守夜者2：黑暗潜能》"灭门凶宅"一章。

“你是说，有人刻意有针对性地打扫现场？”程子墨说，“黑灯瞎火的，能打扫成这样，可不容易啊。”

“我有确凿的依据，你把眼镜拿下来。”聂之轩直起身来，取下头上的VR眼镜，指向右侧墙壁上的巨大幕布，摁了一下遥控器，说，“现在我把唐老师的尸检照片投影给你看。”

程子墨心存疑虑缓缓摘下眼镜的时候，映入眼帘的果真是一幕残忍的景象。熟悉的面孔、血腥的场面强烈冲击着程子墨的心脏。她握紧了手中的VR眼镜，深深地吸了一口气。

这些拍摄好的照片，是对唐骏进行尸检的过程。聂之轩操纵着遥控器一张一张地往下翻，翻到了解剖照片时，程子墨终于忍不住了，闷哼了一声。

“你没事吧？”聂之轩问。

程子墨强压情绪，从喉咙里挤出几个字：“你的心理承受力真强。”

“我也是强忍痛苦才完成了解剖。”聂之轩说，“我的师弟秦明说过，法医经过几年的磨炼，就要放下所有的情绪、杂念，以淡然的态度投入工作。说得不假，一旦进入了工作状态，其他情绪都可以放下。”

“尸检有什么发现吗？”程子墨暗自咬了咬嘴唇。

“你看，我刚才放的都是重点照片。”聂之轩说，“唐老师主要的损伤都在胸腹部。胸部多根肋骨骨折、胸骨骨折、锁骨骨折，肺脏被肋骨断端刺破导致多处破裂出血，肝脏也有破裂口。他的致命伤是心脏，心脏在没有心包破裂的情况下，发生了破裂。”

“死因是心脏破裂。”程子墨说，“没有其他疑点吗？”

“这样的损伤，确实也只有重物突然挤压才能形成，是典型的挤压伤，非人力可以形成。”聂之轩说，“而且，唐老师身上没有约束伤[1]、威逼伤[2]和

1　约束伤：凶手在行凶过程中，对被害人双侧肘、腕关节和膝、踝关节等关节处做出约束的动作所形成的皮下出血的损伤。

2　威逼伤：控制、威逼被害人时，在被害人身体上留下的损伤。主要表现为浅表、密集。

抵抗伤[1]。"

"那不就是没有疑点？"程子墨说，"这样的尸检情况和现场情况是相符的啊。"

"对，我们说的，就是是不是真的和现场情况相符。"聂之轩重新戴上VR眼镜，并操纵手中的控制器，在大沙盘内形成了一个3D影像。一个看不清面目的男性人形躯体被摆放在了铲斗的下方。

程子墨也重新戴上VR眼镜，她知道，这是聂之轩在还原现场的情况。聂之轩说："首先有个前提，唐老师胸口的损伤。多处、复合型的骨折，有的肋骨断端刺破了肺脏，也有的骨骼断端刺破了皮肤，导致开放性创口而出血。有衣服遮盖的地方，咱们暂且不说。那么，锁骨骨折刺破颈部皮肤的创口、双手腕骨折断端刺破腕部皮肤的创口，还有眼镜破碎后导致眼睑部皮肤的创口，都是没有衣服覆盖的。"

说完，3D模拟的人体躯干在刚才被聂之轩圈定的部位处，都显现出红色的裂口。然后在铲斗下降的过程中，这些红色的裂口内有红色的液体向外喷溅着。

"我明白你的意思了。"程子墨说，"骨折、皮肤破口、出血这些都是一瞬间发生的事情。既然确定了唐老师是挤压死，而且挤压作用力是非常大的，那么只要出现皮肤创口，巨大的挤压力会把血液从小血管里挤压出来而形成剧烈的喷溅状血迹。即便是创口不大，也没有破裂大血管，依旧可以形成明显的喷溅状血迹。如果皮肤破口有衣物遮盖，则喷溅状血迹形态不会出现，但如果没有衣物遮盖，则现场地面上必定会留下喷溅状血迹。"

程子墨低头思索，感觉一滴眼泪正要从眼角滑出。不知道是因为光线的突然变化刺激的，还是模拟过程中再现唐骏的惨死场面剧烈地震撼着她的泪点。她赶紧将手指伸进VR眼镜内侧，抹了抹眼睛。

两人似乎重新回到了中心现场。聂之轩蹲在地上，指着地面说："唐

1 抵抗伤：指受伤者出于防卫本能接触锐器所造成的损伤。主要出现在被害人四肢。

老师被铲斗压倒之后，是不可能再有体位变动的，对吧？”

“是，铲斗非常重，压住了就很难挣扎。而且唐老师死于心脏破裂，所以他也没有能力去挣扎。”程子墨声音有点低沉。

“唐老师的原始体位是这样的。”聂之轩摁了一下遥控器，地面上出现了一个人形的白色圆圈，就像是现场勘查时，民警用粉笔沿着尸体周围画下的白圈一样。科技发展了，但有些习惯还是改不了的。

“那么，这样的体位，颈部、头部和手部的位置周围，都应该有喷溅状血迹。”聂之轩接着说。

“可是没有。”程子墨心头燃起一阵火花，接着说，“唐老师的身体下面，只有成摊的血泊。”

“说明什么？”聂之轩提示。

“有人打扫了现场。”程子墨笃定地说。

“所以，我就在这些重点部位的周围进行了勘查，还真发现了一些东西。”聂之轩说，“得益于录制现场情况的画面像素极高，我甚至可以看清楚地面的细节情况。你看，这些小条纹，是不是不应该在沙土地上存在的？”

程子墨蹲在地上仔细观察聂之轩指着的那一块痕迹。果真，似乎是有无数条细线在地面平行排列的痕迹。

“有戏。”程子墨的精神似乎已经恢复了一些，她用简洁的口头禅表达着自己的情感。

她蹲在地上移动，一会儿看看这边，一会儿看看那边，时不时还用聂之轩手中的遥控器，把地面的情况给放大观察。

“不是自然形成的。”程子墨观察了好一会儿，起身坚定地说道，“如果是自然风形成的，地面沙土应该是均匀的，或者呈现粗片状，而地面的这种细线状，是自然风没有掩埋的人为痕迹。”

“是什么东西呢？”聂之轩问。

“这个就不好说了。”程子墨说，“如果要猜的话，我就猜是毛刷。不过，如果是人为造成的，比如用毛刷刷地面，很难做到这么规律。”

“对，问题就在这里，之前我不确定这是不是人为的，就是因为它太规律了。如果是人为去刷，怎么会刷到所有线条的方向都一致？”聂之轩说，“而且刷地的本人也不留下痕迹？这个太蹊跷了。”

程子墨沉默了一会儿，说：“除非是类似那种扫地机器人，可以遥控，或编程按照一个方向进行清理。”

“机械？又是机械？”聂之轩若有所悟。

“而且，地面上的痕迹，也不仅仅就是中心现场才有。”程子墨指了指远方的工棚，说，“至少有一条很明显的路径，是从中心现场通向那边工棚的。也有一条路径是从中心现场通向西边的马路的。”

“那会不会是犯罪分子逃离的路线，于是也打扫了？”聂之轩问，“中心现场经过市局同事的反复勘查，已经没有什么嚼头了，现在能够另辟蹊径的话，发现线索的希望是最大的。”

程子墨点点头，说：“不过，两条路径是反方向的。所以，我猜啊，西边马路是他们逃离的路径，但是去工棚这个就不知道有什么意图了。”

“工棚？”聂之轩说，“之前我问过，工棚是锁着的，也很久没人住了。会不会是唐老师从工棚那边走过来留下足迹了？”

“有可能，但是如果是唐老师一个人走过来的话，为什么要打扫掉呢？”

“两个人？”聂之轩说，“如果是唐老师和犯罪分子在工棚那边说话，为什么要走到装载机这边？而且和唐老师对话的这个人，一定不可能再钻入机腹作案。”

“说话的是一个人，作案的是另一个人。”聂之轩沉默少顷，接着说道。

对地形敏锐的程子墨接着说：“还有个问题。工程师说了，装载机机腹下面的液压装置，只要一破坏，铲斗就会立即因为重力作用而掉下。这个是不能延时的。而如果唐老师站在铲斗下面说话，有人潜入装载机机腹，他一定会发现。一来这周围很空旷，没有掩体。二来唐老师在守夜者培训这么多年，这么点敏感性是有的。”

“也就是说，只有可能是有人提前潜伏在装载机下面，等唐老师走了过来，再作案。”聂之轩说，“不过，这个很难把控，因为凶手怎么知道唐老师会站到这里？”

“这是赌博。”程子墨说，“我们来假设一下。如果唐老师一开始在工棚附近说话，为什么？因为工棚就是掩体，不容易被人发现，说明他们的谈话内容很隐秘。如果工棚这个地方显得不太安全了，就只有往中心现场这里走。而这个中心现场太开阔了，唯一的掩体，就是这个装载机。”

“也就是说，唐老师凭借对地形的敏锐性，如果要从工棚那里换个谈话地点，装载机下面是最好的选择。”聂之轩总结道。

“正是因为犯罪分子预料到了这一点，所以可以提前在机腹潜伏。”程子墨胸有成竹道。

“分析得很有道理。”聂之轩赞许道，“那么现在就只剩下一个问题了，为什么唐老师会从工棚转移到装载机下面？”

2

黄昏之时，天下起了蒙蒙小雨。

“不错，工棚被拉到警戒带内了。”聂之轩跳下车的动作根本看不出他是个残疾人。

唐骏死亡的现场，已经被警方用警戒带隔离了。不过，此处地处偏僻，基本无人经过，所以南安市公安局也只留下两个民警、一辆警车在现场看护。聂之轩和程子墨给民警出示了警官证后，开始穿着现场勘查装备。

“在不在警戒带内没什么影响，我倒是害怕这突如其来的小雨会破坏现场。”程子墨伸出戴着橡胶手套的手，接了几滴雨滴。

想提取检材，在大沙盘里就做不到了，只有赴实地进行勘验。两人这次来的目的很明确，一定要找出唐骏从工棚移动到装载机下方的原因，如果可能，最好在工棚附近提取到一些相关的痕迹物证。

工棚距离装载机有三百米的距离，比较孤立。说是工棚，其实就是住人用的集装箱。根据调查，这个工棚很久没有住人了。

两人走近工棚，发现这个集装箱的下缘都已经杂草丛生了。工棚只有一扇小窗户和一扇小门。

“窗户是带栅栏的，而且锁死了，打不开。”程子墨看了看窗户缘的灰尘痕迹，又用手推了推玻璃窗，说，“而且没有灰尘减层[1]，应该没人动过。”

“嗯，门也是这样。”在集装箱另一面的聂之轩说，“门锁是从外面锁住的，没有打开的痕迹。”

“肯定没人能够进去。”程子墨用手遮光，朝窗户里看去，地面上尽是灰尘，陈旧而完整。

“那唐老师从工棚离开，和这个工棚本身没有关系？”聂之轩蹲在地上，看集装箱周围的杂草。细雨已经给杂草挂上了水滴。

“装载机位于工棚的南边，而扫地机器人的痕迹延续到工棚的南边，那我们是不是该看看工棚的北边？”聂之轩位于工棚的西边，朝东边勘查窗户的程子墨隔空喊话。

两人意见统一，从东西两侧，沿着集装箱的北边观察着。

“聂哥，聂哥，这儿还真有问题！”程子墨手持着一个放大镜，喊道。

聂之轩绕过集装箱旁边的杂草，走到程子墨的身边，蹲下来看她的发现。

放大镜中，几株碧绿的杂草茎部折断了。

“这，是有什么折断了杂草？”聂之轩问道。

程子墨指了指自己的前方，说：“你看，不仅仅是这两株啊，前面也还有不少被折断的杂草。”

“这不会是被你刚才踩断的吧？”聂之轩质疑道。

“怎么会！我是从东往西走的，这些折断迹象都在我的前面，要是踩断的，也是你踩断的。”程子墨反驳道。

聂之轩哈哈一笑，说：“这个回去看看大沙盘就知道了，如果真的是别人踩断的，而且折断痕迹这么新鲜，现场勘查的时候，警方又没有注意

1　灰尘减层痕迹：指的是踩在有灰尘的地面上，鞋底花纹抹去地面灰尘所留下的鞋印痕迹。

到这个工棚，那么这个工棚的北面，在案发当时可能就还真的藏着一个人呢。”

“这人在干吗？”程子墨问。

聂之轩摇摇头，拿着放大镜，几乎是俯卧在地上，沿着草茎折断的路径一路往前摸索着，边摸索边说：“你还别说，这人潜伏在工棚的北边，一直在移动。”

“等会儿等会儿，聂哥，你鞋子上有东西。”跟在后面的程子墨，看见了俯卧在地上的聂之轩的鞋跟上黏附了个什么。因为黏附在聂之轩假肢的鞋跟上，所以聂之轩并没有感觉到异样。

“什么？”聂之轩跪起身来，扭头朝自己的鞋跟看。

“好像是黏附了一块口香糖。”程子墨伸手去抠。

“别动！”聂之轩制止了程子墨的动作，转身把鞋套拿了下来，“这是现场勘查鞋套，刚刚穿上的，怎么会黏附口香糖？”

“那只有在工棚旁边黏上的。”程子墨扳着手指说，“民警是不可能犯在警戒带内吐口香糖的低级错误的，唐老师从来不吃口香糖，那只有可能是犯罪分子吐的？不过，这个犯罪分子这么细心地打扫了现场，怎么还会边打扫现场边吐口香糖？不合逻辑啊。”

“哎哟，这玩意儿还真是挺黏的。”聂之轩拿出一个物证袋，小心翼翼地把鞋套底部的口香糖抠下来，放进物证袋，说，“管他呢，这是我们目前为止唯一发现的物证。还有，这个东西只要不是你吐的就行。”

“我？我怎么会犯那么低级的错误？”程子墨轻蔑一笑，张开嘴，说，“你看你看，我的还在我嘴里呢。”

“萧朗说得不错，你距离一个精致女孩，还是有一点距离的。”聂之轩笑着，把物证袋放进了物证箱，又继续研究被折断的杂草。

程子墨的口香糖嚼得更起劲了，她挑挑眉，继续跟着俯卧着的聂之轩观察地面。

两人沿着折断的草茎，慢慢地移动到了集装箱的西北角，折断痕迹到这里就消失了。

“这人应该只在这一小段距离移动了。”聂之轩恢复了蹲姿，说，“这一片都是杂草，我摸了地面，因为之前好久没有下过雨，土地太硬了，所以并没有在地面上形成立体足迹。踩在草上，又不可能留下鞋底花纹，所以，我们找不到足迹的。”

听聂之轩这样说，程子墨也下意识地伸手摸了摸杂草覆盖下的土地。

“谁说没有立体足迹，我怎么摸到一个凹陷。”程子墨说。

“你摸的地方不对。”聂之轩说，“这个地方都没有杂草折断，怎么可能有凹陷？”

“但是真有。”程子墨跪到地面上，用手扒开杂草，说，“你看你看，新鲜凹痕。”

“真的假的？”聂之轩将信将疑地凑过去看，果真，在还没有被细雨浸润的土地上，有一处半圆形的凹痕。凹痕的周围，有深层泥土翻出的痕迹，很新鲜。

“这不是足迹。”程子墨说，“这应该是被什么东西砸的。”

“砸的？”聂之轩看了看凹痕的位置，是在集装箱西北角紧贴集装箱的地面上，“是个重物？”

“没多重吧。”程子墨说，“坑的痕迹浅，接触面积小，应该就是冲击力形成的吧。”

“冲击力……”聂之轩沉吟着，顺着集装箱的棱边往上查探。

“哈哈，果真是这样！”聂之轩的心里突然揭晓了答案，高兴得像个孩子。

“果真是哪样？”程子墨好奇道。

聂之轩伸出左手，把掌心放在了程子墨的下颌下，说：“吐出来。”

“什么？”程子墨惊着了。

“你嘴里的口香糖。”聂之轩微笑着说。

“不。”

“快点。”

“不，我是精致女孩。”

程子墨话音刚落，口香糖却不小心脱口而出，正好落在聂之轩的手掌心里。程子墨的面颊一红。

聂之轩微微一笑，把掉出来的口香糖按在了集装箱壁上，过了一会儿，又拿了下来。

“你看看，这是我刚才粘贴口香糖的痕迹。你再看看集装箱边缘的这一处陈旧痕迹，是不是一模一样？”聂之轩指着集装箱壁说。

两处痕迹都是不规则椭圆形的痕迹，黏附掉了集装箱壁上原有的灰尘，因为唾液斑的作用，残留的印痕在警用电筒的照射下反着光。

夜幕已经降临了，聂之轩和程子墨并肩坐在南安市公安局 DNA 检验室门口的等候区长椅之上。

“这能检出的概率有多少啊？”程子墨有些担心地搓搓手。

“百分之百。”聂之轩自信地说，“被咀嚼过的口香糖，里面有大量的口腔上皮细胞。你想想，一个口腔擦拭物就能检出 DNA，更何况一块口香糖？而且，咱们傅姐可是全国第一批从事 DNA 检验的技术人员之一，技术能力没问题。”

“希望有好的结果吧。”程子墨说，“这样看起来，我们的对手比我们想象中要可怕。”

“是啊。”聂之轩说，“若不是犯罪分子的一时疏忽，我们确实很难找到直接的证据了。”

根据现场勘查后的分析判断，聂之轩认定，事发当时，唐骏和另一人正在工棚的南面谈话。而在此时，另一名犯罪分子潜伏到工棚的北边，利用工棚的掩护，窃听二人的谈话内容。后来不知是何缘故，另一名犯罪分子随手使用口内的口香糖，把一个重量不重的物体黏附在了集装箱壁上。利用该物体自身的发声能力，或者是该物体坠落地面时的声音，引起唐骏的警惕。

其目的就是让唐骏误认为工棚附近不安全，从而要走到现场唯一可能作为掩体的装载机附近继续进行谈话。这样，这个犯罪分子就可以对唐骏进行加害了。

程子墨也质疑过，为什么另一名犯罪分子不直接制造声音，引起唐骏怀疑？其实很简单，因为装载机周围空旷，如果等唐骏就位后，再潜伏到装载机机腹，是不可能完成的。所以，犯罪分子需要一个延时的装置。也就是说，在布置好发声装置后，犯罪分子需要时间先行绕过唐骏的视线范围，潜伏到装载机下方。而这个时间，利用这个被口香糖黏附到集装箱壁上的延时发声装置就可以争取到了。

在作完案后，犯罪分子对现场进行了精心的打扫，包括清扫足迹、整理装载机机腹，同时，也没忘记回到工棚附近，拿走了那个延时发声的装置。可是犯罪分子唯一的疏忽，就是他没想到装置在掉落的时候，上面的口香糖脱落了下来。所以，他只拿走了装置，而忘记寻找或没找到口香糖，最终把口香糖留在了现场。

冥冥之中自有天意，这块口香糖却被聂之轩无意中踩在了脚下。

“那为什么犯罪分子不预先埋伏好，然后另一人直接把唐老师引去装载机下面谈话呢？”程子墨打了个哈欠，瘫在长椅上问道。

“因为犯罪分子没有预料到事情的走向，杀死唐老师，也是临时起意的。”聂之轩说，“再结合唐老师家里摊放在写字台上的材料，结合唐老师从家里匆匆离开的行为，你能想到什么？”

“你是说，唐老师他……”程子墨猛地坐直身体，惊讶地看着聂之轩。

聂之轩知道程子墨是什么意思，他默默地耸耸肩膀，说：“我相信唐老师的人品，可是这一切，都只能有一种解释。你想一想，凌漠发现的手环线索，又能说明什么问题？”

“不，不会吧。”程子墨说，“唐老师肯定是发现了什么线索，然后被人灭口了。”

“他发现了什么线索，为什么不向组织汇报？而是半夜去那么偏僻的地方？”聂之轩问。

“那是不是有什么巧合，或者，难言之隐？”程子墨感觉自己全身的鸡皮疙瘩都起来了。她的脑海里闪过和唐老师交集的往事：当她深夜独自在阶梯教室里琢磨题目时，偶尔路过的唐老师走到她的身边，装作不经意地给了她几个重要的提示，让她茅塞顿开，解决了两个小时都没想明白的疑点。那个和蔼可亲的唐老师，那个专心致志培养着自己的唐老师，一定是一名好的守夜者成员。

聂之轩知道再说下去，气氛会变得很奇怪，于是转移了话题：“之前在大沙盘，你说组织乱成一锅粥了，是什么意思？”

沉浸在回忆中的程子墨听聂之轩这么一提示，突然想起了什么，说：“对了！这是大事儿！组长脑出血了！”

“什么？”聂之轩从长椅上弹了起来，“你怎么不早说？”

程子墨莫名其妙地看着聂之轩说：“你倒是给我说的机会了吗？”

“现在人怎么样？”聂之轩追问。

“我不知道啊，我来通知你，就被你拖着干活儿了。”程子墨想了想，随即说，“不过，刚才看傅阿姨的表情，虽然疲惫，但是应该没什么大事儿了。”

“唉，早知道这样，真的不该请傅姐来加班的。”聂之轩自责地抱着脑袋。

“说这些没用，还有两三个小时的检验时间，我们去医院看看组长吧。”程子墨看了看手表。

“好，走，你开车。”聂之轩急匆匆地下楼。

市立医院离市公安局不远，驾车十分钟不到就抵达了。作为法医的聂之轩，以前在法医岗位的时候，就和医院各部门非常熟悉了。所以，他们没费什么工夫就找到了傅元曼所在的病房。

此时，仍是一副特警执勤装束的司徒霸正在病房外徘徊。

“司徒老师？您怎么在这儿？组长没事吧？”聂之轩抢了两步上前，问道。

“你们可来了，这儿连个说话的人都没有。”司徒霸五六十岁的人了，但还是三十岁的身板，“可急死我了。”

“但比你在组织里天天捣鼓那些枪、装备和查缉战术要有意义。”程子墨挤对了老师一下。

“你这丫头，是不是我不收你当徒弟，你吃醋？”司徒霸故意做出一副恶狠狠的样子。

“哎呀，司徒老师，组长究竟怎么样了？”聂之轩急着问道。

“没事儿，医生说没生命危险了，刚才还醒了一下。”司徒霸说。

聂之轩想了想，还是不放心，跑到护士站拿出大病历翻着看。那一头，程子墨和司徒霸还在斗嘴。

程子墨说：“我吃什么醋？你除了会打架还会干吗？照顾病人会吗？”

“我一个大男人当然不会精通此道。这不是如熙被人叫走加班去了吗？让我来顶班。”司徒霸说，“这也就是咱们组长，换作别人，我可不伺候。要不，我还是去办案吧。你来照顾组长，你是小姑娘，比我强。”

“我要去勘查现场，找证据，你会吗？”

“我……好吧，那还是我来吧。”司徒霸一脸绝望，“唉，我老了，也只有干一些无关紧要的活儿了。”

“可不是无关紧要的活儿啊。”聂之轩抱着病历走过来，说，“组长这是脑出血，虽然钻孔引流术做得很成功，但是后期愈后效果，决定了咱们组长以后能不能流利地说话，能不能站得起来，能不能生活自理。”

“没这么严重啊！刚才组长还醒了。”司徒霸说。

“有这么严重。颅内出血后，可能会出现‘中间清醒期’，但这并不能说明什么。”聂之轩说，“他能不能彻底恢复，就看这段时间老师们的照顾了。”

司徒霸的表情凝重了起来，他坚决地点点头，说：“你们年轻人放手去干，这些事儿，交给我和如熙。”

“组长清醒的时候，说了什么吗？”聂之轩问。

司徒霸连忙从作训服口袋里掏出一张纸，说：“我记了，他说话还不清楚，但大概能明白意思。说了三点：一是给铛铛放假，让她自己调解情绪；二是让萧望、萧朗专心投入工作，不要担心他；三是要求组织齐心协力尽快破案，还唐骏一个……一个……清白。”

“知道了，组长的指示，我们会带到组织里。”聂之轩说，“来看一眼，我们就放心了，现在我们还要回市局。这里交给老师了。”

3

守夜者组织会议室。

几名成员围坐在会议桌的周围，虽面色疲惫，但斗志昂扬。

“司徒老师那边传来消息，组长没有生命危险了。”萧望坐在傅元曼之前的座位上，神色比往常还要严肃一些，他环顾四周，看到的都是和自己一般的年轻面孔，此时此刻，他不得不承担起自己的责任。他看向弟弟，问道：“铛铛回去休息了吗？组长晕倒之前，还在担心她。”

“回去了。”萧朗压抑着胸中的各种不快，握着拳坐在自己的位置上。他没意识到哥哥和往常的些许不同，但知道姥爷没事，他的内心也稍微放松了一些。

“现在，值得研究的线索，仅仅是这一条。”萧望说，“就是唐老师写字台上的诸多材料。凌漠，你的意见，可以和大家说一下。”

大家此时心里都有一些数了，萧望让凌漠重新总结这些材料的目的，也是希望能够刺激大家继续沿着线索找出下一步突破的方向。

凌漠靠在椅背上，揉了揉鼻根，有点疲惫地站起来。

随后，他把会议桌上的几份材料一一展开，这是在唐骏写字台上留下的三份材料，应该是唐骏生命的最后时刻正在研究的材料。

第一份材料是唐骏审讯山魈时留下的心理痕迹记录。第二份是两张复印的照片。第三份是一张被冲洗放大，并有唐骏笔迹的黑白照片。

“首先，我们还是回到这一张照片。”凌漠拿着第三份材料的照片，端详着照片上红圈内的两张模糊的面孔，“虽然面貌不是很清晰，但是我们还是通过调取当年董连和老师破获叶凤媛杀人案[1]的卷宗，证实了我最初的判断。这张照片红圈内圈定的，确实就是韦氏忠和杜舍。从卷宗里的表现来看，董老师曾经在案发后对案件外围进行调查，当时的工作就有一项是调查杜舍的小学班主任。而这个班主任就是韦氏忠。”

“南安西市大通路小学。”萧望翻着卷宗，默默地说，“这个名字还真是挺有年代感的。韦氏忠是当年的小学班主任，后来一步步当了大通路小学的副校长、校长、西市区教育局副局长，最后被调到南安市国栋中学当校长。”

“咱们办的校长案[2]，死者就是这个韦氏忠。”萧望继续说，“根据翻阅当时的卷宗，韦氏忠的供词对杜舍是爱护有加的。不过，从卷宗的供词来看，也就是爱护有加罢了，并没有对杜舍进行过实质性的保护。那么，山魈对韦氏忠的谋害为什么会有非常明确的针对性呢？”

“对啊，总不能因为是小学班主任就杀了吧？”萧朗说，“那杜舍的左邻右舍是不是都该杀？”

“我研究了一下卷宗。”凌漠冷静地说道，“发现了诀窍。当时董老师在寻找叶凤媛的时候，叶凤媛和杜舍失踪了，不知去哪里藏身了。但是后来，叶凤媛突然又回来了，对现场进行了打扫，并带走了自己写在纸上的一串电话号码。后来因为董老师和附近村民混熟了，才获取了这个最终破案的情报。叶凤媛显然发觉了公安正在对她进行调查，于是畏罪潜逃。那么问题就来了，叶凤媛和杜舍失踪的这段时间，他们住在哪里？又如何得知警方已经怀疑并在追查他们的下落呢？”

“这个我记得。”萧朗抢话说。

“那你说。”凌漠看着他说。

“啊？”萧朗有些蒙，“我是说我记得这个情节，当时姥爷说这个事情的时候，还说案子里存在这个疑惑，最终破案后都没有解决。”

1　见前情提要。

2　见《守夜者 2：黑暗潜能》“校长的沉默”一章。

"因为这个疑惑不是破案的关键点，所以没有人去研究。"萧望帮着弟弟补充说，"其实现在拿出来研究，答案还是能找得出来的。"

"韦氏忠。"凌漠说。

"是啊。"萧望说，"其实当时有一个细节可以指向这一点。董老师对附近进行侦查的时候，是用其捕风者的身份，伪装成收废品的进行侦查的，并没有人知道他是警察。唯一知道的，就是韦氏忠了。因为董老师要去调查班主任，出于对学校安保人员的尊重，亮明了身份。"

"哦，是这样。叶凤媛杀人后，带着杜舍躲藏在韦氏忠的家里。在韦氏忠受到调查以后，他知道自己家里可能也不安全了，于是告知了叶凤媛有警察正在找她，她必须回去毁灭证据，并另寻藏身之地。"萧朗恍然大悟。

"这就是韦氏忠最终被人利用舆论逼死的原因。杀人手段是何等高明。"凌漠说，"第二份材料的两张照片，就比较明显了。这两张照片，都是来源于叶凤媛杀人案卷宗。第一张照片是叶凤媛当年从家里拿走的电话号码的现场提取拓本，因为当年不是每家都有电话，这个号码指向了一个胡同的二十一户人家。第二张照片，就是这二十一户人家户主的姓名。当年，也没人去研究，因为董老师用自己的方式找到了犯罪分子。但现在看来，唐老师还是从这份名单中发现了异样，并把她圈了出来。"

"方克霞。"萧朗抢着说，"刚才我看到这个名字就觉得很熟悉。"

"是的，还是凌漠的记忆力好，记得方克霞就是赵元旅社灭门案[1]中，旅社的老板娘，赵元的妻子。"萧望说，"唐老师也真是厉害，旅社灭门案过了这么久，他还记得其中一个死者的名字，所以才从名单里发现了端倪。"

"老师是因为受到讯问笔录的启发，所以才有针对性地寻找联系。"凌漠说。

大家的视线跟随着凌漠的话语，最终定格在第一份材料上。

1　见《守夜者 2：黑暗潜能》"灭门凶宅"一章。

唐骏亲笔书写的，对山魈的讯问结论：

赵元、韦氏忠帮助过同一人，故此二人要死。

而方克霞恰恰就是赵元的老婆。从傅元曼曾经的叙述来看，老董当年对一对年轻夫妇包庇叶凤媛、杜舍的行为进行了隐瞒。现在看来，当年这对年轻的夫妻，就是赵元夫妇。唐骏顺着对山魈的审讯结论，对赵元和韦氏忠进行了研究，并且从当年叶凤媛被杀案的卷宗当中找到了二人的联系。

萧朗皱了皱眉头，说道："但是这些线索都是咱们从唐老师留下的卷宗里才推出来的，对手是怎么知道的呢？咱们的卷宗应该是保密的吧？"

凌漠拿着材料的手颤抖了一下，无意识地抿了抿嘴唇。

萧朗继续往下说："我觉得凶手获取卷宗信息的方式应该有两种：一是他们直接潜入了卷宗保管的档案中心进行偷盗，但档案中心被盗的事，如果发生了，肯定会有案底，一会儿阿布可以找找看究竟有没有；另一种可能就是，他们通过某种方式经过某个拥有卷宗备份的人获取了信息，如果是那样的话——"

萧朗说话间，小组里的另一成员阿布已经噼里啪啦开始在电脑上进行搜索了，他的话还没说完，阿布就抬起头来："没有找到失窃的记录。"

"如果是那样的话？"凌漠看着萧朗，重复了他的话。

"那样的话，就不能排除他们通过唐老师获得卷宗的可能，毕竟咱们现在看到的完整卷宗就是在唐老师的电脑里发现的备份，所以才有第二份材料的那张来自卷宗的照片，那应该就是唐老师从电脑备份上提取后打印出来的，对吧？"萧朗大大咧咧地分析着，丝毫没有意识到自己似乎触到了什么敏感的地方。凌漠不再看向萧朗，而是环顾了一下会议室里的其他人，最后把目光定在萧望身上。

凌漠说："卷宗的备份一共有多少份，我们现在还不能确定。唐老师也有可能是因为调查案子才获得这份卷宗的，我们也不能排除这种可能。"

萧望感受到了凌漠的注视，颔首道：“对，我们不能排除任何一种可能。那么我们先来解决另一个疑问。”

萧朗看了看阿布的屏幕，然后说：“嗯，啥疑问？”

萧望说：“其实在此之前，我们还是有一个疑问的。就是之前的幽灵骑士越狱案[1]代表了什么？毕竟那些被杀的犯人，和董老师或者杜舍是没有任何瓜葛的。然后，根据我这一路追捕豁耳朵，才知道他们的真实目标不是越狱，而是在拿南安市看守所做越狱实验。因为南安市看守所和杜舍被关押的金宁监狱都是裘俊杰设计的。”

萧望顿了顿，接着说：“在此之前，我差不多想明白了这一点。但是我一直认为是杜舍的亲朋来设法营救他。现在看来并不是，既然救过杜舍的都被杀，那说明他们的目的是救出杜舍，然后杀掉。”

“为什么不派人进金宁监狱动手？”萧朗问道。

“这个就不清楚了，可能是犯罪分子的某种期待，或者说，进了监狱即便能分在一个号房，也很难有机会动手。”萧望摇摇头，说，“现在我们的方向就应该是研究什么人要杀杜舍。”

“这个我们刚才调查了。”萧朗说，“杜舍在孩童的年代，家里就发生了变故。叶凤媛被判处死刑后，杜舍就被董老师送去福利院生活了，直到他长大到了十九岁，董老师还帮他在福利院里安排了个工作岗位。然后就发生了杜舍杀害董老师的案件，随后杜舍就被关押在金宁监狱至今。也就是说，杜舍的成长经历极为简单，如果说矛盾关系，那么就只有董老师这么一桩了。”

“简而言之，我们的对手是要杀掉杜舍，为董老师报仇。”萧望总结道，“那么，我们调查的范围就很小了。可是，就是这么小的范围，也没有任何头绪。董老师只有一个儿子董乐，当年也是被判处了极刑，早就尸骨已寒。董老师的夫妻关系也很不好，因为是父母指婚，加之婚后董老师一心投入工作，夫妻感情完全破裂。在董老师儿女很小的时候，他们夫妻

1　见《守夜者：罪案终结者的觉醒》一书。

就离异了。他的妻子肖蔷带着只有几岁的女儿董君早年就出国了。我还专门去出入境部门调取了记录，这两人从出国之后就没有再回国的记录。除了家庭，董老师的全部心血都投入了工作，社会交往几乎为零。用排除法看，家人不可能、其他亲戚朋友不可能，唯一有可能为董老师报仇的，要么就是他单位的同事，要么就是对董老师的情况非常了解的、想要'替天行道'的人。"

萧朗立即点头认可，说道："如果要调查为董老师复仇的人的话，我觉得还是应该把优先级放到他的朋友上，尤其是知道董老师在守夜者工作的朋友或者老同事身上，毕竟幽灵骑士死之前，手里还拿着一张写了'守夜者'的字条，说明对方至少知道咱们的组织。"

凌漠深深吸了一口气，脸色沉静如石。

萧朗说得兴起，偏偏转头问向了他："对了，凌漠，之前追捕幽灵骑士，我和你合作的时候，总是感觉幽灵骑士在获取信息的速度上比我们料想的要快，对吧？这说明——"

眼看萧朗的矛头越来越明晰，萧望赶紧先提醒了一句："没错，董老师的社会关系我们已经在查了。另外，咱们的天眼小组[1]也在重新调查现场，说不定可以找到更多的关联点，之前我已经收到聂之轩和程子墨的信息，他们有新的发现，应该很快就能到了——"

"迟到了迟到了，不好意思啊。"程子墨应声推门而入，身后跟着聂之轩，"遇到堵车了，我本来打算骑摩托过来的，但就一个头盔，聂哥打死都不让我载他，要不然我们肯定就赶上了，真是守法好公民。"

聂之轩在她身后耸耸肩。

凌漠却直接截断了程子墨的话头："怎么样，唐老师的现场有什么新发现？"

"应该可以立案了，我们找到了现场的杀人装置。"聂之轩肯定地说。

1　天眼小组是守夜者中作为保障组织获取情报、证据、线索的机构，主要由法医、痕检、物证分析等传统技术人员组成的"寻迹者"和由网络黑客技术、电子物证技术等现代技术人员组成的"觅踪者"组合而成。

会议室里的人的神情都为之一振，确认是凶案，就意味着唐骏的死不是意外。

他也是一个受害者。

“总体来说，我们对现场进行了勘查，最后发现了端倪。”聂之轩自豪地说，“应该有两名犯罪分子，临时起意要杀害唐老师。”

“哦？有依据吗？”萧朗好奇地问道。

“这个回头再细说。”聂之轩说，“总之，他们其中的一人，利用延时机械制造声音，让唐老师从工棚移动到装载机下面。而这个延时的时间，就让犯罪分子提前潜伏到了装载机机腹。他们破坏液压装置杀人，并恢复机腹状态，打扫了现场。”

“嗯，这个过程除了能说明他们不是预谋犯罪，还能说明什么？”萧望接着问。

“说明不了什么了。”聂之轩微笑着说，“不过，他们还是大意了，用口香糖粘贴装置，不小心把口香糖给遗失了。而就是那么巧，口香糖被我踩到脚上了。”

“DNA？”萧望有些兴奋。

聂之轩点点头，清了清嗓子，说：“根据傅姐，啊不，是傅老师的加班检验，在我们现场提取的口香糖上，检出了一名男子的DNA。这个DNA数据应我的要求录入了全国失踪人口DNA信息库之后，比中一名失踪婴儿。”

“等等，延时机械？果然如此。”萧望继续兴奋道，“聂哥，这个人很有可能就是我一直追查的机械师豁耳朵，他的信息是什么？是不是也是农历六月初八丢失的？”

“农历我倒是没查。”聂之轩说，“不过，他是1996年9月出生在江南市，1998年7月30日在江南市被盗，父母是军人。”

“这天就是农历六月初八。我否定了最先的推断是正确的，偷孩子确实不是基因选择。”萧望说，“军人的孩子做了机械师。”

“我们的对手模样，已经浮出水面了。”凌漠说道。

“接下去怎么查？”萧朗站起身来，看着萧望。

“查矛盾点的路是走不下去的。”萧望说，“《心理罪》里曾经说过，如果想知道凶手接下来会做些什么，那么就把自己当成凶手。”

“既然凶手已经完成了狙杀仇人的目的，剩下来的唯一的目标又很明确，那么他们下一步肯定要想办法去金宁监狱。”萧朗果断地判断道。

萧望点了点头，说：“我也是这么想的。可是，金宁监狱是出了名的防守严密的监狱，凭几个有演化能力的演化者也不可能找到漏洞。除非……”

“除非他们找到裘俊杰，拿到金宁监狱的设计图纸。”凌漠说。

“那他们杀了唐老师，狗急跳墙了，会不会派人潜入金宁监狱伺机作案？”萧朗说，“狗急跳墙了，不救了，直接杀？”

“我刚才说了，不可能。”萧望说，“而且在之前，我们发现两所监管场所都是裘俊杰设计的以后，我就让萧局长通知金宁监狱加大对入监犯人的审核了。而且，那里不是看守所，是监狱。犯人是需要经过法院审判过后才会关进去的，即便他们想这么做，时间也来不及。”

“那就只剩下找裘俊杰这一条路喽？”萧朗重新坐了下来，“那他们是找不到的吧。”

“应该找不到。”萧望说，“之前发现了裘俊杰这一条线索，我就让萧局长安排人找了。竭尽我们公安的资源，都没能找到隐姓埋名、隐居的裘俊杰。那么，我们的对手更没有这么多资源去找到他了。”

4

“那我们还是没有抓手[1]啊。”萧朗说。

“虽然没有抓手，但是刚才凌漠说得对，对手的雏形已经慢慢浮现

1　抓手：意指切入点。

了。”萧望说，“我们的对手，就是由一群被盗抢的婴儿长大后组成的。他们由于某种原因导致基因突变，有着不同的演化能力。看上去他们是在‘替天行道’，其实他们有着明确的目标，那就是，救出并杀死杜舍。”

“他们是一个组织？”萧朗问道，“和我们一样？”

“有人偷盗婴儿，有人指挥他们内部的自相残杀，说明肯定是有牵头人、指挥者的。”萧望说，“步调一致、协同合作、目标明确，说明肯定是有方针路线的——这就是一个组织。”

“擒贼先擒王。”凌漠说道。

“谁知道王在哪里。”萧朗说，“要不，我们还是从山魈那里下手吧。”

“怎么下手？”凌漠反问道，“直接去问她？你们老大是谁？她会告诉你？”

“不告诉我我就……”萧朗虚挥了一下手臂。

“怎么着？还想刑讯逼供？”萧望看着弟弟。

“没啊，我的意思是说，凌漠不是会读心吗？”萧朗挥出去的手变成了前平举，他指了指凌漠。

“读心？读心是要有前提条件的。”凌漠拿起唐骏摆放在写字台上的第一份材料，指着说，“你看，连老师也不过是在做判断题，而不是问答题。我们对对手组织的情况一无所知，怎么去读？”

“那我们就无计可施了？”萧朗摊开手臂。

“山魈确实不能动。”萧望说，“审讯是很讲究技巧的，当你手上一张王牌都没有的时候，是不能贸然进攻的。唐老师昨天对山魈审讯，山魈昨天回去也会自己去想，这已经让她加强防备了。本来就是一只刺猬，现在成了一只背着甲壳的刺猬，我们没有突破她的任何可能。”

说完，萧望抬眼看了眼聂之轩，像是在向他征询着什么。聂之轩低下头，无奈地摇摇头。

萧望略显失望，说：“其实我们之前也布置了相关的工作，就是从山魈的社交关系入手。可惜，她是一个特立独行的人，经过调查，基本没有什么社交面。更可惜的，就是她摧毁的那台像是诺基亚手机的通信工具，似乎内部有自爆装置，我们无法复原。本来我对这个机器的复原还是抱有希望的，看来，又落空了。”

“那我们真是有全身力气使不出来啊！”萧朗捶了一下桌子，“我们总不能等着他们继续作案吧？太被动了。”

“不要着急，其实我们也不是一点动作都没有。”萧望说，“虽然我们掌握了农历六月初八那天被盗婴儿的基本概貌，比如年龄、特征、性别等，但依旧没法进行大数据分析的原因，是这些人现在都有了假身份，被我们抓获的山魈，就是有假身份的。我和萧局长说了，安排大数据部门的同事，对她的假身份进行研判。”

“假身份怎么研判？”萧朗问。

“假身份买车票、假身份开房间，等等，我们需要知道有没有人和她伴行。”萧望说，“还有，我们会根据所有假身份出现的点来连线，通过对她的路径分析来发现线索。”

“独来独往，有点难。”凌漠说。

萧望默默地点了点头，他知道凌漠说得对，但毕竟这个山魈私自办理了自己的手机，留下了破绽，那么就不能保证她一定不会在其他地方留下破绽。而在现在这个节骨眼上，对于守夜者组织来说，这是唯一一条可以行得通的路了。

“这活儿市局在办，那我们做什么？”萧朗问道。

“等一等，等山魈冷静下来，我们再审讯看看。”萧望也想不出有什么好的下一步工作，只能这样答复。

“对了，”萧朗应道，“另外，刚才我还没说完呢，关于董老师的关系人的事儿，你们怎么看？如果要排查董老师的老同事和老朋友的话，咱们守夜者的所有老成员都可以列入这个调查的范围，尤其是跟董老师关系比较密切的老成员。”

“那就是要调查守夜者所有的导师。”凌漠接着他的话说。

“是这样没错，虽然他们都是咱们的导师，但必要的人际关系调查也是需要的，看看是否可能跟隐藏的组织有什么联系之类的。尤其是唐老师这边的人际关系，他的手环的问题，还有他凌晨出门的目的……你想想看，唐老师既然是深夜突然主动出门，然后被对方组织所害。那他出门，是去见谁呢？”

萧朗还在滔滔不绝，没注意到萧望看向自己的脸色已经有些不太自然。

“请问，调查唐老师的人际关系，是按照受害者的来查，还是按照嫌疑人的来查？”凌漠抛出一句。

“……什么意思？”萧朗愣了一下。

“唐老师说过，办案不能先入为主。”凌漠冷冷地说，“我想你可能已经忘了吧。”

“我先入为主？”萧朗这才明白过来哥哥的脸色是怎么回事，他一下子急了，“凌漠，别人怎么说都行，你怎么能这么说我？唐老师是铛铛的父亲，也是我的导师，我怎么可能上来就把他当成默认的嫌疑人？但正因为这样，我们才更应该冷静地看待这个案子不是吗？难道忽视那些疑点，就能帮助破案吗？”

“我只是想提醒你，”凌漠无视了萧朗的这番剖白，“如果我们完全被对方牵着走，那唐老师就可能是下一个曹允。”

“我哪有被对方牵着走了？”萧朗叫着，“凌漠，你才是先入为主，你——”

这时，会议室的电话响了。

萧望做了一个噤声的手势，萧朗顿时偃旗息鼓，凌漠也看向了那部电话机。这里是守夜者组织会议室，本来知道这里电话的人就没几个，而且这些人中绝大部分都在场。在这个寂静的深夜里，电话铃声响起，要么就是喜报，要么就是有新的严重的警情。

所以，每个人的神经都瞬间绷紧了。

“萧望，你带人马上到经济开发区长鹏派出所来，马上！”是萧闻天的声音，声音不仅是紧急命令的语气，更是充满了急切和担忧。

“爸？什么事？”萧望的心瞬间被拉紧了。

“裘俊杰出事了。”萧闻天简短地说道。

听到电话里的指令，萧望二话不说，挥手让大家即刻做好准备，下楼乘车。

在离开会议室之前，聂之轩一把拉住了萧望和萧朗。

“对了，”聂之轩说，“刚才我去医院看了组长，病情基本稳定。他还清醒过来一次，说了三点意见：一是给铛铛放假，让她自己调解情绪；二是让你们专心投入工作，不要担心他；三是要求组织齐心协力尽快破案。”

聂之轩故意把最后半句“还唐骏一个清白”给省去了。

“我就知道姥爷不会让我去照顾他。”萧朗偷偷抹了抹眼角快要滚下来的泪珠，“他刚刚发病的时候还有意识，在我手心里写着字，是一个‘国’字。”

“他的意思是，国事为重。”萧望感叹道。

聂之轩拍了拍萧望的肩膀，说：“别担心，老爷子身体硬朗得很，已经挺过最艰难的坎儿了，一定会没事的。”

萧望点点头：“希望如此。”

南安市公安局经济开发区分局长鹏派出所，因为管辖面积不大，所以办公楼也就是一座普通的二层小楼，会议室也只能容纳十来个人。而此时，会议室里挤满了人，有的从别的办公室里拖了凳子来坐，有的干脆就站着。

除了南安市公安局在萧闻天麾下直接负责配合守夜者组织办案的民警、守夜者组织成员以外，萧闻天还叫来了市局监管支队的相关领导参会。

萧闻天正襟危坐在会议室中央，见萧望等人赶到，转头对派出所所长说：“开始说吧，报案人在哪儿？”

派出所所长指了指身边一名穿着辅警制服、头上打了一圈白色绷带的年轻人，说：“这是罗伊，是他发现的。”

所有的目光全部聚焦在了这个腼腆的年轻人身上，罗伊瞬间有些紧张：“是、是我听到的。”

“具体说说。”萧闻天说。

罗伊清了清嗓子，把晚上发生的一切，细细地向在座的各位领导汇报了一遍。

“砸晕了？”萧朗跳了起来，“你被一个女人砸晕了？你没看清她的样子？”

罗伊低下头，颇为不好意思地摇摇头。

“你穿着制服啊！她怎么敢打你！”萧朗气得跳脚。

“如果没穿制服，还不一定打他呢。”凌漠在一旁说。

萧朗疑惑地看着凌漠，但是自己转念一想，确实是这么回事。

“后来，我醒过来了，发现屋里已经没人了，就给所长打了电话。”罗伊说。

派出所所长还穿戴着一身单警装备，他从肩膀上摘下执法记录仪，把内存卡插进电脑，打开投影仪，说：“这是我们接报后到现场的视频。”

视频是以派出所所长为视角的，从大门口看见受伤的辅警，再持枪走进屋内，挨个房间搜查。房屋的客厅和其他卧室都很正常，没有什么异样，一副刚刚被租出去、住户还没有搬进来的陈旧模样。唯独主卧室里是不一样的。

主卧室只有一张宽一米五的床，床上没有被褥，是光秃秃的床板。床板上面散落了一些麻绳，还有一根皮鞭。

“这个现场，应该是一个绑架、逼问的现场。在询问我们的辅警之后，得知受害人很有可能是裘俊杰，因为这个人萧局长以前就下发通知让我们去找了，所以印象很深。”派出所所长说，“所以，我就第一时间直接越级上报给萧局长了。”

“现场勘查了吗？”萧闻天问道。

“勘查了。”一名穿着刑事案件现场勘查服的民警打开手中的笔录，说，“现场是水泥地面，找不到任何可用的线索。现场所有可以留下指纹的载体，我们都看了，在电灯开关上发现了疑似指纹的纹线，但没有鉴定价值。其他什么都没有发现了。”

“麻绳和皮鞭送检了吗？”聂之轩插话道。

勘查员点了点头。

“那个名字，你确定吗？”萧朗走到罗伊旁边，看着他的眼睛。

辅警被看得不好意思，但语气很坚定：“裘俊杰，图纸，我听得真真切切的，绝对不会错。”

“这可不妙啊。”萧朗急得搓手。

“周围监控看了吗？”萧闻天问道。

“看了，可以确定的是，他们不会是徒步离开的。”视频侦查组的组长说，“极有可能是驾车离开。现在未掌握嫌疑车辆的具体情况，只有根据时间点在周边监控排查。这个排查的范围就会牵扯得比较大了，无法确定、无法甄别，所以，我们视频侦查组的工作难度很大，需要时间。”

“那我们守夜者要不要——”萧朗刚要说话，被萧闻天挥手制止了。

萧闻天指了指萧望等几个人，说：“除了监管支队的同志，还有你们几个，其他人可以离开了。”

等到其他民警陆续离开会议室后，萧闻天严厉地批评萧朗：“案件保密，你性格怎么还是这么毛躁？”

萧朗自知理亏，但还是倔强地抬着下巴：“你怎么知道我要问案件情况？”

萧闻天没理他，对监管支队的领导说：“王支，我早就让你们研究金宁监狱的情况，你们研究了没有？”

“研究了。”王支队长说，“据我们研究，金宁监狱是关押重刑犯的监狱，按理说是最高级别的戒备等级。可是，因为这个监狱里还有不少限制刑事责任能力的精神病人被关押，所以还有让精神病人康复的工作职责。这样的监狱，难免会存在设计上的漏洞。我们通过监管内部的系统查到了金宁监狱的漏洞，但是根据相关规定，我即便是在这里，也一样不能透露。总而言之，如果对方拿到了金宁监狱当初的设计图纸，再加上如果有精于建筑学的高手指点，是存在危险的。”

“别人都拿到图纸啦，你还有什么不能和我们说的？”萧朗咬着牙说道。

“现在图纸给你，你能知道怎么补漏？”萧闻天瞪了一眼萧朗，随即下令，“现在协调司法监管部门，通知金宁监狱那边加强防范，能不能守住，第一要务是要看他们。”

王支队长点头应了下来。

“老萧！我们呢？我们呢？我们做些什么？”萧朗说。

“萧望是守夜者组织的在岗策划者，我这么多事情，没法操心你们。所以，你不要问我。”萧闻天丢下一句话，带着监管支队的同志转身离开了会议室。

“哥，那我们要不要赶过去？”萧朗又转头问萧望。

“现在是深夜一点半。”萧望抬腕看了看手表，说，“从南安到沈阳没有直达的高铁，火车早晨六点才有，抵达沈阳要七个小时，再转车去金宁监狱还有两个小时，是下午三点到。如果坐飞机，上午十点才有航班，十二点到沈阳桃仙国际机场，要三个小时才能到金宁监狱，也是下午三点到。”

“那不一定来得及了啊！”萧朗跳脚说道，“我记得，公安局不是有警用直升机吗？”

“那也不是你想飞就能飞的。”萧望拍了一下萧朗的后脑勺，“飞行是要申请的，而且这么远，警用直升机飞不到。”

“飞到哪儿是哪儿啊，然后再打车。”萧朗说。

“幼稚。”萧望说，“现在切合实际的，只有开车去。不计算超速的情况，我们连续驾车十个小时能到金宁监狱。”

“对方即便是现在拿到了图纸，他们也只有开车去。不一定谁快呢。”聂之轩说。

“那大家准备准备，两点钟，准时在组织集合出发。”萧望说，“不过，我暂时不能去。”

“你又咋了？”萧朗问。

“我还有事情要办。”萧望神秘一笑，说，“凌漠暂时负责。”

“我呢，我是伏击者，怎么能让他负责？”萧朗不服气地拽着哥哥的袖口。

“大家都辛苦一天了，现在要熬夜开车，只能轮换着开。如果是你负责，你肯定一个人要包圆了，我不放心。”萧望说，“凌漠，时间未必那么紧急，所以不要超速。本来就疲劳驾驶，超速就更危险了。”

凌漠默默地点了点头。

“我怎么就这么不让人放心了？我现在精神得很！”萧朗还是不依不饶，“还是我负责吧，凌漠磨磨叽叽的。”

“不要废话了，服从命令。”萧望瞪了一眼弟弟。

凌漠还是没说话，直接转身离开了派出所的会议室。

聂之轩拉着萧朗说：“快点吧，刚才急得跟什么似的，现在怎么不急了？”

“万斤顶[1]跑不快，能不能找老萧换辆好车啊？哎哎哎，你别拉我啊。”萧朗一边说着，一边被聂之轩拉了出去。

“萧望都说了，不准超速。”聂之轩的声音落在他的身影之后。

萧望看着胡搅蛮缠的弟弟被“拖”出了会议室，无奈地微笑着轻叹了一口气。随即，脸上又恢复了凝重。他坐在会议室的中央，反复观看着派出所所长执法记录仪拍摄的视频，一抹微笑慢慢地浮现在了他的脸上。

1　万斤顶是刑侦局为守夜者组织专门配备的特种用车之一。

第二章

梦魇深湖

你我真的无法掌控所发生的事，

但我们可以控制自己如何回应。

——力克·胡哲

1

天边泛着鱼肚白，在昏暗的旷野之中，模模糊糊地亮起了两个亮点，像是鬼火一样在微弱的晨曦里若隐若现。亮点越来越近，越来越近，也逐渐变大。慢慢看得清了，那应该是一对车灯。

车匀速驶来，在几乎看得清楚车辆轮廓的时候，有几个像流星一样的亮点飞速向车辆飞去，在接触到车体的时候，溅起几星火花。越来越近的车灯突然颤抖了几下，方向似乎发生了些微变化，但并未停止它前进的步伐，也没有对它的速度产生任何影响。那逐渐清晰的车辆轮廓就这样，在越来越密集的“亮星”的包裹下，撞上了墙壁，震得画面都颤抖了几下。

三分钟后，恢复平静的画面里，出现了两辆闪着警灯的面包车。两辆面包车从左右包抄，把事发车辆围在了围墙边。面包车的车灯照亮了车体，是一辆别克 GL8 商务车，浑身布满了枪眼。

面包车上跳下两队武警，以查缉战术的姿势向事发别克车靠近。

画面定格了。

“这就是今早事发的全过程。”一名穿着二级警监警服的司法监管民警指着屏幕说，“这是围墙上缘对外监控拍摄的画面。”

“没了这就？”萧朗靠在椅子上，双手交叉在后脑勺边，说，“那个，那个……您贵姓来着？”

“庄监狱长。”凌漠提示道。

“啊，对，庄监狱长，这监控也太短了吧？”萧朗说，“我们进到监狱里面走的手续都比这监控长十几倍。”

“本来监狱守备就很严格，现在接上级通知，非常时期，特级戒备，自然会麻烦点。”庄监狱长对萧朗的随意有些不满，语气生硬地说道。

“后来呢？后来咋样了？”萧朗不以为忤，追问道。

庄监狱长指了指一名武警少尉，少尉站起身来说：“我们的哨兵最先发现了这辆车，在喊话、高音喇叭喊话、鸣枪示警无效后，接指挥中心的命令对嫌疑车辆开枪。但我们并没有对车辆前侧开枪，而是对车侧和轮胎开枪。后来车辆停止后，经过我们警卫连的侦查，这辆汽车里没人。”

“没人？没人怎么开？自动驾驶啊？”萧朗坐直了身子。

“南安看守所的事情也是这样，不过看守所那里有个斜坡，这里是平地。”凌漠说。

少尉从桌下拿出一个塑料袋包裹的不锈钢“拐杖”，说：“是由这个东西顶住方向盘和油门，让车子自动开过来的。”

“难道和南安那事情一样？都是靠无人驾驶的汽车来吸引注意力，声东击西？”凌漠说，“人现在怎么样？”

“我们现在还不能断定这次事发针对的目标是不是你们说的杜舍，所以我们全监狱都加强了守备，目前没问题。”一名戴着二级警督警衔的司法警官说道。

“这还有什么好怀疑的，对象肯定是杜舍啊！”萧朗说，“我们都查了好久了，绝对不会错。”

“公安的同事接报以后，也在附近进行了搜索，但没有发现。”二级警督说道。

“到手的鸭子又飞了。”萧朗咬了咬牙。

“是‘煮熟的鸭子’。”程子墨嚼着口香糖嘲笑萧朗。

“监狱的结构图，我们能看一下吗？”凌漠问。

二级警督抬眼看了看庄监狱长，后者微微点头，二级警督转身离开。不一会儿，二级警督返回了会议室，在会议桌上铺开了一张图纸。

“按照要求，图纸不能电子化。”二级警督说，“只有看实体的。”

这是一张巨大的、发黄的厚质图纸，是当年金宁监狱筹建时最后定稿的建筑设计图。图上除了有整个监狱的尺寸、功能区域划分、建筑材料要求等基本参数以外，还有很多附加的图纸。

“这个解说起来会比较麻烦。”二级警督说，“虽然我们监狱是在几十年前设计的，但是设计理念超前、设计思维缜密，所以这么多年来，大大小小的事件从来没有出现过一件。今早的这个是第一起，也没有出现任何不良后果。”

“我们就是想知道，金宁监狱和其他监狱不同的地方在哪里。”凌漠说。

“不同点就是我们的守备是最严密的。”二级警督自信地说，“还有，因为我们也收押限制刑事责任能力的精神病患者，所以我们需要有日常诊治和急救的通道和机制。啊，这些间歇性精神病患者，有自残迹象是很正常的。但因为有急救机制，还没有出现罪犯死亡的事件。”

“急救通道在哪儿呢？”萧朗被这么大一张图纸绕得有些晕。

“在这儿。”凌漠指了指其中一张附加图纸。

“因为不可能让医护人员在监狱里常驻，所以我们安排了定期诊疗的机制。每周都会有半天的时间，让心理医生和护士进监狱，对精神病患者进行心理治疗。其余时间，是由管教遵医嘱监督罪犯服药。”二级警督说，“所以，很多罪犯是有病进来，但治好了出去的。这也是充分体现出我们司法监管工作的人道主义精神。”

“这里有救护车绿色通道，可以从监狱西侧门直达精神病诊控中心。这里是诊室，这里是犯人从监区被押解出来后的等候区。”凌漠用手指顺着监狱图纸上的过道空间比画着，“就诊的时候，有管教监督吗？”

“心理治疗不同于普通疾病治疗，旁侧有人效果是不好的。”二级警督说，“但全程监控是没问题的。”

凌漠点了点头，指着等候区、诊室里的红色标记点，问：“这是什么？”

“污水处理系统。”二级警督说，“哦，连接的就是全监狱的下水系统。”

“下水道？”萧朗眼睛亮了起来。

“南安看守所事件，逃犯的逃离路线就是下水道。”凌漠说，“既然对手作案手段如出一辙，他们拿到了图纸，自然也会注意到这里的下水道。”

“监区和等候区有隔离，等候区和诊室有隔离，这里如果被突破，大批增援想从监区赶到这里，都要花时间。”程子墨说。

“如果是你？”凌漠转头看着程子墨。

程子墨坚定地点头，说道：“我看完了地形，这里是唯一的突破口。”

“医生那边，审查得严格吗？”凌漠问。

二级警督点点头，说：“这个自然，我们几十年来都是和省精神病医院合作，对医生的身份审查过后，才发放入监证明。”

“这个下水道，也是内外出入口都有锁对吧？”程子墨问。

“这个当然，入口有两把钥匙，一把在辖区管教手里，一把在监区长手里。出口的钥匙只有监狱长能接触到。”

“果真都是裘俊杰设计的，这设计风格就是一模一样啊。”萧朗说。

“看起来，即便是有了图纸，发现了这个突破口，但这么严密的设计和严格的守备，正常人依旧是没有办法可以突破的。”凌漠咬着手中的笔杆说道。

二级警督见守夜者成员们对金宁监狱的守备评价很高，满足地笑了笑。

“可是问题来了，他们驱车撞墙的目的是什么？”凌漠说道，“南安看守所的事件，之所以驱车撞墙，是因为他们可能掌握了所长是个刚愎自用的新手，而且他们有人混入了看守所。这样，撞墙的行为就是声东击西，吸引注意力。而真正的后招是在监区内。难道，他们也有人潜入了监狱？”

“这个不可能，我们接到上级通知，对监区内一千多名罪犯都进行了审核，没有发现什么特别的问题。”二级警督说。

“正常情况下，是没问题，但是他们也介绍了，我们的对手，可能不是正常人啊。”庄监狱长说。

“不过，我看了你们图纸，下水道的位置安排比南安看守所要更合理。唯一的漏洞就是等候区和诊室的下水道。”凌漠说，“而今天早上等候区和诊室没有开放，不可能有人，那么他们撞墙又是为了什么？”

“完全不懂。”萧朗摊了摊手。

“如果能分析出对手的动机，一切都好办。如果不能，就很可怕了。”庄监狱长顿了顿，接着说，“既然对手已经掌握了我们的‘漏洞’，我们就要设想一切可能性。我记得，你们抓住的一个嫌疑人会‘易容’？”

“易容也不至于，就是可以微调容貌，微调。”萧朗说。

“所以，一切我们觉得常理解释不了的事件，都有可能发生。”庄监狱长说，“既然图纸已经泄露，对手已经开始动手，我建议尽早转移杜舍。”

“啥？转移？”萧朗吃了一惊，“往哪里转移？”

“别的监狱。”

“你刚才不是说，你们监狱是守备最好的吗？”萧朗怼了一句。

“那是肯定的。杜舍目前还是安全的状态，就是因为我们的守备滴水不漏，所以不管对手想了什么办法，也没有能够成行。”二级警督依旧是一脸自信。

“那不就得了，继续严守就好了啊。”萧朗说。

“严守是可以，但是危险因素太多了。”庄监狱长说，“对手可能有各种无法预知的超能力，又获知了我们的图纸。那么，接下来我们的收监、常例诊治等工作可能都有危险。”

“不是超能力，顶多是个演化能力。”凌漠纠正道。

“这有什么关系？”萧朗不以为然，“从现在开始停止收监、诊治，不就完了吗？”

“从现在开始？那到什么时候结束？”庄监狱长冷笑了一声，问道。

“当然是我们抓住他们的时候。”萧朗回答道。

“也就是说，你们一天抓不到，我们监狱的正常秩序就要被破坏一天。如果一年抓不到，就要被破坏一年。十年抓不到，我们的监狱关门大吉？”庄监狱长揶揄道。

“那怎么可能？我们很快就能破案的。”萧朗说，“我们都抓住他们的尾巴了。”

“很快是多久？”

“很快就是……反正就是很快啦。”萧朗摇摇头，说，“反正不能转移，这个时候转移去哪儿都不安全。你敢保证转移的过程不会出纰漏吗？转移去的监狱能保证绝对的安全吗？”

“我们转移的目的地绝对也会是很安全的监狱。”庄监狱长说，“不管怎么说，至少对手不会获得目的地的图纸。转移的路程是有风险，但是长痛不如短痛。我们肯定要选择风险概率小的方案。”

“对啊，风险概率最小的方案，就是敌不动我不动。”萧朗坚持自己的观点。

“可是万一敌人再次动了起来，我们再动就来不及了。”

“你给我们一点时间，我们尽快破案不就好了吗？”萧朗说，“又不会有多大的影响。”

“这怎么说？”庄监狱长说，“一所这么大的监狱，不能收监；里面上百名精神病患者得不到诊治；上千名民警和武警天天提心吊胆、如临大敌，这还叫没有多大的影响？我是监狱长，我是绝对不能容许一个个案影响到整个监狱的安全，更不可能因为一个人影响到金宁监狱几十年的声誉。”

“你看你看，你说实话了吧。”萧朗轻蔑道，“你这就是怕担责任。万一出了什么事情，你的乌纱帽不保吧？你转移去了别人家监狱，有责任都是别人家的对吧？你当领导的，就不能有点担当吗？”

“你！”庄监狱长拍着桌子站了起来，气得脸都绿了。

“你这孩子会不会说话啊？我们这么多人都在配合你们，你们还往我们身上泼脏水啊？”二级警督也生气了，说，“一旦监管场所不再安全，转移罪犯就是最合理的手段。这是我们监管工作的原则，你懂不懂啊你。”

“不懂，我是守夜者组织的伏击者，我只管抓，我还管监管干什么？”萧朗说，“你说得是没错，但你有什么依据说你们的监狱不再安全了？这么一个封闭的小空间，只要我们注意一点，对手翻不起什么浪。”

“你说得倒是简单。”庄监狱长说，“注意一点？暂停监狱日常工作，就仅仅是注意一点？”

“从宏观上讲，当然是加强守备最简单。”萧朗说，“对手在暗处，我们在明处，我们的一举一动他们可能都看在眼里。我们所有的动作，他们可能都能找出破绽。只有我们不动，他们才最束手无策。”

“刚才监狱长都说了，我们不动，他们也不会束手无策。”二级警督说，“他们为什么费尽心思搞到监狱图纸？说明他们拿到了图纸，就有信心突破我们的防线。马奇诺防线[1]坚固吧？当年还不是被人绕了过去？”

“什么和什么啊，反正你们不能转移人。”萧朗说，“我现在就让姥爷——唉，姥爷还在病床上。我现在就让我哥向公安部请示。”

“请便。”庄监狱长哼了一声，说，“金宁监狱是司法部的直属监狱，不归你们公安部管。我是这所监狱的主官，我有权对监狱事务做决断，也有义务对监狱的所有事务担责。所以，我命令，各部门积极准备，今天下午下班前完成向司法部请示、选择目标监狱、组织转移行动的全部准备工作。明天一早，行动。”

“嗨嗨嗨，你这老头真是倔！”萧朗跳了起来，“你不听忠告，擅自行动，肯定要为你的行为埋单的。”

“我当然会承担所有的责任。”庄监狱长瞪了萧朗一眼。

“嗨，你不是我哥任命的行动指挥吗？你哑巴啦？”萧朗推搡了一下身边的凌漠。

此时的凌漠正陷入沉思状态，被萧朗推了一下，也没有从冥想状态里回过神来。他继续皱着眉头、咬着笔杆，盯着桌面上的图纸。

“你说话啊你！”萧朗急了，“这破图纸还有什么好看的？”

“不看图纸看什么？”一个声音从会议室门外传了进来，是萧望的声音。

“监狱长好，我是公安部刑侦局守夜者组织的策划者萧望。”萧望进门后，站在庄监狱长的面前立正，敬了个礼。

1 马奇诺防线（Maginot Line）是法国在第一次世界大战后，为防德军入侵而在其东北边境地区构筑的筑垒配系。防线内部拥有各式大炮、壕沟、堡垒、厨房、发电站、医院、工厂等，通道四通八达，较大的工事中还有有轨电车通道。然而看似坚固的壁垒，却被德军找到突破口而失去作用。

庄监狱长余怒未消，勉强回了个礼，又和萧望握了握手。

“小兔崽子咋咋呼呼的干吗？”萧望拍了一下弟弟的后脑勺，又转脸趴在会议桌上看着图纸。

此时凌漠已经回过神来，他指着图纸上的一部分，小声和萧望说着什么。

“监狱长非要把杜舍给转移走，你说对手不就拿到个图纸吗？有这么大惊小怪的吗？加强守备不就行了？非要冒那个险。”萧朗不依不饶地摸着后脑勺嘀咕着。

“为了全监狱秩序的维持，这是唯一的办法。”庄监狱长说，“萧望你转告你们领导，这个事情没有商量。我不可能用一个监狱的身家性命来帮你们钓鱼执法。”

“你这话我就不爱听了，怎么就是钓鱼执法了？”萧朗又像公鸡一样梗直了脖子。

萧望对弟弟挥了挥手，满脸的笑容，说：“按照监狱长指示办！守夜者组织全员配合。”

2

“我就不明白了！你们怎么胳膊肘朝外拐？他明明是错的！这就是一个愚蠢的命令！”躺在行军床上的萧朗使劲拍打着上铺的床板。

坐在一旁写字台边的凌漠摇着头微笑。

“你笑什么笑？”萧朗叫嚣道。

“我笑你没有你哥哥聪明。”凌漠一边翻着手中的资料，一边淡淡地说。

“我没他聪明？”萧朗不服气地说，“你看着吧你就！等明天过了，再说谁聪明，再说谁的决策是正确的！”

“我当了十几年警察，住监狱，还真是头一回。”聂之轩摸了摸整洁的行军床，说。

“这不叫住监狱，这明明住的是武警休息室。”萧朗说。

“萧望哥发来了一条信息，你们看一下。”程子墨在电脑面前捣鼓着。

按照傅元曼老爷子的安排以及萧闻天的决定，唐铛铛已经被安排在家里休息，这样也让她能更好地调节自己的情绪。唐铛铛一休假，电脑就成了程子墨的伙伴。

“什么呀？”萧朗一个鲤鱼打挺坐了起来，跑到程子墨的电脑前看着。

“经过对撞击车辆的检测，虽然没有号牌，但是通过车架号查询到，这辆车是被盗车辆。”程子墨说，“车主还不知道自己的车被偷了。”

“不仅被偷了，现在已经成筛子了。”萧朗说。

“和幽灵骑士案如出一辙啊。”聂之轩说，“看来，那名辅警没说错，裘俊杰真的被他们抓了。”

凌漠没有动弹，还是微微一笑，说：“他们逃离南安市的路径查到了吗？”

“视频侦查支队的同事查了。”程子墨说，“沿途一直走高速来的金宁监狱，全程超速。可惜，是在半夜行驶的，不然这么严重的超速，在下高速口的时候就被交警拦了。”

“这帮亡命之徒连命都不要了，何况只是个超速。”萧朗说。

“那摄像头能看得清车内人的脸吗？”凌漠放下手中的资料，抬头问道。

“不行，几张截图我都看了，就是铛铛在，也还原不出来。”程子墨把电脑屏幕转向凌漠。

图片里，一张模糊的车辆前脸的截图，因为驾驶座、副驾驶座的遮阳板被翻了下来，挡住了驾驶者和副驾驶大部分的面孔，所以前排的人根本看不到脸，更不用说后排的了。

“有所准备啊。”凌漠说，“大半夜的，翻下遮阳板这种怪异行为，高速收费员没有警惕吗？”

“会有警惕的，但他们走的是ETC（电子不停车收费系统）。”程子墨摊了摊手，接着说道，“有趣的不是这个。望哥发现了这个怪异行为，于是请南安视频侦查的同事继续寻找在大半夜里翻下遮阳板的车辆。结果，还真找到了一辆。”

电脑屏幕里出现了另一张图片，是一辆平头货车。驾驶座和副驾驶座也是一模一样地翻下了遮阳板，遮住了前排人员的大部分面孔，而且走的也是 ETC。

“如果是一伙的，那我们的对手人还真不少。”萧朗扳着手指头算，“如果坐满的话，十一个人呢。”

“这两辆车轨迹一致吗？”凌漠问。

程子墨没回答，等了好一会儿，萧望那边又传来了信息：“经查，两辆车没有伴行，一前一后行驶，但是在同一高速口下高速，下高速后便失去可追踪的轨迹。”

“那还说啥。”萧朗打了个响指，“没那么巧的事情，一起从南安上高速，一起走了一千公里，一起到了这里，一起翻着遮阳板，显然是一伙的。”

话音刚落，萧望再次传来消息：“货车有牌照，查了，是被盗车辆。”

“看来，咱们还真的是要打起十二分精神啊。”聂之轩有些担心地说道。

“我就说了不能转移，不能转移，固守是最好的办法！”萧朗喊道。

凌漠摇摇头，说：“我考虑的问题是，既然他们有两辆车，为什么选择用小车来骚扰？而不是用货车？”

“对啊，幽灵骑士案，明明用的就是货车。”聂之轩说。

“除非，他们的货车还有别的用处。”萧朗说。

大家立即陷入了沉默，好一会儿，凌漠喃喃道：“怎么用这辆货车呢？”

“现在说啥都没用，还得等我哥把明天转移的路线图纸拿回来看看。”萧朗重新躺回了床上，拍打着床板说，“都不听我的呀，唉！”

“你就消停会儿吧，过会儿萧望就开完会回来了。”聂之轩说。

“开个会还不带我们，有什么好神神秘秘的。”萧朗停止了拍打床板，抱着胳膊、跷着二郎腿躺在行军床上，“阿布呢？阿布去哪儿了？”

“会议记录。”凌漠看着资料，随口答应着。

过了一会儿，萧望拿着一张图纸推门走了进来。废话不多说，他直接把图纸摊在写字台上，开门见山：“目前决议是将杜舍转移到距离最近的金宁第二看守所。”

“看守所？”萧朗又一次从床上跳了起来，“我就说这帮司法老油条是在推卸责任吧？要转移也是转移去监狱啊，凭什么烫手的山芋都塞给公安？”

萧望瞪了弟弟一眼，说：“这个看守所是新建成的，守备设施也是最完善的，更是没有可钻的漏洞，所以是最安全的。虽然关押在看守所不是长久之计，却是目前最好的选择。从监狱到看守所之间的路程是五十公里，全程国道，车辆也不多，路线比较好走。监狱已经派出车辆对沿途进行进一步勘测和校正地图，达到全程无死角。”

“什么？”萧朗瞪圆了眼睛，“派出车辆勘测？也就是说，如果现在有双眼睛盯着我们的话，我们等于预先告诉了他们我们的行走路线？开玩笑呢吧？来来来，凌漠你刚才不是说我哥比我聪明吗？你来评价一下他的这个举动。”

凌漠依旧低头翻看着案卷资料，对萧朗的问题不理不睬。

倒是萧望用复杂的眼神看了一眼萧朗，不知是嫌弃还是赞许，他微笑着说：“毕竟只是一个普通的犯人，所以司法系统拨出一个班的武警护送。”

“胡闹啊！简直胡闹！”萧朗摇着头说，“什么叫普通犯人？这可牵扯了我们的对手组织的行动！一个班？七个人？”

“这不是还有我们这些人吗？”萧望指了指大家。

“警方没人吗？”聂之轩问。

“押运犯人本来就不是警方的职责，管辖权在司法。”萧望说，“不过考虑到交通因素，警方派出三名铁骑[1]开道。”

1　铁骑就是骑着摩托车的特警。

"说那么多没用，还是得靠我们自己。"凌漠放下资料走到图纸旁边，皱着眉头看着。

"地形其实还不错。"程子墨用她纤细的手指沿着地图上的道路慢慢滑动，"全程都是国道，两侧都是开阔地。即便有什么危险，也能预先知道。而且，即便他们劫持成功，也都在武警的火力范围之内，避无可避。"

"除了这一处。"凌漠指了指地图。

这是在距离金宁监狱二十多公里的一处地方，大路的南侧是一大片湖泊，而北侧是几座小山。根据卫星影像反映的绿化程度来看，这里的绿植很丰富。

"这一段大概也就两公里，两分钟就通过，应该问题不大。"程子墨说。

"南侧路旁就是湖面，只有北侧才有可能进出，要想作妖，难度也会变大。"聂之轩说。

"我知道怎么回事了！"萧朗突然没头没脑地来了这么一句，引得大家都看着他。

"《碟中谍6》你们看了没？那里面就是用一辆平头卡车藏在隐蔽处，等车队一来，就把卡车猛地开出来，把目标车辆撞击到路旁的水里，然后在水下进行劫持。"萧朗说，"刚才不还说他们也偷了辆平头货车吗？而且还不知道他们为什么不用货车去撞墙，而用小车！现在知道了吧！"

"他们开始也不知道我们的转移计划，不可能未卜先知。"程子墨说。

"关键是现在你们一勘测路线，他们就知道了呀，我说的办法是最有可能被他们使用的！"萧朗自信地说道。

"学电影里的办法，这个倒也不是不可能。"凌漠点头说，"而且，这两分钟的路段确实是最危险的，也是我们最该防范的。"

"这个好解决。程子墨，你负责在我开来的皮卡丘[1]里操纵无人机，在我们接近目标路段的时候，先将无人机升空侦察，如果有车藏在树林里，

1 皮卡丘是专门为守夜者组织的天眼小组配备的特种车辆。

我们无论如何都是可以发现的。”萧望说。

大家点头应允。

“今晚都早点休息，明天精神点。”萧望说，“现在我来介绍一下我们的行动计划，进行分工。”

早晨六点半，天刚蒙蒙亮，几辆警车的警灯闪烁，把金宁监狱的大门口照射得通明。

车队的开道车，是由三名铁骑组成的三角方阵，皮卡丘和万斤顶紧随其后。萧望驾驶皮卡丘，带着抱着无人机的程子墨；萧朗驾驶万斤顶。后面就是关押杜舍的囚车，为了以防万一，萧望让凌漠乘坐在囚车的副驾驶的位置，陪同司法部门的驾驶员，而聂之轩则在囚笼里紧挨着杜舍落座。最后压阵的，是一辆武警的装甲车，装载着一个班全副武装的武警战士。

不一会儿，厚重的监狱大门打开了一条缝。聂之轩和一名武警战士一起押解着一个瘦弱男人走了出来。男人穿着监狱的马甲，用黑色布袋套着头部，戴着手铐和脚镣，一步一步地向囚车挪动。

男人唯一暴露的皮肤，就是那一双像是枯枝一般的手。黑褐色的腕部，干枯而粗糙，紫色的青筋凸显，手腕上牢牢地铐着手铐，手铐的下方是七个暗褐色的圆形伤疤，因为疤痕组织增生而凸起于皮面，中间有条形疤痕相连，像是蜈蚣一样趴在手背上，触目惊心。

老董被杀案的卷宗显示，警方在抓获杜舍的时候，他正在用香烟自残，在自己的手背上烫伤了七处。后来据说在看守所里还感染过一次，多亏发现及时，才没有酿成全身感染。

“我靠，那烟疤……”耳机里传来萧朗的声音，但很快被萧望打断了。

“行动开始！”

杜舍被押上囚车后，随着囚车车门啪的一声关上，几辆警车同时打火，在开头三辆铁骑呼啸着的警笛声中，车队启程了。

“怎么办？我看这架势，越看越像是《碟中谍6》里的情景。”驾驶着万斤顶的萧朗通过耳机向外传话。

“别那么多废话，专心。”坐在囚车副驾驶位上的凌漠回应道。

“没到目标路段呢，那么紧张干什么？”萧朗不以为意。

前半个小时的路程果然很顺利，路面上车辆很少，就连让大家警惕的对象都没有。直到车辆和目标路段越来越近了，大家才重新握紧了方向盘。

车队已经驶到了金宁湖边，左边仍是一片旷野，但左前方的连绵小山已经慢慢地出现在了视野里。

“子墨调试无人机，大约三分钟后升空。”萧望的声音。

“前面有辆校车哈，你们开慢点，让校车先过去。”坐在万斤顶上的萧朗视野比皮卡丘和铁骑都高，他看见了远处的黄点，害怕在目标路段发生状况后，连累到校车。

在得到萧望的认可后，前排的铁骑开始放慢了速度，等着和校车在目标路段之前会车。可是，就在校车即将和车队擦肩而过的时候，校车不知道出了什么问题，突然猛打方向盘，一个侧翻，就在车队前倾覆了，而且顺着路面的横截面自北向南直接冲进了湖里。

“糟糕！出事故了！快救人！”萧朗猛地踩住了刹车，从万斤顶上跳了下来。

“会不会有圈套？”紧跟在后面的凌漠因为急刹而差点撞上了挡风玻璃。

“不会！我听见好多小孩在叫喊！”萧朗一边往湖边跑，一边说，“宁可信其有不可信其无！孩子的命等不得！”

“绝对不是录音。”萧朗跑着补充道。

“萧朗的听力不会错。”萧望一时也有点慌张，“这帮孙子不会拿孩子的命换杜舍吧？！”

“肯定是的！有好几个小孩的叫喊声！”萧朗此时卸下了对讲设备和防弹衣，直接猛地钻进了水里。

“武警同事马上下车到囚车周围保护，全部子弹上膛。”萧望命令道，

“凌漠和我一起下水救人，程子墨无人机升空，聂哥持械在车内保护杜舍！”

命令一下，所有人都动了起来。几名武警拿着95式突击步枪跑到了囚车的侧面，囚车驾驶员也拉紧了手刹，下车持枪戒备。一架侦察无人机也迅速飞了起来。

随着萧望和凌漠跳入湖中，耳机里立即传来了程子墨的声音：“注意，注意，我们后面有一辆平头货车正在靠近！全员戒备！全员戒备！”

可是此时的萧望没有佩戴对讲设备，没有人继续部署下一步行动。

“如果继续靠近，我们就射击！”武警班长蹲在了车侧，举枪瞄准。

“它变道了，它变道了，没撞我们，是想超车。”一名武警战士说道。

在武警们看来，这辆车就是正常行驶遇见了停下来的车队，所以变道超车，属于正常反应。但是他们不知道的是，在南安丢失的两辆车里，有一辆就是平头货车。

货车超越了装甲车，在车头驶过囚车的时候，大家才发现货车的车斗里蹲着一个非常高大强壮的男人，他举着一个黑乎乎的东西，正咧着嘴朝武警们笑。

大家还没有反应过来，也就转瞬之间，那个人把那个黑乎乎的东西向囚车投掷了过去。

啪的一声巨响，黑乎乎的东西牢牢地粘贴到了囚车的侧面车厢。同时，武警们的钢枪也迅速被吸到了黑乎乎的东西上面。

“磁铁！是磁铁！”一名被强大吸力吸引却坚持不丢弃手中枪的武警被吸力拖倒。

“让开，让开！”武警班长发现大磁铁的后面还拖着一根钢缆，立即意识到了危险。被这辆装甲囚车碾轧，后果可不堪设想。

货车加速行驶，立即把钢缆拉直。囚车就像是一只不愿意回家的小狗，即便四轮不动，也被货车拖拉着转向，侧着向前驶去。囚车撞击到了万斤顶、皮卡丘和三辆铁骑，但速度丝毫不减，向前扬长而去。

三名铁骑员都被车尾扫到而受伤，唯一还有反抗能力的程子墨掏出随身携带的转轮手枪射击，却因为火力远远不够而没有丝毫用处，急得她直跳脚。

好在很快，萧望、萧朗和凌漠就从水里爬了出来。

原来，当三个人游到校车附近的时候，知道自己上了当。车内空无一人。既然萧朗听见了孩子的喊叫，说明这是故意让他们听见的一个圈套。萧朗不仅仅是郁闷，更是纳闷，他确定自己听见的绝对不是录音机的声音，而是实打实的人声，可为什么这会是个圈套呢?

湖水之下看不真切，但萧朗能感觉到，校车内钻出了一个人影，像是鱼一样在水里穿梭，速度很快。萧朗尝试着游泳追了一下，但对方似乎不仅是速度快，而且还越游越深，像是不需要换气一样。

萧朗知道以自己的能力是不可能追上他了，而且岸上的巨大碰撞声让他知道出了大事，于是和萧望、凌漠一起上了岸。

“怎么办？怎么办？”程子墨此时抱着无人机和遥控器，拿着转轮手枪不知所措。

“追！”萧朗看见货车在远处正沿着国道继续行驶，于是跑到铁骑身边，扶起摩托车就开追。凌漠也载着程子墨，和萧望一人一辆摩托疾驰而去。

3

三辆铁骑闪着警灯，在尘土飞扬中疾驰。可是因为道路有弯道，在他们驶出一公里多之后，就看不见被劫持的囚车的影子了。

打头的萧望一个刹车停了下来，说：“不能漫无目的地追，子墨上无人机。”

话音刚落，无人机立即升空了。

没有了摩托车引擎的声音，萧朗像是发现了什么，他侧耳倾听着。

无人机向空中飞去，却在前方不远处一片小山密林的上空突然失控，直挺挺地掉了下来，嘭的一声落入了草丛。

“怎么回事？”萧望警觉道。

“不知道啊！”程子墨用力地按着遥控器上的每一个按钮，“明明还在遥控范围之内的。”

“会不会是没电了？”萧望问。

“不会，刚才显示屏上还显示有两格！”

“嘘！”萧朗做了个噤声的手势，等了一会儿，说，“走，左前方，我听见聂哥的声音了！”

这句话像是一针强心剂，大家重新抖擞精神，跟着萧朗的摩托径直开进了路边的密林之中。不一会儿，一辆平头货车和它拖拽着的车头已经被碰撞变形的囚车就出现在了密林当中。同时出现的，还有聂之轩隐约的呻吟声。

摩托车刚刚停稳，萧望就一个箭步冲到了装甲囚车之上。

聂之轩正坐在囚车的座椅上，侧身靠着车厢壁，豆大的汗珠不断地滴下来。走近一看才知道，因为磁铁的巨大吸引力，聂之轩的假肢被牢牢地吸附在车壁上，动弹不得。可能是因为吸引力出现得太迅猛，又或是聂之轩的挣扎，导致他假肢和躯体连接的部分发生了撕裂。血已经染红了聂之轩的衣衫，剧烈的疼痛也让他的意识逐渐不再清晰。

“聂哥，聂哥，你还好吗？”萧望凑上前去检查聂之轩的生命体征，好在看起来并没有生命危险。

“我没事，没事，快，快去救人。”聂之轩用手指着北方，说，“豁耳朵，我看到豁耳朵了，他上来开了杜舍脚镣的锁，把人给……给掳走了。往……往那个方向。”

“子墨，子墨，快叫救护车，同时叫支援！”萧望命令道。此时，只有程子墨还戴着对讲机，其他人的对讲机都在下湖救人之前摘掉了。

“呼叫指挥中心，呼叫指挥中心。”程子墨对着耳麦喊道，可是并没有任何回应。

程子墨不甘心，切换了无线电通路，接着喊道：“武警护卫班，武警护卫班，收到回话。”

可是那几个被“缴了械”的武警似乎也没有任何回应。程子墨从口袋里掏出手机，拨了 110，依旧是无法拨通。

“我们被屏蔽了无线电信号，之前无人机的坠落也是因为这个。”萧望给聂之轩简单检查完伤情，说道，“看来为了应急，只有靠我们几个人了。子墨，你赶紧骑车出去呼叫支援。”

“来……来得及吗？人已经……已经被掳走了。”聂之轩的声音里夹杂了痛苦和自责。

“没事，和你没关系。”萧望安慰道，“看起来，他们并不想伤害警察，所以，没事。而且，武警的枪还全部在这里，他们并没有拿走。”

说完，萧望指了指车窗外露出的枪柄。车窗外除了枪柄，还有一个脑袋，是萧朗的。萧朗此时一只脚撑地，另一只脚踏着车厢壁，想把磁铁掰下来，可是磁铁纹丝不动。他又想着从磁铁上拽下一支枪，可是钢铁附在磁铁上也是纹丝不动。

“哪是他们没有拿走枪！这明明就是拿不走。”萧朗掰得满头大汗。

“别费劲了，等程子墨找来救援，再找一块磁铁的另一极才能将它排斥掉。又或者是给磁铁通电或加热，消除或减弱它的磁性。总之，硬掰是没希望的。”萧望说，“走，我们进去看看，再往北就是一片旷野，我猜他们不会轻易到北边去。”

安抚好聂之轩，萧望、萧朗和凌漠骑着两辆摩托车在密林里穿行，希望能够发现一些痕迹或者线索。

不一会儿，眼尖的萧朗就发现一座小山的边缘有一个山洞洞口。

“山洞！那里有山洞！”萧朗说，“我说呢，就这么大的地方，能藏哪儿呢。”

萧朗停下摩托车，拿着从程子墨那里留下来的换过子弹的转轮手枪，以标准的持枪搜查姿势向洞口挺近。

萧望则考虑得更加周到，他一个急刹，摩托车转了九十度，车头大灯正好指向山洞内部。一束光线直接照进了洞内，弥补了他们没有携带手电筒的缺憾。可惜，山洞太深了，又或是有弯道，所以并不能照得太远。

"出来吧，你们已经被包围了。"萧朗的声音在山洞里回旋。

萧望和凌漠没有枪，一人捡了块砖头，一人捡了根棍子拿在手里防身。他俩走近了萧朗，萧朗小声对他们说："为什么你们把车停在山洞外面，我还能闻得见摩托车尾气的气味？"

凌漠听萧朗这么一说，低头一看。借助着洞口摩托车的灯光，凌漠发现地面上似乎有两行整齐的压痕。

他俯下身去，观察着地面上的压痕，说："糟糕，这山洞的地面上有轮胎印痕，看宽度，是摩托车的。"

萧望和萧朗低头一看，还真的是这么回事，两条很明显的轮胎印痕从他们的脚下一直向山洞的深处延伸。

"事先在山洞里准备了摩托，从另一个洞口逃窜了？"凌漠很是担心。

"可是，这洞里感觉二氧化碳超标呀，两头通风的山洞，不会这样。"萧朗缩了缩鼻子，鬼头鬼脑小声说道。

"二氧化碳是无色无味的，你怎么知道？"萧望也小声说道。

"不知道怎么描述，总之就是气味不对。"萧朗说。

"嗯，通风的山洞确实不会这么潮湿。"凌漠摸了摸洞壁，手掌都是潮湿的。

萧望像是明白了些什么，微微一笑，大声说道："山洞里的情况我们不熟悉，不能贸然追赶，我们驾车包抄到后洞口！"

萧朗和凌漠会意，三人一同退出了山洞。到了洞口，萧望驾驶着摩托车绕过山边，向北方驶去。萧朗和凌漠守在山洞外十米远的大树后面，持枪以待。

不一会儿，山洞的洞口果真冒出一个脑袋，探头探脑。

萧朗瞬间举起转轮手枪，却被凌漠一把拦了下来："别急，人还在他们手上。"

又过了一会儿，一个高大的壮汉率先从山洞里走了出来。紧跟着，一个长得黝黑的瘦高个儿挟持着一个戴着黑色头套的人，出现在两人的视野里。最后还有三个穿着黑色衣服的人，衣服宽大而封闭，几乎都看不清男女。

而恰恰就在此时，萧朗听见自己的南边传来了汽车引擎的声音，显然是有一辆汽车正在从远方向他们靠近，如果汽车驶进密林，虽然要在树林里绕行，但不出十分钟也就可以出现在眼前。很简单，这帮人果真是想利用调虎离山之计引开萧朗他们，而接应这帮人的车辆已经越来越近了。

现在顾不上敌我的悬殊了，萧朗举起手枪就是一发精准射击。

随着啪的一声枪响，这帮人训练有素地向四方散去，瞬间隐藏在了密林深处的灌木丛里。而萧朗的目标——那个黝黑的瘦高个儿却应声而倒，他所挟持的杜舍也随之倒地。看起来，杜舍应该是被击晕了。

"爆头了！救人！"萧朗一声令下，和凌漠从两个方向朝杜舍的方向冲了过去。

"其他人从四个方向包抄，一个人都不能给我放跑了！"凌漠边跑还边咋呼，声音里一点儿也听不出来他们只有两个人而带来的心虚。

来到了杜舍身边，几乎来不及看那个被爆头的黝黑瘦高个儿，萧朗赶紧去搭了一下杜舍的颈动脉，面色瞬间放松了下来。他一不做二不休，拉着晕倒的杜舍就往囚车的方向撤离。凌漠从他手里接过转轮手枪，在身边警戒。

还没走出五步，那个被爆头的黝黑瘦高个儿像是一条泥鳅一样蹿了起来，直接把凌漠顶了个倒栽葱，凌漠连话都没喊出来，手中的手枪就飞了出去。

"我靠！诈尸！"萧朗吓了一跳，加快脚步拖动杜舍，但很费劲，"看不出来你还挺沉的，真会藏肉啊你，平时吃那么多干吗？"

倒地的凌漠从小腿上拔出军用匕首，向追击过去的黝黑瘦高个儿刺了过去。未承想，这个瘦高个儿根本不理睬凌漠，径直向萧朗追去，凌漠的匕首硬生生地刺在了黝黑瘦高个儿的后背，却像是刺在了牛皮之上，刀刃丝毫无法进入他的体内。不仅没有伤着对方，凌漠还被什么拖住了右腿，再次摔在了地上。

从声音来看，接应他们的汽车越来越近了，而萧朗又无法摆脱那个瘦高个儿。雪上加霜的是，对方已经看出了萧朗和凌漠并没有援军，于是最先出现的，是那个高大壮汉，而且出现的地方是在萧朗的背后。

萧朗成了前后被夹击之势。

"来啊，来啊，我是守夜者组织的伏击者，你们俩也打不过我。"萧朗干脆放下了杜舍，脱掉身上湿漉漉的作训服，露出健壮的肌肉。

两个对手愣了一下，对视了一下，几乎同时向萧朗袭来。

因为要守在杜舍的身边，萧朗知道自己不能一味地后退，于是护住自己的胸腹，准备硬生生接下这两拳。可是，他是真的轻视了自己的对手。因为他万万没有想到这两拳的力量有这么大，尤其是那个壮汉击出的一拳，若不是萧朗早有防备，真的可以直接击碎他的五脏六腑。硬生生的两拳把萧朗击飞，好在萧朗用脚尖钩住了杜舍的手铐链条，在飞出去的同时把杜舍也带了出去。

两个人伸手去抓杜舍的脚，却没有抓住，壮汉的手指钩住了杜舍的头套，倒是把头套给摘了下来。

那是一张陌生又熟悉的脸，对壮汉和瘦高个儿陌生，但对萧朗来说非常熟悉。头套之下，根本不是什么杜舍的脸，而是阿布的，被击晕了的阿布的脸。

在场的所有人都愣住了。

壮汉和瘦高个儿显然是大吃了一惊，他俩似乎恼羞成怒，面露凶相。壮汉从背后掏出了匕首，而瘦高个儿捡起了之前凌漠抛飞后掉在他脚边的转轮手枪。

痛得死去活来的萧朗，无论平时有多能打，此时也没有了反抗的能力。只能眼巴巴地看着两个人持着匕首和手枪一步一步走来。

"靠！我俩的小命到此为止了吗？"萧朗笑着对同样受伤倒伏在对面的凌漠说，"是不是我俩在一起，就比较倒霉？"

凌漠则不停地向萧朗使着眼色，要他在关键的时候，最后奋起一搏。

正在此时，突然传来一阵密集的枪声，以及子弹击打到铁皮上的碰撞之声。

“我的 05 式微冲，哈哈，还有我的 79 式微冲。”萧朗的嘴角流出一丝血迹，他知道腹部的剧烈震荡，让他的胃出血了。不过这都不打紧，这一阵枪声，他听出是几把微型冲锋枪发出的声响。这说明武警班的战士们从万斤顶上取到了枪，并及时地赶来支援了。

“收队。”远处的三个黑衣人中间，突然发出了一声极其刺耳的尖啸。

远处的车声突然发生了转向，听声音，似乎有一侧轮胎被打爆了，吱吱呀呀地越行越远。而正准备袭击萧朗和阿布的两个人咬了咬牙，收起了手枪和匕首，和三个黑衣人会合，踏着灌木丛向北方逃离。

“不能让他们跑了！快，快追！”萧朗看着几名持枪武警战士正在向他们移动，使劲挥了挥手，示意让他们朝北追去。

凌漠连忙喊道：“留两个人照顾阿布！”

武警战士还没追出去两步，刚刚逃脱的那几个身影又缩了回来，还是如鬼魅一般，瞬间再次钻进了山洞。在钻进山洞的一刹那，突然噗的一声响，一颗绿色的信号弹腾空而起，划出一条美丽的弧线。

“他们又撤回来了？怎么回事？”武警班长问道。

“放信号弹？找帮手？”凌漠问道。

萧朗也是纳闷，抬头看了看。不知道有多远，透过密林，信号弹映射的天空北边，他似乎看到了半空当中有彩虹在闪烁。他知道，北边已经被大量警察包围了。

“看来是我哥和子墨搬来了救兵，从北边形成包围圈了。今天这帮人，一个也跑不了了。”萧朗挣扎着站了起来，抢过一名战士手中的 05 式微冲，就准备往山洞里冲。

“你干什么？”凌漠从背后拽住了萧朗。

“进去抓人啊。”萧朗的声音可以听出他依旧在忍耐着疼痛。

“别去，他们拿了你的转轮枪。”凌漠说，“危险。”

“危险啥？”萧朗指了指身后的武警战士，说，“我们有七八个人，他们就五个人。我们这么多条枪，他们就一把没威力的破转轮，还只有六颗子弹。”

“那也危险！”凌漠的语气不容商量，“你们进去，就在明处，山洞里没光线，他们在暗处。即便穿着防弹衣，也依旧危险，更何况你没穿防弹衣。”

“那怎么办？耗着？他们一会儿估计还有救兵！”萧朗有些心急。

“里面的人听着，你们已经被包围了，速速缴械投降，争取宽大处理。”此时武警班长已经拿了扩音喇叭在喊。

萧朗的听觉灵敏，被扩音喇叭吵得吓了一跳，心烦的他一把夺下喇叭，说：“行了行了，喊有用的话，我们早就把他们抓了。”

僵持了大约二十分钟，山洞的洞口有了动静。地面上的草丛有窸窸窣窣的响声，就像是有小动物正在移动。

“这又是什么幺蛾子？”萧朗重新集中了精神。他看见一只金属蜘蛛一样的东西，正在迅速地向他们袭来。

“什么？铁蜘蛛？玩红警吗？大家卧倒！”萧朗眼看着铁蜘蛛越来越近，二话没说，举枪射击。

多枚子弹打中了铁蜘蛛，但并没有像萧朗想象的那样发生剧烈的爆炸，而是扑哧一声，以铁蜘蛛为中心，向周围散发出了大量的烟雾。

“催泪瓦斯！催泪瓦斯！有防毒面具吗？”大家都开始了剧烈的咳嗽，而且眼前的视线已经一片雪白，什么都看不见了。

“没有！没有！”武警班长不知道在哪里勉强回答着。

“咳咳！快，快，呼叫对面，让对面做好防范！他们要是也被‘烟雾’了就麻烦了！”萧朗喊道。

“不行，不行，电台不通，电台不通！”武警班长回应着。

事已至此，萧朗别无选择。他屏住气、眯着眼，向烟雾最浓重的地方挺近。隐约之中，他似乎看见了一行人影。

管不了那么多，萧朗又是一梭子子弹打了过去。可是，子弹像是击中了什么金属物件。原来，壮汉在洞口拎起了铁骑的摩托车，当作掩体，掩护着几个人向北逃窜。

4

“我就不信你们五个人能坐一辆摩托车。不对，好像印度人一辆摩托车能坐十个人。”萧朗一边想着，一边艰难地越过被催泪瓦斯污染的区域，一把鼻涕一把泪地又越过了山洞旁边山坡的反斜面，终于看见了即将接近北边包围圈的几个人影。而且，那个操控铁蜘蛛的黑衣人正蹲在地上准备放出第二只铁蜘蛛。

“还来？”萧朗举枪瞄准。

可是，在他扣动扳机的一瞬间，另几只铁蜘蛛已经嘎吱嘎吱地迅速向北方包围圈挺进。虽然黑衣人已经被击倒，但是萧朗知道自己还是慢了一步。

果然，不一会儿，随着几声枪响，北边已经变成了一片迷雾。

“Maxwell！”还是那声尖啸，充满了幽怨和哀伤。

剩下的四个人只留下了这声尖啸，两人坐在摩托车坐垫，两人站立在摩托车两侧脚踏板上，保持着这个姿势，驾驶着摩托车向北边迷雾区域驶去。

也就十秒钟的时间，摩托车就绝尘于迷雾之中。而这么短的时间，纵使萧朗对枪械极为熟悉，也还是没能及时换好弹夹再次射击。为了不伤到迷雾中的自己人，他只有作罢，焦急地跳着脚。

突然，萧朗想到了什么，他急忙向被击倒的黑衣人处跑去。为了防止类似的事件再次发生，他谨慎地靠近躺在草地中央的黑衣人。这一次，黑衣人不会再“诈尸”了，因为他的身下一大片草地都被鲜血染红。

萧朗把枪倒背到后背上，走上前去探测黑衣人的颈动脉，又扒开他的眼皮看了看瞳孔。眼前这个黑衣人早已没有了生命体征。

萧朗一把扯掉黑衣人的兜帽，又扯开了他的口罩，一张陌生的面容展露在萧朗的面前。虽然面孔陌生，但是萧朗知道自己对他还是很熟悉的。因为，他看见了黑衣人那一只畸形的左耳。这个被萧朗当场击毙的人，居然就是萧望一直找寻不到的豁耳朵。

“豁耳朵？”此时凌漠已经赶到了萧朗的身边，他也上前探了探黑衣人的颈动脉，说，“死了，可惜了。”

“不死也跑了，反正抓不到活的。”萧朗悻悻地说。

“行动失败了。”凌漠垂头丧气，“刚才电台通了，望哥说那边一团糟，对方几个人驾驶摩托车时，趁乱换了一辆来接应他们的商务车，向北边逃窜了。他们尝试射击，但无果。”

“预料到了。”萧朗也是垂头丧气，“收队吧——嘿，我们才叫收队好不好！”

金宁监狱招待所会议室里，守夜者组织几名成员围坐在会议桌前。

聂之轩肢体断端已经包扎好了，并重新安装了假肢。虽然活动起来没有以前那么利索，但看起来并没有太大的影响。阿布因为脑震荡，还在住院，不过医生说了并没有生命危险。

“哥，你真贼。”萧朗被催泪瓦斯熏得到现在还两眼通红，但还不忘贫嘴，“来了个狸猫换太子，对我们还保密！”

“只有连你们都保密，才能做到以假乱真。”萧望微微一笑，说，“只有我和庄监狱长知道这个事情。”

“说到以假乱真，阿布手臂上的烟疤做得是真像。”程子墨说，“不过包括我们和对手，可能都不知道杜舍的烟疤是什么样子的，但是一看阿布做的烟疤，都会相信那就是杜舍。”

“阿布的模拟画像其实比特效化装术更厉害。”凌漠看着那张从阿布手臂上撕下来的特效化装乳胶，“不过这个确实很逼真了，至少一看就是个四十多岁、营养不良男子的手臂皮肤。”

阿布是一个二十出头的卷发男孩，平时戴着一副圆框眼镜，皮肤白皙，身材瘦弱。遇见生人的时候，阿布很容易害羞。但是这个看起来文绉绉的小男孩，却是守夜者组织里模拟画像和特效化装的高手。之前一直没有看到过阿布大显身手，这一次还真是一鸣惊人了。

“开始没看到阿布，我还以为他小子又是躲在后台协助呢。没想到，他那么文文弱弱的，也是可以横刀立马的。看来，守夜者没㞞人啊。”萧朗赞赏道。

“横刀立马啥啊，我俩都无法反抗。”聂之轩自嘲道。

“聂哥你那是特殊原因。”萧朗安慰道，“不然他们也没那么顺。”

“总之任务还是失败了。”聂之轩还是自责。

“不。”萧望说，“我们只付出了三名交警和两名组员轻微受伤的代价，就换取了击毙一名犯罪嫌疑人、摸清部分对手特征的战果。这不是失败，而是成功。”

“至少，是不完美的行动。”聂之轩说。

“因为我们给他们准备的时间有限，所以他们的计划也不是完美的。不过，我还是低估了对方的实力，总觉得我们的计划已经天衣无缝了。”萧望也有些自责地说道。

“我觉得还是要找他们司法部门的麻烦。”萧朗说，“不是说好了勘测地形吗？结果那么大个山洞都没勘出来。”

“这个怪不了他们。他们的主要职责是勘查路面、车流以及周边的环境。”萧望说，“就几个小时的时间，让他们把连绵五十几公里的地形以及周围设施全部搞清楚，不现实。那个山洞挺隐蔽的，不进山是不知道的，甚至周围的居民都不知道。而且山洞又不可能在卫星图上显现出来，所以没有发现也没什么好苛责的。”

“查到了山洞，说不定他们又躲水底了。”凌漠耸了耸肩。

“不过站在他们的角度，也许他们认为自己的计策天衣无缝了。”萧望指着面前的一块白板，解说对方的计策，“刚刚当地警方对他们有可能使用的车辆进行了分析，应该都是被盗车辆，摘了号牌，而且他们几乎不出现在人口密集、有视频监控的地方，所以无法追踪。”

“那可不，阿布被锁在车上的脚镣都能瞬间打开，那车锁对他们来说算个啥？”萧朗插话说。

萧望点点头，接着说：“通过对山洞的勘查，山洞内的地形比我们想象中要复杂得多，而且，这帮人还对山洞里面进行了改造，有陷阱、铁质的绊马索、尖刺地钉等等。总之，山洞的深处就是一处机关重重的危险之地。”

“你看，我让你别进去是对的吧？”萧朗捅了捅凌漠。

凌漠一脸无奈：“明明是我不让你进去吧？”

“你肯定记错了。”萧朗嘴硬。

“我们的对手是这样设计的，待车队行驶到金宁湖边的时候，有一个人驾驶一辆校车故意侧翻入湖，同时设计了假的呼救声。我们毕竟是警察，不可能对意外事故不理不睬，所以他们这一步棋是逼我们停车，最好的效果是能分散几个人入水救人。他们的目的达到了。”萧望指着白板上的图形说，“紧接着，他们使用盗用的经过车厢磁化处理的小货车超过我们的车队。之所以用货车，一是从正面看不到货车车厢内的情况，二是他们投掷完磁铁后，我们射击他们，他们也可以把车厢板当掩体。磁铁吸附上囚车后，不仅可以把我们缴械，还可以当成拖车，直接把囚车拖出车队，甚至囚车在他们的车辆后面，形成一个自然的挡箭牌。”

“其实这是一记险招，路上要是有其他车辆会车，也被磁铁吸上了，他们就拉不动了。”凌漠说。

萧望点头认可，接着说：“所以他们用最快的速度沿着右侧路边行驶，到密林之时，一个大急转，钻进了树林。在这里面他们就安全了。本来，也许他们还打算和车内的守卫对抗一下的，毕竟囚车空间有限，不可能有多个守卫，他们自恃人多，也就不怕。可没想到，聂哥也因为磁铁的作用直接丧失了抵抗能力。”

“也可能他们对我们很了解，知道我们会集中优势兵力在周围守备，而车内守备的一定会是兼懂公安业务和医学的聂哥，所以他们选择了磁铁的方法，一举多得。”凌漠说。

“不排除这种可能。”萧望说，“他们把阿布击晕后，劫持到山洞内。山洞已经预先准备好了各种机关，以及假的摩托车轮胎印痕。目的很简单，我们要是骑着摩托进洞追赶，会中机关被困。要是绕道追赶，也同样是把洞口重新留给他们。等到我们走后，他们重新出洞，由之前开校车的人驾驶其他车辆来接他们从公路离开。这是他们打的如意算盘。”

“可是他们没想到我们看穿了他们调虎离山的计谋，而且我们的后援部队到得那么快。”萧朗说，“更没想到，从一开始他们的目标就错了。”

“武警赶到的时候，把那辆接应车辆给逼走了。他们想往北逃窜，再寻接应地，却碰上了我和我带来的特警。”萧望说，“所以，他们重新退守精心设置过的山洞，认为这里是最安全的。同时，他们发射信号弹，召唤另一辆接应车辆，就是那辆从北边驶来的商务车。其实，他们发现杜舍是假的，又折损一人，这才刚刚好可以挤上一辆摩托逃窜，不然他们也是跑不了的。”

“催泪瓦斯铁蜘蛛还是很厉害的。”萧朗说，“比一枚烟幕弹造成的迷雾面积大。”

“而且信号屏蔽，我们无法联络。”凌漠说，“这些时间节点他们算得是非常精准的。”

“对了，为什么信号会屏蔽？他们带了屏蔽仪器吗？”聂之轩问道。

“这么大的屏蔽面积，如果是使用仪器，那仪器个头可不小。”凌漠说，“我怀疑这是他们其中一人的演化能力！”

“对了，我击毙豁耳朵的时候，他们中间有人喊什么麦克斯韦。我记得麦克斯韦不是无线电之父吗？”萧朗说，“会不会豁耳朵就是那个可以屏蔽信号的人啊？”

“演化能力依赖于个体的生命体征。在你击毙了他之后，我们依旧是被屏蔽的。在他们逃离到很远的地方的时候，我们才恢复。”萧望说，“所以我认为能够形成电磁干扰的人，应该不是豁耳朵。豁耳朵可能外号就是麦克斯韦，他应该是机械师。但只是制造无线电装置、机械装置的人，而不是干扰信号的人。”

“嗯，差不多。铁蜘蛛就是他放出去的，我看得真真切切。”萧朗赞同。

“所以，我们几乎可以看得出这一次出现的几个人的特性。”萧望说，“在水下，萧朗你看得见对方的身影吗？”

“看不见。但是可以确定车内出去的就一个人，游泳很快，不用换气。”萧朗说。

“嗯，这个人可能是声门部位有演化能力，可以水下闭气，可以发出各种模拟声音。”萧望说，“之前萧朗听见车内有很多小孩子的声音，而且不是录音。那么唯一的解释就是有人在模拟发声。”

“这个演化能力好，可以去表演 B-box[1]。”萧朗说。

“山洞这边的五个人，一个是精通机械的豁耳朵；一个是力大无穷，可以举得动成吨的铁块和摩托车，还可以一拳把萧朗打飞的大力士。”萧望说。

萧朗立即打断了哥哥的话，说：“哎，别乱说。我当时是为了保护杜舍，不不不，是阿布。不然我能闪过那一招的。躲过了那一下，被我反击了，谁输谁赢还不好说呢。”

萧望没有理睬弟弟，接着说：“另一个，被萧朗击中了头部，却没大事。结合你们对他外形的描述，我分析他有可能是皮肤组织有‘演化’，比如演化成皮革样，变硬变厚，导致威力不大的转轮手枪子弹无法穿透皮肤。”

“金钟罩、铁布衫啊！”萧朗说，“这就是传说中的绝世武功吗？看来武侠小说并不都是无稽之谈啊。不过你说得对，后来我用微冲扫射的时候，是大力士举着摩托挡子弹，而不是让皮革人直接断后挡子弹。这说明对于微冲的子弹，他也是怕的。”

“嗯，你这一句有道理。”萧望点头沉思。

“什么叫这一句有道理？我哪句没道理了？”萧朗自豪地说。

“还有一个似乎就是可以屏蔽所有无线电信号的人。最后，剩下的一个人，似乎什么也没有做。”萧望说，“我们看不出他的演化能力，我分析他有可能是行动的负责人，那几声尖啸声，就是由他发出来的。”

“对了，他们的第一声命令，听起来，像是‘收队’？”凌漠说。

“是的，我听得清楚，就是收队。”萧朗说，“他们把自己想象成警察

1　一种音乐类型，用人体口腔发出有节奏的声响。

了吗？”

“萧朗这样说的话，还真是提醒了我。”萧望说，“你们看，他们全程有机会，却没有伤害我们任何一个穿警服的。一是在囚车内，聂哥没有反抗能力了，他们明明随身携带匕首，但是宁可让聂哥把信息透露给我们，也没有去灭口。二是阿布的面罩被揭开之后，他们恼羞成怒，却没有上前去伤害他。三是萧朗和凌漠已经被击倒，他们甚至拿到了转轮手枪，却也没有去伤害两人。说明，他们并不想去伤害警察。之前也是，使用了校车，却仿造声音，并没有找一帮小朋友去冒险，如果真的有小朋友，我们救人都来不及，怎么追他们？”

“我那不是被击倒，是后仰动作，为了缓冲力量，保护自己。”萧朗辩解道。

“说明他们还不算穷凶极恶？”凌漠问道，“对了，我记得萧朗在提到‘守夜者’三个字的时候，那两个家伙还愣了一下。”

“这你也看得出来？”萧朗诧异道。

“凌漠的特长就是察言观色。”萧望说，“凌漠，你有什么看法？”

“结合幽灵骑士手中的字条，我在想，对方组织会不会……也叫‘守夜者’？”凌漠猜测道。

“那也是假冒的守夜者，我们才是正宗的！”萧朗挥舞着拳头说道。

凌漠的猜测让大家陷入了沉思，确实，幽灵骑士手中的字条，直到现在也没人能给出合理的解释。凌漠此时的猜测，还真是有那么一番道理。但令人沉思的，并不仅仅是这个，而是，为什么对方也叫“守夜者”？难道，守夜者组织之内，真的有个两面人吗？

“不管怎么样，现在我们已经窥豹一斑了。”萧望说，“大力士、皮革人、人形干扰器、声优、老大。现在我们至少知道了对方五个人的特征，而且，后面还有车辆来接应他们，萧朗之前也说了，他们可能有十个人左右，所以我们后面的路还是很难走。我们暂且把对手组织称为‘黑暗守夜者’，简称‘黑守’，作为代号，便于后续工作。下一步，聂哥配合当地警方对豁耳朵，也就是他们口中的麦克斯韦进行尸检，寻找线索。我们其他人，以丢失车辆的特征和轨迹、这些演化者的演化能力为抓手，继续寻找这些人的下落。既然我们一击不中，他们究竟会迅速逃离、另作打算，还是会继续策划第二轮行动，还不可知。所以，我们的时间不多，务必集中精力，争取尽快抓住他们的尾巴。”

“是！”几个人异口同声地应道。

“这一击还是不错的。”萧朗边收拾桌上的笔记本边说，“哥，你这次钓鱼执法，是怎么确定对手目的的？”

“这不叫钓鱼执法。”萧望瞪了弟弟一眼。

第三章

血腥的四分之一

在不幸的源头，总有一桩意外。

——让·波德里亚

1

“我给你解释一下吧。”萧望看了一眼萧朗，说，“我们说的钓鱼执法，也就是英美法系中所说的执法圈套。从法理上分析，当事人原本没有违法意图，在执法人员的引诱之下，才从事了违法活动。钓鱼执法是执法者严重的错误行为，是政德摧毁道德的必然表现。当然，咱们大陆法系对此也有严格限制。为了取证，诱惑当事人产生违法意图，这是国家公权侵犯了当事人的人格自律权。所以，钓鱼执法获取的证据是不能作为证据的；钓鱼执法引诱当事人犯罪，当事人应该是免责的。”

“不是只有正当防卫才免责吗？”萧朗说，“这个我就不理解了，不管谁引诱，只要他犯了罪，还能免责？”

“必须免责。”萧望说，“这是法治的表现。”

“法治是要法治，但也不能纵容违法吧。”萧朗有些不满。

“法治就是绝不容许勾引和陷害。”聂之轩说，“执法部门假装乘客抓黑车、警察串通妓女招嫖，为了罚款，这样的行为才是违法。国内也有这样的案例，警察被判了刑。”

“黑车本就是违法，执法人员勾不勾他，他都会拉客啊。”萧朗说，“这些人是有违法意图啊。”

“既然你设了局，就没法确定你没有设局时别人有没有违法意图。”凌漠说，“不能有罪推定。”

“那你说咱们这次是不是钓鱼执法？”萧朗不服气。

“我们不是钓鱼执法。”萧望接着说道，“对方采取了一系列行动，为的就是逼我们转移杜舍。所以，我们只是为了安全起见，用阿布替换了杜舍，意在保护杜舍。对方的行为不是我们引诱的，对方原本就有犯罪的意图，全部行动都是由我们警方完成的。充其量，我们设计的，不过就是一个局中局罢了。”

“也就是说，对方一直是在刺激我们，逼我们转移杜舍？而且，你从一开始就已经识破了对方的计谋？”萧朗看着哥哥。

萧望笑了笑，点了点头。

“因为之前寻找裘俊杰是我的任务，所以对于此事，我比你们有更加准确的直觉。”萧望说，“从接到辅警的报警时，我就开始怀疑了。”

“那个辅警有问题？”萧朗问。

萧望摇摇头，说：“我也曾怀疑这个辅警有问题，但后来对他的调查报告显示，他并没有问题。我开始的怀疑，还是缘于裘俊杰‘被掳’的时机问题。”

“嗯，山魈刚刚被捕，裘俊杰就被抓了。”凌漠简短地回应着。

“是啊，你们可能不知道，我之前花了多少心思去找这个裘俊杰。”萧望说，“现在已经是信息化时代了，警察要找一个人，还真不是一件难事。可是，我几乎动用了所有公安的资源，都没能找得到他。所以我认为，黑守也是不可能轻易找得到他的。可偏偏在山魈被捕、唐老师发现某些端倪、黑守组织面临暴露的危险、唐老师遭到杀害这一系列事件之后，裘俊杰突然就被找到了。这个时机，是不是有点太巧合了？”

“有点儿狗急跳墙的意思。”凌漠说。

“在这个节骨眼上，突然找到了裘俊杰，还被我们知道了，这是不是有点太刻意了？”萧望微微一笑，说，“但毕竟只是推测，如果他们真的找到了裘俊杰，中国这么大，这么多人，还真是有可能被人看到，然后报警，然后被我们知道。所以，我需要进一步求证。”

“查辅警吗？”萧朗问道。

“不，还没到那时候。”萧望说，“后来我们一起去了派出所，了解了案件的情况。我又发现了几个没法解释的情况。首先，发现的地点是辅警家楼上一间之前一直没有人租住的空房子。这就非常有意思了。你想想，南安市这么大的地方，这么多空场地，这么多隐蔽的地方。哪儿不能拷问？非要花钱租一个空房子来拷问？就不说别的，考虑到他们撤离得这么快，监控也没有发现异常的行人，大家分析他们有车辆。好吧，为什么不能在车子里审？而要大费周折地租个房子？”

“说不准他们做好了长期工作的准备呢？总需要个地方休息，或者轮班吧？”萧朗猜测道。

“好，这一点算是可以牵强地解释过去。”萧望说，“那么第二个问题就比较难解释了。你们看，根据辅警的描述，他似乎听见了‘裘俊杰’‘图纸’的声音，以及拷打的声音。这显得也太刻意了，难道整个拷问的过程就只说这两个词吗？”

“其他的没听清吧，那个辅警说的。”萧朗说。

萧望笑了笑，说：“其他的都没听清，这么关键的、可以让整个警方包括整个守夜者组织都警觉的两个关键词却听清了？还有，这里有个逻辑，你们看看。在整个拷问的过程中，‘图纸’这个关键词肯定会出现，这不稀奇。但是‘裘俊杰’这三个字也出现，就不好解释了。黑守的人拷问的时候应该直接问‘图纸在哪里’什么的，总不会说‘裘俊杰，你告诉我图纸在哪里’，这个没有必要吧，毕竟只有一个‘犯人’。裘俊杰在被拷问的过程中，就更不会称呼自己的名字了。那么，‘裘俊杰’这个关键词是怎么传到辅警耳朵里的呢？”

“所以我说是不是辅警有问题啊？”萧朗接话道。

“是啊，这也是我一开始怀疑辅警的原因。”萧望说，“所以我最先做的一件事情，就是请求萧局长派人调查辅警。这个辅警的背景吧，很简单、很单纯，查过了，没有问题。所以，我决定要到现场去看一看。”

“现场我们都看过了，没什么异常。感觉就是租了房子拷问人，工具都还在。”凌漠说。

“是，看起来真像那么回事。”萧望说，“但有个关键问题是，这栋楼的隔音怎么样。”

萧朗和凌漠都沉吟了起来，之前确实没有考虑到这个问题。

“正好当时也是夜深人静了，我就让人到了辅警家楼上那个房间的现场，而我去了辅警家的卧室，做了一次侦查实验[1]。”萧望说，“侦查实验的结果不出所料，无论那个同事在现场如何叫喊，在楼下的我，也仅仅能听见一点点动静而已。无论什么关键词，都是不可能传递下来的。”

“那是怎么回事？”萧朗诧异道，“就算是黑守组织的人想作假，也一样没办法传递下来吧？”

“当然，如果对方改变声音频率，让声音频率超出正常人发出的频率，倒是有可能做到。”萧望说，“那个时候，因为怀疑到演化能力，所以我猜测是有这种可能性的。可是，我还是没想到更深一层。我只想到了有人可能会改变声音频率，但没有考虑到这个人可能会模仿声音。所以，在萧朗听见校车里有孩子的呼救声之时，紧急情况下，我居然没有想到这一茬。”

“想到了也没用。我们是警察，哪怕只有万分之一的可能性，一旦有人存在生命危险，我们也不可能不救人。”凌漠淡淡地说。

萧望朝凌漠点点头，算是感谢他的安慰。萧望接着说：“既然声音有异常，这事儿就有蹊跷了，所以我接下来的时间，是去找了我妈。”

“做 DNA 吗？这个现场哪里可以做 DNA 啊？”萧朗说，“老妈不是说过嘛，在一个较大的空间里，不可能把所有的地方都擦拭一遍去寻找 DNA。载体大了，就很难寻找到 DNA。”

“不需要满房子找。”萧望说，“现场不是留了一根皮鞭吗？”

“你要找拿皮鞭人的 DNA？”凌漠问。

萧望摇摇头，说：“不，皮鞭柄上连指纹都没有，更不用说 DNA 了。不过，即使是他们刻意不留下痕迹物证，也只会注意抹去自己人的痕迹物证。抹去被拷问人的痕迹物证就没必要了吧？”

“啊，对啊，皮鞭是抽人的。抽人会导致损伤，损伤了就会有 DNA

---

1 侦查实验是指在侦查破案中，侦查人员为了确定对案件侦查有重要意义的某一事实或现象是否存在，或在某种条件下能否发生、怎样发生，参照发案时的种种条件，将该事实或现象加以再现的一种侦查措施。本文中做的侦查实验，就是为了验证楼下是否能听见楼上的拷问声。

黏附在皮鞭上！”萧朗说。

萧望笑着点头，说：“问题就在这里，皮鞭上什么也没有。”

“原来这也是假的。”萧朗靠在了椅背上，调整出一副让自己很舒服的姿势。

“黑暗守夜者的人调查到一个辅警家楼上有空房子，于是租了下来，然后在这个租的房子里唱了一出戏，目的就是让我们确信裘俊杰被抓了。”凌漠总结道。

“无论从哪个角度看，都是这样的。”萧望说，“万事有巧合，但不可能事事都巧合。所以我当时认定了凌漠刚才的观点。现在问题来了，这帮人费尽心思唱了这么一出，目的何在？至少在当时，我百思不得其解。因为他们这么做，只会让我们更加警惕、增强守备，对他们的行动又有什么好处？”

“他们的心思也真够缜密的。”凌漠说。

萧朗摆摆手，说：“与其说他们有远见，不如说他们对司法系统比较了解。了解那帮司法老爷一遇见事情就往外推，自己怕担责任的特质。”

“这话说得不对。”萧望纠正道，“根据监狱管理的规程，如果遇见极有可能造成越狱事件，或者犯人可能遭遇生命危险的情况，转移到安全的监管区域是最好的选择。”

“隔行如隔山，不要污蔑别人。”凌漠说。

萧朗瞪了凌漠一眼，没有说话。

“当然，不怪萧朗不知道，我也是后来才知道会这样。至少在当时，我根本想不明白他们这么做的目的是什么。”萧望说，“所以，我对这帮‘高深莫测’的人，充满了好奇。当时我觉得最快能找到他们的，是视频侦查。我去了视频侦查支队，想看看他们的进展如何。结果发现我真的很天真，满屏的车辆，需要一一排查。”

“嗯，没有特征可以甄别。”凌漠说。

“是啊，困难就在这里。”萧望说，“本来我以为大晚上的车不会多，结果发现车子还真不少。而且，我们只能根据一个大概的时间段去排查，其他丝毫没有抓手。视频侦查支队的同事采取的办法是两步走，第一步是逐个车辆进行截图放大观察，看可有可疑之处。第二步是电话联系可疑车辆的车主，看可有异常情况。当然，如果有人丢了车、报了案，会第一时间在视频侦查系统里有反映的。可惜，这些都没有。”

“特征很明显啊，两辆车都是拉下了遮阳板。”萧朗说。

“现在看起来是这样，但是当时因为车辆数量巨大，根本就是凭运气来筛查。”萧望说，“可是我们运气不好，没有在他们上下高速之前截获影像。”

“那视频侦查就没用了吗？可是当时曹允就是这么被我们找到的啊。”萧朗疑惑道。

“是的，你没有去视频侦查支队看，所以不能理解。”萧望说，“我去看了，就非常理解了。因为我知道，即便是铛铛这个时候能归队，再加上请来龙番的图侦技术专家程子砚，运气差一点的话，没有两天的时间也是找不出线索的。所以，我当时也觉得很失望，根本没有多大希望可以通过视频侦查找到他们。”

“然后，我又把希望放到了房东身上。既然对方租了房子，肯定要约见房东，那么房东应该可以提供一些关于他们的线索。”萧望接着说，“于是，即便是大半夜，我还是硬着头皮联系了房东。房东是个老太太，对半夜打扰，她是很抵触的。所以，问来问去，除了知道找她租房子的是一个四十岁左右的女人、是当天白天刚刚租的房子这两点信息以外，其他什么也没问出来。”

“女人！袭击辅警的那个也是个女人。”凌漠说，“看来我们的对手组织里至少还有一个女人。”

“在我听说金宁监狱遇袭的消息以后，我非常非常担心。虽然当时杜舍无恙，但我不能保证他一直无恙，因为我根本不知道对手想干些什么，这是一件很痛苦的事情。”萧望说，“于是，我用了最快的办法赶来金宁监狱。疑团就在那一刹那解开了，我听见了萧朗和庄监狱长的争论，我瞬间猜到了对手的目的。”

“是因为你看了图纸。”凌漠说。

萧望点点头，说：“对，我看了图纸，问了子墨一些问题。我知道，监狱最薄弱的地方并不是他们袭击的那里。而且，如果他们具备相应的演化能力，那么就有可能设计出绑架杜舍越狱的可能性。可是，他们选择了与幽灵骑士案相同的办法，显然有点驴唇不对马嘴。”

“所以你知道他们做这一切，都是为了让监狱产生警觉，然后按照规程转移杜舍。”凌漠赞许地点评道。

“对，知道了对方的目的，就很好办了。”萧望说，“萧朗其实也意识到了转移的风险，但是我想，既然这样，为什么不可以引蛇出洞呢？反正他们也不会在路上动手，他们要先救人再杀人的目的很明确，可能是为了某种‘仪式’吧。所以，在你们走后，我说服了庄监狱长，用阿布替换杜舍，引对方现身，然后一网打尽。这算是一招将计就计吧。”

“阿布精通特效化装和模拟画像，对人体的了解程度仅次于聂哥了吧。”凌漠微微一笑。

“所以，我让阿布用一晚上的时间‘变’成杜舍。”萧望说，“另外，勘查转移路线也是有两个目的。一是故意把转移路线暴露给对方，二是换位思考，如果我们是对方，那么我们会选择在这条路线上的什么地方动手。结果和子墨的结论是一样的，就是那一片连绵的小山。所以我预先布置了一队特警在山脉北边守备。”

“哦，怪不得你能那么快搬来救兵。”萧朗恍然大悟，“你都能调得动当地警方，那为什么不多要些人？”

“人多了会被发现，效果就没了。”凌漠说。

“其实，水下也有我们的蛙人。”萧望说，“可惜，我们潜伏蛙人的地点不对，是在山脉的正对面，距离校车落水还有不少距离。”

“那蛙人看到那条‘泥鳅’了没？”萧朗问道。

“没有，距离太远了。”萧望失望地摇摇头，说，“而且我们没有想到的是，附近的无线电都被屏蔽了，所有小队之间的联系被硬生生地切断了。”

“本来这计划确实是天衣无缝的，可惜因为知己却不知彼，所以才失败了。”凌漠叹道。

“对手比我们想象中要强大得多，所以，我们任重而道远。”萧望说，“线索虽然再次断了，但对手也没有讨得什么好，现在我们需要休息，后面还会有硬仗要打。”

2

第二天一早，虽然没有谁去召集会议，但大家还是不约而同地来到了招待所的会议室。看起来，每个人都有黑眼圈。显然，因为行动的失败，大家都没能睡好。

“昨天一夜，找了附近的监控。”萧望的语气很沮丧，所以大家也能猜得出结果，“毕竟是在郊区，监控探头太少，又或是他们掌握了附近的天眼探头的位置，刻意避开了，也可能是后面他们换了车，或换步行离开了。”

“找到他们的黄金时间已经过了。”凌漠说。

“是啊，几乎没有什么希望了。”萧望摇了摇头，说，“哦，聂哥申请到了解剖命令，和当地警方一起，刚刚去了解剖室，去看看豁耳朵身上有没有什么线索。”

“哪有线索，尸体上哪有线索？”萧朗有些着急，“那我们下一步怎么办？总不能这样闲着吧。”

“其实我在想，我们是不是可以从杜舍身上找一点线索呢？”萧望沉吟道，“毕竟解铃还须系铃人啊。”

“我去问。”凌漠说。

“问啥？问一个精神病人啊？”萧朗说，“他没被判死刑，就是因为限制刑事责任能力吧？”

“他是间歇性精神病。”凌漠说，“所以判无期的。”

“那也是精神病啊，怎么问？”萧朗说，“而且管教都说了，这人被关了二十几年，没说过几句话。你怎么问？”

“我，想办法。”凌漠显得也有些信心不足。

“再说了，你问出了结果，也没啥用吧。”萧朗说。

“只能试一试，而且需要一些时间去准备。”凌漠直视萧朗的眼睛，说道。

“那只是浪费时间。”萧朗双手抓了抓自己的头发，又揉了揉通红的眼睛。

萧望放在会议桌上的手机突然响了起来，轻快的铃声瞬间打破了房间里紧绷的气氛。几个人几乎同时从凳子上蹦了起来。大家知道，在这个节骨眼上，任何电话都可能会提供一条关键的线索。

手机亮起的屏幕上显示出两个大字——“铛铛”。

萧朗的反应最快，他一把拽过手机，接通了：“喂，喂，大小姐，你还好吗？”

唐铛铛并没有惊讶，她说：“望哥呢？”

此时传来唐铛铛的声音，让萧朗得到了莫大的安慰。虽然唐铛铛直接找的是哥哥，但自己也不以为忤，他顺从地把电话递给了萧望。

萧望很懂弟弟，他微笑着把手机打开了免提。

此时的唐铛铛似乎已经从丧父之痛中缓和了一些，虽然声音里充满了疲惫和悲伤，但是叙事却格外清晰。除此之外，她的声音里更是多了一些坚强。

“望哥，这两天我在家里没事，就在研究爸爸电脑的备份。”唐铛铛说，“我记得他有一个加密文件夹，里面有四个子文件夹。其中有三个我之前都已经破解了，是关于凌漠的。”

凌漠并不惊讶，看起来他似乎知道唐骏曾经对他的深入调查。

“但是当时我准备打开第四个文件夹的时候，被爸爸发现了。而且我当时也注意到，这个文件夹的加密等级更高。”唐铛铛说，“所以我最近花了一天一夜的时间，破解了这个文件夹。”

“是吗？有些什么内容？”萧朗大声询问道，同时还不忘记关心几句，“别光顾着工作，身体要紧。”

唐铛铛听见萧朗的声音，并没有停止叙述，她接着说：“望哥你用你的警务通手机上一下内网，我用内网加密频道给你传过去，你们看看就知道了。”

“大小姐记得保重身体啊。”萧朗临挂断电话，还不忘嘱咐了一句。

“知道了，你们也注意安全。”唐铛铛认真地回答道。

两分钟后，萧望的手机接收到了唐铛铛传输过来的文件。听到了唐铛铛的声音，萧朗显得格外兴奋，他张罗着连接了蓝牙投影仪，帮助哥哥把手机里的文件投影到了屏幕上。

“全是照片。”萧望简短地说道。

“看日期是 1994 年 2 月到 5 月之间的各种笔记的翻拍件，那个时候网络通信技术还没有普及。”程子墨说，“那个时候都是靠手写笔记的，这些照片也应该是后来为了存档，用数码相机翻拍之后的文件了，那个时候一台数码相机都是个稀罕货。”

“铛铛传过来的文件里面有三个文件夹，第一个文件夹名是‘DLPA’，第二个文件夹名是‘DLNB’，第三个文件夹名是‘file’。”萧望一边说，一边逐个打开了文件夹，浏览了一遍各个 JPG[1] 文件的缩略图。

“第一个文件夹里，都是老师的字迹。”凌漠说话的声音有点不太淡然，“第二个文件夹里的笔记字迹不是老师的。”

两份文件夹里的字迹不同，这大家都能看得出来。可是，笔记里面都是圈圈点点、条条框框，加上一些不知所云的词组和句子，这让大家摸不着头脑。笔记往往是一个人脑内活动的速写，别人要想看得懂，还是需要一个熟悉的过程。

“怪不得大小姐要传给我们呢，这我们也看不懂画的是什么啊。”萧朗

1　一种常见的图片格式。

抓了抓脑袋，瞪大眼睛，搜肠刮肚。

在凌漠的要求下，萧望把第一个文件夹里的图片逐个播放，让凌漠去分析判断。有十几张图片，凌漠看了半个多小时，说："我大概知道是怎么回事了。"

"这也行？"同样看了半个多小时依旧没有任何头绪的萧朗有些佩服凌漠了。

"先看文件夹名。心理评估的英文是：Psychological Assessment。所以我认为第一个文件夹里是对'DL'的心理评估笔记。"凌漠坚定地说。

"DL是谁？"萧朗问。

"董乐，董连和的儿子。"凌漠说。

"哦？"听到和老董有关，萧朗重新坐直了身子。

"这十几页纸，是老师从1994年2月到5月之间陆陆续续记录的笔记内容，全部是心理评估的专业术语和老师习惯使用的一些简称。"凌漠说，"虽然没有写明被评估人的姓名，但是从时间点、文件夹名和内容综合判断，这就是对董乐的心理评估。"

"嗯，董老师是1994年2月被杜舍杀害的，而董乐是1994年11月因涉嫌故意杀人罪被刑事拘留。"萧望翻着自己的笔记本说道。

"也就是说，唐老师可能知道董乐要杀人？"萧朗扳着手指头算着时间。

"不，应该说老师可能对董乐的心理状态存在疑虑。"凌漠说，"所以为了防止他报仇，事先对他进行了心理评估，从而可以提前预防。"

"可还不是没有预防得了？"萧朗说。

凌漠欲言又止，像是在压抑内心的不忿。

"大概是个什么情况，凌漠你能分析一下吗？"萧望说。

凌漠点了点头，把几张图片并排放在了屏幕中央，说："这几张图片，是对董乐的基本人格进行了分析。第一张图，是说董乐有正常的学习能力和与人交流的能力，各种动作都有目标性，且还有隐匿性，这个确定了董乐精神方面是正常的。"

“这不是废话嘛。”萧朗有些心急。

“怎么是废话？所有的人格分析之前，都必须对一些危险人格进行排除，即便再简单，也不能轻易下结论。不能先入为主！”凌漠提高了一些音量，说道。

“我就是随便说说，我不懂。”萧朗服了软。

萧望朝凌漠做了个安抚的手势。凌漠接着说：“第二张图，老师整理了董乐从小到大的生活成长资料，认定了董乐不存在犯罪人格的先决条件。哦，犯罪人格是指个体在社会化过程中由于遗传和社会环境影响而形成的与主流社会规范不相符、可能促使个体实施反社会犯罪行为的认识偏差、需求偏差和情绪偏差等心理特征。第三张图，通过董乐对父亲的眷顾和自责、对某次交通摩擦中董乐表现出的对对方的关心等各种表现，老师认定他肯定不是反社会人格。反社会人格都知道吧，就是那些个人行为中普遍存在的无视和侵犯他人权益的人格特征。第四张图，是根据老师和董乐几次相处、交流过程中，董乐的对话、行为有明确的道德判断和知错能力，判断董乐不是缺陷人格。缺陷人格一般都是家长溺爱而导致的‘唯我独尊’的人格障碍。董乐很早就没母亲陪伴，父亲忙于工作，缺陷人格其实从基础上就不可能形成。”

“唐老师写了这么多，分析了这么多，就是证明董乐的人格是正常的，除了激情状态下，是不会预谋犯罪的吗？”萧朗问道。

“不。”凌漠说，“上面的这些，都是我们所谓的‘天生犯罪人’‘后天养成的必然犯罪人’‘高风险犯罪人’的人格特征，也就是危险人格。但即便是正常人格，有的时候也会预谋犯罪，这就是老师原来经常和我强调的‘危险心结’。”

“凌漠说的这些，我都在李玫瑾[1]教授的课上听过。”萧望说，“如果我没有记错的话，所谓的危险心结，是指心理历程中经历了某种外部刺激而形成了心理创伤和由此发生的执着于心理创伤的扣结现象。”

1　犯罪心理学专家。

“哦，董老师被杀，就是心结！”萧朗说。

“是这个意思。”凌漠说，“危险心结的形成有两个必备条件：一是巨大的心理创伤，董乐是有的；二是个人经历，董乐从小是由父亲带大，父亲暴毙，尸骨无存，这个个人经历也是有的，所以董乐很有可能形成危险心结。但危险心结也包括很多种。因为董老师的这起案件证据确凿、事实清楚，对董乐的刺激也很明确，不存在‘意识抑结[1]’或‘情感纠结’的问题。后面几张图，老师通过董乐平时的言谈举止认定，董乐是有存在‘认知偏结’的可能的。”

见大家仍然是一脸茫然，凌漠解释说：“所谓的‘认知偏结’，就是指因为感觉狭窄和思维偏差而出现的认识扭曲和偏执的现象。李玫瑾老师曾经举过一个例子，一个女人被一个男人伤害，就认为男人都不是好东西，这就是认知偏结。”

“男人有好东西吗？”程子墨嚼着口香糖随口说道。

凌漠瞥了她一眼，重新打开了几张图片，接着说：“一般存在认知偏结的人有几个特征，就是智力很正常，或者优于常人，感觉灵敏，思维固执，缺乏幽默，不懂退让。针对这些特点，老师对董乐也进行了多方面的研究。有一些研究，从这些复杂的图片上，我也看不出所以然，但是有一些研究还是很明确的。比如老师记录的这个关于董乐有一次在警校和他人发生纠纷的经历，对小事情不罢休，一直强调自己有理；还有一次警务比赛经历，显示出他自我感觉良好，过分自尊，对于输掉的比赛归咎于比赛规则。这都证明了董乐的人格内存在偏执性，对社会和人的认识有一定的狭窄性。也就是说，通过董老师被杀这件事情，是极有可能形成董乐的危险心结的。”

“唐老师意料到了董乐有犯罪的危险。”萧望点头说道。

“在老师做出这些结论之后，他采取了哪些动作预防董乐犯罪，我们就不得而知了。”凌漠说，“但是，在此之后，一直到董乐犯罪之前，老师

1　意识抑结就是因意识上下不通、阻塞而出现的心结。表现在犯罪上，就是犯罪动机让人感到费解。

都是一直在观察着董乐的。从最后几张图上可以看出，他对董乐的一言一行都非常关注。”

“反复进出图书馆。”萧朗念着图片上的字。

“是，老师见董乐总是进出图书馆，就去图书馆调取了董乐借阅的图书。”凌漠说，“还专门记录了书单，可以看出，全部是研究精神病学、法医精神病学的各种辅导书。”

“从日期上看，这个时候杜舍的司法精神病鉴定结论已经出了，但还没有宣判。”萧望说。

“董乐对这个鉴定不服啊。”萧朗总结道。

“这里还有一些关于微反应的记录。这些是在杜舍被判处无期徒刑之后，老师不放心董乐，专门找董乐谈了一次话，然后记录下的微反应。”凌漠说，“老师用杜舍鉴定的情况来刺激董乐，对方明显出现了脖子变粗、呼吸加快、面部僵硬的‘战斗反应’，这说明董乐对于此鉴定和判决结果是异常愤怒的。但说到下一步该怎么办的时候，董乐又出现了头和身体后仰、深吸气等‘逃离反应’，说明他对下一步自己的行动并没有计划和把握。在老师透露出自己知道董乐在研究精神病学，并猜测他可能有研究记录的时候，董乐出现了屏息、睁大眼等‘冻结反应’，说明他对于老师的调查很惊讶，也证明了老师的猜测。尤其是在老师劝导他的时候，他出现了视线转移、频繁眨眼、摸脸等‘安慰反应’。这说明他心里很不适和压抑。”

“结论是什么？”萧朗急不可耐，打断了凌漠的解读。

“从这一系列的分析来看，董乐对此事是存在危险心结的。因为他不认可鉴定结论和判决结果，偏执地认为自己才是对的。”凌漠说，“但是，即便是不认可判决结果，也还是有很多解决的方法，或者说董乐有很多条路可以走。通过这次谈话，老师认定董乐并没有对接下来选哪一条路而有所准备和策划，对于老师的劝导，虽然有抵触，但是并不反对。”

“所以说，危险程度并不高。”萧望总结道。

“是的。”凌漠说，“老师的研究结果是，董乐仅仅是存在危险心结，还不足以犯罪。为了以防万一，老师还促成董乐作为自己的培养对象，在他大三的那一年进入守夜者组织实习。为的就是将董乐放在身边，进一步进行心理疏导。”

“唐老师的研究不会错，那为什么会出现最后的结果？”程子墨问道，“是因为二十几年前的唐老师，还不够厉害吗？”

“唐老师可以研究他，但是不能控制他。”萧望摊了摊手，可惜地说。

“其实，从笔记内容看，应该还是很清晰的。”凌漠说，“但是老师也不能确定董乐的种种表现是不是装出来的。抑或是某种因素刺激了董乐，导致他突然确定了犯罪企图。危险心结确实有可能导致出乎意料的犯罪，这个是谁也无法防范的。”

“但从这些笔记中可以看出，唐老师已经主动干预董乐的心理了，对吗？”萧望问。

“是的。”凌漠放大了最后一张图片，说，“这里面有很多专业术语，其实都是对董乐危险心结的心理干预方案。比如协调警校老师加强对董乐学习、生活上的关心和指导；再比如带董乐出游，或者时常约他交流，调节他的心绪；还有，老师买了一些关于健康心理学的书籍送给董乐。这些其实都是在防控危险心结的爆发。但可惜，还是爆发了。只是，我们对于爆发的导火索，已经不得而知了。”

3

会场内冷场了几分钟。大家都在思考，可能是在想，如果当年唐老师真的对董乐的危险心结防控成功了，现在可能会是另一种景象吧。大家都听傅元曼组长说过，守夜者组织后期的种种问题，都是从老董案开始的。准确来说，是从董乐被判处死刑案开始的。

“我们再来看看第二个文件夹吧。”萧望在大屏幕上播放出第二个名为“DLNB”的文件夹。

“这是啥意思？”萧朗皱着眉头说，“董乐牛掰？”

程子墨扑哧一声笑了出来，把口香糖喷出老远：“你能不能严肃点？”

“我很严肃的呀。”萧朗委屈道。

“NB 应该是 notebook（笔记本）的简称。”凌漠说，“这里面是陌生的笔迹，但是记录的内容全部和杜舍有关，所以我分析应该是董乐对杜舍的一些调查记录。从老师的笔记中可以看出，老师似乎完全不掌握董乐私自调查杜舍这一情况。”

“嗯，翻拍时间是 1995 年 2 月。这时候董乐已经被宣判死刑了。看来很有可能是唐老师后期整理董家父子遗物的时候发现了这个，并且拍照保存了。”萧望说。

“难道这个是董乐对杜舍的心理学评估？”萧朗问道。

“看起来不排除这种情况。”凌漠看着笔记上杂乱无章的词组说，“我们不是笔记的主人，就很难完整地理解笔记的内容，只能通过一些只言片语去猜测当时的情况。”

“能猜出什么呢？”萧朗对屏幕上让人摸不着头脑的专业术语只能望洋兴叹。

在这本董乐的笔记里，有几页用曲别针别着几张照片。那时候的照片清晰度有限，加之再次翻拍，看得更加不真切，但是反映出的大概问题还是明白的。有几张照片，是杜舍的司法精神病学鉴定书，照片上被董乐圈圈点点地框出不少内容，可以看出他对这份鉴定书的鉴定意见是有明显异议的。还有几张照片像是一个封闭的室内照片，杂乱无章，但是却有几张特写是关于“精神病学”的书籍照片。凌漠大胆地判断，这是董乐去了杜舍之前居住的福利院住处内，对他的住处进行了“勘查”，根据这些书籍，董乐认为杜舍有为伪装成精神病人而进行了相应准备。

被别在最后一页的照片是一个信封和公文——一封由南安市人民检察院寄来的“退信函”。这说明董乐在搜集了一些“证据”之后，向人民检察院提请了自己的意见，希望人民检察院能够抗诉，对杜舍的精神状况进行复核。可是检察官们认为董乐的所谓“证据”有明显的偏向性，不具备证据效力，而且他的搜证手段也是违法的，所以并不予以采信。

“很有可能，这封退信函，就是诱发董乐危险心结爆发的原因。”凌漠默默地说，“既然法律不能解决问题，他就自己去解决问题了。我猜，这就是董乐当年的内心想法吧。”

“那和幽灵骑士有什么区别？”萧朗说。

凌漠摇摇头，说：“唯一的一点区别，就是董乐的研究结果还是有说明能力的，我觉得如果当时的检察官要是真的很重视这份举报信件，可能有所挽回。”

“你是说，你赞许董乐的结论？”萧望说。

凌漠沉默了一会儿，说：“可以这么说。你们看，董乐为了此事确实研读了很多心理学的书籍，所以他的笔记也是非常专业的。杜舍在被捕的时候，确实出现过胡言乱语的妄想状态，但是在一些关键的节点，比如被抓的一瞬间、要求吃饭或上厕所的时候，他的对答是正常的。这说明杜舍的感知和反应是正常的。虽然他一开始乱说整个作案过程和作案动机，但是在办案人员的引导之下，把他的十几份口供拼起来看，还是比较清楚地说明白了案件的全部过程，虽然作案理由他一直在回避，但是在说到1983年杜舍母亲被捕的过程中，杜舍还是出现了情绪失控的状况。这就说明杜舍的记忆是正常的，作案动机也是可以分析得出的，他的推理思维也是正常的。”

凌漠说了一上午，有些口干舌燥，他喝了口桌上的矿泉水，接着说：“再看董乐的这份笔记整理，他对董老师被杀案的全部过程进行了回顾，杜舍有准备绳子、携带刀子的情节，说明杜舍作案是有目的和思维的，是有预谋的、有意识的。案发后他虽然在郊区的一座大山里束手就擒，像是不具备自我保护的思维，但是他抛尸河中，这本就是反侦查的思维。从案情上来看，杜舍也是个精神正常的人。之所以会进行精神病鉴定，是因为检察院在审核卷宗材料的时候，发现福利院诸多员工都有表述，从一两年前开始，杜舍就有了一些反常的举动，比如裸身出现在公共场合、好几天不吃饭、自言自语、半夜在广场狂奔、记忆力严重减退等等。但是，这些举动其实都是可以装出来的。虽然这些举动要比发案时间提前很久存在，但是不能排除他早有准备、早有预谋的可能性。而司法精神病鉴定的时候，也仅仅是利用面晤的方法问话。毕竟面晤已是案发之后，而且显然，在面对鉴定人员时，杜舍有可能有能力伪装成一个间歇性精神病人。从面晤材料来看，面对鉴定人员，杜舍对作案过程似乎是没有意识的。但是考虑到杜舍的精神状态时好时坏，鉴定人员认为杜舍作案的时候，精神状况处于正常与异常的临界点，所以下达了限制刑事责任能力的结论。"

"这几页，是董乐对杜舍的心理状态进行评估的结论。"凌漠接着说，"他从小家庭突变，在杀人后、接受审讯之时，丝毫没有悔意。即便是面对董老师尸块的照片，也可以津津有味地'欣赏'，这一切都说明杜舍是一个因为后天生存环境突变导致演化的犯罪人格。"

"你一会儿说他正常，一会儿说他不正常，到底正常不正常啊？"萧朗被凌漠说晕了。

"精神正常、心理不正常。"凌漠说，"精神和心理是两码事，心理不正常导致的犯罪，是有意识的、主动的，是应该有完全刑事责任能力的。"

"通过这些资料，可以判断杜舍是在一两年前就有准备地伪装成一个精神病人吗？"萧望说。

"证据效力确实弱了一点，但是这份精神病鉴定也不够完善。"凌漠说，"很多疑点没有排除，就做出限制刑事责任能力的结论，有失公允。"

"你看，你看，刚还说我不讲法治，你现在也不讲法治。"萧朗说，"你说，一个非法采集来的'证据'怎么能和有法律效力的'精神病学鉴定'比啊？"

"确实，鉴定意见是法定的证据类型，而董乐搜集、整理的这些都不能算。"凌漠说，"但是，即便是法定的证据类型，它也毕竟只是'意见'，而不是'结论'。对于'意见'，一旦受到质疑，就应该争取做到'释疑'，这是执法人员应该做的。如果没有做到，那才是不讲法治。就拿这一份精神病学鉴定来说，杜舍作案可以为母'报仇'，这就是有明确的社会功利性，这本就是最大的疑点。我说过，精神病人作案的最大特征应该是没有社会功利性，而有社会功利性的作案就不应该认为是精神病人作案。李玫瑾教授也曾说过，我们的刑法里，‘司法精神病学鉴定’应该改为‘刑事责任能力鉴定’，因为司法鉴定的关键不在于这个人是不是有病，而是他是否具有刑事责任能力。现在我们的司法精神病学鉴定就存在很大的问题，鉴定人一般都是‘有鉴定资质’的精神科医生，鉴定的手段一般就是面晤。他们可能更关注于‘病’，而不去考虑社会功利性。如果有人精心伪装，完全是有可能逃脱法网的。还有，当鉴定人面对资料的矛盾之时，比如面晤的结果是还比较正常，但是送检的资料显示他有病，很多鉴定人甚至会选择用‘限制刑事责任能力’的折中方法来下达意见。这就无法体现法律的公正了。”

“那你也只是质疑啊，你也没有依据证明杜舍是完全刑事责任能力。”萧朗道。

“是，我的意思是说，对于影响判决的关键证据，是必须反复论证的。”凌漠说，“然而这个案子并没有。有些检察官和法官认为，自己要对案件负责，所以能不杀就不杀，即便错了，也不至于牵涉人命，责任就没有那么大。但是，他们没有想到的是，不充分论证的后果，不仅仅是正义没有得到伸张，反而刺激有危险心结的人犯了更多的案子，连累了更多无辜的群众。”

“所以唐老师也和你是一样的意见吗？”萧望看着凌漠的眼睛，问道。

凌漠的眼神黯淡了下去，他说：“我在跟着老师学习的时候，总是听他强调精神病学鉴定、心理分析的一些理论。现在想起来，才知道老师之所以强调我刚才说的那些，可能都是源于此案。”

“哦，这第三个文件夹里，都是案件卷宗呢。”程子墨打开了第三个名为“file”的文件夹，说，“有杜舍他妈杀人的案件卷宗，还有董乐杀人的案件卷宗。”

“叶凤媛故意杀人案，我们之前已经听姥爷详细地说过了，所以我们还是来看看董乐故意杀人案的卷宗吧。”凌漠说。

随着一张张卷宗页翻拍照片呈现在大屏幕上，董乐故意杀人案的具体情节、调查经过和审判结果逐渐清晰了起来。

1994 年 8 月，杜舍因故意杀人罪，但因限制刑事责任能力而被南安市中级人民法院减轻判处无期徒刑，并强制精神病治疗。当时因为南安市监狱关于强制精神病治疗的条件有限，省司法厅决定协调押解杜舍赴东北的金宁监狱进行服刑并强制治疗。

毕竟此案涉及守夜者组织，在公安部的协调之下，省司法厅将此次押解任务以机密件的形式抄送给守夜者组织一份。当然，这种级别的机密件，也仅仅在守夜者组织高层——傅元曼和萧闻天之间可以传阅。

虽然仅仅押送一名犯人转移，不足以兴师动众，但是傅元曼还是有些放心不下。所以，在傅元曼的争取下，萧闻天和朱力山作为守夜者组织的派员，协助司法部门完成此次押送任务。

因为路途遥远，为防不测，司法部门决定选用三名精干力量，乘坐飞机押解杜舍。确实，飞机上不着天、下不着地，应该是最安全的押解方式了。为了防止引起恐慌，或者给杜舍制造混乱逃脱的机会，本次押运属秘密押解。

虽然此次行动全程保密，又有五名押解人员，整个押解过程也就几个小时，看起来并不会有太大的问题。但是，事实证明，最终还是出现了问题，而且是大问题。

押解行动开始是很顺利的。虽然在当时飞机安检不如现在这么严格，但是想带什么危险物品上飞机还是很难的，而且是高空飞行，所以在整个飞行过程中应该不会出现什么问题。下了飞机，就有司法系统的接应人员。可是，偏偏在这飞行的两个小时中却出现了问题。

当时，为了进一步保证安全，选择的是一班晚班飞机。晚班飞机乘客人少，只有一百人不到。飞机滑行、起飞、进入预定航道，一切都是那么顺利和自然。一直绷紧了神经的萧闻天在此刻，算是彻底放松下来了。毕竟是晚上，飞行一个多小时后，他在身边的朱力山的鼾声中也感受到了困意，意识开始模糊了起来。

"先生，请问喝点什么？"模模糊糊中，空姐的小声询问在萧闻天前排附近传了过来。

"热橙汁。"是杜舍的声音。

一切都还是显得那么正常，萧闻天这样对自己说。

"啊！"突然之间，杜舍尖叫了一声，让萧闻天瞬间清醒了过来，他腾的一下站了起来，受到座位间空间狭小的影响，他还不能站直身子。

原来，不知道为什么，空姐的一杯热橙汁直接洒在了杜舍的手上和身上，还能看得见从杜舍手臂上、腿上升起的水汽。

"啊！"杜舍哀号了起来。

确实，一杯热橙汁不算什么。但是，这个时候的杜舍，因为作案后用烟头烫伤了手臂，而且后来还感染了，所以伤口还没有完全愈合。这一杯热橙汁直接浇到了手臂上，那种痛觉可想而知。

空姐已经慌了，不仅连声道歉，而且还找来了湿巾给他擦拭。正常皮肤擦一下也没事，但是杜舍手臂上那未愈的旧伤被这么一擦，又掉了一块新长出来的皮肤。杜舍加重了他的哀号。此时，前舱的乘务长也闻声赶来，不停地道歉。

"要清洗伤口，防止再次感染。你们带他去清洗，我来找药。"细心的寻迹者朱力山说。毕竟是医学生出身，他还随身带了药。

"我去吧。"萧闻天说。

"不，按规矩，得我去。"司法部门的押解员说道。

"飞机遇到气流颠簸，请各位坐回座位，并系好安全带。"乘务长说道。

此时，恰好遇到了气流颠簸，乘务长挥手让其他看热闹的人坐好。

萧闻天想了想，这事情虽然是意外，但也没什么大不了的。所以，他点了点头，重新坐回了座位。

可是，意外却接二连三地发生。

当押解员带着杜舍刚刚离开座位，整个机舱内的灯光全部熄灭了。

萧闻天又想腾的一下站起身，但却被安全带勒得腰疼。他解开安全带，站起身来喊道："怎么回事？怎么回事？"

毕竟是晚班航班，所以照明全部熄灭后，机舱内就真的是伸手不见五指了。

所以，随着萧闻天的喊声，整个机舱内开始鼓噪起来。而且，飞机正在颠簸，这让飞机里的人们觉得更加恐怖。

"不要慌张，不要慌张，机长说了我们的飞机是正常飞行的。"乘务长的声音还在中舱，显然她们还没有来得及回到前舱，"请大家坐回自己的位置，系好安全带。我们马上就开始检查我们的照明系统，请不要担心。"

"杨茜，快去看一下 FAP[1]。"乘务长小声地对刚才惹祸的乘务员说，"然后让机长查看一下是怎么回事。"

"我去看看。"萧闻天探头去看前舱，但经济舱和头等舱之间的帘子拉上了，而且机舱内一片漆黑，只能隐约看到人影绰绰。

"先生，请您坐好，并系好安全带。我们来检查就可以了，您不用担心。"乘务长阻挡住萧闻天要走出座位的想法，然后转身向前舱走去。

飞机又剧烈颠簸了几下，朱力山拉了拉萧闻天，说："没事，别急。"

果然，没过两分钟，机舱内的照明恢复了一下，但又瞬间熄灭了。

"各位乘客您好，请您不用担心，飞机的照明系统出现了小故障，我们正在尝试修复。"广播里出现了乘务长镇定的声音，"照明故障并不会影响我们的飞行，但飞机遇到气流正在颠簸，请您坐回座位，并系好安全带，卫生间的乘客请您抓好扶手。"

飞机的照明一会儿亮，一会儿灭，正在闪烁着。

"这么多意外都集合在一起，我有点心慌。"萧闻天坐立不安地对身边的朱力山说。

突然间，那个名叫杨茜的空姐尖叫了一声："啊！血！血！"

1　飞机上的乘务员操作面板。

4

这一回，就是安全带也拴不住萧闻天了。他一个箭步冲到了声音传来的方向——飞机前舱。可是，由于这一突发变故，实在按捺不住好奇心的乘客们已经纷纷起身，围在了前舱。萧闻天费劲地拨开人群，挤到了前舱。

前舱里，飞机FAP面板后面的一根电线似乎断了，副机长正蹲在地上，试图修复这一根断裂的电线，但此时已经停下了手中的工作。因为接触不良，飞机里的灯光闪烁着。

在闪烁的灯光中，萧闻天发现大家的注意力都集中在卫生间门口的地面上。原来，从卫生间门的下缝里向外溢出了殷红的血液。

无论是空姐，还是乘客，在这种灯光闪烁、飞机颠簸的环境下，都已经忘记了危险，他们目瞪口呆地看着地板上逐渐增多的血迹。

杜舍自杀了！

这是萧闻天大脑里浮现出的唯一可能性。

“开门！开门！”萧闻天使劲推了一下门，纹丝不动。他歇斯底里似的捶着门，“杜舍，开门，开门！”

“萧警官，你这是怎么了？”刚才说要陪同杜舍去卫生间的司法押解员此时也挤进了前舱，问道。

“你怎么在这儿？杜舍人呢？人呢？”萧闻天乍一看见这个押解员，气不打一处来，疯狂地推搡着他。

“你这是干吗啊？你干吗啊？！”押解员一把把萧闻天推开，指着中舱，说，“他不是在那儿吗？！”

此时头等舱的隔离帘已经被乘客拉开了，伴随着灯光的闪烁，萧闻天真真切切地看见了坐在中舱自己座位上的杜舍。他垂着头，一脸镇定，根本就不关心前舱发生了什么事情，像是在思考着什么。

萧闻天此时需要一个脑筋的一百八十度大转弯，所以有点蒙。

“他刚才在哪儿？”萧闻天似乎又要怀疑杜舍继续杀人了。

“一直在后舱卫生间，没有离开我的视线。”押解员说。

萧闻天更蒙了。

而此时，被血迹吓蒙了的杨茜已经回过神来，她哆哆嗦嗦地用钥匙从外面打开了前舱卫生间的门。开门的那一刻，她立刻把两只眼睛闭得紧紧的。

“啊！”几乎是同时，所有前舱的乘务员和乘客都尖声惊叫了起来。

萧闻天回头一看，卫生间里一片血腥。仅仅是一瞥，机舱内再次黑暗了下来。

但就是那么一瞥，萧闻天看到，一个挺着大肚子的孕妇晕倒在了血泊之中，整个卫生间遍地血腥。

“用手电筒。”萧闻天对空姐喊道，然后对中舱喊道，“老朱，老朱快来。”

在乘务长手电筒的照射下，萧闻天和朱力山蹲在卫生间门口检查孕妇的伤势，背后都是挤过来围观的乘客。

一把刀斜斜地刺进了孕妇的左胸，此时她已经没有了意识。

“还有生命体征。”朱力山擦着额头上的汗珠说，“但看刀的位置，应该正好刺进了胸腔伤到了主动脉。这失血量，难了。”

“有办法止血吗？还有二十分钟才能降落。”萧闻天看着血腥的惨状，“能不能争取一点时间，这是两条人命啊！”

“没办法啊，刀不能拔，伤口在深处，没法止血啊。”朱力山说，“只能看她自己的造化了，不要动她。”

“自杀吗？”萧闻天问朱力山。

“这……这看不出来啊。但……但应该是吧，不然在封闭的卫生间里，怎么行凶杀人啊？”朱力山说，“凶器是一块锋利的铁片，不知道是怎么带上飞机的。”

“看什么看，有什么好看的！都回去！”萧闻天推了一把挤在自己身后的人，恼火地说，“机长在哪里？”

“机长在驾驶舱，准备降落了。”乘务长说。

萧闻天暗骂了一句，押解个犯人，结果还碰上一个命案。他把乘务长拉到一边，小声嘱咐："你告诉机长，让他通知地面，警方需要第一时间勘查现场，120救护车也必须在停机位等候。还有，这几十个乘客，需要全部扣留。"

"这……"乘务长有些迟疑。

"听我的，我是公安部的。"萧闻天出示了自己的证件，看着乘务长的眼睛点了点头，像是给她信心。

飞机安全降落了。公安和司法的几辆警车闪着蓝红相间的警灯，救护车闪着蓝色的警灯，摆渡车闪着黄色的警灯，都已经全部到位。

很快，在照明车的辅助之下，警察对客机前舱开始进行现场勘查。但是，也是很快，就传来了悲惨的消息：受伤的孕妇，在送往医院的途中，因失血过多而去世。她肚子里只有五个月大的胎儿，也随之殒命。

在接听电话的时候，萧闻天还能听见等在机场准备迎接自己妻子的丈夫的痛哭声："为什么啊！这都是为什么啊！是谁杀了她！是谁不让我们团聚？我还特地买了头等舱，你们头等舱就是这样对待乘客的吗？"

丈夫虽然语无伦次，但是也提供了有效的信息：一是孕妇就座的位置是头等舱；二是孕妇是坐飞机来和丈夫团聚的，并不存在自杀的动机。

当然，朱力山现场勘查的结果也能反映出这是一起凶杀案件。飞机照明控制面板的电线，是被人为破坏的，而不是老化破损。现场卫生间内壁上，有胶的痕迹，还有棉线线头。朱力山分析，是有人破坏了照明系统，让人对卫生间内的情况看不清楚。而卫生间内，隐藏了一个可以射出铁片的装置，触发机关是用棉线连接在卫生间门锁的旋钮上。一旦有人进入卫生间后，在里面转动旋钮锁门，铁片就会被射出去。

不过，在事情发生后，凶手在没有光线、现场混乱的时候，在卫生间门打开后，趁乱拿走了装置。

萧闻天想起，在他蹲在卫生间门口的时候，确实有人在挤他，可是他并没有回头去看看那人长什么样子。

"那就是蓄意杀人了，而且凶手就在这架飞机上。"萧闻天笃定地说，"调查情况呢？"

"没有情况，死者是一个人坐飞机来沈阳的。"当地的民警说，"不认识飞机上的任何一个人。"

萧闻天的脑海里突然出现了杜舍被热橙汁烫到，准备去卫生间清洗的景象。

"难道是那个叫作杨茜的空姐有问题？"萧闻天猜测道。

"不要紧，我发现断掉的电线上，有血。"朱力山扬了扬手中的物证袋，说，"我们可以用 DNA 技术，如熙是国内一流的检验师，让她去检验一下就好了。"

"可是，现场那么多血，这会不会是污染的？"萧闻天问道。

"这是现场提取的唯一物证了。"朱力山说，"我们就祈祷那不是死者的血，而是凶手破坏电线时，被铜丝刺伤而留下的吧！"

可是，在 DNA 被送往南安进行检验的同时，萧闻天这边又传来了不好的消息。经过机场的清点，乘务组人员和乘客总数少了一个人。

也就是说，在乘客们被摆渡车送到机场的时候，有个人趁乱逃离了。

还好，飞机不是那个时候的火车，通过身份核对，这个不打自跑的人叫李启乐。他的身份信息被输入那个时候还不完善的身份系统查询后，是真实的身份，但是没有任何资料，甚至连照片都没有。这是一个莫名其妙的人。

虽然没有确定的身份信息，但萧闻天依旧有办法。他调来了南安机场的监控视频以及安检仪的录像资料，进行逐个比对。果然，这个李启乐的行李是有问题的。如果不仔细观察，根本就发现不了。他的行李箱拉杆里，有几个异物，仔细来看，是弹簧和刀片。

如果放在现在，安检过程中就可以发现异常了。但是当时受设备所限，如果不是有针对性地观察，还真的发现不了这些藏在拉杆里的小异物。看上去，就像是拉杆箱的组件而已。

再看李启乐的监控视频。还是因为当时的设备所限，并不能看到这个戴着兜帽的年轻人的脸。可是，从他的身形上，一直怀疑有问题的萧闻天确定，那就是自己看着长大的、老董的儿子——董乐。

既然有了针对性的怀疑对象，萧闻天让傅如熙在做出DNA结果后，立即和老董的DNA进行比对。虽然那个时候的DNA技术还不成熟，但是这么有针对性的亲子比对，还是可以实现的。

所以在一天后，专案组确定了犯罪嫌疑人——董乐。而那个一直被控制的空姐杨茜也被证明是清白的。

但是此时，董乐已经不知所终。

那段时间，应该是萧闻天备受煎熬的时间。孕妇惨死的模样、血腥的卫生间，还有新闻媒体铺天盖地的报道，以及群众的指责，让萧闻天每天都无法入睡。每当他躺在床上，那个满身是血的孕妇就会出现在他的眼前。

即便是老朋友的儿子，他也一定要追查到底。就算董乐跑到天涯海角，也要将他捉拿归案！

接下来的几个月里，萧闻天全身心扑在了抓捕董乐的工作上。他也知道他的老同事们，尤其是那些和老董关系很好的同事对他的做法很不理解，但是一想到死者的表情，他就干劲十足。

后来，萧闻天发现董乐以前会不定期给一个不明账号打钱。虽然钱不多，但这是一个线索。果然，通过对这个账号的监控，萧闻天发现了董乐的下落。

因此，在南安和沈阳两地警方的努力之下，董乐于1994年11月被抓捕归案。

经过审讯，董乐对自己的罪行供认不讳。

在杜舍被判处无期徒刑后，董乐是满心不服。根据他的判断，杜舍的精神病是伪装的，精神病鉴定是有问题的。但是，检察机关并没有采信他的意见。他觉得，这个世界的法律是不公正的，若想让凶手有个应得的报应，只有他自己动手了。

虽然对获取方法保持缄默，但是董乐还是交代了自己最终获得了这次机密押运任务的情报以及具体航班号。于是，他开始策划自己的刺杀事件了。

董乐利用自己职务之便，盗取傅元曼的数字身份认证，进入了身份管理系统，并为自己制造了一个假身份，而且制作了假身份证。因为当时的第一代身份证是没有芯片的，所以并不担心会露馅儿。

然后他利用这个假身份购买了押解航班的头等舱。

在机场候机的时候，趁着萧闻天和朱力山暂时离开，董乐瞅准机会塞给杜舍一张字条，上面的提示是让杜舍在空姐送餐的时候，故意打翻水杯，找借口去前舱卫生间里。在那里，会有教杜舍逃脱方法的资料，写字条的“好心人”会在救出他后安排他接下来的人生。

显然，董乐的目的就是引诱杜舍去卫生间，然后锁门，利用发射设备处死杜舍。

在空姐送餐的时候，董乐就去了前舱卫生间，并安置好了发射设备。在听见杜舍的惨叫之时，董乐出了卫生间，并趁着乘务长不在，扯断了照明控制面板后面的电线，导致机舱照明断电。因为如果有光线，很容易发现卫生间里的发射设备。

本来想着一切都天衣无缝了，但是未承想，坐在董乐后排头等舱座位的孕妇，本身因为飞机的颠簸而感觉不适。此时，突然失去了光线，她顿时感到极端不适，需要呕吐。

于是，这个孕妇就成了替死鬼。

而坐在经济舱的杜舍是想去前舱，但是被陪同的押解人员及时制止，告诉他那边是头等舱的卫生间，于是不得已只能去了后舱卫生间，从而躲过一劫。

在事情发生后，董乐同样极端内疚，但是他头脑还是很清醒的。为了不引起怀疑，他趁乱趁黑拿走了卫生间墙壁上的发射装置。

可没有想到，飞机在落地后，机场保卫人员通知说飞机上的所有人员都必须暂时扣留。董乐非常清楚，如果只知道一个假身份，是没有人会发现他的。除非所有人都被扣留。他的模样，萧闻天和朱力山都是认识的。

不得已之下，董乐只有在下摆渡车的时候，趁乱逃离了机场。本以为可以逃过一劫，但没想到这么快就被抓住了尾巴。

确实，如果不是萧闻天一直心存怀疑，及时发现了怀疑对象，那么他也猜想不到董乐之前给杜舍传过字条。如果不是杜舍主动去卫生间，那么这次谋杀根本就不能凑巧成功。而让杜舍在规定时间内去卫生间的唯一手段，就是空姐的失误。而且飞机照明面板也都是空姐操控的，那么这个名为杨茜的空姐才是第一嫌疑人。不会有人怀疑到他董乐身上。董乐一直这样给自己信心。

案件就这样顺利侦破了。董乐于1995年1月，过年之前，因故意杀人罪，被判处死刑，剥夺政治权利终身。

董乐没有给自己留下太多的辩解。但是他即便是到行刑前，还一直强调：自己给了杜舍字条，杜舍却会按照他的指示去办。这都说明了杜舍是有逃离的愿望的，是有自我保护能力的，所以他根本就没有什么精神病！

董乐认为，自己死了不要紧，杜舍这个杀父仇人，也应该去死。

可是，杜舍的判决已经生效，法庭也没有根据董乐的推理而去提起再审。法院和检察院都一致认为，杜舍本就是间歇性精神病，在精神病间歇期，其神志本就是正常的。所以董乐的推理显然是不正确的。

换句话说，董乐精心准备、缜密策划的一场复仇大戏，以无辜群众一尸两命的死亡告终，以董乐白白送死而告终。

看完了这一份厚厚的卷宗，守夜者成员们纷纷感慨不已。

究竟什么才是真正的正义？这个老掉牙的问题，再次在大家脑海里浮现。

如果不是萧朗眼睛尖，大家都会在这种无法描述的心情中结束今天的工作。可是萧朗却发现，在卷宗的最后，还隐藏着几个半透明的JPG

文件。

本来文件夹就加密了，为什么这几个文件还要设置隐藏？如果不是萧望的手机设置了“隐藏文件可见”，那这几个文件还真就逃过了大家的视线。

满满的好奇心让萧朗迫不及待地打开了这几个文件。所有的文件，都有一个统一的文头[1]——“会议纪要”。

1 文头一般是指发文机关的标识，通常套红在文件首页的上端。是强调公文责任归属和权威性的标记。

第四章

精神病人

人类心灵中一切罪恶
作为一种倾向被包含在潜意识中。
——弗洛伊德

1

会议纪要有很多份，记载了不少当年守夜者组织内部会议的内容。这些会议纪要都是手写的，字体俊逸，和唐骏之前笔记的字体是一致的。也就是说，担任这么多次会议记录者的，正是唐骏。唐骏在记录完毕之后，并没有及时归档，而是把纪要都通过翻拍的方式保存了下来。

大部分会议纪要，是围绕着叶凤媛杀人案、杜舍杀人案和董乐杀人案这三起看起来关系不大，实则是"冤冤相报"的系列案件展开的。三起案件跨度十一年，不同年代的法治思维也是不一样的，所以每次会议，大家的发言都很踊跃，意见分歧也是很大的。

虽然当年的守夜者组织成员们几乎每个人都有发言，有的人发言态度还很激烈，但是所有的会议纪要中，都没有找到唐骏发言的痕迹。也就是说，无论当年争论有多厉害，唐骏始终保持了缄默。

如果说从这些会议纪要中可以清晰看出当年守夜者组织内部的两种意见的话，那么唐骏就是第三种——没有意见，或者有意见却放在了心里。

萧望快速浏览了一下会议纪要的主要内容，说："其实，在那个对法治精神还存在分歧的年代，能坚持'权力约束'确实还是挺不容易的。即便是现在，在网络上，还是有很多人内心里笃定了'有罪推定'，在先入为主地认定了某种自认为正确的结论后，就会提出各自的'质疑'，千方百计地寻找一些捕风捉影的线索来自证结论。这就像是当年的'处决派'，一旦自我认定，就希望能代表'正义'来处决'罪恶'。"

"在那个年代，持真正意义上的'疑罪从无'意见的，确实不容易。"凌漠说，"不知道这些争论对于1996年《刑事诉讼法》修正案确立'疑罪从无’的原则是不是有一点推进作用。”

“大家对‘疑罪从无’的原则是认可的，但是对具体的‘疑罪’的概念还是不太清楚。”萧望说。

关于杜舍杀人案，争议点主要是在精神病鉴定上。以萧闻天、朱力山为首的一部分人主张的“约束派”认为既然有资质的精神病鉴定机构做出了明确的结论，那么这就应该作为一条重要的依据来影响判决，这是保障人权的一种表现。而持“处决”意见的其他人认为，董乐做了大量的调查，尤其是最后的字条约定可以反映出杜舍并不存在精神障碍。既然“疑罪从无”，那么就应该“疑病”也“从无”。有依据证明杜舍的精神病可能是伪装的，那么就不应该认定其精神病的存在，直接予以处决。“约束派”认为，“疑罪从无”的内核精神目的是保障人权，那么除非有确凿的证据证明精神病是伪装的，不然“疑病”就应该按有病处理。“处决派”认为，如果这样处理，那么就不是“疑罪从无”原则了，而是“保护犯罪分子”原则。“约束派”认为，公权力必须慎用，对于存在疑点的犯罪嫌疑人，人权当然要保护。保护犯罪嫌疑人的人权，是一个社会法治进步的表现。

各持各的意见，争论点很快又从杜舍杀人案转移到了董乐杀人案。

“处决派”认为，既然主张“疑罪从无”，那么董乐杀人的案件证据也是“疑”的。整个案件的证据只有被破坏的电线上的DNA。那么，假设董乐只是个看热闹的，不小心被破裂的电线戳破了手指，是不是就可以证明其无罪了？“约束派”认为，“疑罪从无”里的“疑”是指合理的怀疑，而不是狡辩。董乐存在杀人的动机，在特定的时间出现在了特定的航班上，有监控显示其携带装置零件，而且只有主动破坏电线才会接触到位置隐蔽的电线。更重要的，是董乐有自己的供词，并且合理解释了连警方都没有想到的作案过程。这已经形成了完备的证据链条，之前的说辞都是狡辩，不能作为合理怀疑，所以并不是“疑”罪。“疑”是站在公正、常规的立场之上，如果先前就带有感情色彩，那就不是“疑罪从无”的法治理念了。

对于当年杜舍母亲叶凤媛的杀人案，组织内部也有争议。

“处决派”认为，以现在的眼光来看，当年叶凤媛杀人案的细节，也有很多站不住脚，当年都处决了犯罪分子，为什么现在不可以？而“约束派”认为，那起案件发生在1983年，十多年前的技术手段，能够达到的也就是当时的水准。所以，以当时的眼光来看，证据链条同样是完善的，所以并没有问题。随着科技的发展，对警方的要求就越来越高，越来越希望社会法治上到一个新的台阶。

争议发生了很多次，但是谁也没有能够说服谁。

当然这几份会议纪要也不全都是两种意见的交锋，还有一些内部调查会议的纪要。

按照公安部的要求，在董乐被宣判死刑之前，守夜者组织的职权就已经被停止了。因为根据董乐的供述，他不仅盗用了傅元曼的数字身份证书侵入了组织内部系统，并制造了自己的假身份，而且还清楚地知道杜舍被押解的时间、航班号和目的地，甚至知道他们乘坐在飞机上的大致位置。

这个问题就严重了，因为这些信息是部里下发的机密文件，而作为董乐这样的组织内部实习生，是完全不可能接触到的。

一个保密的组织连它的内部信息都不能做到保密，那么要这个保密组织做什么？此事牵涉甚广，所以公安部决定，要求守夜者组织停职检查。

寥寥几份文件，也看不出当年守夜者组织经过了多少次检查和内部调查，但依旧没有一个明确的调查结果。

而结合去年傅元曼、萧闻天和唐骏的那次谈话，萧望和萧朗大概知道了几位长辈心存憧憬的原因，那就是一种壮志未酬而又恰逢时机的感受啊。他们瞬间也感受到了自己肩上的压力陡增。

显而易见，从当年守夜者组织被停职开始，虽然没有撤销该组织的命令，但是一直也没有恢复行使职权的命令，直到前不久的大沙盘演习。而在这漫漫二十几年的时光里，守夜者的老成员们几乎全部离开了组织。

尤其是到1996年《刑诉法》修正案颁布实施后，那些持有“处决派”

意见的成员更是纷纷辞职，有的下海经商，有的自谋职业。

唐骏也是在那段时间里辞职，并应聘到大学去担任心理学副教授的。而另一些守夜者组织成员，不愿意离开警察队伍，也不可能在这个名存实亡的组织内部闲着，所以通过组织程序，调离当时的岗位，到公安机关其他岗位上，继续做着“背抵黑暗、守护光明”的活儿。萧闻天就是如此，虽然当年因为押解过失受到组织上的严重警告处分后，他离开守夜者组织，去南安市公安局当了一名刑警，但经过二十多年的打拼，他破案无数、功勋累累，也最终成为南安市公安局的局长。

不论寻找了什么样的出路，在 1996 年 3 月份左右，守夜者组织就处于完全解散的状态了。而五十二岁的守夜者组织组长傅元曼，在受到记大过处分、降职降级处分之后，也办了病退的手续，成了一个空壳组织唯一坚守的光杆司令。

这些材料，把大家拉回了那个法制还不健全的时代，让大家身临其境，感受到了当年法治精神争议过程中的硝烟，更是让大家回顾了守夜者组织衰败的历史原因。现在年轻的他们需要重拾组织荣耀，却不知道自己能否沿着先辈们的足迹，继往开来。

“我总觉得，当年董乐的调查还是有科学依据的。”凌漠说，“以现在的心理学理论看，确实只能证明杜舍有着明显的人格缺陷，心理是很有问题的。但就像我之前说的那样，他的精神并没有什么问题。”

“不管你的意见正确与否，我们还是得考虑法律时限的。”萧望说。

“我的意思是说，是不是可以通过询问杜舍来获取哪怕一丁点儿的信息？这也比毫无抓手要强得多。”凌漠说。

“对对对，问一下总比不问强。”萧朗此时已经忘了之前也反对过凌漠这个建议的事情了。

“问一个精神病人几十年前的故事？我担心会误导侦查。”萧望迟疑道。

“我刚才说了，他可能精神上正常。”凌漠反驳道。

“看那笔记，就是没病。”萧朗说。

"还有就是我之前一直强调的'社会功利性'。"凌漠说,"如果是意识不自知的人,很难做出有明确社会功利性的行为举动。你还记得组长和我们说的故事吗?当年在那个山洞里,有麻绳。你说,杀人就杀人,为什么要带麻绳?"

萧望摸着下巴,说:"既然有专业的精神病鉴定部门,那就应该以法律文书为主,合不合理就不是我们该考量的事情。"

"如果没有互相监督、环环相扣,仅仅是自己干自己的事情,那还有真正的正义吗?"萧朗抢着说道,"无论有多么专业的鉴定文书,那也要办案机关予以采信,才能有法律效力。"

"可是法律采信了。"萧望说,"法官的判决依据就是这份鉴定书。"

萧望继续说:"我们与其质疑精神病鉴定,不如继续固定我们现在的线索。"

"这倒也是。"萧朗说。

"我还是需要争取一下去询问杜舍的机会。"凌漠再次转头对萧望说。

萧望想了想,说:"凌漠,当年守夜者涣散的核心问题,那就是实体正义和程序正义的问题。杜舍该不该进行精神病鉴定而获得免死金牌,当年是有争论的。现在的守夜者当然知道程序正义一样重要,精神病鉴定是当事人权利,当然要保证。"

"是,这个我不否认!"凌漠辩驳道,"但是精神病鉴定之后呢,应该反复考证鉴定的合理性,而不应该像你说的那样,因为别人比自己专业,就轻信专业人士。反复考证才是真正的正义。"

"可是,作为外行人,我们去'考证'内行人的鉴定意见,这个似乎不妥。"萧望说,"尊重专业,才是真正的正义。"

"准确来说,我和老师都不算是外行人。"凌漠说,"试一试,并不会有多大的损失。"

"我哥是怕你误导侦查!"萧朗说。

"并不全是这样。侦查不怕误导,就怕没的可查。"萧望说,"凌漠和萧朗的观点都没错。毕竟,多管齐下,才能获取有用的线索。"

“那……”凌漠期盼地看着萧望。

“你们在说什么呢？”聂之轩的声音传进了会议室里。

大家扭头看去，聂之轩推门走了进来，说：“豁耳朵的尸检已经完成了。”

“有线索没？”萧望问道。

聂之轩失望地摇摇头，说：“和之前的幽灵骑士、山魈不一样，豁耳朵的被捕有突然性，而且他是直接被击毙，没有任何销毁线索的时机，所以我对从他尸体上找到线索是抱有很大希望的。可是，非常可惜，这个豁耳朵身上，你要说有线索吧，也没有多少有价值的线索。但是说一点线索也没有吧，也不客观。”

听聂之轩说完，所有人的表情都稍微黯淡了一些，但还是充满了希望。他们不希望自己可以抓住的线索，又断掉了一条。

“豁耳朵是被萧朗击毙的。”聂之轩说，“几枚子弹穿透了他的胸腔，心脏、肺脏、肝脏和脾脏都破裂了。可以说是没有什么致命伤后行为能力，是直接死亡了。死因是多器官破裂、失血死亡。”

“对了，我击毙他的时候，他的同伙好像喊着什么麦克斯韦？”萧朗回想着自己击毙豁耳朵的那一幕。

“对，麦克斯韦，电磁学的鼻祖。”萧望说，“我分析，麦克斯韦就是他的外号，他很有可能就是黑暗守夜者组织里面的机械专家和通信专家。”

“幽灵骑士有癫痫，山魈有颈动脉粥样硬化，那豁耳朵是不是也有什么毛病？”凌漠像是想起了什么，问道。

“哦，你这样一说，还真是提醒了我。”聂之轩说，“尸体解剖完了以后，除了豁耳朵，其他和正常人无异。但他的大脑还真的是有问题。”

“什么问题？”萧望问道。

“这人吧，大脑的沟回很浅。”聂之轩说，“当然，我觉得也应该是在正常范围内吧，只是以我的经验来看，大脑的外形还是有一点异样的。”

“脑沟回路浅？”萧朗问，“那说明什么问题？可以说明他智商超群吗？”

“这个，现代医学还没有定论。”聂之轩微笑道，“但不能排除你的推论。”

“还有办法让人的智商提高？”萧朗嘀咕着。

聂之轩接着说：“后来，我留了个心眼，就对他的大脑基底动脉进行了注水实验，实验发现，这个人的基底动脉上，有好几处动脉瘤。”

“动脉瘤？”萧朗问道。

“对啊，有的人啊，是先天脑动脉畸形，血管壁有缺陷，所以在反复的血液冲击的过程中，血管壁慢慢地变薄、突出，形成一个瘤状的凸起。这个凸起的动脉壁是非常薄的，很容易破裂。一旦破裂，就是弥漫性蛛网膜下腔出血，很难救得回来了。”

“也就是说，即便我不击毙他，他也活不了多久？”萧朗问道。

聂之轩点了点头。

“看来，这些人在获得演化能力的同时，也患上了致命的疾病。”凌漠说，“确实，自然界本来就应该有着平衡，这种平衡一旦打破，自然要付出应有的代价。”

“哦，DNA 结果也出来了。”聂之轩扬了扬手中的手机，说，“因为咱们是有针对性的比对嘛，所以结果很快就出来了。这个豁耳朵是 1996 年 9 月出生在江南市，1998 年 7 月 30 日在江南市被盗，父母是军人。当时南安军区还很重视此事，花了很多精力配合警方寻找，但是无果。值得一提的是，豁耳朵的 DNA 和之前我们在唐老师遇害案现场提取的口香糖上的 DNA 认定同一！”

“果真是同一个人。”凌漠沉吟道。

“所以，唐老师极有可能是被豁耳朵杀害的，”聂之轩说，“而且我还发现了一条线索，是在意料之外的。”

说完，聂之轩从包里拿出一个透明的物证袋，物证袋里，装着一枚烧焦了的手环。

2

“手环！”萧朗说。

“手环？”凌漠说。

两个人几乎是异口同声，但一个是感叹句，一个是疑问句。

“这是豁耳朵戴在脚踝上的‘手环’。”聂之轩说，“藏在裤腿里，所以之前大家都没有注意到。为什么会把手环戴在脚踝上，我分析是豁耳朵在进行机械操作的时候，需要足够的灵活性，怕手环影响了自己的动作。”

聂之轩继续说道：“这个手环，从外形上看，确实和普通手环没有什么区别。我们都知道，有些手环同时也是蓝牙耳机，可以当手表、计步器，从环带上把环体拿下来，就可以连接手机作为手机的蓝牙耳机。这个手环也是这个原理。”

“所以，它不仅仅是个手环，还是个通信工具？”萧望问道。

聂之轩点了点头，说：“普通的手环，最多就是个蓝牙耳机，自己是没有通信功能的。但是，豁耳朵这个装置，我们分析，是有独立通信能力的。”

“你们分析？什么叫你们分析？”萧朗不解道。

“这个，我们没有意料到，这么个小小的手环，有自毁功能。”聂之轩耸了耸肩膀，说，“我们是先用 X 光机透视了，它的内部结构虽然细小，但非常复杂，即便是当地警方的通信专家，也看不透内部的结构布置。所以，我们决定打开手环外壳，直接观察内部。没想到，它的内部居然有自毁装置，一旦打开后盖，里面的一部分就直接烧焦了。”

“那你们是根据什么判断它是个通信工具呢？”萧望拿起物证袋，左右看看。

“有收集声音信号并将其转化为电信号的装置，就是麦克风，同时也有声音输出的扬声器。”聂之轩说，“所以别看它很小，但这就是一台小电话的内部组件啊。”

“你这样说，让我想起了一个东西。”萧望说，“之前姥爷喜欢一个人出去溜达，看人家下棋什么的，一看就忘了回家。姥姥一直害怕姥爷得了老年痴呆，走丢了，说要买个什么定位器给他。有一次，我还真的去通信商城看了看，真的有类似这个手环的东西，叫作‘GPS 定位器’，还有的叫‘老年痴呆防丢神器’。大概一个 U 盘的大小，插一张 SIM 卡，就可以实现通话了。而且，如果在手机上下载了 App，还可以直接定位这个东西现在的具体位置。也就是说，从科技上，这个功能的实现并不难。”

“儿童安全手表不就是这个意思嘛。”程子墨说。

“确实，已经有成形的产品了。”聂之轩说，“但这个还真的有点不一样，因为这里面并没有 SIM 卡。”

“那它是通过什么实现通信的？如果是对讲机的功能，那通话范围是有限的吧？而且保密性也会很差。”程子墨说。

“这就是他们高明的地方了。”聂之轩微微一笑，说，“我们找了不少通信专家来分析这个已经自毁了的功能手环，他们一致认为，这里的装置，是通过卫星连接的。”

“啊？卫星能随便给他连接？”萧朗问。

“这里面就有比较高深的通信技术含量了。”聂之轩说，“总之，这个装置可以连接卫星，并窃取卫星信号，实现通信。而且，这应该是他们自己组建的一个‘局域通信网络’，具有很高的保密性和通信能力。”

“看来这个家伙被称作麦克斯韦，一点也不夸张啊。”萧朗感叹道。

“还记得幽灵骑士和山魈这两个人使用的工具吧？”聂之轩说，“诺基亚？不，那仅仅是个诺基亚的外壳罢了，它们的核心，是一个加密的、可以实现局域网通信的卫星电话！”

“你的意思是说，无论是诺基亚，还是手环，它们的功能是一样的。”萧望说，“只是根据个人的爱好，而选定的不同外壳罢了。”

聂之轩点了点头。

“我记得在超市里，山魈被捕之前，摧毁了诺基亚手机。”萧朗说，“显然，他们对这个通信工具非常在乎。甚至说，可能有严明的纪律，在不得已的时候摧毁它。”

"幽灵骑士被捕后，我们也一直不知道他的那台诺基亚哪里去了，看来是被山魈处理掉了。"程子墨说。

"当然，如果这个通信功能落在了我们手上，我们就可以轻而易举地获知他们利用这个局域网络所说的每一句话，那么黑暗守夜者在我们面前，就没有任何秘密了。"聂之轩说，"所以，在被捕前摧毁掉通信工具是必须的。"

"可是，你说的是自毁！"萧朗说。

聂之轩点了点头，说："是的，我确定是自毁。在通信专家打开它后盖的时候，我就在场，我眼睁睁地看见了火花一闪，紧接着就闻到一股焦煳气味了。"

"可是，如果它有自毁功能的话，为什么幽灵骑士和山魈还要主动销毁它？"萧望问道。

"这个问题，我和大家一样，是第一时间进入脑海的。"聂之轩说，"当我知道它的自毁功能后，就向通信专家提出来了。专家们对自毁功能进行了研究，认为增加这个功能并不难，只要设定一个打开后盖就会引发短路的小装置就可以了。"

"你的意思是说，这个自毁功能是后加的？"萧望问道。

聂之轩点了点头。

萧望想了想，说："因为山魈的被捕，他们意识到了自己的危险性。加之，他们昨天要进行更加危险的任务，有人被捕或者现场被击毙都是有可能的。我推测，为了延续他们组织的内部通信能力，他们为每个人的通信工具都安装了自毁功能，以防不测。没有想到的是，他们的这个自毁功能，还真的派上用场了。"

"是这么回事。"聂之轩点头认可萧望的推断。

此时，萧望的手机响了起来，一看来电是市局。他凝神听完了电话，脸色略显郑重地跟大家说道：

"市局对唐老师手环的检测出来了，的确被动过手脚，主板上有几个细密的螺丝孔，还有一块空白区。市局认为这块区域原来是有一个模块的，被人为取掉了。”

萧望将市局发来的照片投影到会议室的幕布上，现场顿时安静了起来。

尽管唐骏的手环内部有块空白区，但对比看了后就会发现，它与豁耳朵的手环有一致的地方。

“这两个手环，内部改造的手法很像啊！”萧朗脱口而出。

“所以呢？”凌漠看着萧朗。

萧朗站起身来，把袖子撸到肘部，一鼓作气地说：“我这么说大家不要不高兴啊。事到如今，咱们不得不把唐老师是黑守成员的可能性放到台面上了。当然，我也有充分的理由来进行这样的推测——”

他还没等大家做出反应，便继续说道：

“第一，唐老师被害那天，是自己半夜出门去见黑守的人，说明，唐老师有途径联系到他们；第二，唐老师手上的手环与豁耳朵是同款，但唐老师的手环里面少了一块物件，这很有可能就是黑守怕泄露手环的事情，将里面的相关通信部件给取走了，之所以没有采取像豁耳朵那样的自毁模式，是因为那时候还来不及设置这样的程序；第三，之前大家分析动机的时候说到过，黑守的首领很有可能就是为董家父子报仇的人，那么什么人能帮他们报仇？董老师感情破裂的妻子？几十年前就出国的女儿？还是什么七大姑八大姨？既然会帮董老师报仇，又要给犯罪团伙起名叫‘守夜者’，那不是守夜者内部的人，又会是谁？我们守夜者组织里的人，包括学员和导师，除了唐老师，其他人都没有手环、没有诺基亚了吧？”

“关于你说的第一点，我先保留意见。因为我们现在只知道，老师半夜出门和老师最终被黑守所杀这两个事实，但这不一定意味着老师出门去见的人是黑守，或者说，他不一定知道自己所见的人就是黑守。”虽然萧朗一口气说了一大堆，在场的人都来不及做笔记，但凌漠还是冷静地开始逐条回应，“至于你说的第二点，乍看上去是这样，但是聂哥之前的物证分析报告里提到，老师的手环上没有任何人的指纹，这说明，手环是被特意擦拭过的，再加上老师被害现场除了这个有问题的手环，还有属于另一个手环的三轴加速度传感器部件，现场为什么会有这样的部件？这是不是可以猜测，现场还曾经存在另一个手环，而且那个手环被打碎了，考虑到老师是被砸伤致死的，被打碎的手环很有可能就是老师自己佩戴的手环，而完好无损的这个被擦拭过的手环才是后来被替换上去的。”

“手环手环手环，我听着怎么那么晕呢。”萧朗感觉头有点大，“所以你就是想说唐老师的手环被人换过？”

“这种可能性很大。”凌漠说，“至于你说的第三点就更容易反驳了，你怎么知道黑暗守夜者的通信工具只有手环和诺基亚两种形态呢？”

“好，这点的确还有待确认。”萧朗说，“但之前抓捕幽灵骑士的时候，我们就说过有内鬼对不对？当时我们还在说，后期守夜者组织内部的手机、网络信号都已经给屏蔽了，消息还是能被传播出去。现在知道了吧，都是卫星信号啊！屏蔽不了啊！你说说，除了唐骏老师，谁还掌握着所有的抓捕信息？而且还都是我们组的信息？那是因为，因为我们组有铛铛！”

“如果透露的是我们组的信息，那你又该说我们组有我了。”凌漠说。

“可是事实情况是，每次抓捕，唐骏老师都是知情的！”萧朗说，“只有第一次，误以为是去那个什么学院的曹刚，是我们突然发现了详细地点，才转变了抓捕信息。可是，这一次铛铛也是事先找她爸爸电话询问了情况！这一次其他导师不知道吧？可是幽灵骑士还是在我们之前动手了！”

“按你的话说，其他导师不知道，但你们组所有人都知道，是不是你们组所有人都有嫌疑？”凌漠说。

“行，那我们再从守夜者组织的历史上来看看。”萧朗说，“刚才我就注意到了，这么多会议记录里，唐骏老师居然一言不发？他真的对此事没有意见？”

“我们听过故事，董老师遇害的那天，还给老师打了呼机，但老师没有及时收到。从一开始，老师就有内疚，而且一直就很担心董乐的状况，还想办法给他做心理疏导，把他调来身边。在这种毫无意义的法治理念的争执上，他当然不会说什么！”

“你看你看，你都说了，他有内疚！”萧朗说，“你是学心理学的，你说说，内疚有没有可能转化为仇恨？他调来董乐是为了心理疏导，还是为了给他机会获取机密？这个从这些资料上能看得出来吗？”

“内疚有可能转化为仇恨，但是老师不会的，我了解他。”凌漠笃定地说。

“喂喂喂，之前不是还说法治精神就是不先入为主，不以己度人！”萧朗有些急了。

凌漠不发一语。

“你刚才说唐骏老师给你灌输正确的法治理念，好，这没问题。”萧朗又在大屏幕上展示出其中一张资料，说，“你知道不知道，有多少教政治的老师，都是不满社会现状的愤青？很多人说一套，心里又有一套的好不好？你们看看唐骏老师离开守夜者组织的时间，1996年！那一年，《刑诉法》修正案颁布了，‘约束派’的观点成了正道，而‘处决派’被法律证明是错误的！而且，从现有的资料看，盗婴案就是从1996年开始的！”

“不是从1995年就开始了吗？”凌漠打断了他。

“后来跟踪了解，1995年丢失的孩子后来找到了，和本案没有关系。”萧望补充了一句。

“可山魈不是1995年被盗的吗？”凌漠追问。

“经查实，当时反馈过来的信息有误，山魈实际是在1996年7月23日被盗的。”萧望接着补充。

萧朗像是得到了肯定，忍不住扬了扬头。

“那一年很多人都离职了，你爸爸也是那一年离职的。这不能说明什么。”凌漠反驳道。

“把这么多事情从前到后捋顺了，逻辑也就清楚了。”萧朗说，“因为和董老师的深厚情谊以及对董家父子的巨大内疚，唐骏老师变节了，他表面上是在大学里当教授，其实私下里组建了属于他自己的‘守夜者组织’，表面上他是利用幽灵骑士等人‘惩恶扬善、替天行道’，做着‘处决派’

的事情，实际上他是在利用这些无辜的孩子报私仇！他利用手环窃取卫星信号指挥黑暗守夜者作案，给他们提供信息和情报。”

萧朗一口气说完这番话，会场顿时沉默了。

“说句老实话，萧朗说的虽然让人难以接受，但分析得不无道理。”聂之轩说。

凌漠此时抬头看着聂之轩说：“聂哥，他的逻辑看上去很通顺，其实每一个关键环节都是在想当然，这不是法治精神！聂哥，我一直很相信你，但是如果按照萧朗的逻辑方式，我也可以怀疑你。幽灵骑士被杀的时候，只有你一个人代表守夜者组织在看守；阿布被掳走的时候，也只有你一个人在看守。那么，是不是你就应该被怀疑呢？”

“我……”聂之轩顿时语塞。

“但我不怀疑你。”凌漠说，“因为山魈是你发现蛛丝马迹后被捕的。这就是证据的排他性原则，只要有一项证据反向印证，我们就不能怀疑这个结果。这才是真正的不先入为主、不以己度人。”

“对。”萧望说。

“所以，我不怀疑老师。”凌漠说，“我不怀疑老师，是因为有两个问题解释不过去：一、既然老师组织了黑暗守夜者，那他为什么被黑暗守夜者所杀？他在审讯出一个结论的时候，如果他是知情者，就应该很坦然，但为什么要急忙赶出去？二、如果老师是黑暗守夜者，为什么不把我直接培养进黑暗守夜者，而让我一直生活在阳光下？最终还让我加入了守夜者组织？难道你们也怀疑我是黑暗守夜者的成员，是派来的卧底？”

“凌漠是没问题的，幽灵骑士就是你和凌漠一起抓的，如果他是那边的人，幽灵骑士肯定就逃脱了。”萧望对萧朗说，“而且凌漠被唐老师培养了十几年，那个时候也没人知道守夜者组织会重新搭建。”

“所以，这就是反向印证。”凌漠说。

“那我说的那么多疑点怎么去解释？”萧朗问。

“这个我暂时也不知道答案，但是我相信真相一定会到来。”凌漠说，

“老师可能确实有什么事情瞒着我们，但他一定不是内鬼，更不会是黑暗守夜者组织的首领。因为在老师死后，黑暗守夜者依旧可以组织起非常完善的行动。不管怎么说，我觉得如果我能和杜舍聊聊，说不定能从这个‘精神病患者’口里问出一点什么。”

“这个程序不难，我去找司法部门申请。”萧望说道，“难就难在，这个人很少开口，对你这个陌生人，会开口吗？”

3

“望哥说的事情，其实我也没有把握。”

凌漠低着头，和聂之轩并排走在金宁监狱的走廊里，穿过一道道的铁栅门。

“确实很难。”聂之轩整理了一下自己白大褂的领口，说，“不过，你让我冒充医生去给他看病，是啥意思？”

“你只需要说一些专用名词来表示你已经知道他精神状况良好就可以了。”凌漠说。

“忽悠？”

“对，我们这次的战略就是忽悠。”凌漠浅浅一笑，“杜舍早年表现优异，但自幼父母双亡，流浪辍学，寄人篱下，存在犯罪人格形成的生存环境基础。在福利院的时候，经常欺负其他人，成年后还有虐童的行为。对待他的恩人董老师，也是手段极其残忍地将他杀害。这都反映出，杜舍是一个明确的犯罪人格。犯罪人格的人，情感淡漠、自私、狂妄、残忍、冷酷。所以，想用什么动之以情、晓之以理是不可能突破他的心理防线的。唯一的办法，就是忽悠。”

“所以，你不去提审室讯问。”聂之轩说。

“我本来就不是讯问他。”凌漠说，“这种人，你越是压迫他，他越不会开口。所以，在他熟悉的地方，才是最有可能让他开口的环境。”

“可是我还是不知道你想从杜舍口中知道一些什么。”

凌漠皱起眉头，说：“我也不知道能从他的口里得到一些什么，我只是单纯地希望，一是可以获取一些破案的线索，二是能为老师做点什么。不管怎么样，你就一直坐在旁边看手机就可以，做出一副对我们的谈话漠不关心的样子。”

说话间，管教已经带着二人走进了监区最后一道铁栅门，再穿过一道走廊，就走到了 129 号监房。之前管教已经安排同房犯人离开，此时监房里只有杜舍一人坐在床铺上，他正默默地低着头，抚摸着左手背上的疤痕。

按照既定的方案，穿着白大褂的聂之轩先进入了监房，并且装模作样地给杜舍“检查”了一番，说了一大堆连凌漠也听不懂的医学专有名词，最后下了一个结论：“嗯，恢复得不错，不需要进一步强制治疗了。”然后，独自坐到了监房的角落，开始捣鼓他的手机了。

凌漠见杜舍果真是一脸莫名其妙，于是也走进了监房里，坐在杜舍身边，一言不发，开始捣鼓手机。

三个大活人坐在铁笼子里，一言不发，两个人低着头玩着手机，这让杜舍很是不安。但是，受到长年累月的影响，即便是再不安，他也闷着不说话，不停地搓着手背上的疤痕，越搓越烦躁。

就这样静静地过了半个多小时，凌漠用眼睛的余光瞥见杜舍已经烦躁不安、不能自已了，觉得时机已到。他叹了口气，说：“唉，现在的人啊，真是不懂。”

他的这句话倒是说到杜舍心里了，现在的杜舍才真的想喊出这句话，这两个人莫名其妙的，谁能懂他俩想干啥？

“成天关在铁笼子里，连个手机都没的玩，不知道有什么好。”凌漠把手机递给杜舍，说，“喏，给你玩会儿。”

杜舍没给任何回应，只是默默地搓着手背。

“哦，忘了，你不会。”凌漠收回手机，说，“你不是我们这个时代的人，你是 20 世纪 90 年代的人，怕是连这个小机器叫什么都不知道。”

“手机。”杜舍的牙缝里居然挤出了两个字。凌漠心中一喜，自己的连续刺激，终于激得杜舍开口了。

“嘿，你还真知道啊。”凌漠像是自嘲似的笑了笑，说，“哦，忘了，你们这里面的人，是可以看电视的，能看到电视剧里的人用手机，不过，自己没用过对吧。”

杜舍恢复了沉默。

“现在的手机啊，都能上网了。”凌漠说，“哦，不好意思，我忘了，你恐怕连上网这种事情都没概念吧。”

杜舍“嘁”了一声，扭过头去。

“怎么说呢，除了想知道什么消息就知道什么消息以外，现在的手机还会推送消息，能自动识别出你对什么消息感兴趣，一旦这个领域有了新闻，就会自动告诉你。”凌漠炫耀般地划动着手机屏幕，说，“任何东西，只要你动动手指，就可以在手机上购买了，然后自然有人给你送到手上，吃的也是这样。现在的人啊，都不用带现金了，带着个手机，走天下。”

“你什么意思？”杜舍低声问道。

“没什么意思啊。”凌漠一副不屑的样子，说，“我就不懂你赖在这里不出去，是什么意思？是害怕出去以后在外面世界里活不下去？”

杜舍哼哼地冷笑了一声，停止了对话，意思像是在说：你说得轻巧，我怎么出去？

“你的精神病强制治疗效果很好，现在的医疗科技也很发达了，连我们的专家都说你恢复正常了。”凌漠朝聂之轩努了努嘴，说，“我就不懂你为什么不去申请减刑。你不知道吧，精神病治疗康复成功后，就可以申请减刑了。你都坐了二十几年牢了，这一减，估计就直接出去了吧。”

杜舍眉毛挑了挑，欲言又止。凌漠敏锐地捕捉到了他的表情，知道这是惊讶反应，看来他是信了。

凌漠趁热打铁，说：“你还是害怕出去了就活不下去对吧？那你就想多了，现在的社会和你那时候可不一样了，工作到处都是，送个快递啊，打个零工啊，都可以收入不菲的，也没人会在乎你的历史。你看看我，想知道我脸上的疤是怎么来的吗？”

杜舍斜眼看了凌漠一眼。

凌漠一笑，说：“我和你一样，三岁的时候，父母就双亡了。而且是在一场浩劫中身亡的，我也在场。我留下了个疤，我爸妈命都没了。从此以后，我就成了孤儿，被送到亲戚家抚养，有了新爸新妈。嗯，准确地说，那不是抚养，我就是他们的出气筒啊，各种被虐待。后来我到初中的时候，我实在是受不了了，从亲戚家逃了出来，开始了流浪生涯。我比你可牛多了，我当时就是一帮小混混的王，想干吗就干吗，干了无数坏事，也进了无数次局子[1]。不过，现在我倒是成了警察，你说这个命运是不是作弄人？不过，你看看我，违法记录比你多吧，但是依旧能活着，你为什么不能？”

说完，凌漠从口袋里掏出守夜者组织的徽章，在杜舍的面前亮了一亮，说：“哦，对了，你现在确实不能出去，不然会被人杀了。”

“杀我？”杜舍有一些意外。

凌漠没有直接回应，而是从口袋里掏出两张照片，扔给杜舍看，说：“这两个人你还记得吗？”

杜舍摇了摇头。

“曾经帮助过你的人。”凌漠说，“现在都被人杀了。可想而知，外面有人是多么恨你啊！”

“我谁也不认识。”杜舍这么一说，让凌漠的心一沉。

“前两天，我们派人来当了你的替身，差点没命，这个你知道吧？”凌漠说。

“就是那个给我画像的年轻人？”杜舍冷笑了一声，“那他命大。”

这让凌漠吓了一跳，这个人面对死亡威胁，也面不改色。对于那些曾经帮助过他、替他挡刀的人，也丝毫没有谢意或是歉意。

“所以，你在这里面也是有危险的。假如哪一天他们有人混了进来，

1　指公安局或者派出所。

我们可就保不了你了。”凌漠说。

没想到这么一说，杜舍有了一些动容。看起来，他不是不怕死，而是觉得死离自己很远，别人的死和他无关而已。

“所以说，你最好和我多聊聊，如果我能抓住他们，那么，你就可以出去了，他们就进来了，你也就安全了。”凌漠继续心理攻势。

显然，这一波攻势很有效。

“可是我真的不知道他们是谁。”杜舍皱了皱眉头，像是在努力思考。

“会不会是老董的亲人？”凌漠问道。

“他没有亲人，他儿子已经死了。那个小混蛋还想设计陷害我。”杜舍的嘴角又浮现出一丝冷笑。

“陷害你？”凌漠接着话题说。

杜舍却立即转移了话题，说：“我想不出有谁可能会来杀我，但是肯定和老董有关吧，我这辈子活了几十年，一大半都在牢里，别人我也不认识。”

“我想也是。”凌漠说，“和我相比，你要幸运多了吧？虽然没了父母，但在福利院里享福，还有老董对你那么好，真是羡慕你。”

“他对我好？”杜舍冷笑了一声，说，“你来和我说这么多干什么？”

“你可别好心当成驴肝肺，我是想帮你。”凌漠说，“当然，公平交易，我也要从你这儿知道一些事情。”

“我这儿没你想知道的事情。”杜舍说。

“这个不重要，总之，我给你指了一条活得更好的明路，你陪我聊聊总是可以的吧？”凌漠急切地把话题拉回来，说，“你啊，身在福中不知福，老董对你那么好，你还杀了他。”

“对我好什么？我还不如那福利院里的小混蛋。”即便是过了这么多年，杜舍依旧狠狠地咬着牙说，“我揍了那小混蛋，这老董居然还来教训我？他以为他是谁啊？他妈的他是我的杀母仇人。”

“他是警察，完成他的职责罢了。”凌漠说。

“完成职责？我和我妈天天被那个老混蛋虐待，我们只是自卫罢了！”

杜舍说，“他怎么不考虑谁错在先？本来都没人抓我们了，就他装成一个小贩来骗我，害得我妈就这么死了。居然判我妈死刑，死之前我想再见她一面都没见着。什么完成职责，我看就是为了加官晋爵吧？多判一个死刑，他的乌纱帽就能更高一些！”

说这段话的时候，杜舍其实一点悲伤的表情都没有，几乎全是怨恨。

“1983 年，特殊情况。”凌漠说，“这个怪不得老董吧。”

“事后再来和我献殷勤，不是有古话说吗？无事献殷勤，非奸即盗。”杜舍说，“我看他接近我不是什么对我好，他就是有所图罢了。或者说，他为了升官，用我妈的命做筹码，他愧疚了，对他恶劣的行为愧疚了而已。”

“图你什么？你是有财呢，还是有色？”凌漠讥笑道。

“你还别笑。”杜舍今天真是打开了话匣子，他辩解说，“老董的孩子都不听他话，他恐怕就是想养一个听话的孩子吧。”

“你说，老董的孩子都不听他话，你怎么知道的？”凌漠连忙问道。

“不记得了。”杜舍说，“但我就是知道，他拿他的孩子毫无办法，经常在我这里唉声叹气的，说他活得失败。活得失败，就要来我这里找安慰？还是希望我能做他听话的儿子，让他活得成功？真是笑话！他是我的杀母仇人！”

“据我所知，他在那十一年时间里，每周都去福利院，只是为了收你当儿子？他和你提过？”凌漠问。

“没有。”杜舍说，“他每次去，要么就和我聊天，要么就是教训我，说我在福利院犯了错误，他费了多少力气帮我摆平。我需要他帮我摆平？他是什么东西？”

“聊什么呢？”

“就是问我这一周在福利院做了些什么，让我不要犯错误什么的。”杜舍说，“一副惺惺作态的模样，现在想起来都很恶心。”

“也不是吧，他总要带你开个小灶，带点吃的穿的吧？”凌漠问。

“拉倒吧，这事儿还有人提？”杜舍说，“哦，是那个叫什么唐什么的警察说的吧？老董的那个跟屁虫？他给我带的都是些垃圾，没什么好东西。我记得最清楚的一次，他给我带来几袋麦丽素，还搞得给我多大的人情一样。这种破玩意儿还拿来做人情？哪有大男人喜欢吃这种破玩意儿的？”

“唐骏，对吧？他也常去福利院？”凌漠强作镇定。

“对，就是他。”杜舍说，“到后来吧，没来过几次。还拿个笔记本，我说一句他记一笔，搞得像是在研究我似的。”

“你和他也很熟？”凌漠问。

“不熟。”杜舍说，“当年就是他最先把我抓到、审讯的，不过他什么也没得到。后来，我被送到这里来，送来之前他还跑来找我，和我说什么要注意不要轻信陌生人的话，在路上老实点，听从押解员的话什么的。我就没听……”

话说到一半，杜舍像是意识到了什么，立即打住了。即便是凌漠追问，也不再说飞机上发生的事件的细节。

“后来你见过唐骏吗？”凌漠见追问无果，转移了话题。

“见过，他来这里找我聊。还把守卫都支走了，但我没再和他说过一个字。”

凌漠若有所悟，接着说：“我真想不明白，你这么个瘦子，是怎么把一个警察给杀掉的。”

一说到这个话题，杜舍的眼睛开始闪光了，像是炫耀一般，滔滔不绝：“只能怪那个老董太笨了。我记得那是过年之前，他又跑来和我说什么新年快乐。快乐个屁啊！我妈给他害死的那一天起，我就快乐不起来了。所以我就说，我想去给我妈上坟。当时他就答应了。”

“是因为福利院不好动手吗？”凌漠问。

杜舍点点头，说：“福利院那么多人，也没什么隐蔽的地方。我妈坟前就不一样了，那个地方偏僻，一般没人来。我用背包带了麻绳和皮鞭什么的，就和老董上了山。到了坟前，老董还装模作样地给我妈磕头，我越看越气，就用砖头一下子给他呼倒了。对那一片山区，我是很熟悉的，无聊的时候我就会自己爬山，所以我知道前面有一个山洞，于是把老董拖了进去，捆了起来。”

“要杀就杀，捆起来做什么？”凌漠问道。

杜舍冷笑了一声，说：“说老实话，那个时候我还真的不想杀他。他有事没事把自己当成爸爸来教训我，就让我很生气了，所以这一次我也要当一次爸爸。而且是我爸那样的爸爸，我要让老董尝一尝有这样一个爸爸，会是什么样的感受。”

“所以你从小被人虐待，就也去虐待别人？”

“他不是别人，他是杀母仇人。”杜舍说，“我觉得只有让他被虐待虐待，才能知道我和我妈为什么要自卫。所以，我就饿着他，用皮鞭抽打他，用打火机烧他的衣服，烧伤他，还用鹅卵石砸他。”

“所以他就死了？”

“没有，我哪能就这么让他死了？那不是便宜他了？”杜舍一脸炫耀地说，“就这样，我玩了他两天。等我一觉醒来，他不动弹了，也不呻吟了，我觉得可能是死了。”

“你怎么知道是死了？”在一旁的聂之轩最终还是没绷住，恶狠狠地问了一句。

“那样了还不死？”杜舍笑着说，“流了不少血，身上没什么好地方了，都是伤。死了就死了吧，我觉得还是不太解气。所以，我就想了几个小时，我觉得他这种人，死也要臭烘烘的才好。我想到山下有一条河，那条河污染得比较厉害，很臭，我就决定把他扔到河里去，臭着变成白骨。于是，我就把他卷起来，装进了蛇皮袋，拖到河边扔进了河里。”

“你是连蛇皮袋一起扔进去的？”凌漠用眼神安抚了一下聂之轩，接着问道。

“没有，我又不傻。”杜舍说，“那样一看不就是被人杀的吗？我觉得吧，等尸体变成了白骨，得让人觉得是自杀跳河什么的才好。所以，到了河边，我不仅取下了蛇皮袋，我还发现老董的两只手被我捆着，勒得通红。你想啊，要是尸体被人发现还捆着手，那不就肯定是被人杀的了？”

“那也不一定，有的人跳河自杀之前，也捆着自己的手。”凌漠说。

“是吗？有那样的傻子吗？”杜舍笑道，“不过为了以防万一，我还是把那根捆着他手的绳子给取下来了。当然，我也没想到，那么快就被他们发现了尸体。我开始还以为是路过的船只发现的，没想到是他们有目的地打捞的。”

“是尸块。”凌漠说。

“所以说，那都是天意！我都没想到给他碎尸万段。”杜舍满足地说，“老天都会惩罚他，让他死了以后，还被船的螺旋桨给碎尸万段，这个真是解恨啊！都是天意啊！”

“我们走吧。”聂之轩站起身来，让凌漠一起离开。看起来，他是听不下去了。

“好的。”凌漠见也问不出什么了，也起身准备离开。

杜舍抬头看看他俩，一脸猥琐地笑着，补充道：“对了，刚才和你们说的，是我精神病治好了以后回忆起来的啊。当时，我也控制不了自己的妄想。”

4

走出监房的大门，聂之轩恨得牙痒痒，说：“真是越听越气，我差点没发作！这个混蛋，杀了人还这么得意扬扬的。”

凌漠苦笑了一下说：“没办法，犯罪人格就是这样，情感淡漠，冷酷残忍。我也是利用他的人格，刺激他，然后让他彻底卸掉了防备，他才会说这么多。”

“你真的教他怎么去减刑？”聂之轩说，“这种人回到社会，依旧会危害社会的。”

“当然是忽悠他的。”凌漠狡猾地说，“他的判决书上是有括号的，括号里写着‘限制减刑’。”

聂之轩像是心里受到了一些安慰，接着又问：“那你说你小时候的事情，是真的？”

凌漠低着头走路，过了好一会儿，才微笑着抬起头来，看向聂之轩说：“你猜？”

说话间，两个人回到了招待所的会议室。

萧朗一见两人，立即问道：“怎么样？问出点什么了没有？”

“你指的是什么？”凌漠没有正面回应萧朗。

不过萧朗倒是大大咧咧地不以为忤，说：“就是谁会作案啊？”

萧望知道凌漠的心里对萧朗怀疑唐骏还是心存芥蒂的，明显听出了语气的不对，所以上前委婉问道：“怎么样，有什么收获吗？”

凌漠没有立即回答，低头沉思，倒是聂之轩掩饰不住内心的愤怒，说：“这人真是个王八蛋，要我说，直接放他出去，让他被制裁了也算是除害了。”

“那不是法治。”萧望微笑着看聂之轩。

聂之轩自知有些偏激了，转换话题说道：“凌漠对他的心理分析和精神分析是正确的，这人根本就没有精神病，在回忆当年作案情节的时候，那真是思维条理清晰啊！而且这人经过二十几年的改造，对自己的罪行毫无悔过之意，甚至还得意扬扬。”

“也就是说，他开口了？”萧望还是有些意外的。

“是啊，凌漠还是很有两下子的，给了他一些刺激和诱惑，他就开口了，而且滔滔不绝的。”聂之轩说。

“可是，还是没有说出对我们有价值的线索。”凌漠略有些沮丧。

“也就是说，他并不知道谁会杀死他？”萧望问道。

凌漠点点头。

“你看你看，我就说嘛，不会有别人啦。”萧朗没心没肺地插话道。

“那你说是谁？”凌漠皱了皱眉头。

“唐老师啊。”萧朗还是坚持已见，“我之前说的那么多疑点，虽然你有反向印证，但我觉得还是不能算疑点。”

“你既然这样说，我也可以说，不可能是老师。”凌漠说，“刚才我在和杜舍的聊天中发现，杜舍当年被捕就是老师亲自动的手，在押解之前，老师还去警告过他要小心，可能是老师发现了董乐的异常，已经开始防范了。最重要的是，在董家父子双双去世过后，老师可能是为了研究杜舍的心理状况或者搞清楚事实情况，还专门去金宁监狱探过几次监，而且都是单独相处。换句话说，老师如果想要杀死杜舍有很多机会。”

“也许是他不想暴露自己呢？”萧朗说。

“他完全有机会不暴露自己。”凌漠说，“我们都说疑罪从无，那么我们对老师也应该这样，这么多合理怀疑，我们就不该再怀疑他。”

“合理怀疑？”萧朗说，“我给你说个聂哥之前跟我说过的案子。曾经有个人，因为明确的仇恨杀了人，把自己的血衣和刀藏在了自己家的田地里。后来警方找到了血衣和刀，在衣服内侧和刀柄上做出了嫌疑人的DNA，衣服外面和刀刃上都有死者的血，你说这是不是铁案了？结果律师看完卷宗以后，教犯罪嫌疑人狡辩，说有人溜进了他的家里，偷了他的衣服和刀，穿在衣服外面，并用戴手套的手拿着刀去杀了人，然后把物证埋在了他的家里。你说，这种铁案算不算合理怀疑？”

“如果没有其他的证据支持，我觉得这也算是合理怀疑。”凌漠说，“毕竟，程序正义和实体正义都是很重要的。”

“有明确的作案动机，有明确的物证，这都算合理怀疑？我觉得，‘疑罪从无’中的‘疑’也是要有度的，不合常理就是狡辩。”萧朗说，“照你这样说，以后没有铁案了，所有的案件即便物证再扎实，我都能找出狡辩的方法。合理怀疑重点是‘合理’二字，顺着证据来编故事，就会有明显不合理的地方。我举的例子，找不出第二个人有杀人栽赃的动机，就是不合理的狡辩！”

“我们不扯别的，至少老师不会参与犯罪的证据很多，而且你都解释不了。你总不能说那些疑点都是狡辩吧？”凌漠说。

“可是能够证明唐老师参与犯罪的证据也很多，而且你也解释不了。

所以，你也不能说你所说的疑点都是合理怀疑吧？”萧朗毫不示弱。

“我能解释。”凌漠思忖了半晌，像是鼓足了勇气一般，说，“假如，有那么一个人，和老师关系非同一般，可以利用老师的信任，送给他通信的手环作为礼物，而这个人就是黑暗守夜者的首脑，老师对于一切都是不知情的，直到审讯完山魈后才恍然大悟，然后……然后他就被灭口了，这样是不是一切都可以解释了？”

萧朗此时却愣住了，如果真的是凌漠说的这样，还确实能解释案件中所有证据指向的矛盾之处。所以，他哑了半天，梗着脖子说：“其实，如果从私心的角度，我也不想怀疑唐老师，毕竟我和铛铛从小一起长大，如果铛铛的爸爸成了坏人，受到打击最大的肯定是铛铛——但是，你以为我不说出对唐老师的怀疑，大家就真的能跳过这种可能性吗？与其藏着掖着，我更不希望让铛铛永远活在对她爸爸的怀疑里，所以我才一定要把真相挖掘到底。你说的可能性的确有，但这么多年来，铛铛从来都没有提过她爸爸有什么来往亲密的人。你总不能根据你的猜测，就臆想出这么一个人吧？”

凌漠还是第一次听见萧朗以这样的语气说话。

他顿了顿，直接回答了他最后一个问题：“你不知道，不代表就没有。你要彻查老师的嫌疑，我也愿意奉陪。”

两个人的针锋相对，让整个会场都陷入有些尴尬的氛围中。

萧望整理了下嗓子，说道：“我知道大家对于执法的某些细节还是有争议的，但是我们的大方向都是相同的。这个时候，不应该为这个并不会影响下一步工作的事情去争执。”

“怎么不会影响？”萧朗说，“擒贼先擒王，确定了王，就好进行下一步的工作了。”

“我们还是得知道对方下一步究竟是会‘休眠’，还是会再一次进攻，比如派人潜入监狱。”程子墨说。

“而且偷孩子这事儿实在是太可怕了，再过个几个月，又该六月初八了。”聂之轩说，“哦，对了，在对话当中，我还发现了一个细节。”

“什么细节？”萧望从无奈和沮丧的情绪里重新抖擞精神。

“关于董老师的。”聂之轩说，“根据杜舍的描述，他并没有对董老师进行致命性的攻击，都是在用皮鞭、石块殴打，用火烧伤局部。这样的话，即便董老师最后伤重不治，其死亡原因也很有可能是创伤性休克。这种死因，根据个体差异而不同，也就是说，同样的损伤，有些人不死，有些人会死。”

“你是在怀疑董老师没死？”萧望意识到聂之轩所指。

“是的。”聂之轩也不绕弯子，直接说，“在对话中，我注意到两个细节。第一个细节是，杜舍称自己虐待完董老师之后，睡了一觉，醒来以后发现他不动了，也没声音了，所以思考了几个小时，然后把他卷起来装进蛇皮袋。这里是有问题的，我们知道，人死后三小时就会开始出现尸僵，七八个小时就会在大关节形成僵直，这个时候，尸体是不可能完成‘卷’这个动作的。根据这个尸体现象看，董老师这个时候可能没死。”

“那如果是卷的时候没有死，后来运输途中死了呢？或者说卷的时候也只是刚刚死去呢？”萧望半信半疑。

“嗯，所以还有第二个细节的印证。”聂之轩说，“根据杜舍的描述，他为了伪装董老师是自己入河死亡的，所以把蛇皮袋拿掉了，而且把捆绑董老师的绳索给解开了。在说这个细节的时候，他说董老师的手指都被勒得通红。我们知道，末梢循环只有活人才有。有的时候，为了避免老人的假死不被发现，家属识别老人有没有死去的方法，就是用丝线扎紧老人的手指。如果手指末端充血，就说明还有末梢循环，没有死去；如果没有变化，才能判断老人没有了末梢循环。”

“这法子我倒是第一次听说。”萧望说。

“不管这方法有多少人知道，但是从医学上讲，是有科学依据的。”聂之轩说，“咱们这个案子，也出现了同样的问题，既然董老师在入水前，手指还能被勒得通红，那么说明他入水的时候还是存在生命体征的。”

“可是，最终尸块还是被发现了，说这些有意义吗？”程子墨问。

"问题就在这里。"聂之轩说，"警方发现的，是董老师被卸掉的四肢。我们学医的都知道，只要方法得当，去除四肢，机体还是可以存活的。古代不是还有人彘[1]吗？"

"可是警方得出的结论，是被螺旋桨打碎的。"萧朗说。

"可是我看过照片，断口似乎比较整齐。可惜那个时候连个数码照片都难得，像素更是有限，并不能得到确凿的证明。而且，关键是，警方并没有寻找到董老师的躯干。"聂之轩说，"如果抱着怀疑一切的态度，我觉得董老师也应该被我们怀疑。"

"你的意思是说，董老师不仅没死，而且还组建了黑暗守夜者组织，为的就是给自己和自己的儿子报仇？"萧朗问，"那说不通啊，如果他活过来了，首先得告诉董乐啊，那董乐也不至于死去啊。"

"如果董老师活过来的时候，董乐已经死了呢？"聂之轩反问道。

"可是，伤成那样，被扔进污染严重的河水里，还能自救吗？"萧望说，"而且为何还要自断四肢？"

"假如他的四肢严重感染，为了活下去，'丢车保帅'呢？"聂之轩说。

"那真的自救了，为什么不报警啊？"萧朗说，"他是受害者，又没有必要躲着警察。"

"这是我唯一没有想明白的事情。"聂之轩说，"我刚才也说了，我们只能留这个心眼。我说的这种可能，确实概率太小太小了。但如果存在着某种我们没有意料到的意外或动机，说不定也是有可能的。"

"嗯。"萧望叹了口气，说，"我们确实不知道，在遭遇了'农夫与蛇'故事之后的董老师，会不会还能虚怀若谷地包容杜舍。或者真的像你说的那样，选择了复仇。"

"一切都不能草率排除。"聂之轩说。

话音刚落，萧望的手机再次响了起来，这次，是傅如熙打来的。

"妈，家里有事儿吗？"萧朗又一次抢过了手机，接通了问，"姥爷怎

1 古代一种非常残忍的酷刑，就是通过把四肢剁掉，挖出眼睛，用铜注入耳朵，使其失聪，用喑药灌进喉咙，割去舌头，破坏声带，使其不能言语等做法，让身体极其痛苦。

么样？”

“家里没事，你姥爷也在恢复过程中。但是，南安发案子了，需要你们回来。”傅如熙镇定地说道，“还有，以后别老抢接你哥的手机。”

“快说啊，你快说啊，发什么案子了？”萧朗着急地问道。

“电话里说不清楚。”傅如熙说，“我和你爸说了，他让你们现在把手头上的工作移交给司法部门，然后你们全体撤回来。”

第五章

林场无名尸

在我们人生旅途走到一半的时候，

我发现自己身处一座阴暗的森林，

因为笔直的康庄大道已然消失。

——但丁

1

雾霾笼罩之下的南安市，看起来还和以前一样，安静祥和。

然而全市公安民警已经有两天无眠无休了，因为南安市公安局在萧闻天的命令下，进入了一级勤务的状态。换句话说，就是所有警察停止休假，工作时间的各个公安岗位，全员在岗；非工作时间，一半警力在岗。

为了彻底排查黑暗守夜者组织的踪迹，公安全员两班倒，在全市各个路口设点排查可疑车辆和行人，对各个社区划片排查流动人口，对宾馆、浴室等地点进行重点管控排查。总之，每个人都忙得不亦乐乎。

虽然连非当值的法医、DNA 检验员都被派出去执行巡逻排查任务了，可是在幕后实验室负责的傅如熙倒是因为需要执行实验室的“首长负责制”，而没有被派出去执行外勤。只是一级勤务的命令挂在那里，她不能回家睡觉，全天候在实验室和值班室待着。想想也是，身为局长的萧闻天不可能回家，父亲在医院被母亲照顾着，两个儿子都在外执行任务，对于傅如熙来说，确实不如直接待在值班室里更充实一些。当然，大半夜在办公室加班的傅如熙也不会在那儿闲着。反正都是在加班，不如把那些排着队等待进行 DNA 检验鉴定的案件一一拿出来做了。一是让办案单位早点结案，二也算是充分利用了加班时间，不至于无事可干。

取样、提取纯化、扩增、测序、数据分析，这一套流程对于傅如熙来说再熟悉不过，一切都是轻车熟路。傅如熙知道如何最合理地运用时间，在扩增仪和测序仪运行的时候，她会利用时间提取纯化下一批样本。扩增仪每个小时扩增完毕 96 个检材样本，测序仪每半个小时测序 24 个检材样本。这些先进仪器何时开始运行、何时结束工作，傅如熙一切都心中有数。

忙活到了半夜，随着测序仪“嘀嘀嘀”的提醒声，积压在傅如熙手上的所有案件的检材样本数据已经全部出来了。

傅如熙把打印机吐出来的图谱整理了一下，慢慢地伸了个懒腰，心想再忙活两个小时，差不多可以去值班室小睡一下了。虽然现在已经不年轻了，忙活了这么几个小时后，腰酸背痛的，但是想想积压的排队的案件已经全部检完，想想明天办案人员感激惊喜的表情，还是成就感爆棚的。

一台电脑、一杯清茶，清静的实验室里，傅如熙做完了前期检验工作，可以全身心投入数据分析了。这是她最喜欢的环境和心境。

她一手拿着委托登记资料，一手拿着图谱，认真地核对着。核对完毕后，她会按照电脑上的鉴定书模板逐一把委托事项、送检检材写下来，再在后面的数据表格中填入相应的检验数据，最终完成检验报告的结论。

每完成一份检验报告，傅如熙的心里都会轻松许多。

完成了十几份检验报告，眼看着胜利在望了，傅如熙的工作停滞了。停滞的原因是她发现了问题。

这是今天下午下班前南安森林公安的小张法医送来的检材，一块带血的布片。委托表格上，写着今天下午在南安北林场发现一具无名尸体，男性，年龄不详，尸表检验完毕，无明显致命性外伤。做 DNA 检验是为了把数据录入未知名尸体 DNA 信息库，履行完警方的程序而已。

对于森林公安来说，这样的未知名尸体非常常见。那么大一片林场，几乎覆盖了整个南安市的北郊，经常会有流浪汉误入林场而迷路，最终因为饥寒交迫而死亡。对于这样的未知名尸体，森林公安的法医都已经见怪不怪了。只要尸表检验没有明显外伤痕迹，基本就是取个血，送检，完事儿。

可是这个案件不一样，因为傅如熙提取纯化的血痕检材，经过 DNA 仪器的检测显示，这是一名女性。

其实这也不是多大的事儿，毕竟警力缺乏，警察工作量巨大，在送检委托表格上写错个名字、写错个性别或者写错个身份证号码，也不是没有过的事情。只要在确认信息后，来DNA实验室办理纠错程序就可以了。但是，现在毕竟是非常时期，凡事都要留个心眼，说不定一个疏忽，就会漏过一条线索，错失一个良机，让丈夫和儿子多走弯路。所以，傅如熙对这一处错误，还是很在意的。

心思缜密的傅如熙首先重现了自己的检验过程，确认不是自己在检验过程中导致的检材污染。然后，她又把这则数据录入了数据库进行数据比对，看是否可能比对上失踪人员、案件检材或者是她们实验室以前做过的检材数据。毕竟DNA实验室每天要承担那么大的检验量，难保不会有过去的检材污染容器仪器，导致数据偏差。

在完成了剩余的检验报告之后，傅如熙来到了数据库电脑前。比对工作已经完成，没有比对上任何数据。也就是说，这滴血的主人、这个女人，她的DNA没有被录入过系统。为防万一，傅如熙还特意将这个数据和盗婴案的诸多数据进行了比对。这段时间，也不知道如何才能帮助丈夫和儿子的傅如熙，早把全国失踪人员DNA信息库里所有农历六月初八丢失的婴儿DNA数据都整理了，在南安市公安局的局域网里，建了一个“小库”，以便效率最高地发现线索。

可是，依旧没有比上。

傅如熙总算是放了点心，但她思忖再三，还是给小张法医打了个电话。

“你下午送来的检材做完了。”傅如熙说，“这么晚打电话给你，是因为你的委托表有个错误，你明天要过来走一下纠错的程序。”

“傅姐太厉害了，这么快就做完了！”小张的声音带着疲惫，显然是在睡梦中被电话惊醒的。毕竟森林公安不属于地方公安管辖，萧闻天的一级勤务命令对他们森林公安并无效力。

“我是说，你的委托表格有问题。”傅如熙强调了一下重点。

“啊？有什么问题？”小张法医像是翻了个身，说，“估计又是个‘路倒[1]’而已。”

---

1 作者注：“路倒”是指在路边被人发现的流浪汉尸体，是一些警察对此类尸体的简称，并无贬义。

“你的这个委托，性别写错了，你写的是男性，我做出来的数据是女性。”傅如熙一边看着图谱一边说。

“啊？不可能，不可能。”小张法医似乎清醒了点，“现场是我去的，真真切切是男性。”

“可是你送来的检材，是女人的血。”傅如熙说。

电话那边沉静了好半天，小张法医才嗫嚅道：“傅姐，会不会是你那边的问题啊？我这边确定是个男性，我一个法医，总不可能一具新鲜尸体的性别都搞不清啊。”

傅如熙的脑海中又快速地把检验过程捋了一遍，觉得自己并不会在哪个环节上出现失误，于是说：“你们怎么取的检材？器械也没问题吗？”

小张法医似乎想起了什么，再度嗫嚅道：“哦……我知道了，我取的是他衣服上的血。”

“取 DNA 进行个体识别，怎么能取衣服上的血！”傅如熙似乎有点明白问题出在哪里了。

“哦，啊，是这样的。”小张法医说，“我试着用注射器了，但是最近可能季节问题空气太干了，所以皮肤都皮革样化了，我的针戳不进去。我看他的前襟有喷溅状血迹，估计是呼吸道出血，于是就剪了一块。”

“你真是开玩笑啊！你这样的操作是严重违规的！”傅如熙柳眉倒竖。

平时温文尔雅的傅如熙，在遇到工作中的原则问题的时候，绝对是寸步不让的。法医现场取材违规操作，会导致整个案件的走向发生失误，所以傅如熙对年轻人这样的行为，批评起来毫不留情。

“可是——”

“不要可是！”傅如熙说，“这样的操作有可能导致什么样的后果，你考虑过没有？如果出现了危害结果，你负得起责任吗？这是一条人命！你还是一个法医！你在学校，老师没教过你怎么尊重逝者吗？”

“替逝者说话，是尊重逝者的最好方式。”小张法医像是背书一样说道。

“你的行为呢？”傅如熙这次是真生气了。

小张法医不知道是因为后怕，还是因为愧疚，半晌没有答话。

“先不说那么多了，怎么补救？”傅如熙问道。

“可是现场没有其他的血迹和尸体了，也不太可能是他杀了别人以后死的，所以我以为是他自己出的血。”小张还是为他的错误做了解释，然后说，“我错了，这次幸亏傅姐发现了问题，不然我真的负不起责任了。我错了，我马上补救。”

电话那边传来穿衣服起床的声音。

傅如熙看看窗外漆黑的天空，心想这个时候跑去殡仪馆重新取材，确实有些强人所难了，但是，如果不给这个年轻人留下深刻的印象，他以后还会犯错。

感到后怕和愧疚的小张法医还是连夜赶去了殡仪馆，叫醒了熟睡的殡仪馆值班员后，在全程录音录像的情况下，提取了死者的口腔擦拭物，还不放心，又提取了几根带毛囊的头发。然后连夜送到了南安市公安局DNA实验室。

当然，傅如熙此时也没有休息的意思。敏感的她，隐隐觉得事情没有那么简单。这肯定不会是个简单的“路倒”。所以，她丝毫没有困意，等待着小张法医提取检材送来。在收到检材后，她立即开始对检材进行提取纯化。

又是几个小时过去了，小张法医支撑着一直在打架的眼皮，陪着傅如熙参与整个检验过程。虽然傅如熙几次让他先回去休息、等结果，但他怎么也不好意思自己溜号。

结果出来了，傅如熙才意识到自己的这个通宵真是没有白熬，自己的这一次“苛责”也是应该的。因为，这名死者，是一名被盗婴儿。

“死者叫文千禧，1998年3月7日出生。”在市局合成作战室讲台上的傅如熙指着大屏幕上的数据向守夜者成员们说道，“2000年7月9日，农历六月初八，在南安市南郊河河边失踪。哦，他的父母是渔民，一年一半的时间是带着他住在河边的船上的。”

“千禧，千禧，恰恰就是千禧年丢了。”萧朗靠在椅背上，说道。

傅如熙瞪了萧朗一眼，说："以上就是昨天晚上到今天我做的工作，还有就是发现的线索。根据老萧的指令，将你们召回，然后把情况第一时间通报给你们，因为有证据显示，黑暗守夜者组织成员可能重回南安了。"

"老妈好厉害，老妈最厉害，要是老妈也是守夜者，老萧的位子肯定是老妈的。"萧朗一边拍着手，一边拍马屁道。

"训练半年了，还是这么没正形儿！"傅如熙佯装嗔怒道。

对于这个她最爱的小儿子，即便知道他不该在这么严肃的场合不严肃，也实在无法板下脸来训斥。

"怎么就没正形儿了？我说的是实话啊！线索全断了，在老妈您这儿接起来了。"萧朗说，"这人显然就是被我一枪爆头的那个皮革人啊！"

"一枪爆头？"傅如熙显然没有获得儿子们的这次战斗结果报告。

"对啊，一枪爆头，没死。"萧朗不以为意地说。

面对傅如熙疑惑的表情，聂之轩微笑着解释："我们分析这个演化者可能因为皮肤组织异常，形成了天然的保护层，用武侠小说的话说，就是'金钟罩铁布衫'。"

"怪不得小张说取血的时候，针头扎不进去呢。"傅如熙恍然大悟。

"问题在于，他没有明显外伤就死了，总不能是心源性猝死吧？"聂之轩说。

"而且，他的衣服上还有一个女性的血。"萧望沉吟道，"会不会是他们又杀了人？"

"对于这个事情，今天清早我们的协查就发出去了。"傅如熙说，"周边城市会对未知名尸体或者现发案件[1]进行数据比对，如果有结果，现在也应该到了。"

"没有尸体，没有案件，血从哪里来？"聂之轩说，"可惜这个女人的DNA不在我们的数据库里。"

"虽然现在线索又出现了，但还是摸不到头脑啊，未知的事项太多

1　现发案件就是指刚刚接警并受理调查的案件，这样的案件在附近时间的接警记录里可以查到。

了。”萧望摇了摇头，连日的奔波，让他有些精疲力竭。

傅如熙心疼地看着儿子们。

“至少他们为什么会出现在林场里，还是能找得到原因的。”程子墨说。

在傅如熙向他们介绍案发的具体情况的时候，程子墨坐在会议桌的拐角，一个人抱着一张南安市地图研究。如果凌漠在场，他应该会很快对地图上的信息做出判断，但今天他的座位空着。程子墨默不作声地盯着地图上的线条和图案，平时嚼个不停的口香糖也没顾上吃，过了一会儿，她终于研究出了结果。

“你们看，从这张地图上可以看出我们南安市的交通线路。”程子墨说，“刚才我获取的资料是我们设卡的点，我都用红笔标明了。显然，黑守的人，获知我们对所有交通要道都进行了设卡堵截，所以他们要是回到南安，则要费一点劲儿了。”

乍一看地图，大家都被各种颜色的道路图形绕得有些头晕。还没等其他人回过神来，程子墨总结道：“简单点说吧，如果想回到南安，又不被卡点发现，从地形上看，最好的路线就是坐车到北安南站，然后沿南站一直往南，就到了林场北边。自北向南穿过林场，就可以到达南安市境内了。只要入了境，那么我们的交通卡点就没啥用了。”

“徒步？”萧朗惊讶道。

“只有徒步。”程子墨说。

“那么问题来了，如果真的就是皮革人一个人潜回的话，就是坐大巴，我们的卡点也未必可以发现，因为我们根本没有掌握他们的面容等特征。设卡就是想方设法发现疑点，并没有明确的甄别指标。”萧望说。

“对，同意萧望的观点。”聂之轩说，“正是因为他们是集体回城的，所以目标很大。为了不再损兵折将，他们宁可集体徒步进南安，也不愿意分开冒险闯卡。”

“可他们还是损兵折将了，虽然我们还不知道他们发生折损的原因。”萧望说。

“要想知道原因，最直接的，还是从尸体入手。”聂之轩说。

“你想亲自检验尸体？”傅如熙问道。

“萧局长可以帮忙协调吗？”聂之轩抬头问道。

“这肯定没问题，不管是地方公安，还是森林公安，目标都是一样的。”傅如熙说。

“那好，如果能协调妥当，我们明天一早检验尸体。”聂之轩说。

“‘我们’？我们也要去啊？”萧朗有一些惊讶，又有一些兴奋地问道。

2

作为一名警察，和尸体打交道不是什么稀罕事。但是，对于萧朗来说，解剖尸体则是一件令人兴奋的事情。他这个人就是这样，可能对某件事情并不了解，仅凭自己的想象，也可以确定爱好。就像当年选报考古学那样。

第二天一早，出人意料地，萧朗成了守夜者组织里起床最早的那一个。聂之轩说，在他的印象里，这是萧朗的第一个“最早”。

在萧闻天的协调下，森林公安将本案的尸体解剖检验工作，依法委托南安市公安局进行，南安市公安局再依法邀请守夜者组织参与会诊。这样，聂之轩成为主刀的程序就捋顺了。

皮革人静静地躺在解剖台上，除了皮肤黝黑以外，和正常人并无二样。

“这人才十几二十岁吧？”萧朗惊讶道，“这长得也太着急了吧？你看看，和我比一下，可以当我叔叔了。”

聂之轩微笑了一下，没有搭话，拿起尸体的手臂掰了一下，说：“尸僵完全形成，大关节全部僵直至最硬状态，估计死亡二十四小时左右。”

“昨天上午的事情了。”聂之轩对面站着的，是南安市公安局的法医董其兵。他面无表情地说道。

“这也行？”同样穿着解剖装备的萧朗伸手也掰了一下尸体的关节。

聂之轩和董其兵合力将尸体上肢关节的尸僵破坏，并开始给尸体脱衣服。

“法医还要会脱衣服呢？这也是技术活。”萧朗看着两人熟练地将尸体上肢举起，把衣服的袖子脱下来，说道。

“尸体检验主要分为衣着检验、尸表检验、尸体解剖检验和组织病理学检验。”聂之轩一边给死者脱衣服，一边说，“每一步都很重要，都能发现不同的线索。”

“那我今天要见识一下了。”萧朗抱着手臂在一边旁观，“衣着检验就是看这个人是不是扛冻吗？不过这人真挺扛冻的，比我还行，这么冷的天，就穿个卫衣，里面居然都是空的。秋衣秋裤都不穿，真厉害。”

聂之轩用假肢的手指熟练地操作止血钳，用钳头按了按尸体的皮肤，说：“这人的皮肤真是异常，和我们常见的皮革样化一样。估计是因为皮肤硬化、神经不敏感，所以并不怕冷。衣服前襟可见点状喷溅状血迹，衣物无损伤。”

听聂之轩这么说，在一旁负责记录的南安市公安局法医李飞连忙在记录本上唰唰地记着。

“这是啥？这货傻吗？穿运动裤系皮带？”萧朗从尸体的裤子上抽出一条皮带。

“皮带？”聂之轩问。

“等会儿等会儿，它刚才嘀嘀地响了一声！”萧朗说。

“哪有响声？”董其兵对萧朗的敏感有些莫名其妙。

聂之轩则是比较相信萧朗的敏锐感官，他接过皮带，发现皮带扣果真有些造型独特，而且比一般皮带扣厚实。

“哦，这会不会是通信工——”萧朗恍然大悟地说道。话还没说完，皮带扣发出了哧的一声响，一股青烟从接头处冒了出来。

“哎呀我去，这就自毁了，你不是说只有打开后盖才自毁吗？”萧朗说道。

“挺有意思的，他们的通信工具根据个人的喜好不同，存在的形式也不同。”聂之轩把依旧冒着烟的皮带扣装进了一个透明物证袋，说，“因此，各自的自毁程序也不同，这没什么好奇怪的。”

“看到没，衣着检验不仅仅是看死者扛不扛冻。”董其兵冷冷地说道，显然他对萧朗之前的“厥词”有些不满。

脱完了尸体的衣服，聂之轩开始按照尸检程序进行尸表检验。

“小张法医还是经验欠缺了啊，这显然不是口鼻腔喷溅出来的血迹。”检查完尸体的眼睑结膜后，聂之轩检查了尸体的口鼻腔，用棉签探查后，棉签上并没有黏附血迹。也就是说，尸体的口鼻腔里并没有血迹，那么小张法医关于自发性出血的结论就是错误的。

“这，看来看去，他的尸表算不算没伤？”萧朗问道。原来他以为，这有伤还是没伤，一眼就可以看出来。后来才知道，尸体上的各种斑迹，究竟哪一种是伤，哪一种不是伤，如果不具备法医学知识，还真是很难判断。

聂之轩没有说话，因为具备法医学知识的他，也是第一次检验这种皮肤的尸体。职业的严谨性告诉他，没有确切结论之前，是不能随意发表言论的。

聂之轩用左手持握放大镜，右假肢拿着止血钳夹着一块酒精棉球，一边擦拭，一边观察，把尸体上尚在的那些看起来很轻微的印痕都擦拭了一遍，观察了一遍，才说：“损伤其实是有的，但都是一些轻微的损伤。”

“在哪儿？在哪儿？”萧朗凑过头来看。

“这个是你的子弹形成的。”聂之轩指了指死者头皮上一个圆形的凹坑。

“是我打死的？”萧朗问道。

“显然不是。”聂之轩说，“他没有颅脑损伤的征象。关键的损伤，应该在这里。”

“哪里？”

“你看，这一些小小的斑迹，密集、平行排列在他的上腹部，能看出什么吗？”聂之轩用放大镜照着，指给萧朗看。

萧朗迷茫地摇了摇头。

“所有的痕迹，只能说是痕迹吧，因为并没有穿透皮肤层。”聂之轩说，“它们都是新月形的。”

“然后呢？”萧朗还是不懂。

“新月形的痕迹，一般都认为是指甲印。”董法医说。

“指甲好尖啊。”萧朗感叹道。

这句话像是提醒了聂之轩什么，他愣了一会儿，接着又说：“所有的痕迹，弧度、长度都相仿，所以应该是同一根指头，或者是两只手各一根指头的指甲形成的。因为形成的痕迹非常密集、平行，所以考虑是固定体位下形成的。”

“这又是什么意思？”萧朗被聂之轩越绕越晕。

聂之轩并没有回答，又拿起了尸体的右手，指着虎口，说：“这里也有印痕，但是和上腹部的印痕不太一样。应该是非常锋利的利器划伤的。不过同样，皮肤层没有被穿透，所以没有出现开放性损伤，没有流血。”

“这都能说明什么呢？死因是什么啊？”萧朗又着急了，问道。

“不知道。”聂之轩实打实地回答道。

“那快点解剖吧。”心急火燎的萧朗从器械盘里拿出手术刀，递给了聂之轩，示意他赶紧开始。在萧朗看来，这些没用的前序工作也太多了。

聂之轩无奈地笑着，接过解剖刀开始解剖工作。

可是，当闪着寒光的手术刀片接触到皮肤，并在聂之轩手指的压力下向皮肤施加压力的时候，嘭的一声，刀片断了。

手术刀片虽然锋利，但也非常薄，所以法医在切开肋骨的时候，经常会遇见手术刀片崩裂的情况。可是，切开皮肤的时候出现崩裂，这就是没见过的事情了。

聂之轩又愣了一愣，转眼再看了看刚才手术刀切过的痕迹，准确说是，没有痕迹。

“这就麻烦了，这切不开，怎么检验啊？”萧朗也看出了困难所在，有些着急。

“别急，法医工作本身就是细活儿。”聂之轩说，“火场中的尸体，皮肤肌肉因为丢失水分而硬化，也同样是很难动刀的，但我们依旧需要仔细检验。因为我们还有这个。”

说完，聂之轩拿出一个拖着电线、像大棒槌一样的东西。

“这是什么？”

“电动开颅锯。”聂之轩微笑着说，“对待软组织，这个锯子是毫无办法的，只能锯骨骼。但是，对待皮革样化的皮肤，还是可以奏效的。”

电动开颅锯的构造原理，是在一个摆动马达的前方，装有锋利的扇形锯片，利用摆动马达的力量，带动锯片不停地来回切割。因为软组织是软的，所以来回地摩擦并不会对软组织造成撕裂。但眼前这具尸体的皮肤是硬的，就可以起到切割开的作用了。

随着开颅锯的轰鸣，以及锯片和皮革摩擦的刺耳声音，皮革人的胸腹腔被打开了。胸腔倒是没有什么，腹腔全是黄油油的一片。

“我的天，这腹腔里都是什么？脂肪？”李飞法医惊诧道，“可是颜色又偏淡粉色，不像是纯黄色的脂肪啊。”

萧朗被李法医说得一阵犯恶心。

聂之轩还是没有直接回答，而是拿着止血钳翻动了一下尸体腹腔里的各种物件，说：“不，不是脂肪，而是胃肠道里的食糜。”

“吃太多了吗？”萧朗也是一脸惊讶。

“显然不是。”聂之轩说，“食糜涌出这么多，肯定不是单纯性的胃肠穿孔，而是多发性的。”

“能不能说通俗点。”萧朗更着急了。

聂之轩笑了笑，说：“死因找到了。多发性胃肠穿孔，导致食糜溢出，弥漫性腹膜炎导致的休克死亡。”

萧朗吐出舌头做出一副晕倒的模样。

聂之轩一边用纱布擦拭尸体的腹腔，把杂七杂八的食糜慢慢地清理出腹腔，露出重新恢复光滑的肠壁，一边解释道：“通俗点说，就是胃肠道破了，里面的东西出来了，腹膜发炎了，剧烈疼痛，然后疼死了。”

“这需要很长的过程吗？”萧朗问道。

“有的人可能非常快，有的人可能慢一点。”聂之轩说，“个人体质不同，死亡过程也不尽相同。但是这种多发性穿孔的，估计再强悍也熬不过两个小时。那可是撕心裂肺的疼痛啊！没有抢救措施，估计很快就会玩完儿。”

“死因是找到了，但是胃肠穿孔的原因还没找到。”董法医板着脸说道。

“确实，多发性胃肠穿孔对于法医来说，都是极少见的。”聂之轩翻动尸体的肠管，说，“也没看出来有明显的疾病，更是没有什么外伤的痕迹。难道是自发的？”

“不是被杀的？意外事件？”萧朗一路惊讶到现在。

“这个我真是想不好。”聂之轩用戴着手套的手指摸着死者腹壁皮肤上的印痕，像是想起了点什么，“刚才萧朗说的有道理。”

“我说什么了？”萧朗问。

聂之轩没回答，聚精会神地一边看看胃肠穿孔的位置，一边看看腹壁上的印痕，少顷，说道：“这样，我们提取一些组织病理学检材，回去进行检验，说不定会有所发现。”

“这又是啥？”萧朗急了，“时间长吗？”

“组织病理学检验就是将提取的组织块进行前期处理，并在显微镜下观察其细胞结构。”李法医解释道，“正常嘛，需要一个月。”

“一个月！”萧朗差点没跳起来，“那时候黄花菜都凉了！”

“没事。”聂之轩安抚道，“需要一个月的时间，是因为我们必须把检材保存，作为法庭证据。这样，前期固定处理就会很长时间了。但是，我们可以取两份检材，一份慢慢处理，用于保存；另一份利用冰冻切片技术立即处理，虽然不能保存，但可以迅速出结果。大概傍晚的时候你就可以知道结果了。”

“那还差不多，快取吧。”萧朗催促道。

聂之轩找出一把锋利的剪刀，取了一些胃壁组织和肠壁组织，这倒是很容易。但是到取皮肤的时候，就有点费劲了。聂之轩的假肢几乎施加了最大的压力，才从原来锯开的锯口处剪下了一块带有新月形印痕的皮肤。

“好了。”聂之轩对董法医说，“我们的针不可能穿透他的皮肤，缝合工作也就无法完成了，用强力胶粘上吧。辛苦你了，我们先回市局病理实验室，对检材进行处理。”

冰冻切片的前期处理过程很快，而且聂之轩之前的担心——怕切片机无法切开皮肤——也是多余了。切片机的刀刃是特制的，虽然有一些困难，但还是把提取的皮肤块切成了切片。

在实验室外已经等到快暴躁的萧朗，终于在太阳落山之前，等到了从实验室里走出来的聂之轩。

“怎么样，怎么样？”萧朗急着问道。

“是你提醒了我啊。”聂之轩一脸的满足感，看起来应该是有结果了。

“我啥也没说啊。”萧朗一头雾水。

“不，你的一句话很重要。”聂之轩赞许地看着萧朗，说，“手术刀都很难在皮革人的身体上留下痕迹，手指甲又怎么可能留下刮痕呢？”

“对啊，可是事实上它确实留下刮痕了呀。”萧朗说。

“这个不重要。现在我看完切片，终于知道，那个手指甲的印痕，不是刮痕。我对他的皮肤进行了切片，发现这个人的皮肤层构造非常致密，比正常人致密几十倍，角质层也很厚，这是他的特征。不过，凡是皮肤有指甲印地方的皮肤角质层坏死，表皮细胞出现极化的现象，胞体和核变长，呈栅栏状改变。”聂之轩有意解密，只是现场的大家都听不明白。

聂之轩笑了笑，解释道：“也就是说，这些印记，是电流斑。”

“电流斑？怎么会有电流斑？”程子墨绷不住了，首先问道。

“如果更准确地描述，应该叫作电流印记。也就是带电的导体接触到皮肤以后，因为焦耳热的作用，烧灼皮肤，在皮肤上留下和接触面一模一样痕迹的印记。”聂之轩说，“也就是说，接触的指甲，是带电的。”

“我好像明白了。”萧朗恍然大悟道，“有一个我们不掌握的黑暗守夜者成员，他的演化能力就是身体带电。”

“这是唯一的解释。”聂之轩笑着说，“我对皮革人的胃肠壁组织也进行了切片，发现这个人虽然皮很厚，但是消化道壁组织却薄得惊人。”

“也就是说，有长处必有短处。”萧望沉吟道，“似乎他们每个人都有致命的疾病。幽灵骑士有癫痫，山魈有颈动脉硬化和血栓，豁耳朵有脑动脉瘤。”

“是。不发作没事，一发作都是危及生命的。”聂之轩说，“皮革人之所以被电击后死亡，我分析电流倒不是很大，原因是他的消化道太脆弱，被电击后，一痉挛，就破了。食糜进入了腹腔，导致他以一种极其痛苦的方式死亡。”

“换句话说，他们自己人电死了自己人！”萧朗抓住了事情的本质，说，“会不会是误伤？”

“这个我们法医可就看不出来了。”聂之轩摘下手套，耸了耸肩膀。

“需要现场勘查。”程子墨说，“可是，小张法医说了，现场没有血迹，正常得很。”

聂之轩则低头思考了一会儿，说：“正常不正常，还是要眼见为实的。”

“你要去林场勘查吗？”萧望看了看夜幕即将降临的天空。

“是，我们连夜勘查。”聂之轩说，“利用生物检材发现仪去寻找一些潜血痕迹，晚上比白天的条件更好。”

3

在小张法医的带领下，一行人窸窸窣窣地在林场里穿行。天气本就已经很寒冷了，林场里的温度更是比城市里低上 2 摄氏度。偶尔远处传来的像是某种野兽的嚎叫声，更是让众人都有一些毛骨悚然。

小张法医一脸的不情愿，毕竟作为一个森林警察，他也很少大半夜的在这杳无人烟的地方穿行。不过，毕竟是他犯错在先，所以守夜者提出要求以后，他也不好拒绝。

也不知道走了多久，他们终于来到了一片水杉树之间。小张法医用警用强光手电照射了一下四周，确认道："喏，就是这里了，尸体就这样，头朝北，脚朝南，仰卧在地面上。周围都被落叶和落枝覆盖，我仔细看了，没有任何血迹或者搏斗痕迹。"

聂之轩点点头，戴上紫色的眼镜，然后用手中的生物检材发现仪照射着地面。如果地面上有人体脱落的细胞，会在照射光之下发出荧光，然后通过眼镜折射而被人发现。

"这也行？东南西北你还分得清？"萧朗看了看四周，感慨道。

"这是北。"程子墨也戴上了眼镜，顺便伸手指了个方向。

"真行。"萧朗摇了摇头，向周围走去。在他看来，中心现场已经有人勘查了，他就显得有些多余。朱力山在讲课的时候说过，外围现场有的时候比中心现场甚至还有价值，所以他准备走到周围碰碰运气。

"嗨，萧朗你别跑丢了，这里连个手机信号都没有。"聂之轩提醒道。

"怕什么，丢了就丢了，大不了睡一觉。"萧朗不以为意地向东边走去。

萧朗从地上捡了一根一米多长的树枝，一边走，一边用树枝扫开地面上的落枝或灌木，希望可以发现一点什么。虽然他知道这样漫无目的地寻找，能找到线索的概率很低，但他还是希望试一试。

走出了大概五百米，具有敏锐听觉的萧朗似乎听见了一点什么声音。他立即关闭了手电，举起了树枝，躬下身子跃了出去，藏在了一棵粗壮水杉的后面。这一连串的动作，用了不到一秒钟，都是司徒霸平时魔鬼训练磨炼出来的。

声音似乎消失了一分钟，接着重新响了起来，在萧朗的东南方向。他眯起了眼睛，向声源的方向看去。此时，四周一片漆黑，但是借着月光，萧朗还是看到在几十米开外，有一个模糊的黑影在蠕动。

本想找点物证，没想到还找到个活的。萧朗心里乐开了花，他蹑手蹑脚地向黑影移动，每一步下去，几乎都不发出任何声音。自己这么敏锐的听力都听不见声音，更不用说几十米开外的普通人了。

可是，在萧朗离黑影越来越近的时候，那个黑影警觉了，突然一个扭头，唰唰唰地就消失在灌木之中。不过就是这么一瞬间，萧朗看到，那根本就不是个人，而是个四足的动物，要么是狗，要么是狼。这也算给了萧朗一些心理安慰，以他的能力，人是绝对不可能警觉的，既然是匹狼，那也就算了。

看到了野兽，萧朗也没有一丝惧意，他仍然向刚才黑影所在的地方前进，他想知道，为什么这只动物会在这儿停留。可是，当他靠近的时候，很是失望，因为那里并没有像他想象中那样会有一具尸体。眼前的，仅仅是一棵拦腰折断的两条手臂粗细的水杉树。

萧朗耸了耸肩膀，用手电照射这株断树，一眼就看见了已经脱落了树皮的树干上的点点血迹。他不敢相信自己的眼睛，走近了再看。那不是血迹，还能是什么？

“原来那狼是被血腥味引过来的。”萧朗自嘲似的自言自语，“看来它和我一样比较失望。”

萧朗掏出手机，发现果真没有信号，于是只好原路折回去寻找其他人。因为方向发生了变化，他在回去的路上，又发现了一棵折断的水杉。

找到了众人，他们按照萧朗指示的路线，去勘查发现的血迹。

很快，他们走到了距离较近的那棵断树的旁边。

“断端很新鲜啊。”程子墨用强光手电照着断端，说道。

“不仅仅是新鲜，这种折断，是树干受力导致的，而不是正常砍伐所致。”聂之轩说，“十有八九和咱们的案子有关系。”

说完，聂之轩沿着树干寻找痕迹。

“哎？你们看这是什么？”闲着无聊的萧朗用脚尖拨动着地面上的落叶和落枝，没想到拨动之后，他看到了几片树叶上有新鲜的滴落状血迹。

“血迹？你不用发现仪都能看见？”聂之轩转身观察地面。

“用什么发现仪？这不很明显吗？”萧朗笑着说。确实，在强光手电的作用下，明显的血迹形态呈现在眼前。

发现仪是用来发现一些不明显的潜血痕迹，或者那些本身没有颜色的精斑和尿液的。对于明显的血迹，则只需要肉眼就可以看见。

“血滴到这里，树叶被风吹后，层次发生了变化，所以被隐藏到了深层？”萧望推断道。

“不会的，被风吹，只会把树叶本身的位置移动。从浅层变到深层就很难了。”聂之轩一边说，一边拨动周围其他的落叶枯枝。果不其然，他又发现深层有几处滴落状血迹。

“周围有不少这样的痕迹？我怎么没看到？”小张法医有些惊讶。

“因为有人伪装过现场。”聂之轩的嘴角浮现出一丝不易被察觉的微笑，“这棵树上看不出痕迹，我们去下一处。”

虽然在这处断树干上什么痕迹都没有，但是另一处断树干上，则有很多痕迹。除了萧朗一开始就发现的那一小片喷溅状血迹以外，还有一些树干的刮擦性损伤。

“你们看，这些喷溅状血迹是从下往上喷溅的，这个方向，倒是很蹊跷。”聂之轩说，“喷溅的路径上，有空白区。如果我没有判断错的话，这一片空白区是皮革人遮挡形成的，因为他衣服前襟上的喷溅状血迹和这个空白区完全吻合，喷溅方向也一致。”

“从下往上？”萧望沉吟道。

“看看这个痕迹差不多就明白怎么回事了。”聂之轩指着树干离地面两米处的一处刮擦痕迹，说，“这是有棱边的硬物和树干刮擦而形成的，这时候水杉没有树皮，所以就清晰地留下了痕迹。方向是从上而下。不考验你们了，我直接公布答案吧。这个形态，和皮革人的皮带扣是吻合的。”

这么一说，大家似乎更糊涂了，都尽力在脑子里还原现场的状态。

聂之轩笑了笑，说：“萧朗的这个发现太关键了，结合这里的痕迹和皮革人衣服上的血迹，以及他的损伤，说明了一个问题。皮革人头下脚上，倒栽葱的姿势从树干上方坠落，用手持的刀，从上而下地刺伤了一个女人。”

“从上而下怎么刺？刺头？”萧朗问，“还有，你怎么知道他持刀？”

“肯定不会是刺头，因为颅骨坚硬，头皮下也没有大血管，很难形成现场这样大面积的喷溅状的血迹。所以，我判断，这一刀有可能从伤者的锁骨窝刺入胸腔。因为胸腔有不少大血管，所以会发生血液的喷溅。因为是衣领部位，所以没有衣服遮盖或者遮盖的衣服较少，喷溅状血迹才会喷溅出来。喷溅出来的血迹向上飞行，沾在了皮革人的前襟和树干上，呈现出这种奇怪的喷溅方向。”聂之轩说，“至于持刀，很简单，你还记得吗，皮革人的虎口上，有细微的刀痕。这个位置的损伤，我们称之为‘攻击性损伤’。如果是夺刀的话，应该是小鱼际[1]伤更重。”

“皮革人在这里杀人？”萧望问。

“是的，我们法医学通常认为，有喷溅状血迹的地方，就是第一现场。”聂之轩说，“只是我们不知道他为什么要杀人，杀的是什么人？什么人还会同样出现在这片林子里？森林警察不可能，因为他们并没有少人。而且女性警察也不会有巡山的任务。这个女性也没有前科劣迹，也不是被盗婴儿，在数据库里没有她的数据。”

“那会是怎么回事呢？”萧朗感觉眼前一片迷茫。

聂之轩没有说话，依旧在检查树干。除了剐蹭的痕迹，在树干离地面一米五左右高度的地方，有一个半圆形的缺损。聂之轩把自己的手放在这一块缺损里，居然形似。

“看到了吗？这是一个力气很大的人一掌击断了这么粗的一棵树。”聂之轩说。

“什么？是大力士吗？那个扔磁铁的？”程子墨问道。

几个人对视了一眼，似乎更加理不清情况了。

“可是刚才那棵断树没有掌印。”小张法医说道。

“可能是有东西衬垫。”聂之轩说，“如果皮革人就是这个衬垫物，由于他的皮肤是特殊构造，是有可能在尸体上不留表面损伤，在树上不留掌印的。”

“通过这个现场重建，你有什么推论呢？”萧望问道。

“皮革人在这里从上至下地发动了突然袭击，刺伤了一名女性。”聂之

1　小鱼际位于手掌的内侧，主要作用于小指。

轩说，“随之，大力士对他进行了攻击，但是一击未中。这个时候，受伤的人向西北方向移动。皮革人很有可能在追击。但在第二处断树的位置被大力士击倒。然后，他被多人约束，其中一人用电击的方式导致他死亡。”

“被多人约束？没有约束伤啊。”程子墨说。

“是的，没有约束伤。但是没有约束伤的原因，是皮革人的特殊构造导致任何外力作用在他的手脚，都不会留下瘀青。”聂之轩说，“但是咱们别忘了，皮革人的腹部有多处平行排列、密集的指甲印，或者说是指甲电流斑。试想，如果不是手脚都被约束住了，他怎么会不反抗？在我们法医学中，平行、密集的损伤，要么就是自己形成的，要么就是在约束的情况下形成的。”

“也就是说，皮革人一个人对一帮人？”萧望问。

聂之轩点了点头，说：“对手反应非常迅速，在这里，也就是第一现场，就实施了打击。而且对手也很团结，同时，对手是黑暗守夜者的人。因为他们具有常人不具备的力量，还有常人不具备的身体带电能力。”

“内讧啊！”萧朗感叹道，“不对啊，伤者不是黑守的人啊。”

“这个不能断定。”聂之轩说，“伤者不是被盗婴儿，并不代表她不是黑守的成员。反而我觉得，她很可能是黑守的首领。”

众人吃了一惊，想起那个辅警罗伊曾经说过，击晕他的，就是个女人。

“有依据吗？”萧望最沉着，问道。

聂之轩说：“有。第一，我刚才说了，伤者受伤后，其他人反应极其迅速，这说明他们非常在意这件事情。第二，从滴落状血迹来看，伤者受伤后，被皮革人追了二百米。受这么重的伤，还能跑得和他一样快？我觉得肯定是有人在背负伤者。这说明事情发生后，有人狙杀，有人协助逃跑。这个伤者的身份自然就很受他们尊崇。第三，幽灵骑士杀人后，可以伪装现场，山魈杀人后，可以伪装现场，豁耳朵杀人后，可以伪装现场，而且伪装得一个比一个好。可是这里呢，虽然也把表面有血的树叶给覆盖了，但是尸体没处理，断树没处理。他们不是一个人！是一伙人！怎么处理现场这么不完善？显然，是因为他们产生了慌乱的心理，是失去了指挥者的慌乱。”

“这事儿就有意思了。”萧朗抱着胳膊思考。

“从整个处理现场和逃离的过程来看，这是一起非常偶发的事件，伤者损伤可能很重，可能当时没有了意识，无法指挥。其他人也很惊讶，很慌乱。”聂之轩说，“这就是我对这个现场的整体直觉。”

“这人还能活吗？”程子墨指了指树干上的血迹，显然是问它的主人。

“不好说，要看损伤到哪些大血管了。”聂之轩说，“而且，从锁骨窝刺入胸腔，还不好止血，毕竟一般情况下，是不可能具备私人开胸的医疗条件的。不仅需要止血，胸腔负压被破坏以后，即便这人体格很好，自行止了血，也会出现气胸、血气胸，最后会因为肺压缩导致呼吸困难而死亡。”

“凶多吉少？”萧望问。

聂之轩点了点头。

“把这些血迹带回去进行检验。”萧望说，“然后我会让我爸部署调查南安市所有的医院、诊所。今天的勘查发现了很多线索，我们需要回去捋一捋。”

4

前两天接到傅如熙的案件通知时，凌漠主动向萧望申请兵分两路，独自先对山魈发起审讯。萧望批准后，凌漠连夜赶回南安，为了做好这次审讯的准备，把自己关在小黑屋里，整整关了一天一夜。

这个小屋子是他以前的住处。自从加入了守夜者组织，凌漠就没回来过，算起来也有小半年了。赶回来的凌漠，没有心思去打扫卫生，他从自己的书桌里翻出来一大堆笔记，就这样坐在一堆灰尘之中，把自己投入了进去。

凌漠这样做，就只有一个目的。他希望依靠自己超凡的记忆力，在笔记本的帮助下，回忆出每年农历六月初八，唐老师都在做什么。虽然他和老师认识只有几年的时间，而盗婴案似乎从 90 年代后期就出现了。但是，所有的证据都指向，直到今年为止，盗婴案都依旧准时在每年农历六月初八发生。如果可以证明这几年来，每年老师都不具备作案时间，就可以证明他没有直接参与盗婴案了。

这似乎是一件不可能完成的任务。

“2011 年 7 月 8 日，星期五，晴。上午犯罪心理学课程，主要讲解反社会人格的特征以及防控措施。中午在食堂吃饭时，老师又对反社会人格的几个典型案例进行了评析。下午体能测试。”

在这样概括的文字中，凌漠需要回忆起多年之前的各种画面，依据一些依旧留在他记忆中的画面，勾勒出那一天里唐骏的生活轨迹。

凌漠找出了每一年农历六月初八当天的笔记，以及前后两天的笔记，就这样全部摊在桌面上。而他自己，静静地坐在书桌前面，在一盏台灯的灯光之中，陷入漫长的沉思。

以往和老师在一起的时光，汇聚成一幅幅的画面，慢慢地涌现在凌漠的脑海之中。它们刺激着凌漠的神经，让他倍感悲痛。而这种悲痛似乎又反过来促进凌漠的思索，画面越来越多、越来越多。

凌漠努力推动着自己的思考，他的眉头紧锁，瞳孔几乎缩成了针尖。他像是一尊石像，坐在那里，动也不动。

渐渐地，第一个农历六月初八的全天影像，在凌漠的脑海里还原了。

2011 年 7 月 8 日，农历六月初八。这一天，唐骏承担了一整天的课程，甚至在中午吃饭的时候，还在和凌漠交流具体的案例。虽然中午饭后唐骏出了学校一趟，但是很快就赶回来了。当天晚饭也是一起吃的，然后因为唐骏当天值学院的行政班，所以他就在这间小屋的隔壁就寝了。凌漠清楚地记得，在晚上 12 点之前，唐骏一直因为一起地方来咨询的案件，和凌漠在讨论。而 2011 年的两起盗婴案件，是晚上 10 点和 11 点半发生的。唐骏没有作案时间！

有了这一次发现的鼓舞，凌漠更加激奋了，他似乎看到了曙光。毕竟口说无凭，如果单单是他自己的回忆，肯定会被质疑，没有足够的说服力。他希望能找到更多可以证明老师不具备作案时间的文字材料。

于是，凌漠废寝忘食地坐在那里，一天一夜。

终于，在下晚时分，凌漠写满了整整一张纸，由自己回忆还原的唐骏时间线表格。每一年的农历六月初八，凌漠算是全部回忆起来了。

其中，两年的作案时间是深夜，而这两天深夜，唐骏因为值学院行政班，是和凌漠在一起度过的。两年的作案时间是晚饭时间，而这两年的相应时间，唐骏带着凌漠在参与应酬。甚至还有一年，有一张应酬后的合影作为印证。还有三年的作案时间是下午，时间正好是唐骏带课的时间，这有当年的课程表作为佐证。剩下的几年都是凌晨两三点时作案，凌漠无法确定这个时间唐骏有没有可能出门，但是他还是通过回忆，确定了其中一年的凌晨，唐铛铛生病入院，第二天一早唐骏拿着唐铛铛的住院病历来学院请求调课。

也就是说，凌漠十分确定唐骏没有作案时间。这是一个很有参考价值的线索了。

凌漠看着手中的这张整理出来的表格，每年的农历六月初八，唐骏确实都有那么两三个小时的时间是凌漠不能确定的。不过这也正常，毕竟时过境迁。但两三个小时依然可以做很多事。凌漠知道，这张表格，只能有一点参考的价值，却不能成为为唐骏脱罪的确凿实证，自己还是任重而道远。

于是，凌漠连夜提审了山魈。

山魈歪坐在审讯室的审讯椅上，旁边还挂着吊水。仅仅过了几天，她就像是老了十岁，面容蜡黄枯瘦。因为她有严重的颈动脉粥样硬化，所以医生断定她的寿命不会太长，随时都有血栓脱落从而引发猝死的危险。看守所也是战战兢兢地看护着她。

经过了几天的思考，山魈像是更加镇定了，对待凌漠的讯问也是一副无所谓的样子。

僵持了很久，凌漠发话了："今天换一个人审讯你，你没什么要说的吗？"

"有什么区别吗？"山魈耸了耸肩膀，表情没有一丝变化。

仅仅是一句对话，让凌漠的心里踏实了很多。如果唐骏真的是他们的头领，那么第一次审讯就是在演戏，他们双方应该认识。而在此时换人，山魈就一定会心里打鼓，猜测各种可能性。可是从微表情来看，山魈显然处于一种非常自然和放松的状态，这一切都说明山魈和唐骏并不认识。这为凌漠的判断，以及他对老师的信任又增添了很多信心。

"你们的作案动机，我们都搞清楚了，我们距离破案也就不远了。"凌漠说，"因为要为董连和报仇，你们伤害了那么多无辜的人，内心没有一点愧疚吗？"

说完，凌漠把几个死者的照片平摊在山魈所坐的审讯椅上，想刺激她的反应。山魈慢慢地抬起眼帘，看了看几张照片，嘴角似乎泛起一些微笑。同时，她的眼神里充满了疑惑。

凌漠的脑袋里转得飞快，在他说的这句话里，哪些因素可以引起山魈的疑惑？案件是她亲自参与的，不可能对现场尸体产生疑惑，那么，这份疑惑很有可能就来自董老师。

"董连和和你们什么关系？犯得着铤而走险？"凌漠追问了一句。

果然，山魈眼神中的疑惑明显增加了。她耸了耸肩膀，说道："我不知道你在说什么，我只知道这些人都该死，我只是在替天行道。"

这个回答，印证了凌漠心中的猜测，这个山魈连董老师都不认识。看来她作为一个黑暗守夜者组织的执行者，被深度洗脑，甚至并不知道自己作案究竟是为了什么。

凌漠突然觉得眼前的这个女人很是可怜，他灵机一动，慢慢地从口袋里掏出守夜者组织的徽章，摆在了山魈的面前，说："替天行道？你知道为什么我有这个，而你没有吗？"

这是一招险招。

在此之前，凌漠推断对方组织也叫"守夜者"，通过现在的举动，可以刺激山魈做出反应，来印证这一推断。但是如果他们的推断错误，可能会适得其反。

在看到徽章的那一刹那，山魈出现了明显的微反应。她盯着那枚徽章，足足半分钟没有任何表情。凌漠知道，这是在突然接受非常意外的事实之后出现的"冻结反应"，这说明她非常惊讶。

显然，这个反应告诉凌漠，山魈他们的组织，真的是叫"守夜者"。

"我回答这个问题吧。"凌漠说，"我们行事，是在法律框架内进行的。所以，我们才是合法的守夜者组织。我们的所作所为，都是在背抵黑暗，守护光明。而你们呢，在法律框架外行事，号称替天行道，其实就是在践踏法律、违背公正。你们是在制造黑暗，抹杀光明。所以，你们顶多是个冒名顶替的守夜者。"

山魈猛地抬起头，咬着嘴唇，下巴在微微地抖动，瞳孔也随之放大。她注视着凌漠，眉头紧锁。凌漠知道，这一次的刺激，让她产生了"战斗反应"，她虽然很愤怒，但是因为缺乏自信，而没有采取进一步的言语或者肢体上的反击。

凌漠微微一笑，用稍微夸张的动作收起了徽章，昂着头，微笑着。他希望用自己的这种"傲慢、嘲讽"的表情来刺激山魈，让她在愤怒的情绪下，失去心理防线。

"所以，你是来羞辱我的？"山魈咬着牙，说出了这么一句话。

"随便你怎么想，反正我这次并不是希望从你嘴里知道一些什么。"凌漠保持着他傲慢的表情，说，"我只是来告诉你，你们的老大很快就会服法，等到他被关进去以后，你们其他人也就嘚瑟不起来了。"

听到"老大"二字，山魈似乎还想说点什么，但是却没有说出来，而是低下头，沉默不语。

"你就没点什么要告诉我吗？立功可以减刑哦。"凌漠试探着问道。当然，他很清楚，无论怎么刺激，山魈都不会轻易交代出她的老大。

山魈想了想，说："你真是太幼稚了，你以为我那么傻吗？我杀了这么多人，肯定是死刑了，我不会再说些什么。"

这句话没有出乎凌漠的意料，但是出乎他的意料的是，他在那一刹那，发现山魈的面容变得煞白，嘴唇在剧烈颤抖，双手也在颤抖。这是内心出现剧烈恐惧而出现的微反应。

“她在害怕？她在害怕什么？”凌漠深思着。

看到山魈的表现不太正常，看守员建议凌漠终止审讯，以防出现意外。凌漠点头同意了，因为今天需要从山魈嘴里知道的信息，都已经知道了。而且，他还得到了一些意外的信息。

山魈的剧烈反应，显然不是在害怕她的老大会被抓住，而是在害怕与她老大再次见面。因为她私自办手机，而让守夜者组织找到了破案的突破口，她无论如何是难辞其咎的。可是，要知道，被抓住的犯罪嫌疑人在看守所里关押，是要分性别的。男性和女性是不可能被关在一个号房里的。那么，这就说明，他们的老大，也是个女性？

和萧朗他们一样，凌漠的脑海里，立即出现了那个辅警罗伊的话：“一个女人，一见面就把我打晕了！”

对手组织真的叫守夜者，黑暗守夜者的首领是个女人，山魈不认识唐骏，不认识董连和，再加上自己整理的唐骏活动时间线表格的印证，凌漠更加确信自己内心的判断。唐骏绝对不是黑暗守夜者组织的首领。可是，他会不会是“被动”内鬼呢？

一切信息，都重新回归到了唐骏那个被调换的手环上。

这个手环，是让唐骏最具疑点的一个物证，同时，也很有可能是为唐骏洗清嫌疑的最好物证。想到这里，又是辗转反侧一夜未眠的凌漠决定，去找唐铛铛！

可是让凌漠意外的是，在他找唐铛铛之前，唐铛铛先找了他。电话里，唐铛铛的声音充满了坚定，似乎和之前那个娇滴滴的大小姐不太一样了。

很快，两人在守夜者组织的教官办公室里见面了。

“铛铛，想来想去，我还是有些问题需要问你。”凌漠盯着唐铛铛的眼睛，小心翼翼地问道，“是，关于老师的，手环。”

唐铛铛抬眼看了看凌漠，肩膀微微颤抖了一下，心想，这个时候凌漠来问这个问题，很显然印证了自己之前的猜测。手环的步数不统一，最直接的解释，自然就是被替换了。

凌漠问道：“铛铛，我想问你，你对老师的这个手环有什么印象吗？”

“他戴了好几年。”唐铛铛说道，“我不记得从什么时候开始，他就一直戴着，只有洗澡的时候才会摘下来。”

“从哪儿来的呢？”凌漠接着问道。

“我印象中，他有一天拿回来这个盒子，包装好的。但是我看到包装盒外面有透明胶粘着一小片礼品纸。”唐铛铛说，“我觉得应该是有人用送礼物的方式给他的。”

绝对不是送礼物这么简单。凌漠这样想着。毕竟这个年龄的朋友之间送礼，不会送这么“轻”的礼物，更不会用礼品纸去包装。老师在把手环拿回来之前，把外包装的礼品纸撕掉，似乎在遮掩着什么。

“那你注意过吗？”凌漠追问道。

“有一次爸爸在洗澡，手环放在客厅。我在客厅看书看累了，就顺手拿起来把玩。”唐铛铛说，“除了感觉做工精细，比其他手环重一点，没发现什么异常之处。”

“老师看到你在把玩手环吗？”凌漠的关注点并不是在手环本身。

“洗完澡就看到了。”唐铛铛回答道。

“然后呢？”

“没然后啊。”

“他没阻止你？”凌漠急忙问道。

唐铛铛心中一动，大概明白了凌漠的意思，于是坚决地说：“没有。”

“那平时，有没有和老师交往甚密的人？”凌漠追问道。

“没有。”唐铛铛依旧斩钉截铁。

此时，唐铛铛的脑海里，把自己的所见所闻和凌漠的这几个问题结合了起来。

既然父亲的手环被人刻意地替换过，而且凌漠刚才询问的意图，明明就是在看父亲对这个手环有没有保护、警惕的意识，这说明父亲也是在不知情的情况下，被人送了一个莫名其妙的手环。这个莫名其妙的手环，很有可能就是对方窃取资料的通信设备？

凌漠既然询问父亲经常交往的人有哪些，而且父亲在审讯完山魈之后深夜独自出门，似乎是急着要去见某人。关键是父亲被杀案立案之后，来询问信息的都是组织内部的人员，那是不是说明父亲被杀案是涉及某组织的重大案件？是不是和山魈背后那个神秘的组织有什么千丝万缕的联系？

唐铛铛对父亲产生了疑惑：原来，从小到大相依为命的父亲也有她不了解的一面。

“凌漠。”唐铛铛咬了咬嘴唇，说，“对于究竟是谁杀了我爸爸，你们现在有头绪了吗？”

凌漠避开唐铛铛的眼神，说：“你放心，我们正在竭尽全力调查。你休假的这些天，自己感觉还好吗？有没有去哪里散散心？”

唐铛铛注意到了凌漠回避的眼神，于是不再追问，说：“昨天，我去妈妈的坟上看了看，不知道此时爸爸妈妈是不是在一起了，希望他们在天上都能幸福。”

凌漠猛地抬起头，看了看唐铛铛。虽然她的眼角闪着泪花，但脸上却有一种坚毅。

“对了，我突然想起来。”唐铛铛说，“每年清明、冬至，爸爸在带我祭拜完妈妈之后，都会独自去祭拜一个人，那个人是……董叔叔。”

“董……”凌漠说，“每次都是老师一个人去，还是有人和他一起去？”

“爸爸说距离太远，没有带我去过。”唐铛铛说，“所以，有没有其他人，我也不清楚。”

“凌漠！可算找到你了！”

人未到，声先到，萧朗气喘吁吁地推门跑了进来。能让萧朗都气喘吁吁，看来他是真的跑了不少路。

萧朗一进门，看见唐铛铛也在，顿时有些慌乱，不知所措。毕竟，自从自己说出对唐骏的怀疑后，他还没和唐铛铛见过面。

“萧朗，怎么了？”唐铛铛主动打招呼。

这一声招呼让萧朗回过神来，他看到铛铛落落大方的神态，像是已经从悲痛中恢复了过来，不免有些心疼，想着以后一定要找个机会说明下。

“大小姐，等会儿和你说啊。”萧朗抱歉地跟唐铛铛打了个招呼，然后着急地把凌漠拉到会议室外，说，“凌漠，你别生我气哈，我这两天想了想，觉得我们的出发点是一样的。虽然现在意见还有分歧，但是有劲必须还得往一处使，你说对吧？”

“你想说什么？”凌漠问道。

“我们现在发现，黑守组织的首领，应该是个女人！而且现在生命垂危！”萧朗故作神秘地说道。

因为之前的推断，凌漠对这前半句话并不感到吃惊，但是对后半句话却充满了好奇，于是问：“你怎么知道？”

“说来话长了。”萧朗说，“你这边也有所发现吧。”

“嗯。”凌漠简短地回应道。

“你们在说什么？”唐铛铛也走了出来，问道。

“没、没什么——对了，大小姐，你最近过得怎么样？”萧朗说道。

“就那样，一个人闲着也是闲着，我想尽快归队。”唐铛铛说道。

“那我开车带你俩一起。”萧朗说道，“让我给大小姐当一次驾驶员。”

“你又不是没当过。”凌漠一边系安全带，一边说道。

萧朗意识到凌漠说的是上次自己悄悄地送铛铛的时候，知道自己的行踪原来都被凌漠掌握了，不由得脸红奓毛，说：“你小子居然跟踪我！说！你有什么企图！”

“你想得美。”凌漠笑着说，“我只是不放心铛铛罢了。”

第六章

下水道的残骸

人性是多面的，
每一张平凡的脸孔背后可能都隐藏着一片郁郁生长、
独一无二的原野。
——J.K. 罗琳

1

“按你们的调查、检验结果，对方的首领果真是个女人。”凌漠抱着胳膊，摸着下巴，坐在副驾驶位上垂眉思考。

一路上，萧朗和凌漠互通有无，把各自的调查结果分别讲述了一遍。跟萧望通了电话后，组织同意了让唐铛铛归队参与调查的决定，于是他们也就没了顾虑，坦率地跟唐铛铛同步了一遍至今为止的有效信息。

“你那个表格，靠谱吗？”萧朗压低了声音，问凌漠。

凌漠耸了耸肩膀，说：“是我主观的记忆，并没有太强的证明效力。”

萧朗看了看后排的唐铛铛，她依旧面无表情，像是在思考什么。

“开你的车吧。”凌漠知道萧朗的内心所想，把话题给转移了。

“哎，你说，唐老师的手环如果是别人送的话，那肯定是关系非常亲密的人送的。”萧朗又抬头看了看后视镜，放大声音，说，“铛铛，你爸有哪些关系亲密的人，你能想起来几个不？”

唐铛铛悠悠地叹了口气，摇了摇头，说：“除了我，我爸没有亲人了。现在，我没有亲人了。”

她说到后面几个字，三人一时沉默了下来。

“嘿，你这是说的哪儿的话啊。”萧朗试图安慰唐铛铛，“从小你爸一值班你就住我们家，以后你还住我们家。我爸妈就是你爸妈，我哥就是你哥，我姥爷就是你姥爷，你怎么就没亲人了呢？有的是啊！”

不过萧朗翻着眼睛想了想，自己安慰的话听起来好像有歧义，赶紧解释道：“我的意思是咱们都是你的亲人，逝者不可复生，别想太多了。我想唐老师在天之灵也想看见你好好的，对吧？”

见唐铛铛并不答话，萧朗继续骚扰凌漠道："我说啊，你和你老师相处了这么多年，他和谁关系好一点，你不知道吗？"

"君子之交淡如水。"凌漠简短地回答，"老师是儒将，他和谁都好，也不至于那么好。"

"问了也是白问。"萧朗沮丧地拍打了一下方向盘。

"爸爸对妈妈一往情深，妈妈去世后，他从来没有和哪个女人深交过。"唐铛铛 get 到[1]了萧朗的疑问点，回答道。

依旧是一句没有答案的答案，但是在萧朗看来，唐铛铛的心态已经恢复到了那种剧痛后的坚定，倒是放心了不少，于是微笑着继续开车，不再说话。

没有沉默多久，万斤顶就开进了南安市公安局刑警支队的大院。萧朗带着凌漠和唐铛铛急匆匆地上到三楼，一下子推开了会议室的大门。

"噔噔噔噔，大小姐驾到！"还没进门的萧朗就高声"通报"着。他知道，多天未见的大家，都在心底担心着唐铛铛的情绪，这个时候见到她，一定都会非常开心。

可是，偌大的会议室里，空无一人。桌子上的文件都还杂乱无章地摆在那里，茶杯里的热茶还升腾着雾气。

萧朗用手试了试茶杯的温度："没跑远，追！"

"追谁啊？去哪儿追？"凌漠对萧朗的第一反应感到很无奈。

萧朗摸了摸后脑勺，说："哎呀我去！这就散伙了？事儿还没说明白呢。"

"不会，肯定是有紧急任务。"凌漠分析道。

话音还没有落，萧朗那边的电话都已经接通了："哥，你们去哪儿了？"

"又发了个案子。"萧望的声音里带着疲惫，"你来南安河八号码头。"

"铛铛。"萧望远远地看见唐铛铛，从河堤上快步走了下来。

"望哥。"唐铛铛看到萧望，有一种莫名的安心感，她看着这熟悉的身

1　get 到是网络流行用语，意思是懂得某人的意思。

影越来越近，有一肚子的话想说，最终却只是露出了一个笑容。

走到唐铛铛的身边，萧望才意识到这个邻家的妹妹已经不再是开始那个娇滴滴的小姑娘了。从她的笑容里，他看到了一丝被隐藏的悲伤，但更多的是那种对战斗的渴望。萧望拍了拍唐铛铛的肩膀，算是对她重新归队的欢迎。

“又发生啥案子啦？”萧朗插话道，“他们又杀人了？”

萧望从欣喜的情绪里回过神来，摇了摇头，说：“黑暗守夜者的首领，死了。”

“失血过多吗？”萧朗说不清是开心还是担心，连忙问道，“就是那个在树林里受伤的女人？”

萧望肯定地点了点头，补充道：“还被碎尸了。”

萧朗迅速确定下来，自己的心绪是担心。看起来，虽然那个女首领死了，但他们还是有很多未竟的工作要去完成。

“来，看看现场。”萧望带着三个人走上了河堤，指着脚下河水拍打着的石头，说，“不久之前，有人发现这块石头旁边，有一具女性尸体的躯干部。”

“DNA 确定了？”凌漠问道。

“确定了。”萧望说，“我妈做完了 DNA，就输入了专案数据库进行了比对，确定死者的 DNA 和林场里发现的血迹 DNA 一致。”

“这条河水污染很重啊，真挺臭的。”萧朗说。

“还记得董连和董老师吧，董老师就是被抛到了这条河的上游，几十年前的事情了。”聂之轩说，“现在治理得好多了，只是你鼻子灵，所以觉得很臭而已。”

“是啊，现在的南安河比那个时代要好很多了，里面也有很多鱼了。”萧望说，“据说，这个尸块上，有不少鱼啃尸体留下的死后伤，大半个胸壁的皮肤都没有了。”

“时间很久了？”萧朗问道。

聂之轩摇摇头，说：“尸体我还没有看到，不能确定。殡仪馆离这里不远，我们想着先来看看现场，再去看尸体。”

“又要看解剖？”萧朗耸了耸肩膀，说，“最近的工作也真够密集的。”

“我不去了，我来负责南安河两侧的监控录像吧。”唐铛铛说道。

完全可以理解，刚刚经历过丧父之痛的唐铛铛，此时肯定看不了尸体，更不用说是那种残缺不全的尸体了。

善解人意的萧望会意，说：“好，我、凌漠、子墨协助铛铛看监控，这附近没有专门的天眼监控，需要寻找很多交通、治安和民间的监控，工作量可不小。”

“你回来真好。”听完萧望的任务分配，程子墨笑着拍了拍唐铛铛的胳膊，“你不在的时候，我看监控看得眼睛都快瞎了，你以前都是怎么搞定的？”

唐铛铛看了看程子墨，微笑着拉了拉她的手。

“那我呢？我又要去协助尸检？”萧朗指着自己的鼻子，说，“我又不是寻迹者。”

“你学考古的，差不多。”程子墨打趣地说道。

“我们需要你及时和检验、调查方互通消息。”聂之轩说，“别浪费时间了，抓紧吧。”

残缺不全的尸块孤零零地放在解剖台上，看起来奇奇怪怪的。

这是一块身体的躯干部，四肢都已经从肩关节、髋关节处被卸掉，头颅连同颈部也都被切割掉了。

萧朗很快发现了疑点，说：“哎，聂哥，你不是当时推断说，皮革人一刀从锁骨上面刺入了胸腔吗？这人的锁骨是好的呀。”

聂之轩似乎也发现了这一点，说：“对，当时根据现场喷溅血迹的情况以及树木剐蹭的情况得出的结论是如此。”

“那是怎么回事？”萧朗问，“这人是失血死亡的吗？”

“应该是的，你看，尸斑几乎都看不到，皮肤也是苍白的。”聂之轩说，“那这么说，这人难道是被划破了颈动脉？”

“对啊，为什么不能是破了颈动脉，而是刀刺入锁骨窝？”萧朗沉吟道。

“因为锁骨窝这里可能有不大不小的动脉破裂，出血量才和现场相符。”聂之轩说，“如果是颈动脉破了，那出血量远远不止现场那么点，而且人死得也很快。先不想那么多，毕竟这只是推论，现在有尸体了，还是要以尸体上反映的情况来做论断。”

说话间，聂之轩和南安市公安局的董法医开始了尸表检验。

“女性躯干，身高估计160厘米左右，体重估计50千克左右。尸斑非常浅淡，应该是有大动脉破裂导致急性大失血死亡的。”聂之轩一边翻动着尸体，一边说。

“这、这你都能看得出来？”萧朗惊讶道，“这就一个身子！”

“看得多了，自然就有经验了。”聂之轩笑了笑，说，“当然，这些都是根据经验预估的，会有很大的误差。”

“那年龄呢？”萧朗问道。

“死者的下肢是从髋关节直接离断的，所以她的耻骨联合面没有被破坏，一会儿锯下耻骨联合，就能够大概判断了。”聂之轩说，“萧望说得对，死者的胸部皮肤缺失，应该是动物形成的——啊，就是鱼啃的。”

“就这些大块状黄色的？”萧朗指了指尸块的胸口。

“是啊，这些皮肤缺失都没有生活反应[1]，而且周围圆钝，呈撕裂状，很明显是死后由动物形成的损伤。”聂之轩说，“黄色的都是皮下脂肪和乳腺。没有了皮肤，她的胸口是不是有细微损伤就不知道了。不过，肯定不是刀刺的，因为那么大的创口，皮肤再缺失，也可以从皮下组织中看出端倪。”

“那看起来，就真的是割颈了？”萧朗问。

“那可不一定，大动脉又不是只有颈部有。股动脉也行啊。”董法医指了指躯干空空如也的下面，然后对聂之轩说，“动刀？”

1　生活反应是人体活着的时候才能出现的反应，如出血、充血、吞咽、栓塞等，是判断生前伤、死后伤的重要指标。

还没等聂之轩回答，萧朗倒是先喊了起来："等会儿，等会儿，你看她腋下夹的是什么？"

萧朗左找右找，拿起一把止血钳，笨拙地从尸体腋下夹出一块像是淤泥一样的黑色物质，夹杂着白色的颗粒，然后放在鼻子下面闻了闻，皱起了眉头："哎呀，什么味儿？苯的味儿？"

这个发现倒是很有价值，聂之轩连忙又检查了一下尸体的五处分离切面。虽然切面很整齐，但是软组织被切开后，总是有囊腔的，于是他又从不同切面的囊腔里提取出三块样子差不多的异物，闻了闻，说："这应该是苯系中间体。"

"什么东西？"萧朗问道。

"化工产品吧。"聂之轩说，"一般用于染料厂制造环节中，是化工业的废弃物。"

"哦，南安河底的吧？"萧朗不以为意道。

"不会。"聂之轩说，"第一，南安河边的工业企业现在都有管控，不经过处理的工业废料是不允许直接排污进南安河的。第二，这些中间体要么有水溶性，即便不溶于水的，一旦排进那么大的河面，也就不可能这样成块地出现了。"

"那是怎么回事？"董法医的好奇心也被调动了起来。

"依我看啊，这具尸体应该是被藏匿在某染料厂的污水处理管道里。只是不知道什么原因，躯干部进入了南安河。"聂之轩说，"如果这样的话，说不定其他肢体和头颅都还在管道里呢！"

"哇，这个牛！"萧朗说，"染料厂对吧？我现在就让他们去找一下。"

"你看，你参加尸检的作用突显出来了吧！"聂之轩满意地点了点头，对董法医说，"动刀吧。"

随着手术刀在尸体上移动，尸体躯干部中央，被划出一道裂口，除去肋骨后，胸腹腔的脏器就完全暴露在了大家的面前。

"心包上有注射孔？"聂之轩侧了侧身，让阳光照进尸体的胸腔，透过光线，可以清楚地看见死者的心包上有三个小孔。因为心包很薄，所以看不出小孔周围有没有出血的征象，无法判断是不是生前形成。不过，因为董法医在发现尸体躯干部后，就采用刺心取血的方式，先对死者的DNA进行检验，所以这似乎并不奇怪。但是，取血没必要刺三针啊。聂之轩没好直接问，连忙用剪刀剪开了心包，暴露出整个心脏。

"不对啊，我就刺了一针，取了一点血！怎么会有三个孔？难道是额外的损伤？"董法医一边说，一边拍照固定。

"难不成真的是心脏破裂死的？"萧朗问道。

聂之轩摇摇头，说："不会。你可能不知道，有一种注射方式，叫作'心内注射'。只不过现在不用了。以前，静脉通道没有打开之前，就心脏停搏的患者，会采用心内注射的方式进行抢救。换句话说，这样的针孔，并不能让她死亡。不仅如此，而且从这两处心脏上的针眼可以看出，没有生活反应，是死后形成的。"

"死后抽血啊？"萧朗说，"不过董法医不是说只有一针吗？一针可以扎三个孔？"

"对于不会发生皱褶的心肌来说，在一侧心壁上有三个孔，就一定是三针。"聂之轩肯定地看向董法医说，"除了你，还有别人扎针了。"

"别人也取血？"萧朗问。

聂之轩若有所思："假如是心内注射呢？只是人已经死透了，没有抢救过来，所以没有生活反应。"

"那也只有可能是这样了。"萧朗说，"这个女首领有手下的嘛，他们肯定不能让她那么容易就死了，肯定要抢救的。不过没什么好技术，就只有用你说的那种陈年旧术了。"

"目前只能这样解释了。"聂之轩看了看其他的脏器，说，"其他就没什么了，脏器缺血貌，心腔内，嗯，除了左心室，其他心腔都空虚，左心室还是有一点血的。"

"我下针的位置也是左心室。"董法医说，"下针了，就抽出来了，大概五毫升。"

"锯下耻骨联合看看年龄，然后缝吧。"聂之轩给董法医安排着工作，自己却在尸体的四肢、头部离断处的切面仔细看着。

“下刀游刃有余，像是动手术一样。”聂之轩自言自语道，“颈部也是沿着颈胸椎间盘离断的。”

“能看出什么呢？”萧朗被董法医用开颅锯锯耻骨的声音吵得心烦，堵着耳朵来看聂之轩的动作。

“用的刀很薄，像是手术刀，手法娴熟，应该是学过医的。”聂之轩说，“而且你看肩袖的位置，切口全部是顺着关节开的，刀片都在关节腔内游走的，不过也有小的失误，你看这一处骨质切痕，就可以看出是手术刀形成的。”

“看不出，看不出。”萧朗堵着耳朵也能听见聂之轩的自言自语，“他们那么多人，肯定有人和你一样会玩刀，这个没什么用啦。”

话音刚落，萧朗的手机响了起来。

“喂，哥，咋啦？什么？找到头和四肢了？是不是污水处理站里？怎么样，我牛不牛？”萧朗一蹦三尺高，“行了行了，我马上和聂哥就赶来。”

这确实是一个巨大的利好消息。听萧朗这么一说，聂之轩也开始脱自己的解剖服，然后对董法医说：“老董，我们现在赶去现场，说不定会有更多的发现。你这边把耻骨锯下来之后，煮了，然后看看多大年龄。哦，还有，按照规程，取死者的肋软骨再次进行 DNA 检验。”

“好的，交给我吧，你们去吧。”董其兵头也不抬，拿着开颅锯继续锯着耻骨。

2

南安市花墙染料厂地下污水处理站。

“这污水处理就是糊弄事吧？”萧朗趴在下水道口，朝里面窥探着。

下水道口的下方，是一个相对密闭的空间，温度比外界要高出数摄氏度，空间的地面沉积着过膝的淤泥。这就是染料厂为了应付环保检查而专门建造的地下污水处理站。所有的污水都会先排进这个空间，经过化学处理，再通过处理站的外流管道排入南安河。

“那是环保监管部门的事情，不是我们的职责和专业，我们也不懂。总之，凶手就是从这里把尸块扔了下去。”程子墨说。

“怎么就你一个人？”萧朗左顾右盼，也没有看见唐铛铛的影子，于是问道，“我哥他们呢？”

“望哥最先来的，发现了这里，远远地也能看见下面的一撮长发和几只手指。”程子墨指了指下面的污水处理站，说，“他基本确定了这里是抛尸的原始现场，所以，和铛铛一起调取这附近的监控去了。毕竟，这一家伙，把搜索范围缩小到原来的百分之一。凌漠嘛，我也不知道他忙什么去了。至于我，被派来附近看地形、看监控头，进一步缩小搜索范围。”

“那你有发现吗？”萧朗一边关切地看着在污水处理站里忙碌的聂之轩，一边问。

程子墨摊了摊手，把一块彩色的口香糖扔进嘴里，说：“没办法，这里地形太复杂，又偏僻，至少有十几条路可以绕过所有摄像头来到这里抛尸。不过，必经之路中，经过厂房的地方，倒是有个摄像头，可惜摄像头的朝向是往厂房里面照的，照不到路上。”

“总之就是监控不能指望了，对不？”萧朗总结道。

“也不是，铛铛说她想想办法，所以和望哥去市局视频侦查室了。”程子墨嚼着口香糖，蹲在下水道口看着聂之轩在下面忙活。

“聂哥，感觉怎么样？”萧朗朝污水处理站里喊了一句，发出了几声回声。

“正在看，就是太热了，而且很难闻，这里面酸性很强，我怕我穿的这个胶皮衣扛不住啊。”聂之轩蒙着防毒面具，发出嗡嗡的声音，要不是萧朗的听觉灵敏，根本听不清他说些什么。

“要不我来？”萧朗跃跃欲试。

“没事，快好了，马上捞上去再看。”聂之轩回答道。

“凶手挺牛啊，想得挺好。”程子墨坐在下水道口边，跷起二郎腿，说，“他知道，不论把尸体扔去哪里，在这个人口聚集的城市，都很容易被发现，也很容易被监控拍到。只有送到这里，不仅监控很少，而且根本不会有人发现。这样的污水处理站，十年还不知道会不会清淤一次，看看下面沉积的淤泥就知道了。而且，淤泥呈强酸性，尸体腐败会加快，剩下来的骨质也会很快软化。这样的话，即便是清淤，也依旧发现不了尸骨。可谓神不知、鬼不觉啊！”

“可是我们还不是发现了？”萧朗说。

“我们的发现，还真是有巧合的成分在里面。”程子墨说，“本来扔进去可以天衣无缝的，现在是冬天，枯水季节，也不担心南安河的水会从排污管倒灌进来冲走尸体。等到涨水的时候，尸体早已白骨化了，冲也冲不走了。但是谁知道这么巧呢，昨天晚上，上游开闸放水，这南安河的水还真的就倒灌进来了。躯干部位内的空腔脏器多，因此比重小，就被冲走了。头颅和四肢被留了下来。”

“你说他们干吗要这么费尽心思地藏尸体啊？”萧朗一边问，一边担心地看着聂之轩。

“怕我们追查呗。”程子墨说，“你想想啊，我们现在的唯一线索，就是这个女首领和董老师之间的联系。既然这个女首领已经死了，又活不见人、死不见尸的，不就把我们和黑暗守夜者的唯一线索联系给割断了吗？我们还怎么去找他们？一点线索也没有啊。不过，有个问题我想不明白，这个女首领既然已经死了，是不是我们就可以结案了？你想想看，杀犯人、组织越狱的幽灵骑士已经死了；杀幽灵骑士、旅馆老板和校长的山魈已经抓了；杀唐老师的豁耳朵已经死了；伤女首领的皮革人已经死了；现在组织犯罪的女首领也死了。所有实施犯罪行为的人都已经死的死、抓的抓，我们是不是任务完成了？”

“你别想绕晕我啊。”萧朗晃了晃手指，说，“黑暗守夜者如果存在，有潜在的隐患不说，他们企图劫囚车这个责任还没追究呢！这可是大罪！不比杀人轻！”

“你说，他们的首领都死了。他们会选择继续作案，还是就此散伙了？”程子墨歪着头问萧朗。

萧朗想了想，说：“这帮人都是有异于常人能力的演化者，而且从小受的教育就是违背法理的所谓‘正义’。虽然他们都有致命疾病，可能随时死亡，但我觉得只要他们活着，无论有没有人组织犯罪，他们都会为害人间。所以，我们得把他们一网打尽、斩草除根。”

程子墨抬眼看了看萧朗，笑着说：“如果不是确定眼前说这话的是你这张脸，我还真以为这是望哥说的一番话呢。”

“你这是在夸我，还是损我？”萧朗问。

“好了，拉我上来吧。”聂之轩说，“快一点。”

听着聂之轩有点着急的声音，萧朗赶紧开始拽身边的绳索。不一会儿，聂之轩被萧朗从污水处理站给拽了出来，随之而被拽出来的，还有聂之轩手中用尸体袋包裹的头颅和肢体。

聂之轩重新回到地面，大家才发现他假肢外面套着的胶皮衣已经被腐蚀破裂了，甚至已经有腐蚀液体黏附到了他的裤子上。

萧朗最先看到这一幕，他赶紧用手上拿着的矿泉水给聂之轩清洗，说道：“哥你没事儿吧？”

“没事。”聂之轩坦然一笑，他撩起裤腿，露出假肢，说，“幸亏是假的。所以吧，祸兮福所倚，要是你们下去，酸性液体沾染到了皮肤上，还得去医院处理。我这个可就方便多了，擦一擦，完事儿。”

聂之轩说得很轻松，但是却让人听起来很悲壮。萧朗心里有一丝难过，但是更多的是精神上的振奋。

“怎么样？有什么发现吗？”萧朗帮聂之轩把尸体袋拉开。

聂之轩说：“确定了，颈部有创口，是颈动脉完全离断导致的失血死亡。还有，因为这些组织块在酸性淤泥里的时间比躯干部长，所以腐蚀的程度也要严重很多。面部皮肤已经完全腐蚀完了，手部也腐蚀得很厉害。”

“换句话说，长相和指纹都看不出了对吗？你确定这不是凶手刻意为之的？”萧朗问道。

萧朗的这个想法，显然聂之轩没有想到，他重新检查了一下死者的面部和手部的皮肤，摇着头说："这个就真的不好判断了，化学物品腐蚀导致的皮肤损伤，这个可以确定。但是在抛尸前毁尸，还是抛尸后自然腐蚀，这个，真不好判断。"

"有随身物品吗？"萧朗见尸体全身赤裸，没有任何衣物和随身物品，于是问道。

"下面我都看过了，还用金属探测仪试过了，没有了。"聂之轩说。

"不会那么巧，正好把相貌和指纹给毁掉了吧？"萧朗质疑道。

"如果是凶手所为，也是可以理解的。"程子墨插话道，"刚才我说了，如果这个女首领的身份我们都查不清楚，就更不可能重新建立线索去寻找其他成员了。"

"哥，你看看这个。"萧朗指着死者的胳膊，说，"这女的属于那种特别容易晒黑，但是不容易恢复肤色的那种。她胳膊上有色差，就像是穿了一件 T 恤一样，显然是夏天穿 T 恤晒的。"

"对，这个有意义吗？"聂之轩问道。

"可是她双侧手腕都没有色差。"萧朗说，"说明这个人不戴手表，不戴手环。"

聂之轩一时没反应过来。

"我的意思是，这个头和手，会不会不是那个女首领的？"萧朗接着说。

聂之轩摇摇头，说："从切口上看，应该和躯干部位是吻合的。不要紧，虽然没了相貌和指纹，这不是还有 DNA 嘛。"

萧朗没有回答聂之轩，而是继续提他的问题："黑暗守夜者组织每个人虽然在某方面能力上有演化，但是也会同时拥有致命性的潜在疾病。这个女首领的疾病，是不是你们还没发现？"

"头颅还没解剖，需要解剖后才能知道。"聂之轩把尸体袋重新拉好，说，"我马上就去看。不过，根据傅姐的对比，这个首领并不是被盗婴儿，那么她有可能并不是演化者，而只是个普通人。"

"那聂哥你再检查一下她的头颅吧，我把你提取的这些肢体、头颅的

DNA 送去市局检验。”萧朗总觉得自己的疑惑没有完全被解释，说，“我去市局视频侦查室找我哥聊聊去。”

“如果真的通过DNA 检验，头颅和四肢是同一人，就没有什么疑点。”萧望听完萧朗对事情的复述，说，“现在咱们的唯一线索，还是这个视频。”

“望哥，有发现。”背朝着兄弟二人的唐铛铛并没有听他们在说什么，而是把自己的全身心都投入到了眼前的屏幕里。

完全地投入了工作，似乎让唐铛铛的悲痛也减轻不少。在发现了一些线索之后，她的声音里似乎有一些惊喜和兴奋。这样的情绪，大家已经很久没有在唐铛铛的脸上看到了。

“什么？”萧家兄弟来到唐铛铛的背后，看着她把一小段视频给截了出来。

“其他各路径的视频都差不多看完了，没有什么有价值的线索。咱们没有甄别依据，而且有太多的路径可以绕过监控来到现场。”唐铛铛说，“所以我的重点，就是在这个朝向厂房内的摄像头里找。根据调查，这几天应该是没有员工会来这个厂房的，而且厂房地处偏僻，来这里的人，有很大的犯罪嫌疑。刚才我看到，昨天下午四点多的时候，厂房的玻璃窗上，有光影的变化，截下来看，你们看能看到什么？”

三秒的视频重复播放了三次，萧朗说：“是有个人经过窗户，在玻璃上有倒影。”

“对！”唐铛铛把画面定格，视频里的玻璃上，似乎有一个人形的倒影。

“可是，这是透明的玻璃，又不是镜子，这种倒影，有什么用吗？”萧望问道。

“我以前上学的时候，做了一个小程序玩，就是把水中、玻璃中的倒影给清晰化的。”唐铛铛说，“可以试试看。”

“哇，大小姐厉害，还会做程序。”萧朗见唐铛铛心情平复，很是高兴，连忙拍马屁道。

“这个，靠谱吗？”萧望有些不太放心。

“望哥你想想，阿布的长处是什么？是模拟画像。模拟画像就是将目击者脑中的镜像用语言复述出来，然后画师再根据这些信息重组。这都是科学的，更不用说咱们这种直接将不清楚的镜像不经转述直接复原了。”唐铛铛说，“人的相貌是由脸型、发型和五官组成的，而无论是脸型、发型还是五官，都是有规律可循的。简单说，单一五官的模型，是有类别的，而且差距不大。这些组件排列组合，才形成了各不相同的人脸。”

“有道理有道理，你赶紧的。”萧朗催促道。

唐铛铛在电脑前紧张地工作，手指灵活得就像是十只活蹦乱跳的小兔子。视频里被截取下来的一帧画面，在唐铛铛不停地敲打键盘中，慢慢地开始清晰。同时，因为唐铛铛连接了阿布所拥有的模拟画像数据库，电脑自动将镜像里不清楚的五官放在人体五官数据库里比对，然后比对出最为相像的模样，粘贴在一张人脸上。

就这样，不知不觉之中，天都快黑了，唐铛铛连续地工作了好几个小时之后，一张人脸终于呈现在了电脑屏幕的正中央。

“好啦！”唐铛铛很是兴奋，指着人脸说，“虽然不能通过这张组合图片来进行人像的数据库查询，但是一旦有了犯罪嫌疑人，就完全具备条件进行人像甄别了！”

“太棒了！大小姐太厉害了！”萧朗拍着巴掌说。

“为什么，这人长得怪怪的？”萧望抱着胳膊，盯着照片说，“总感觉这种面容特征似曾相识啊。”

“唐氏综合征面容。”聂之轩的声音突然响了起来，“这是唐氏综合征的患儿所拥有的一种特殊面容，眼距宽、鼻根平、眼裂小并呈倒八字形、外耳小、舌胖并常伸出口。这人是一个唐氏综合征患者。”

“唐氏综合征？”萧朗问道。

聂之轩不知道什么时候进来了视频侦查室，站在大家的身后。他一脸凝重，点头，说：“对，是一种染色体异常而导致的疾病，先天性的，会有智力低下、生长发育障碍。”

“被盗婴儿中，似乎没有唐氏综合征的。”萧望的关注点不太一样。

“正常，有些家庭会认为唐氏综合征的患儿是家庭的累赘和负担。”聂之轩说，“有可能这就是个弃婴，或者被盗后，家里并没有报案。”

“有道理。”萧望点头认可。

“智力低下，那怎么当黑暗守夜者成员？”萧朗说，“他们不是在某方面都有演化能力的吗？而且，智力低下的人，会碎尸抛尸？”

“这个不好说，毕竟我们的对手不同于常人。即便是有唐氏综合征的患者，也不能确定他和普通的唐氏综合征病人一样。”聂之轩说，“只能说，这种特殊面容，会是一个很好的甄别犯罪分子的依据。不过，整个事情，没有我们想象中那么简单。”

“什么意思？”萧朗此时看出了聂之轩情绪里的异常，问，“是不是我猜对了？那头颅和肢体都不是女首领的？”

聂之轩果真点了点头，说：“确实，不仅头颅和肢体都不是女首领的，而且连那个躯干都不是。”

3

“什么？”萧朗几乎是从自己的座椅上弹射了起来，“我妈DNA做错了？”

“不，没错。”聂之轩说，“只是我还没有完全想明白怎么回事。”

“别急，聂哥，你说说经过。”萧望拉过聂之轩，让他坐在椅子上。

“是这样的。”聂之轩喝了口水，慢慢道来，“刚才我在殡仪馆把碎尸块拼接了一下，确定了切口是完全吻合的，躯干、头颅和四肢都是同一人的。解剖检验也都完成了，确定了死者四十岁左右的年龄，其他没有什么进一步的发现。所以，我就收拾家伙回来了。可是在DNA室看到了傅姐，她正满头是汗地工作，我看情况不对，就问她怎么了，她说DNA吻合不上。刚刚发现躯干的时候，董法医提取了死者的心血，做出来是之前林场提取到的女首领的DNA。但是，后来我送的死者肋软骨，还有之后你送的头颅、四肢的肌肉组织，做出来都是另一个女性的 DNA。”

“什么？又是那个什么什么人人嵌合体？”萧朗问道。

“不会。人人嵌合体是不同的胚胎发育成不同的系统。也就是说，可以是生殖系统属于一个人，而循环系统属于另一个人。”聂之轩说，“但是这个死者不同。除了董法医提取回来的血痕以外，其他所有的检材，都是另一个人的。”

“那是怎么回事？”萧朗感觉自己汗毛倒立。

“会不会是输血？”萧望说，“我听说输血也可以导致血液的 DNA 和其他组织的 DNA 不同。”

“是啊，无论是输血还是骨髓移植，都有可能导致血液 DNA 不同。”聂之轩说，“但是我们检查了死者的手腕、脚腕、正中静脉等位置，都没有打开静脉通道的迹象。也就是说，输血没有通道是不可能的。死者也没有骨髓移植的手术疤痕。所以，她并不存在输血或骨髓移植的情况。而且，女首领本身就应该有大失血的经历了，怎么还会输血给别人？”

“聂哥，什么通道？会不会是心内注射？”萧朗说，“你还记得吗，死者的心脏上有三个针眼！而只有一个针眼是我们法医形成的！”

这一说，聂之轩又重新陷入了思考，良久，他抬起头，说：“心内注射的目的是除颤[1]，打进去的是药物，而不是血。通过心内注射打进去一点血液有什么用？”

“而且，如果把血液打进心腔，是不是做出来的应该是混合 DNA？”萧望问道。

“这个倒是不一定。”聂之轩说，“出混合 DNA 结果的前提是，两种 DNA 载体的量差距不大。比如有两滴血混合在一起，做出来的就是混合 DNA。但是，如果在一个血泊内吐一口痰，那么就只能做出血的 DNA，而痰的 DNA 就被污染覆盖了，是做不出来的。不过，你们说得对。死者的死因是颈动脉完全离断后的急性大失血，心腔内应该是极度空虚的。如

1 除颤即利用医疗器械或特定药品终止心房颤动的过程。

果这时候打进去几十毫升血液，那么我们法医提取出来的血液DNA应该就覆盖了死者本身的DNA。”

“对啊！你那心内注射的说法解释不过去，只有这样才能把DNA不符的情况一并给解释了。”萧朗说，“有人在这名死者死后，往她心脏内注射了女首领的血。你看你看，我就感觉那个死者不是女首领嘛，我猜对了吧？”

“是啊，在尸体解剖工作中，其实就有很多疑点和指向了。我们判断女首领并没有伤到颈动脉等大动脉，而死者的锁骨窝没伤。女首领应该常年戴着手环或者其他通信工具，而死者的肤色可以看出并不戴。”聂之轩问道，“可是，对方为什么要这样做？”

“如果真的是这样，那么可能性只有一种。”萧望说，“凶手非常了解我们法医的工作流程，知道我们会提取死者的心血进行身份确认。这样的话，他们就可以误导我们认为女首领已经死亡了，那么我们可能就不会追究其他人的责任了，或者说，我们就失去了继续追查的线索和依据。他们，是在给我们放烟幕弹呢。”

“杀了个人，就为了放烟幕弹！太可恶了！”萧朗说。

“不对啊。”聂之轩说，“如果他们真的很精通我们的办案流程，就应该知道，我们法医不仅仅会提取心血做DNA，而且会提取肋软骨做DNA啊。那不就露馅了吗？”

“或许，他们对我们的流程一知半解？”萧望解释道。

“不对，不对，还有个逻辑问题。”萧朗说，“既然他们杀人是为了让我们误认为女首领死了，那他们就应该想办法尽可能让我们早一点发现尸体。可是，又是碎尸，又是藏尸的，显然是不想让我们发现尸体。这两个行为是不是很矛盾？”

“对啊，解释不通啊。”聂之轩皱起了眉头。

大家沉默了一会儿，萧朗一边用笔帽敲着桌面，一边说：“我就在想啊，为什么心脏上会有三个针眼呢？一个是我们法医形成的，一个是为了往里面注射女首领的血的，那还有一个是干吗的？”

“干吗的？”聂之轩抬头看着萧朗。

萧朗说：“你说，会不会是除了我们之外，还有一个人会关注女首领是不是死了？而且这个人也会和我们一样，抽血进行DNA检验？”

“第三个针眼是第三方形成的？”萧望对萧朗的猜测很感兴趣，说，“你接着说。”

“你看哈，我们在狙击他们的时候，并没有什么唐氏面容人的存在，对吧。”萧朗说。

“唐氏综合征会导致一些肢体运动障碍，可能不太适合参与体力活动。”聂之轩解释道。

“当然，你说的也是一种解释。”萧朗接着说，“但是，如果我们假设唐氏面容人和皮革人是一伙的呢？为了躲避唐氏面容人，女首领这边杀了个人，作为女首领的替身，并且想办法让唐氏面容人知道。唐氏面容人发现尸体以后，因为面容和指纹被销毁了，不能确定是不是女首领的尸体。那么，他就只有可能抽血进行检验了。而这一切都是女首领事先想到，并安排好的。”

“便携式DNA检验仪？”聂之轩说，“唐氏面容人随身带着的？”

“我不懂哈，我就看《碟中谍》里，就有立即进行基因检测的便携式仪器。”萧朗说。

“这个技术确实可以实现。”聂之轩说，“有针对性地进行比对是可以的，但是要做出我们要求的十六个位点[1]还很难。”

“对啊，只要经过大致的比对认可就可以了呀。”萧朗说，“女首领这边清楚唐氏面容人的行为方式，才会采取这样的行动。这样的话，可能女首领这边乐于暴露，但是唐氏面容人发现尸体后，是不是存在另一种想法或动机，所以他要碎尸，并且抛尸？”

“萧朗的猜测，怕是唯一可以解释所有疑点的推断了。”萧望说。

“可是，皮革人应该是黑暗守夜者里的人吧？这样说的话，他伤害女

---

1 位点是指染色体上一个基因或者标记的位置。

首领的行为就不是个人行为了，而是有组织有目的的行为。”聂之轩说，“皮革人失手后，又有新人顶上追杀。这就有点复杂了。”

“那也是他们内部的问题。”萧朗说。

“这个内部问题，是不是可以提示我们，女首领的背后，还有别人呢？”萧望说。

“也就是说，黑暗守夜者的力量，绝对不仅仅是我们发现的这几个有演化能力的人，还有其他的人。而且，其他的人力量也很强大。”聂之轩忧心忡忡。

“看到没有，发现了这个碎尸案，并没有让我们的工作量减少，反而是增多了。”萧朗对讲话间进入视频侦查室的程子墨说道。

程子墨听到了大概的过程，也表示很无奈，耸了耸肩膀。

“不管有多复杂，我们的侦破点还是要回归。”萧望经过简单思考，果断地说，“第一，我们要立即找到死者的身份，看有没有可能在她住处发现些线索。第二，这个唐氏面容人我们要不惜一切代价找到。他是连接黑暗守夜者组织两个派别的人，找到他，可以同时获取两条线索，从而进行追查。这帮人血腥残暴、杀人不眨眼。留着他们多一天，就可能会多一条无辜生命被残害，我们要抓紧了！”

“就知道你们在这里，死者的身份查清了。”傅如熙此时走进了视频侦查室，拿着一份检验报告说，“我在库里比对了一下，找到了死者的身份，你们看一下吧。”

经过连续几天的工作，已经五十岁的傅如熙此时憔悴不堪。萧朗看见妈妈几天之内就熬成了这样，心痛无比。二话不说，他走上前去，把妈妈紧紧地抱在了怀里。

“干什么呢，傻孩子。”傅如熙最疼惜自己的小儿子，此时他温暖的举动，让傅如熙心头无比感动。

萧望微笑看着弟弟，从母亲手里接过了报告单，朗声说道：“现已查明死者身份，朱翠，女，四十一岁，离异，无子女，在某批发市场打工。

2013 年的时候，因为坐公交车过站，让司机停车遭拒，和司机发生了激烈争执。朱翠抢夺司机的方向盘，导致行驶中的公交车失控，发生侧翻，所幸司机及十余名乘客仅受轻微伤。朱翠因犯危害公共安全罪，后来被判处有期徒刑两年六个月。也就是说，这人刚刚刑满释放不久。”

“这事儿我知道，当时网上就在热炒。后来不是还有人殴打公交车司机导致公交车坠江死亡十几个人的事情嘛，这事儿也被翻出来又炒热了。很多人都觉得这个朱翠也该判死刑。”程子墨扬了扬手中的手机，说。

“太可怕了，这种影响大巴司机开车的人，一定要严惩。”唐铛铛心有余悸地说。

“好在死者的身份清楚了，住址也知道了。”萧望看了看窗外降临的夜幕，说，“走，我们去她家里看一看。”

此时的萧朗还紧紧地抱着妈妈不肯撒手，傅如熙笑着说：“赶紧的，和你哥一起去，早点破案。”

萧朗松开怀抱，点了点头，说：“妈你注意休息。”

“好啦，知道啦！”傅如熙满足地笑着。

一行人按照警方掌握的信息，直接把万斤顶开到了朱翠生前所居住的小区。还没进单元门，萧朗就着月光，看到了一个记号。

“看看看，这人是不是住 307？”萧朗说道。

萧望点了点头，顺着萧朗的指尖看去，单元门口竖立的信箱之中，在 307 室的信箱边，有一个黑色碳素笔画出的六角形。

“这，不是我们守夜者的标志吗？”聂之轩说。

“对啊，这是‘赤果果’的剽窃啊！”程子墨说道。

“看来，我们之前的推断都没错，这拨人，也称呼自己为守夜者。”萧望冷笑了一下，说，“而且，那个唐氏面容人就是被这个标志吸引来的。可能，他以为这里就是他们黑暗守夜者的一个据点。”

大家都认可萧望的推断，于是纷纷健步上楼，来到了 307 室的门前。程子墨二话不说，掏出开锁工具，开始开锁。不一会儿，咔嗒一声响，门锁被打开了。可是，大门却依旧无法推开。

在一旁的萧朗早就不耐烦了，于是伸脚一踹，直接把大门踢开了。

房间里似乎没人。

程子墨转到门口，看了看门锁，说："门锁是从里面反锁的，房间里应该有人。"

确实，这是一个四周窗户都被防盗窗封死的房屋，唯一的出入口就是大门，而大门是反锁的。唯一的解释，就是还有人在室内。

萧朗很快就理解了程子墨的分析，他闪电似的拔出了手枪，开始搜索房间。可是，程子墨分析错了，在萧朗搜查了一遍之后，确定这个房子里空无一人。

"封闭现场，没人？"聂之轩很是疑惑，戴上眼镜，开始用生物检材发现仪检查房间。

封闭现场，就是指从外面无法封闭，只有从内部封闭的现场。"对于普通情况下来说，肯定是屋内有人。"萧朗说，"可是咱们的对手不是普通人啊！"

"有道理。"程子墨一边说，一边也戴上了眼镜，到各个房间窗外的不锈钢防盗窗栏上检查。

"虽然房间里没有死者的血衣，但我还是确定凶手是在这里分尸的。"聂之轩的声音从卫生间里传出，"可惜这个房间打扫过，找不到什么有价值的物证了。"

"怎么能确定？"萧朗走到卫生间门口，靠在门框上问道。

"浴缸出水口周围虽然被打扫过，但是我做了联苯胺实验[1]，是阳性。也就是说，这里有血。"聂之轩指了指浴缸，说，"而且，浴缸的旁边，有个血水留下来的印记。是沾着血水的手术刀，放在浴缸的旁边，血水沉积下来而把手术刀的轮廓保留了下来。"

"是用手术刀在浴缸里分尸的，对吧？"萧朗解读到。

1　检验有无血的试探性实验，如翠蓝色则为阳性反应，系血痕。

聂之轩点了点头。

程子墨的声音很快也从次卧室里传出来："是从这个窗户把尸体块扔出去的。你们看，这个不锈钢窗栏上有潜血的痕迹，是尸体块被塞出窗栏夹缝，擦蹭留下来的。窗下是一片灌木丛，不容易被发现。"

"真是用手术刀分尸啊？和你推断的一样。"萧朗说，"随身携带手术刀，这是医生啊。"

"对，不仅仅是随身携带手术刀。"聂之轩说，"尸检的时候，我也说了，分尸手法游刃有余，是一个熟知人体结构的人。懂不懂医，通过手法，一眼就能看得出来。"

说完，聂之轩像是想起了什么事，开始低头思考。

"现在问题就来了。"萧朗说，"凶手分完尸，把尸体块扔出去，然后，他怎么出去抛尸？会穿墙吗？"

萧望不知道从哪里拿来一把卷尺，量了量每个窗户外面防盗窗栏之间的距离，说："每个窗户都没有被破坏的痕迹，也没有被拆卸后重新安装的痕迹。窗栏之间的距离是二十厘米，最高的空间，也只有四十厘米。正常人，无论如何都是无法从窗栏之间钻出去的。"

"哦，我知道，你觉得这人会缩骨术？"萧朗说道。

"我觉得，这人分尸的目的并不一定是藏匿。因为目的是藏匿的话，可以把尸体块分开抛弃。所以，有可能是因为尸体无法运出这个屋子，而采取了化整为零的手段。"萧望说，"之所以要把这个房间做成封闭现场，就是为了阻止死者的亲朋进门，延缓发案时间。"

"所以，尸块也只是刚刚好能出去。那一个完整的人要出去，就只有缩骨了。"萧朗说，"挺好奇的，真想抓住他，让他表演一下。"

"这个说法我赞同。"沉默了好一会儿的聂之轩说，"缩骨不仅仅要学习技能，更是需要练习者有着关节间隙异常的天赋。而且，当缩骨到一定程度时，还想进一步加深功力，就必须懂得医学。因为只有懂了医学，才能知道关节的构造，才能更好地练习。"

"说不定，这个人，就是黑暗守夜者的聂之轩了。"萧朗打趣道。

“这个‘医生’会不会就是那个唐氏面容人啊？”程子墨问。

“十有八九。”萧朗答道，“你想想啊，唐氏综合征，本身就活动功能障碍了，如果有帮手，犯不着让他一个人去抛尸啊。”

“可是，满城寻找一个没有其他特征的唐氏综合征患者，谈何容易。”萧望说，“今晚大家必须休息了，也都回去好好想想。明天天气好，复勘现场。”

“好找好找，不要低估了咱们南安市公安局巡特警的厉害。”萧朗自信地说。

“好的，不过，我想起来一件事情，明天可能要先去办一下。”聂之轩若有所思地说道。

4

冬季的上午十点多钟，整个天空都雾蒙蒙的，就连城市里都显得静悄悄的，更不用说这种偏远的小山村了。除了这一行人以外，几乎再也看不到人烟。

两座孤零零的坟堆，在半山腰矗立。从墓碑上可以看出，这两座坟堆有些年头了，墓碑上似乎已经有了一些细细的裂纹。不过，坟堆周围并没有杂草丛生，墓碑也被擦拭得干干净净的。显然，虽是孤坟，但并不缺维护。

其中的一个坟堆之前，升起了袅袅青烟，青烟盘旋着上升，在半空中的冬雾里慢慢消失。墓碑的前面站着三个人，都在双手合十、鞠着躬。

“阿弥陀佛，阿弥陀佛，董老师，这事儿可不怪我，都是他让我这么干的，所以你要是怪罪，就怪罪他。”萧朗鞠完躬，指着身边的聂之轩说。

“你……”聂之轩哭笑不得地把萧朗的手打开。

“你没事你没事，他们都说，你们仵作的身上煞气重，一般鬼魂都不敢靠近。”萧朗说。

聂之轩摇摇头，说："和你说了多少遍，法医不是仵作。仵作只是搬运、清洗尸体，并把尸体上的伤喊出来的人。填写尸格[1]并对损伤、案情进行分析的人，是县官。所以法医是仵作和县官的结合体。还有，你能不能不要这么迷信？要讲科学！"

"看尸体解剖我都没事儿，就是……就是这种开棺验尸的活儿，实在是有点心里毛毛的。"萧朗傻笑着说，"陈年老尸，多吓人。"

"有什么好吓人的？"聂之轩惊讶地说，"你别忘了，来守夜者之前，你是学考古的！考古的！那才是陈年老尸！"

"哦，对啊。"萧朗说，"这不还没学专业课呢嘛，看来我果断转行是英明之举啊！"

"你是在说谁英明？"萧望笑着盯着弟弟，毕竟弟弟的转行并不是他自己所愿。

萧朗挠了挠后脑勺，不接话了。

"对了，这份开棺验尸的申请开得这么不容易，值吗？究竟是有什么疑惑啊，聂哥。"萧望从土地里拔出原先插在地里的工兵铲，问道。

"我也不知道。"聂之轩说，"只是我在看这个碎尸案件的时候，突然想起当年董老师被杀的案件了。你们还记得吧，我们在看唐老师电脑里的卷宗的时候，还有董老师那些被打捞起来的断肢的照片。"

"是啊，有的，没问题。"萧朗赶紧接过话茬，化解尴尬。

"可是，当年连数码相机都没有。所以，我们看到的断肢的照片，就是两条胳膊、两条腿，根本就没有断端、切面的细目照片，所以也无法判断出什么。"聂之轩说。

"所以你要开棺验尸啊？"萧朗说，"要是没有疑点，这个申请根本就通不过好不好？你呈请报告上明明写着有明确的疑点！"

"这几天，我确实发现了一个疑点。"聂之轩说，"主要的依据，就是朱翠的躯干部的腐败程度。你们想想，董老师被害的季节，和现在差不

1　尸格是指验尸单格。也称验状、尸单。

多。朱翠的躯干部从南安河里被打捞出来的时间，大约是一天，可是腐败程度已经比较严重了。腹部有尸绿，胸口有腐败静脉网。胸口的皮肤被鱼吃得差不多了。”

“可是，不是说董老师被害的那个年代，南安河污染严重，基本没鱼吗？”萧望问。

“是没什么鱼，但是据我所知，那时候污染严重的主要原因是蓝藻。”聂之轩说，“大量的蓝藻在河水里繁殖，会导致河水里有更多的可以加速腐败的细菌微生物。也就是说，在污染越严重的河水里，尸体的腐败越严重。”

“我们看到的照片里的肢体，基本没有腐败的迹象。”萧望肯定地说。

“问题就在这里。”聂之轩说，“根据杜舍的交代，大年三十的那一天，他劫持了董老师，并在山洞里折磨他到初一的晚上，然后他以为董老师死了，就抛尸了。可是，警方是过了半个月后才发现了董老师的肢体。那么，半个月的时间，即便是寒冷的冬天，不敢说手足表皮脱离，腐败静脉网也必然出现了。可是，并没有，肢体看上去还是比较新鲜的。”

“会不会是因为我们发现的是朱翠的躯干，而董老师当年被发现的是肢体。”萧望说，“躯干比肢体腐败得快。”

“这个我考虑过，但把这个腐败程度和死亡时间之间的矛盾作为疑点，从而申请开棺验尸，是没问题的。”聂之轩说，“而开棺验尸以后，差不多就能知道个端倪了。”

“董老师，若有冒犯，你找这个姓聂的哈。”萧朗一边念叨着，一边用工兵铲开挖了。

坟堆堆在那里二十多年了，土都已经实了，所以挖起来并不容易。聂之轩和萧望挖得非常艰难，但是两个人加起来的进度还不如萧朗一个人。看来，萧朗还真是学考古的料。

不一会儿，坟堆就被挖平了。再一会儿，朱红色的棺材一角，就露了出来。

“这……这怎么弄开啊？”萧朗蹲在坟坑旁边，说，“我们三个人，可没法把它抬出来。”

萧望把工兵铲伸进了坟坑里，卡在棺材盖缝里，一使劲，咔嚓一声响，棺材盖挪动了一点。

“当时没有把棺材盖钉上。”聂之轩说，“毕竟董老师的头颅和躯干没有找到，当时在安葬的时候，肯定是考虑找到剩下的残肢，方便葬在一起。”

一席话说得非常悲壮，大家瞬间进入了一种悲痛的情绪当中。

“来，我们把盖子掀开。”聂之轩也把铲尖插进缝里，三个人一起把棺材盖撬开了。

棺材里灰蒙蒙的，里面的白骨已被尘土覆盖了。

聂之轩穿上一次性的解剖装备，穿上胶靴，小心翼翼地下到了棺材里，用一把毛刷把灰尘慢慢地扫开。

随着灰尘被打扫到一边，棺材里最先露出的是一套折得整整齐齐，摆放在一边的绿色警服，以及一顶已经有些变形的大盖帽。

那种悲痛的情绪，随着警服的逐渐呈现，而加重了。萧望和萧朗不自觉地在坟坑的旁边立正，并敬了个礼。

虽然董连和最终也没有能够被认定为烈士，没有能够算作因公殉职，但当年在安葬他的时候，唐骏还是把他一生挚爱的警服放在了他的尸骨之侧，也算是对生者聊以安慰吧。

聂之轩向后移动了一点，像是生怕把警服踩皱了一样，然后转身继续处理尸骨上附着的灰尘。

当年，唐骏安葬的是老董的两侧上肢和下肢，随着尸体的腐败，软组织此时已经消失殆尽，剩下来的骨骼失去了软组织的连接，也就散开了。无论是手部的指骨、掌骨和手骨，还是足部的趾骨、跖骨，它们虽然还在原位，但都已经失去了连接。

但是聂之轩所关心的，是四肢和躯干连接的部分。他很快就搞清楚四肢的摆放位置，然后熟练地把老董的两侧肱骨和股骨四根长骨从棺材里取了出来，递给萧朗，放在坟坑旁边事先铺垫好的解剖巾上，并打开了便携式的强光灯。

聂之轩翻出坟坑，拿着一个放大镜，逐一观察着每根骨头。

“怎么样，怎么样？”萧朗等了一会儿，实在是耐不住性子，问道。

“你看，肱骨头的位置，很光滑，这是肩关节的组成部分，是弧形的，但并没有损伤。”聂之轩说，“如果是螺旋桨打碎的尸体，不可能正好沿着弧形的肱骨头打碎，那太巧了。两个上肢都是这样，就更不可能了。”

“这是股骨头，是连接在髋臼里的，组成髋关节。”聂之轩接着说，“髋臼更是隐蔽的位置，说是螺旋桨打碎的，就更不可能了。”

“所以呢？”萧朗听不太明白。

“所以，董老师是被人为碎尸的。”聂之轩说，“你看股骨头上的这一处浅浅的划痕，是刀刃形成的，很薄的刀刃，像是手术刀！”

“啊？和朱翠的那个一样？”萧朗跳起来问。

聂之轩点点头，说：“确实非常相似，都像是一个深谙医学的专业人士，使用手术刀分尸的。”

“那个‘医生’干的？”萧朗连忙问道。

“这个可不好说。”萧望说，“那个‘医生’多大岁数，我们都不知道。如果和被盗婴儿们差不多大岁数，那么董老师死的时候，他还不一定出生了呢。”

大家沉默了。

聂之轩顿了顿，接着说：“我说得可能太绝对了，还有一种可能。”

“什么可能？”萧朗和萧望异口同声道。

“还有一种可能就是，这并不是碎尸，而是截肢。”聂之轩幽幽地说道。

“截肢？”萧望很快分辨出聂之轩这两种可能性的不同之处，说，“你的意思是说，董老师可能没死？”

“那怎么可能？”萧朗插话道，“杜舍可是亲手把董老师扔进了河里，而且那时候南安河污染严重，全是蓝藻。即便是枯水季节，也有十几米深。一个几乎没有生命体征的人，落到那样的河里，怎么可能生还？”

“是啊。”萧望说，“即便是很快被人发现，救上来了，不可能不报警，而自己找个什么医生给他截肢嘛，这说不过去。”

“确实不好解释。”聂之轩说，“我也仅仅是分析一种可能性。我刚才说了，他的肢体是失踪后好几天才发现的。如果人当时就死了，不管在不在水里，肢体都会发生腐败。既然腐败程度有疑点，那么我们就有理由去怀疑失踪的董老师当时并没有死，甚至在肢体被截后，依旧没死。仅仅是怀疑而已，虽然有很多逻辑还说不通，但我们不能把眼前的案子当成普通案子来分析。所以，只要有那么一点点可能性，我们就要心里有个数，对吧？人死了，就只能碎尸。而如果真的是活着截肢，那么截肢的目的是什么？”

“目的？”萧朗一边重复着这个词，一边在自己的身上比画着，“从这里截断，然后从这里截断，我的天哪！这不是古代制造人彘的手法吗？”

“这不算人彘。”聂之轩说，“如果是为了防止感染什么的，不得已而进行的截肢手术，就不叫制造人彘了。”

“这个不重要。”萧望说，“但不管怎么说，今天的工作，又给了我们一些新的启示。虽然已经过去了二十多年，但是当年董老师究竟有没有死还是两说，聂哥说得对，董老师现在究竟在不在人世，我们也要多个心眼儿。”

“你们总不能说，黑暗守夜者的头儿，是董老师吧？”萧朗惊出了一身鸡皮疙瘩。

萧望看了看萧朗，没有说话。毕竟，现在只是一个端倪，究竟这二十多年，董老师怎么样了，发生了什么，还没有什么依据可以进行确认。

“对了，这个分析我们只要心里有个数就行了。”聂之轩说，“现在有个问题，就是当年董老师的残肢被发现以后，我们究竟有多少把握确定这个残肢就是董老师的？”

“这个我记得。”萧朗说，“当时说因为这个案子，南安市才花了不少钱买了国内公安机关第一台 DNA 检验的设备。我妈经过检测，确定山洞里麻绳上的血和这些残肢，都是董老师的。”

“DNA一般都不会错。如果是血型，就不靠谱了。”聂之轩说，“不过，董老师失踪之前，咱们还没有DNA技术，那么，有了检材以后，是怎么确定那是董老师的检材呢？”

“这个问题，我专门问过我妈。”萧望说，“董老师当年家里的烟灰缸里，有不少他的烟头。烟头里的DNA和残肢是吻合的。我妈说了，当时做的位点少，但足以确定是董老师的。”

“那就没问题了。”聂之轩说，“傅姐的技术没问题。”

“叫阿姨。”萧朗说。

“对了，当时的DNA数据不知道有没有保存？”萧望问道。

“肯定不会保存。”聂之轩回答道，“那个时候DNA检验还是一门新鲜的技术，结果在法庭上都不能采信的。更不用说有建立DNA数据库的意识了。”

“也就是说，当时我妈做出结果之后，也肯定不会保存的。”萧望说。

“肯定不会。”聂之轩说，“而且当时最原始的DNA检验方法和现在也不一样了，即便是保存了，也无法和别的检材做比对。”

“没法比对。”萧望摸着下巴，若有所思，“也就是说，现在的数据库里，不可能有当年的董老师的DNA数据？”

“绝对没有。”聂之轩斩钉截铁。

“那，现在这些骨骼有可能用现在的方法做出DNA吗？”萧望接着问道。

“有可能。”聂之轩说，“强调一下，也只能是‘有可能’。毕竟二十多年了，而且骨骼的DNA检验本来就有难度。不过也就是有难度而已，并不是做不出来。当年那些考古工作者研究曹操家族的时候，就提取到了千年之前的检材，并且确定了曹操家族的Y-STR染色体，从而确定了哪些人是曹操的后人。千年之前的都可以，更不用说咱们这个二十几年前的了。”

“那很好啊！我的意思是说，让我妈试试，看能不能把董老师的DNA再做出来。”萧望的眼睛里闪过了一丝光芒。

“那只能试一试。”聂之轩拿起一根肱骨，准备往物证袋里放。结果，啪的一声，肱骨折成了两段。

“哎呀，我的天，董老师，你要怪罪就找他，和我没关系。”萧朗又在念叨。

“这里距离南安河太近了，整个土壤都呈现出酸性。”聂之轩没理萧朗，说，“我之前说了，酸性的土壤会让骨骼软化，加快骨质的降解。”

“也就是说，这样的骨骼，DNA 就更难做了？”萧望问道。

聂之轩点了点头。

“不过，也没有什么好办法了。”萧望说，“董老师当年的烟头，就更没指望找得到了。这些骨骼，是唯一可以重现董老师 DNA 的检材了。”

“不管怎么说，我们都要试一试。”萧望帮助聂之轩把折断的骨骼放进了物证袋，说，“要知道，这很有可能就是我们侦破案件的一条捷径。”

“捷径？什么捷径？”聂之轩还没有考虑到萧望想到的那一层，于是问道。

“只能说是可能。”萧望微微一笑，说，“先去我妈那儿，等做出结果了，你就知道了。”

第七章

盲点

一叶障目，不见泰山。

——《鹖冠子·天则》

1

“哎呀，你不要这样走来走去的，绕得我都头晕了。”程子墨坐在南安市公安局 DNA 实验室的门口，看着萧朗说道。

“这、这都天黑了！”萧朗急不可耐，“聂哥都进去帮忙了，怎么半天也没个动静？能不能做出来总要先告诉我一下吧。”

“嘿，你是不是以为自己在手术室门口等着啊？”程子墨笑着说，“你那急性子，就不能改一改？”

“他从小就这样。”唐铛铛表示无奈。

“别着急，骨骼的 DNA 检验本身就很难。”程子墨说，“DNA 检验的扩增、测序时间都是恒定的，但是前期的检材处理可就差距大了。简单的，几十分钟就处理好，难的，得几天。骨骼就是难的。”

“还得等几天？”萧朗炸了。

“傅姐水平高，还有聂哥帮忙，肯定不需要那么久。”程子墨嚼着口香糖，玩着手机，并不着急。

“你们这都什么毛病？叫阿姨！阿姨！”萧朗强调了一下。

“哎。”程子墨随口答道。

萧朗瞪圆了眼睛，还没来得及说话，DNA 实验室的大门就打开了。

“怎么样了？怎么样了？”萧朗急着问聂之轩。

聂之轩扑哧一声笑了出来，说：“我们已经尽力了。”

“什么鬼？”萧朗没理解聂之轩说的是什么梗，问道，“难不成没做出来？”

“做出来啦！”聂之轩笑着把手上的 DNA 检验报告递给萧朗说，“傅姐的水平还是很高的，处理出来了，做出了完整的基因型。”

“那比对了吗？比对了吗？”萧朗反正也看不懂 DNA 报告，于是直接问了结果。

原来，在挖掘出老董的尸骨时，萧望想起来一个方法。老董的社交面并不广，能为他报仇的，要么就是亲属，要么就是同事。而如果是亲属的话，那么 DNA 检验就应该可以发现亲缘关系。毕竟，黑暗守夜者首领的血痕已经被守夜者组织拿到了。所以，做出老董的 DNA 分型之后，萧望要求聂之轩第一时间将这个 DNA 分型和林场里提取到的喷溅状血迹的 DNA 分型进行亲缘关系比对。

“比了，有亲缘关系。”聂之轩凝重地说道。

“那就是他女儿对不对？”萧朗问道。

“这个，不能确认啊。”聂之轩说，“只能说是一名和董老师有亲缘关系的女性。因为所有的亲子鉴定，都是我们所说的三联体，也就是说有三名血亲的，才能确定亲子关系。比如，社会司法鉴定机构受理的亲子鉴定一般检材一定要是一家三口的检材，如果是一个大人两个孩子的，费用都会高一些。而如果只是二联体，当然，是可以看出亲缘关系的，但是并不能确定，也不能说就是女儿、儿子。”

“哦，也就是说，董老师的姐妹、侄女什么的都可以对吗？”萧朗问道。

聂之轩点了点头。

“可是，不是说董老师没什么亲朋吗？”萧朗皱起了眉头，“难不成有私生女什么的？”

“从证据的角度来看，不能排除很多种情况。毕竟，调查是不能作为百分之百的证据的。”聂之轩顿了顿，接着说，“即便说是他女儿，从调查情况看，也是有出入的。凌漠早就调阅了出入境的记录，董老师的唯一女儿董君，早在三十几年前就出国了，也没有归国记录。”

“是啊，要是董老师有个什么隐私的情况，那可就麻烦了。”萧朗急得直搓手。

“没事，过一会儿，萧望就会回来了。”聂之轩说。

话音未落，萧望推门进来了，灰头土脸的，连头发上都是灰尘。他扬了扬手中的物证袋，说：“找到了！”

“找到什么了？”萧朗帮哥哥把头发肩膀上的灰尘掸掉，问道。

“还记得吧，当年董乐在飞机上杀人的时候，在扯断照明控制面板后面的电线时，被铜丝扎破了手，留下了一滴血。”萧望兴奋地说，“虽然那个时候的DNA检验技术还不成熟，但是我去南安市公安局物证保管室里，找到了当年的物证。”

“董乐的血？”萧朗看了看物证袋。

萧望点点头，说：“是当年的铜丝。”

“太好了。”聂之轩接过物证袋，说，“我们还需要三个小时的时间就能搞定了。三联体，是可以明确得出结论的。”

“什么？还要三个小时？”萧朗跳着脚说，“那怎么等得及？”

三个小时很快就过去了，萧朗并没有急不可耐，因为他已经靠在联排椅上睡着了，还被程子墨嘲笑说打呼声音有点响。

不过，在聂之轩推开实验室大门的那一刹那，萧朗就像是屁股上长了弹簧一样弹了起来：“怎么样？怎么样？”

“你可以啊，睡梦模式秒变催问模式啊。”程子墨笑着说道。

“之前的怀疑没有错，这个女首领，就是董老师的女儿。”聂之轩笑着说道。

“真的是？不是出国了吗？会不会是私生女什么的？”萧朗问道。

“我们做的三联体是董老师、董乐和女首领的，既然做出了亲缘关系，那说明这个女首领和董乐同父且同母，父亲就是董连和。”聂之轩耐心地解释道，“换句话说，如果没有调查意外，那可以肯定，这个女首领就是董君！”

“好呀，可以抓人了。”萧朗摩拳擦掌。

“抓人？去哪里抓啊？”凌漠推门走了进来，“我又重新确定了一下，董君确定在1983年就移民去泰国了，没有再次归国的出入境记录。而且，那个时候出国不需要录入DNA信息，也没有DNA技术，所以没法甄别。”

“你小子又玩失踪。”萧朗说道。

“没有，我在和其他同事一起配合重新调查董老师的所有关系人的情况，经过核查，已经排除了其他人的嫌疑，只剩下董君的下落没有办法确认了。”凌漠说，“其实从一开始我就有种预感，女首领很可能就是董君。”

“你查出下落了，对不对？”萧望连忙问道。

凌漠没有回答，盯着萧朗。

萧朗和他对视着，从莫名其妙的眼神，慢慢开始理解了凌漠的意思。萧朗笑着说：“行了行了，你对了，但是我也没错啊，对不对？我们的目标是一致的，都是为了真相，我们尊重的只有事实与真相。”

“这就是你说的法治精神吗？”凌漠问道。

“对啊，所谓的法治精神，就是要有严格的精神，所有的执法行为都在法律的框架内进行；要有鞭策的精神，执法者收集的所有证据必须组成完整的证据链指向犯罪；还要有公正的精神，无论对方是什么人，都要一视同仁，坚持保障人权；更要有客观的精神，只相信客观的证据，而不会被任何外界因素所左右。”萧朗连珠炮一样地说了一大堆。

“所以，一开始，你先入为主，并且被自己的想法约束住了手脚。”凌漠很赞同萧朗的说法，于是说。

萧朗挠了挠后脑勺，说：“是，我承认。我开始认为并不是所有的‘疑’都能算作‘疑罪从无’中的‘疑’。其实，只要能合理解释所有的证据指向，那么这种‘疑’就可以算作‘疑’。而对于狡辩，执法者唯一能做的，就是继续收集证据，破解这些所谓的‘疑’。所以，对于我们锁定的事实，我们应该不断求索，而不是埋怨别人的狡辩。”

“说得真好。”萧望非常欣慰地看着自己的弟弟。

“所以，我现在赞同凌漠的观点，因为他和我们找到的诸多证据，都指向了凌漠之前的推断。”萧朗说。

凌漠也微笑着点头。

“你们在说什么？我怎么都听不懂？”唐铛铛一直坐在联排椅上沉默，此时开口问了一句。

“没说什么。”萧朗和凌漠同时紧张地回答道。

程子墨把腿跷在联排椅上，嚼着口香糖，冷笑着。

“咳咳。”萧朗尴尬地咳嗽了两声，说，“我就是在说，不知道凌漠找到董君的下落了没有？”

“啊，其实挺复杂。”凌漠也赶紧接过话头，说，“当年董老师的妻子带着女儿出国，是因为嫁了一个泰国人，然后就直接入了泰国国籍，移民了。时过境迁，现在要找到董君和她母亲的下落，需要国际刑警联络泰国警方，进行调查。”

“其实没必要调查了吧？这明显就是董君作案啊。”萧朗说。

“你看，你看，刚才还在说。”凌漠纠正道，“聂哥说了，是董乐同父同母的姐妹，但是假如董老师还有一个女儿大家都不知道，这情况没调查出来，怎么办？我们不就全弄错了吗？”

“那时候还没计划生育，有女儿藏起来干吗？”萧朗不以为然。

“1980 年就开始计划生育了，你敢保证，1980 年到 1983 年之间，董老师没有再偷偷生个女儿？”聂之轩插话道。

“哦，也对。”萧朗挠了挠后脑勺。

“而且，即便女首领就是董君，我们搞清楚董君出国后的动向，也更加有利于帮助我们查清她现在的身份，从而破案。”凌漠补充道。

“对啊，如果董君真的偷偷回国了，肯定也不会再用董君的身份在南安市生活了，肯定是要重新创建身份，改名换姓的。”萧朗说，“即便确定就是董君，也还有很多路要走。那国际刑警那边，怎么答复？”

凌漠苦笑着摇摇头，说：“说是让我们等，需要很复杂的手续和流程，才可以。你知道的，国外的警察可不像咱们中国警察效率这么高。据说，至少一个月。”

“那黄花菜都凉了！”萧朗叫道。

“不过，出入境的同事正在尝试帮我们调取当年的出入境资料。”凌漠说，“至少会有一些有关董君的身份特征资料。那个时候还没有互联网，更没有电脑和内网，所以需要我们去档案室慢慢查。”

“你一个人做不到，所以来求援，对不对？”萧朗坏笑着说。

“你们去不去？”凌漠淡淡地问道。

“当然！”几乎所有人都回答道。

南安市公安局的档案室位于市局大楼一侧的副楼里，因为楼面朝向的问题，常年晒不着太阳，所以一进楼就能感受到潮湿和阴冷。在这个寒冷的冬季，感觉尤甚。

因为档案室搬迁的问题，南安市公安局档案室对 1990 年以后的卷宗档案都进行了整理，但是，1983 年改革开放初期，所有的档案都还没来得及整理，成捆地堆放在档案室里。因为没有年代的区分，所以从中华人民共和国成立后到 1990 年这几十年之间的卷宗全部都堆放在一起，给查找特定年份、特定警种的卷宗带来了极大的困难。

凌漠之前已经来过档案室一趟，知道仅凭他个人的力量，找到当年的出入境卷宗，是不可能完成的任务，这才来寻求大家的帮助。

为了大家可持续性地工作，前一天晚上，萧望要求大家都睡个好觉。

第二天一早，萧望站在偌大的档案存放间里，看着成捆的卷宗，也有点犯愁。虽然很难，但总比国际刑警过一个月再给他们调查资料要靠谱得多。如果动作快、运气好，估计天黑之前是可以完成的。

萧望将房间里的档案分成三个区域，每两个人一个区域，一人拆包，一人翻阅。毕竟大家要找的仅仅是出入境管理的卷宗，所以一旦翻到其他长期保存的刑事案件卷宗或者行政卷宗，就可以直接忽略不计了。

守夜者组织的年轻人们，并不是天资超人，他们的成功之道，就是想法可以很快落实行动，并且效率极高。正所谓千里之行，始于足下，只要能够坚持，没有搬不走的大山。所以，即便是面对整整一屋子卷宗，大家也并没有畏难情绪。在萧望分组完毕后，大家就开始了工作。

整个房间里，除了用美工刀拆包的刺刺声，就只剩下翻阅卷宗的唰唰声。大家都铆足了劲，想尽快知道真相。虽然这项繁重的工作，仅仅是为查清真相掀开幕布的一角。

本来应该是男生拆包、女生翻阅的，但在凌漠和程子墨这一组刚好反了过来。程子墨说自己从小就不爱读书，阅读速度有限，所以主动申请了拆包这一项力气活。别看她看起来是个柔弱的小女生，但干起力气活一点也没落下。凌漠超快的阅读速度，似乎也有点跟不上她的节奏。

“喂喂喂，你那边已经堆两大摞了，你怎么还坐在那里一动不动的？你是找到了吗？”程子墨满头是汗，腰酸背痛。她看见凌漠似乎坐在一堆卷宗上，半天没动窝，于是直起身子，捶了捶自己的腰，说：“唉，老啦，腰不行了。”

少顷，程子墨见凌漠还像一尊石像一样动也不动，好奇心起，偷偷摸摸地走到了凌漠的背后。

“嘿！”程子墨突然跺脚，叫了一声。

凌漠并没有像程子墨想象的那样，吓了一跳，而是继续翻着手上的卷宗，淡淡地说：“你才几岁吗？还玩这种无聊的游戏。”

“嘁，你老，你成熟，行了吧？看什么呢？找到了吗？”程子墨伸头去看凌漠手上的卷宗。

这是一本陈旧得发黄的卷宗，硬质封面上的标志也和现代的卷宗不同。封面上，用毛笔写着一排标准的楷书“南安市九头命案”。

卷宗里有一些陈旧的笔录纸，还有几张黑白照片。照片非常模糊，甚至乍一看都看不清照片上是些什么图案。

“九头命案？”程子墨好奇道。

“我记得组长曾经提到过。”凌漠指了指卷宗的立卷时间，说，“这个卷宗非常不完整，只有一些笔录纸而已，没什么信息。不过，这是发生在中华人民共和国成立初期的一个著名的大案，我在我们守夜者档……啊，我曾经看到过这个案件的相关卷宗。”

“和我们这案子有关系吗？”程子墨问。

凌漠摇摇头，若有所思，说：“你说得对，现在不是研究老案件的时候，我们继续吧。”

说完，凌漠把这本卷宗找了个显眼的档案架放好，然后坐回原来的位置，继续翻阅起其他卷宗来。

除了简单的快餐午饭，其余的时间，大家都在卖力地干活。虽然是在室内，但工作量着实不小。一直到天快黑的时候，突破口被萧朗找到了。

萧朗和聂之轩分在一组，他身手矫健，每当聂之轩看完半捆卷宗，他就已经拆了三捆。因此，当他把身边的卷宗全部拆开后，发现聂之轩已经被拆开的卷宗差不多埋上了。于是，萧朗也只有停下来，帮聂之轩看。不过，这一看不要紧，还真给他看出了端倪。

可能就是因为运气好吧，萧朗没看几摞呢，就看到一本附有英文的卷宗，他立即就紧张了起来。再一看，是 1979 年的出入境管理卷宗，这年份就很近了。于是，萧朗立即扑到了这一堆卷宗之间，寻找封面颜色相似的卷宗。果不其然，给他三两下就找到了 1983 年的出入境管理卷宗。

没翻出几页，董君两个大字就呈现在了眼前。

2

萧朗坐在会议桌旁，跷着二郎腿得意扬扬。他一边把手中的卷宗材料给大家传阅，一边说：“哥，这回我功劳大不大？要不要请我吃顿烧烤？”

萧望低头看着那一张出入境登记表，说：“是凌漠的主意，让我们翻档案的好不好？”

“那就一人一顿？”萧朗说道。

卷宗传到凌漠的手上，他眼前一亮。

面前的这张登记表上，贴着一张黑白色的一寸照片，照片上是一张天真无邪的小女孩的脸。小女孩扎着一对羊角辫，眼神里充满了迷茫，和她的年龄非常不符。

“董君，女，1976 年 7 月 4 日出生于南安市。”凌漠默念道，“也就是说，所有的事情，都串上了。”

“串上了？什么串上了？”萧朗放下腿，把表格扯回来重新看，“怎么？你认识她？”

“不认识。”凌漠说。

“嘁，不认识你串个啥？”萧朗恢复了他的姿势。

“1976年7月4日，”凌漠拿回表格，盯着照片上的小女孩，说，“是农历六月初八。”

萧朗立即从椅子上弹了起来，说：“真的假的？我得拿手机查查。”

“不用查。”凌漠说，“前两天我在做老师的活动轨迹的时候，顺便翻阅了盗婴案发生之前每一年的农历六月初八的日期，所以我都记得。”

唐铛铛抬头看了看凌漠，并没有多少惊讶的表情，而是又重新低下头去。

萧朗担心地看着唐铛铛，也不知道该怎么解释或者安慰，于是干脆接上凌漠的话头，说：“也就是说，董君是每逢自己的生日，就去偷孩子？这也太变态了吧！”

“而且，据我调查，最早在农历六月初八丢孩子的，是1996年，而那个时候，董君才二十周岁。”萧望皱着眉头说，“一个二十岁的姑娘，居然有这么缜密的思维，有这么强大的能力？不仅抓孩子，而且还有宏伟的目标去组建黑暗守夜者组织继承父亲的遗志？”

大家都不吭声了，在座各位都差不多年龄，可是谁也不敢说自己有本事做这么大的工程。

“时间倒是可以吻合上的。”聂之轩说，“如果我没有记错，董乐是1995年1月被判处死刑、剥夺政治权利终身的。而董老师被害的时间更早一些。那么时隔十几个月的准备时间之后，董君开始自己的复仇计划，也不是不可能。”

“说是这样说。”萧望接着说，“可是，偷孩子本身只是一个行为，而其本质，却没那么简单。她如何选择那些孩子？如何对他们的基因进行改造？二十岁的她，有这么强大的盗窃能力、身体素质和科研能力吗？”

“你是说，她不是一个人在战斗？”萧朗问道。

“显然不是。”萧望斩钉截铁地说，“虽然从林场案的现场重建来看，她确实是黑暗守夜者的首领。但是，咱们不要忘记了，林场案为什么会发生？是因为他们组织的内部，出现了哗变，有人叛变了。为什么会叛变？会不会是有其他人的指示？包括皮革人，包括患有唐氏综合征的‘医生’，会不会都是他们组织内部另一派别的人？”

“这是后话了。”凌漠说，“现在找到董君，才是最重要的。”

“都已经确定是她了，还不好找吗？”萧朗说，“对了，她为什么没有归国记录啊？她是什么时候回国的我们都不知道啊。”

“泰国离我们太近了，如果想回来，偷渡就可以。”聂之轩说，“不过，什么时候回来的，这个还真是不好说。”

“1993 年 7 月。”凌漠淡淡地说道。

“我去，这你都知道？你咋啥都知道？”萧朗好奇地问，“你是怎么知道的？”

“不知道你们还记得不，董乐是怎么被萧局长抓到的？”凌漠抬起眼神，看着大家。

董乐故意杀人案的卷宗，是大家一起看的，大家也都知道整个案件的经过。可是，对于萧闻天追捕董乐的细节，倒是没有过多的注意。只是知道萧闻天从飞机上找到了董乐的 DNA，所以才锁定了是他。

“当时卷宗记载，锁定董乐以后，并不是很快将他抓获的。因为董乐已经藏起来了。不过，根据调查，董乐会给一个账户定期打钱，通过对汇款时间和汇款地点的锁定，才抓住了董乐。”凌漠说，“这个听起来似乎无关紧要，但是当时我看到以后，心里就一直有疑问。董乐为什么要打钱？打钱给谁？于是，前两天我也针对这一条线索，进行了调查。”

“啊，原来他一直在给董君打钱啊！”萧朗恍然大悟。

“是的。”凌漠说，“我找到了办理董乐案的侦查卷宗，那里面对汇款这件事情有更加详细的描述。第一次汇款，是 1993 年 7 月。现在看起来，应该是时年十七周岁的董君，在那个时候偷渡回国了。董乐可能帮助她偷渡并制造了一个新的身份，毕竟那个时候的户籍管理还是有很多漏洞的，而董乐又算是半个内部的人。既然回国了，有新身份了，在她还没有自力更生的能力之前，作为亲哥哥，董乐一直支持妹妹，也是完全可以解释的。否则，董乐没有女友，没有其他亲人，莫名其妙汇钱，这一点解释不过去，而现在一切都捋顺了。”

“那董乐是怎么汇款的？”萧朗说，“汇款总要有个收款人吧？名字叫啥？现在一查不就查出来了？”

“非常可惜，那个时候采用的都是邮局汇款，而汇款存根上，只有汇款人的姓名和地址。”凌漠说，“毕竟是个互联网没有普及的时代，都是靠着那一纸汇款单据。所以，根本不知道对方的名字。”

“那岂不是还是不知道董君的新身份？”萧朗问。

“是。”凌漠简短地回答道，“不过，有一张存根上，写了董君当时的居住地址。我也去看了，那一片现在早就拆迁了，变成市民广场了。”

“哦，在20世纪90年代，那一片应该叫南市区鸿港路，对吧？”聂之轩体现出他年长一些的优势了。

“是的，现在已经不存在了。”凌漠说。

“还是白搭。”萧朗摊了摊手，失望地说道。

“现在还有一个问题，需要搞清楚，说不定会有启发。”凌漠转头看着唐铛铛，说，“铛铛，我们俩还是要回忆一下，老师生前和哪个女性走得比较近。”

唐铛铛抬脸看看凌漠，摇了摇头。

“我知道，表面上看，老师在师母去世之后，就没有感情生活了。”凌漠说，“但那只是表面，我现在高度怀疑，老师和这个董君有很深的接触，甚至是感情接触。”

“不会的，爸爸没有再爱过别人。”唐铛铛坚定地说道。

“表面上没有，但不表示实际上没有。”凌漠盯着唐铛铛的眼睛，鼓励地说道。

“你是说送那个手环是吧？”萧朗说，“那不能说明什么好不好？就是普通朋友，送个礼物也很正常啊。啊，你说的是唐老师时刻戴着它对吧？那也很正常啊，有用的东西，为什么不能随身戴着呢？”

“不，一定是感情接触。”凌漠依旧盯着唐铛铛，说，“虽然我和你一样，印象里一点也没有，但是这不表示这段地下恋情就不存在。”

“你说得也太绝对了，依据不足，依据不足。”萧朗连忙帮着唐铛铛说话。

“铛铛，你还记得老师的手机密码吗？”凌漠说，“当时我们能够打开老师的手机，就是因为你知道他的密码。”

“7674。”唐铛铛立即说了出来。

“1976 年 7 月 4 日。”凌漠说，“董君的生日。”

“这，会不会是巧合？”萧朗傻了眼，说道。

“这就是我为什么说全部都串起来了的原因，现在事情的真相已经浮出了水面，由不得我们不相信。”凌漠转头看了看愣住的萧朗，接着说，“也由不得我们用‘巧合’来解释这一切看似不可思议的事情。”

“那，董老师和董君的父女关系，会不会在董君回国的时候，董老师就告诉唐老师了？”萧望问道。

凌漠摇摇头，说：“这个就不好考证了。毕竟老师在生前，也很少会说到董老师的事情。所以，他们的关系有没有近到那个地步，真不好说。”

萧朗插话道：“而且，而且你们注意到没有，一直给董君汇钱的，是董乐。我在想，以董老师那种老古董的脾气，是不太可能允许自己的儿子违法给女儿办假身份的。所以，连董老师可能都不知道自己的女儿回来了，更不用说唐老师了。”

“是啊，现在没有依据证明董老师知道董君回国了。”凌漠说，“所以，我觉得是董老师和董乐相继出事之后，老师才认识董君的可能性比较大。因为在那种极端的情况下，他们有可能接触到的概率大增。”

萧望沉吟道：“那个时候，唐老师三十岁，铛铛还没有出生。可能那个时候老师和董君仅仅是认识，在杜老师去世之后，董君趁机安抚唐老师，才促成了这一段恋情。唐老师为了铛铛，也为了避免董君的身份暴露，才将这份恋情一直放在地下。哦，杜老师，杜晓茵就是铛铛的母亲。”

“妈妈去世的时候，我不到五岁。爸爸跟董君，真的是那种关系吗？”唐铛铛一脸震惊。

萧朗心痛无比，赶紧挪步到唐铛铛的身后，轻拍她的后背。

“所以，我和铛铛还是得仔细想一想。想一想一些蛛丝马迹，想一想一些不容易注意到的暧昧。”凌漠被唐铛铛一席话说得也有些思绪恍惚，他努力定了定神，说道。

“我觉得……我觉得还是得在我家里找一找线索。”唐铛铛沉默了一会儿后，努力把话说完。

“大家累了一天，现在回去休息。”萧望说，“铛铛，我送你回家，你在家里找一找，看有没有可能找出一点线索。”

“我也去学校宿舍和老师办公室找一找。”凌漠说。

虽然唐铛铛现在已经是一个孤儿了，但是一个女孩子的家，别人还是不好随便去翻找的。于是，萧望、萧朗两兄弟，沉默着坐在唐铛铛家的客厅里，等待着唐铛铛在父亲房间翻箱倒柜找线索。

唐骏是一个儒雅斯文的人，凡事都很讲究，房间里的杂物堆放，都是井井有条的。不好的是，一旦有一些废品，唐骏是不会保留着占用空间的，统统扔掉。这样的话，别说二十多年前的废弃资料了，就是一年前的旧资料，几乎都找不到一点儿。

唐铛铛找来找去，也丝毫找不到能够帮助他们锁定线索的依据。最后，唐铛铛抱出一个纸盒，一个装满了废纸、废文件的纸盒。

“实在没有什么有价值的线索了。”唐铛铛说，“爸爸生前坦荡荡的，也没有什么涉密的工作。所以，一般情况下，他都是装满一废纸盒，就一起去销毁。我看了一下，这里面的文件，最早是去年三四月份的。除此之外，其他都是没有任何价值的东西了。”

萧朗接过纸盒，在里面随便拿出一份文件，看了看，说：“《法学院第一季度工作总结》？《关于法学院开展‘帮扶’工作的情况汇报》？这，这都是些废文件啊，怎么去找关系密切的人？私人物品没有什么吗？”

唐铛铛摇了摇头。

“不知道凌漠那边，有没有什么发现。”萧朗有些失望。

“爸爸在学校的宿舍和办公室都不是单人的。”唐铛铛说，“有什么隐私的物品，不放家里就更不会放学校里了。”

“这是什么？”萧望拿起一块方形纸片，说，“此联客户留存？”

“发票什么的吧。”唐铛铛说。

“哪有发票上面只有这一行字的？”萧朗继续翻了翻纸箱的底部，说，“哟，你看，这种客户留存什么的纸片，还有十几张呢。”

萧朗拿着的白色纸片大约名片大小，上面有一个条形码和一个二维码，再就是“此联客户留存”的字样，没有其他。

“不懂就问网络。”萧朗从口袋里掏出手机，扫描了一下二维码。

手机屏幕上显示出两排大字和一个 logo。上面一排是“南风速运”及公司的 logo，下面一排是“您无权查看具体信息”。

“这是快递单啊！”萧朗说，“说不定快递单里，能发现个什么端倪呢？这种密码你能破译不，大小姐？”

唐铛铛伸头看了一眼，转身走进了房间。

“哎？能是不能啊？”萧朗不明就里。

不一会儿，唐铛铛拿出一台手机，大家都认识，那是唐骏生前遗留下的手机。

“有寄件人手机，要破译干吗？笨。”唐铛铛打开手机，扫描二维码。

果然，手机上出现了寄件的信息。这条寄件信息看起来并没有什么异样，就是给南安理工大学某个教授寄出的文件。

“估计都是一些正常的寄件信息，很难发现问题。”唐铛铛摇了摇头。

萧朗却不愿放弃，他接过手机，开始一张一张扫描了起来。

在扫描到第十张左右的时候，萧朗发现了一些不同，说：“你们看，你们看，这个寄件单上，寄出的不是文件了，是食品。”

“食品？”萧望也觉得有些不可思议，“寄食品给谁？”

“嘿嘿嘿，有问题有问题！”萧朗兴奋地大声叫道，“这个寄件日期是7月4日！是董君的生日！”

“对方叫什么名字？地址电话有吗？”开始有点犯困的萧望此时精神了起来。

“这个绝对有问题，收件人的名字居然是空的！只有手机号码和地址，这个地址看起来也是挺笼统的。”萧朗略微失望，说，“南安市经济开发区北苑路37号？铛铛你认识这是哪里吗？”

唐铛铛略加思索，茫然地摇了摇头。

突然，一阵急促的敲门声响起。萧朗打开门一看，凌漠满头是汗地站在门口。

“发现问题了！”凌漠扬着手中的一张纸条，说，“在老师宿舍里，我找到一张购物小票，是去年7月4日，老师在学校超市买了一大袋麦丽素！铛铛，你是不是从来不吃这个东西？”

“我都不知道这个东西是什么。”唐铛铛说道。

“麦丽素？”萧朗莫名其妙，“什么鬼？”

“你们不知道，我在审讯杜舍的时候，他不经意提起过一句，说董老师买过不少麦丽素给他吃，他还觉得很纳闷，哪有给一个大男人买麦丽素的道理？”凌漠说，“现在看起来，董君很有可能喜欢吃这个东西，董老师也知道她回国了，想买给她吃，但她因为叛逆期，所以拒绝了董老师。于是，董老师就把这些带给了杜舍。那是个物资还不丰富的年代，一袋麦丽素不少钱呢。”

“符合叛逆期的状态——对和母亲离婚的父亲心存不满，但是对哥哥却很好。”萧望说。

“老师买这个东西，肯定不会自己吃，又不是给铛铛买的，那是给谁买的？”凌漠兴奋地说，“而且，是7月4日！”

萧望沉吟道：“那个时候，越狱案、盗婴案都还没发案。”

“那个时候看起来一切都是风平浪静的，老师买了这个，然后送给董君当生日礼物！”凌漠说。

“唐老师一直对农历六月初八不敏感的原因，是他一直在给董君过阳历的生日，对于农历生日，他并没在意。”萧望接着说，“不过，他不是送过去的，而是寄过去的。”

3

“这个快递单更加证实了我们的全部推论。”凌漠很兴奋，说，“没名字不要紧，铛铛，你把这个手机号码输进老师的手机，可能就知道了。”

唐铛铛觉得是个好办法，把电话号码输进了唐骏的手机，手机屏幕上立即跳出了两个大字“崔振”。

“崔振？怎么听起来是男人的名字？”萧朗一脸蒙地说。但唐铛铛和凌漠的眼神此刻已经被这个名字给瞬间点亮了。

“崔振就是崔阿姨！”唐铛铛飞快地说，“凌漠你还记得当时向她咨询过有关预防医学的事情吗？”

凌漠点头，难掩兴奋地说出心中的推论：“没错，崔振就是董君！”

“这就确定了？根据一个电话号码？”萧朗还有一丝顾虑。

凌漠没说话，把“南安市经济开发区北苑路 37 号”输入了手机，显示出一个公司的名称“南安市鸿港生物制剂有限公司”。然后，凌漠又把公司的名称输入了手机，显示出一条信息，称该公司成立于 1987 年，原地址为南市区鸿港路。

“还记得董乐的汇款地址吗？”凌漠说，“就是这里！而且，我一直对黑暗守夜者筛选婴儿的手法表示不解，对前不久爆发出的疫苗事件也很关注！现在看，董君就是利用崔振这个身份在生物制剂公司潜伏，然后在疫苗里投放某种物质，作为诱导婴儿出现演化能力的诱导剂，然后再根据观察情况，筛选需要偷盗的婴儿！偷回去再进行基因改造。”

“疫苗？”萧望问道。

“对！前不久出现了两起舆论热点，都是有关有孩子注射疫苗后出现不同状况的。”凌漠说，“而且，我们在办银针女婴案件的时候，凶手也是因为小时候注射疫苗之后出现暂时性瘫痪，然后突然就具备很强的跳跃能力。这不都能说明问题了吗？”

“所有的线索，全部接上了。”萧朗挺了挺胸，说，“我去找老爸，马上派人包围这家公司吧！”

“别急，这家生物制剂有限公司好像在疫苗事件发生后，接受了有关部门的抽样调查。”萧望查了查手机，说，“当时并没有查出什么问题。”

“我觉得，查不出是正常的。”凌漠说，“其一，崔振投放诱导剂，仅仅是在有限的批次里投放的，不可能全部都投。其二，我估计，这种诱导剂，本身并没有多大的害处，只是可以诱导基因发生演化的蛋白质。而抽样调查，主要是查有毒有害成分，作为本身就是蛋白质的疫苗和有特殊蛋白质的诱导剂，很难区分。”

“那么，问题来了，我们凭什么去包围搜查人家合法经营的公司？”萧望问。

“我们的头号犯罪嫌疑人在他们公司啊！”萧朗扬了扬手中的警务通，说，“崔振的户籍资料登记也是公司的地址。”

“长得挺年轻啊。”凌漠凑过头，看了一眼崔振的户籍照片。照片上，一张清秀的瓜子脸，短发，看起来也就三十岁出头。他发现唐铛铛也同样注视着这张照片，崔振对她来说并不是一个陌生人，但她却从未察觉到父亲和崔阿姨竟然会有如此深的羁绊……这么多年来，父亲瞒着自己都做了什么？

感受到了凌漠的注视，唐铛铛抬起头来，仿佛没事人一样，继续投入萧家兄弟的讨论当中。

“可是，你想想。山魈被捕都十多天了。这十多天里，崔振亲自组织了劫囚的活动，然后就是逃离，再是受重伤。那么，她肯定已经不在公司上班了。”萧望说，“既然不在公司里上班，你凭什么因为一个无关的人去搜查一家公司？”

“我们要想办法查。”凌漠说，“虽然她不在公司，但从林场案的情况看起来，她极有可能回到了南安，并且现在在养伤。我们目前能找到她的唯一途径，就是这家公司。在公司里调查，寻找到崔振在南安的住处，说不准就有所发现了。”

“可是，凡事都要依法。”萧望说，“我们必须在法律的框架内行事。”

“是，我知道，程序合法比什么都重要。”凌漠点头认可。

“提取证据的话，程序必须合法。但是，我们只是找一些蛛丝马迹，寻找线索，就没那么多框框架架了吧。”萧朗坏笑着说。

萧望看了看弟弟，笑了笑，说：“明天我们休整一天，你们要去做什么，我就不管了。”

萧朗和凌漠对视一笑。

第二天一早，萧朗开着万斤顶带着凌漠向南安市鸿港生物制剂有限公司开去。路上，凌漠问道：“你有什么计划，总要先说说吧。”

萧朗惊讶地看了一眼凌漠，说：“喂，你是读心者，这些事儿不应该是你来考虑的吗？”

“你没想好办法？”凌漠说，“没想好办法你昨天朝我笑什么？”

“我啥时候朝你笑了？”萧朗说。

“真是服了你了，没个计划就直接闯门啊？”凌漠说，“这个公司上次被清查过以后，对行政部门肯定非常抵触。作为生物制剂企业，既然没被查出问题，肯定更加理直气壮。咱们要是亮明身份，他们不会给我们任何指引和帮助。装成记者采访也不行，毕竟上次的舆论导向让这家公司亏损不少，他们对记者也是很抵触的。”

“行了行了，逗你呢，昨晚我就把道具给准备了。”萧朗指了指后排。

后排放着一卷白色的布，看不清上面画着什么。

不一会儿，万斤顶开到了生物制剂公司的大门口，萧朗把车藏在了一个隐蔽的角落，然后拿着白布和凌漠一起走到了门口。

此时，正是上班的时间，工厂门口总有三三两两的职工上班经过。白布的两边各有一根竹竿，萧朗递给凌漠一根，然后自己用力拉另一根竹竿。一条白色的条幅就被两人拉开了。

“黑心企业剥削员工，还我血汗钱！”

凌漠看了看条幅，一脸黑线，吐槽道：“我以为你出了个什么点子呢，搞半天拉我来当医闹！”

“面部表情悲伤点。”萧朗小声提醒，“我跟你说，这种法子最好使了，他们公司经历过一轮舆论风波了，对这种事情肯定重视得很。不信你看，一会儿董事长就来了。”

果然，话音刚落，就有一个五十多岁、戴着眼镜、西装革履、文质彬彬的男人走出了厂门。

“你们这两个年轻人是谁啊？”男人虽然强做绅士状，但是眉间掩饰不住厌恶之情，“我都不认识你们，你们又没在我们公司做过，我怎么就剥削你们了？”

“你是不认识我，但你认识崔振吧。”凌漠声音中充满了悲痛，“她是你们几十年的老员工了。”

凌漠从一脸黑线，到进入角色，只需要一秒钟的时间。这样的表演，让萧朗差点笑喷了出来。

“崔振？你们是崔总什么人？”男人并没有注意到萧朗强忍笑意的尴尬表情，而是警惕地说道。

“我妈。”凌漠说。

萧朗噗的一声喷了出来，然后连忙用咳嗽、呕吐状来掩饰。

“你看，我表弟都染上病了，这都吐了。”凌漠一脸悲伤地说道。

“你妈？”男人一脸狐疑地说，“不可能吧。崔总在我这里工作了二十多年，我怎么不知道她结婚了？我怎么不知道她还有个儿子？”

“你当然不知道。”凌漠说，“我没有爸爸，而且我妈来上班的时候还小，当时我刚出生。你说，这样的事情，怎么和你们说？唉，可怜我妈辛劳一辈子，都是为了我啊。”

“哦，是这样。”男人很是震惊，只是感叹了一句，思绪却半天都没有恢复过来。

突然冷场了，让凌漠略微有一些不知所措。毕竟大家还不知道崔振是以什么借口离开了公司，所以不好贸然去套话。

许久，男人回过神来，说：“你妈得了什么病？”

“职业病。”萧朗插话道。

“什么职业病？职业病这是要鉴定的。”男人说。

“你看你看，我说吧，无商不奸啊。”凌漠提高了音量，“大家都来看看啊，这黑心企业家啊！为他打工二十多年的老员工生病了都不想管啊。”

“有话好好说，别激动。”男人安抚着凌漠。

“你就说吧，你是不是不想认账？”萧朗说，“我姨妈病了这么久，你连看都不看一眼。我看你就是想甩手不管！”

“孩子，我是真不知道咋回事啊！”男人连忙解释道，“崔总是我们的部门主管，我作为领导，绝对不会不管的。你们别激动，进去喝杯茶，好好说。”

“不喝茶，就在这里说。”凌漠很蛮横。

“你妈生病我是真不知道，她只是来找我请了一个月的长假，当时看起来也不像是病着啊。”男人解释道，“你妈为人你应该知道，她不爱和别人过多接触，自己的私生活也不和别人说，所以我们真是不知道啊。”

“好，我相信你。”凌漠想了想，说，“那你总要去家里探望一下她吧？”

男人面露难色，少顷，像是做了决定，说：“好，可以，你们稍等，我上去穿件衣服，和你们一起去看看。”

“别和我们一起，你们去看病人，空手去吗？”凌漠说，“你们去买东西，我们在家里等你。省得你们说我们绑架你们的意愿。”

说完，凌漠一挥手，和萧朗一起把条幅收了起来。

“哎，你们家住哪儿啊？”男人追问道。

“啥？为你打工二十多年了，你都不知道人家住哪儿？”凌漠回头挑衅，又作势要重新打开条幅，道，“就你这样还说自己不黑心？”

“别别别，我去问，我去问，肯定知道！”男人赶紧伸手来拦。

“快点啊。”凌漠威胁说，“今天要是不到，明天我就没这么文明了。”

“这样好吗？”看着男人一边擦汗，一边回到公司里，萧朗和凌漠回到了万斤顶，萧朗笑着问凌漠，“你真是天生的好演员，佩服佩服。”

“小时候就这么装过来的，为了生存，你也可以。”凌漠不以为然，透过窗户，盯着厂门，“看紧了，一会儿要跟上。”

“你小时候怎么了？说说看？”萧朗好奇心顿起。

凌漠没答话，只是专心地盯着前方。

不一会儿，一辆奔驰轿车缓缓地驶出了厂门。凌漠拿起怀中的望远镜，对着奔驰车看了眼，说：“是了，就是刚才那人，开车跟着他。车里还有一男一女，估计是知道崔振住处的人。”

萧朗二话不说，发动汽车紧紧跟着奔驰。

凌漠一边时不时用望远镜观察前方车内的情况，一边打电话通知萧闻天，让萧局长立即派出特警在前方路口准备跟随。

奔驰七绕八拐地到了市郊的一处平房区，停在了这片区域的路边。车上的男人和女人下车，互相比画着。

“看起来，他们也不清楚崔振的具体住址，只是知道一个大概。”凌漠说。

“我们幸亏用了这种激将法，不然亮明身份，他们更不会和我们透露出一丝一毫了。”萧朗拿出手枪检查了一下，插在了腰间的枪套里。

“走，他们去摸门了。”凌漠说完，开门下车。

前面，两男一女拎着一大袋东西，在平房间的小巷里穿行，不时地看看门牌，像是在寻找着目的地。萧朗和凌漠带着一队特警，远远地跟在后面，依靠平房间的空隙，隐藏着。

在复杂的巷子里绕了两圈，三个带路人终于在一座二层平房的院门前面停了下来，反复核对着位置和门牌后，领头的男人准备伸手敲门。

萧朗一挥手，几个彪形大汉一拥而上，把生物制剂公司的老板吓得直接坐在了地上。

“你，你，你。”他看着萧朗，不知道说什么好。

萧朗微笑了一下，亮了亮自己的徽章，低声快速说：“接下来，你们准备配合警方调查吧。谁认识崔振家的？”

一名白领模样的女孩怯怯地举了举手。

“你确定是这里吗？”萧朗问道。

“查一下这个地址。”凌漠对身后的特警说道。

“是个无证自建房，归属权查不到。”特警用警务通查完，说道。

“我不是很确定。”女白领小声说，“我当崔总助理好几年了，她从来没说过她家里的情况，我们也都不知道她住在哪里。但昨天她突然打电话给我，让我把她放在公司的笔记本电脑送到这个巷口，说是她要用。这也是我第一次知道她住在这么破的巷子里。”

“昨天？你昨天见她了？”萧朗问。

“没有，是一个二十来岁的男孩出来拿的，说是崔总的表弟，我看到他就是从这个院门走出来的。”女白领说。

“原来你们利用我们找崔振的住处。”董事长反应过来，说道。

“啊？好巧啊，今天我上班路上，还有个人在问我崔总的住处，说是她远房侄子，要找她拿公司内部的药。”女白领说。

“什么人问你的？”凌漠顿时警觉。

“一个看起来像是智障一样的人。”女白领说道，“我刚才还在纳闷呢，本来从不暴露家事的崔总，最近怎么突然冒出来这么多亲戚。”

“是‘医生’！”萧朗和凌漠对视了一眼，异口同声地说。

“你说了？”凌漠问道。

“我就说在这个巷口，没说这一户，因为没有门牌嘛，我也不好表述。”女白领说道。

“糟糕！”萧朗说，“大家立即把四周的路口都封锁起来，重点查找唐氏综合征面容的人。跟两个人和我一起上。”

说完，他一脚踹开了院门，带着凌漠和两名特警持枪冲进了小楼。

小楼里看起来很整洁，不像是久无人居的模样，里面的摆设也是很正常的家居摆设，看不出什么疑点。萧朗和凌漠花了一分钟的时间把楼上楼下都搜了一遍，确定屋内无人。

“是不是他们找错了？”萧朗收起手枪，有些失望。

凌漠想了想，说：“不，这一户绝对有问题。”

凌漠拽着萧朗来到了位于一楼的厨房里，说：“我们看了楼上楼下，只有两个房间，一张大床、一张小床。但是你看厨房的碗橱里，这么大的锅，还有十几个碗都是湿的。这说明，这里有不少人吃饭，而且是长期吃饭，不然没必要用大锅。”

萧朗点点头，看了看厨房的环境，像是想起了什么，突然跑上楼，又看了看相对应的房间，大声喊道：“不对！这房子结构不对！二楼的面积大于一楼，说明一楼厨房旁边有暗室。”

凌漠一回忆，确实是萧朗说的这样，于是开始在厨房的瓷砖上敲敲打打。

“这里，这里，看起来是个瓷砖缝，其实是门缝。”萧朗很快发现了墙壁敲击声音的不同，找到了机关所在。可是并不知道怎么打开这个门。

“应该就在附近有机关。”凌漠挨个打开橱柜寻找。

“你真磨叽，费那么多劲。”萧朗还没等话说完，抬腿就朝瓷砖踹了过去。随着噼里啪啦一阵乱响，碎裂的瓷砖和木屑迸溅得满地都是。

不过，一道破碎的入口呈现在了眼前。

凌漠无奈地摇摇头，从腰间拔出了手枪。

凌漠一直心存怀疑，因为这一间暗室的面积，从上下房屋结构来看，也不过就两平方米，这么小的一处暗室，看起来并没有太大的作用。不过，在萧朗打开墙壁之后，凌漠知道怎么回事了。这里并不是一处暗室，而是一处通往地下室的入口。

4

这是一个人工开凿的地下空间，看历史，已经有些年头了。从入口进去，直接面对的就是向下的台阶，台阶的尽头是一个走廊，靠顶部的LED灯照亮。走廊的右侧，有三扇房门，分别对应了三间暗室。第一扇房门的门口，是一面发霉的墙壁，墙壁上，悬挂着三个黑色的大字，“守夜者”。

萧朗一马当先，持枪在走廊里穿行，率先踹开了第一扇房门，可是迎面看到的是一间像是办公室的房间，里面空无一人。

萧朗一个箭步蹿出房门，踹开了第二扇房门。

第二间暗室里，摆放着几张床铺。房间里没有人，也没有什么异样。但是一进门，立即可以闻见浓烈的胶皮烧焦的味道。

与此同时，凌漠持枪冲入了第三个房间。里面依旧是几张床铺和一些生活用品，并没有任何人的踪迹。

“难道这帮人意识到我们来了，提前跑了？可是这里看起来不像有什么其他通道啊。”凌漠沉思着，又转念一想，“不对，崔振这种突然暴露自己住处的行为，为什么这么奇怪呢？”

“什么声音？”只听隔壁的萧朗一声大喝。

凌漠连忙赶了过来，看到萧朗正在拼命地挪开其中一张床铺。

原来，床铺的下方，又是一个地面的开口。不过，这显然不是又一条秘密通道，而是这个地下室的一个换气管道。因为这个开口，只有一台笔记本电脑的大小，无法供一个成人穿越。显然，这一处人工开凿的地窖之中，有一些预设的换气口，保障地窖内二氧化碳的排出以及氧气的供给。

不过，萧朗以敏锐的听觉确认这个换气管内有莫名的摩擦声。

“里面有人？”一刹那，萧朗想到了那个封闭现场的防盗窗。是啊，有那么一个“医生”，是会缩骨的！

萧朗匍匐着钻到了床下，用强光手电对准换气管照射了一下，果然，他看见了一团黑影，像是一只大蜘蛛，正在顺着管子向前爬去。萧朗一时着急，也想钻进去。可是，这一个连三岁小孩钻进去都困难的管道，他这个彪形大汉是不可能进入的。

“站住！再动我就开枪了！”萧朗大声朝管道里喊着。

可是，管道里的黑影似乎并没有理睬萧朗的意思，而是一味向前爬去。再往前五米，管道就是一个九十度的转角朝上方走向了。一旦过了这个转角，萧朗连看也看不到他了。

此时不动手，何时动手？虽然中国警察慎用枪支，但在这种时候已经考虑不到那么多了。萧朗抬手对准黑影就连开了两枪。

砰砰！

啪啪！

随着两声枪响之后，发出了两声清脆的金属碰撞声。显然，这个从换气管道里逃跑的“大蜘蛛”早就有了防备，用金属物体挡住了自己的后面。

“我去！还带着平底锅？你以为这是在打游戏吗？”萧朗正准备举枪再射，突然感觉到一个小小的黑影直接奔着他的瞳孔就来了。萧朗反应极快，一个遮挡，就用手掌挡住了自己的眼睛。但很快他发现，自己的手掌中间，插着一根小小的飞镖。显然，是那只“大蜘蛛”的反击。

“雕虫小技。”萧朗迅速拔掉了飞镖，准备重新持枪，但是瞬间觉得自己的胳膊无力抬起来，意识也开始逐渐模糊。他心里知道，不好了，这是中毒了，这玩意儿怎么和武侠小说里一样？于是，他拼尽自己的力气，转头对着凌漠喊道：“快，查管道……查管道出口……”

话音未落，萧朗两眼一黑，扑通一声栽倒在地上。

萧朗再次醒来，发现自己的周围一片洁白，显然是在医院的病床之上。床边坐着满脸泪痕的母亲，担忧地看着他。当看到他睁开了双眼，母亲顿时转忧为喜，转身出门去找医生。而萧朗第一反应是按亮了身边的手机，手机显示现在是早晨七点整。

看起来，他已经躺在这里快二十个小时了，也不知道他们抓住“大蜘蛛”没有。萧朗试了试自己的胳膊和腿，虽然还有一些乏力，但是似乎并无大碍了。于是他一个鲤鱼打挺从床上蹦起来，径直向病房出口奔了出去。

“萧朗！萧朗你给我回来！”傅如熙的声音紧接着从身后响起。

“妈，我没事，我好得很，你车钥匙我拿了。”萧朗扬了扬手中的车钥匙，头也不回地从医院的绿色通道疾驰而去。

回到了组织里，萧朗发现大家刚聚在一起准备开会。

“你怎么来了？”萧望最先看到萧朗，连忙走到弟弟的身边检查他受伤的针眼。

“没事，没事。”萧朗挣脱了哥哥的手，不以为意道。

“你就是喜欢逞强，那么危险，你也不怕。”唐铛铛也走到萧朗的身边，端详着他的脸色。

“哎呀，大小姐，我多厉害啊！能杀我的人，还没出生呢！”萧朗心里很温暖，使劲拍了拍胸膛，倒是把自己拍得连咳几声。

“对了，怎么样了？”萧朗有点尴尬，对凌漠问道。

凌漠耸耸肩，说：“情况很复杂，你问什么怎么样了？”

“那只大蜘蛛逮到没？”萧朗问。

“蜘蛛？”凌漠想了想，知道萧朗指的就是从换气管逃跑的“医生”，于是说，“没办法，没有房屋的结构图，所以当我们找到换气管道的出口时，那家伙早已无影无踪了。”

“唉，亏大了。我要是多打几枪估计能给他打下来。”萧朗失望之余，一屁股坐在了椅子上。

“你可别这样说。我们都担心得要死。”聂之轩说，“医生说如果你今天醒不过来就有危险了。”

“我怎么会醒不过来呢？”萧朗不以为然，“中个小毒而已。”

“小毒？”聂之轩苦笑道，“那可是医院弃用的肌肉松弛剂，作为手术麻醉剂是很好，但是剂量很不好控制。略微多一点，就会死人。他用的毒镖是利用镖尾的惯性把镖体里的肌肉松弛剂通过镖头的小眼压进组织里，药物量更大！你是手掌中招，因为手掌软组织致密，所以压进来的药物不多，再加上你拔出得快，这才没让镖里的大部分药物进入体内。即便是这样，你也昏迷了一天一夜啊！多危险！”

“那董君跑哪儿去啦？”萧朗的关注点总是和别人不太一样。

“无从查起。”程子墨说，“附近能有的监控，都是坏的，估计是被人为破坏的。”

“现在开会吧，把大家昨天的工作情况碰一下，不要这样零散地说。”萧望打开桌上的投影仪，对着大家说道，“凌漠你先来。”

凌漠点点头，说：“送走萧朗之后，我们对现场进行了全面的清查，没有再发现其他人了。现场地下室的四个换气管道也都清查了，只有中心现场的那个管壁有刮痕，有过人的痕迹。”

“白折腾，一个也没抓住。”萧朗摊了摊手。

凌漠叹了口气说：“根据我们对现场陈设的判断，这个屋子最近住过一些人。如果地下室加上地面上房间所有的床铺都算上，是可以住十人。不过，无法判断究竟有多少人住在这里。对于这一点，我们提取了现场很多可以留下 DNA 的物证，正在进行检验。因为工程量巨大，需要一段时间。”

“我妈在医院呢。”萧朗说。

萧望点点头，说：“你当时半死不活的，妈妈很担心，工作都交给下属去做了。爸爸也算是找个借口，让妈妈休息。她最近太累了。”

萧朗不服气地说：“怎么会半死不活？我也会半死不活？”

凌漠没理萧朗，接着说道：“不过，我分析，这拨人也是临时住在这里的。现场没有发现其他被盗婴儿的痕迹，没有抚养婴儿的必备设施，没有训练场地。从现场陈设来看，也没有大量人长居的迹象。我判断，这只是黑暗守夜者的一个临时窝点。但并不是藏匿被盗婴儿进行基因改造的大本营，大本营应该另有其地。”

“那为什么这帮人不去大本营，而是来这个窝点？我们也没有掌握大本营的线索啊。”萧朗说。

“这确实是个问题。”凌漠说，“在大本营还没有暴露的情况下，来这里藏匿，最大的可能，就是他们来这里是为了某项任务。或者，大本营里的人和他们不是一个阵营，所以不能回去。”

“对啊，作为黑暗守夜者成员的‘医生’是通过询问崔振的助理得知这个临时窝点的，说明他以前也不知道这个地方。‘医生’此时出现在现场，显然是来杀崔振的。”萧朗说。

“既然崔振不在，‘医生’就做了其他的事情。”聂之轩说。

“对了，现场勘查怎么样？”凌漠问道。

“现场勘查，有几个方面的发现。”聂之轩说，“一、现场有被毁坏的台式电脑和笔记本电脑，是刚刚毁坏的，应该是‘医生’所为。关于电脑里有什么数据，能不能恢复，还要看铛铛的。二、现场发现了沾血的医用纱布，经过检验分析，这是崔振换药使用的纱布。从出血量来看，这个崔振估计是死不了了。那么严重的损伤，还没有经过正规治疗，都能治好，有些不可思议。”

“有自愈能力……这难道是她的演化能力？”凌漠猜测道。

“既然她是首领，那就有可能是最早出现演化能力的人，从而将自己的‘成功经验’复制到其他被盗婴儿的身上。”萧望肯定地说道。

“第三，”聂之轩说，“我们在现场找到了一些杂物，比如麦丽素的包装袋，比如需要长期服药，缓解骨赘[1]痛苦的药物的包装盒。”

“麦丽素？”萧朗说，“妥了，证据都连上了，她有吃零食麦丽素的习惯。”

“那药物怎么说？”凌漠问道。

“我有一个推断，不知道准确不准确。”聂之轩说，“黑守成员除了演化能力外，似乎都有一些严重的疾病。假如崔振的疾病就是骨赘特别多，可想而知，她的生活是很痛苦的，剧烈的全身疼痛会让她生不如死。”

“这可能是演化者的副作用吧。”凌漠说。

“对，不过重点不是这个。”聂之轩说，“我在猜想，‘医生’对朱翠的尸体进行碎尸，除了方便抛弃之外，会不会还有‘验证’的目的？”

“你的意思是说，‘医生’知道她的副作用，因为那具尸体面部、指纹都被毁了，即便是心血 DNA 确认了，‘医生’还不放心，用肢解后看骨

1 骨赘，即骨刺，又称骨质增生，是软骨被破坏后，软骨膜过度增生而产生的新骨，经骨化后形成骨赘，这是骨性关节炎病理过程中的一种代偿反应。

关节骨赘的形态来判断死者是不是崔振？”凌漠有些惊讶。

“非常有道理。”萧望说，“不然‘医生’为什么会在碎尸以后还要继续寻找崔振的下落？而且‘医生’并不想和警方硬扛，所以他判断死者不是崔振以后，还是耐心处理隐藏了尸体。”

“他们果真有两个派系啊，这就比较麻烦了，崔振这边还有好多人抓不住呢，那边又来了。”萧朗有些心急。

“子墨、铛铛，你们那边情况如何？”萧望转头问道。

“我这边是去市局研究手环。”程子墨说，“现场的柜子里，放着一个精致的小盒子，里面装着一个破碎的手环。经过检验，已经完全被摧毁了。不过，它的摧毁不是自爆，而是机械摧毁。所以，没有猜错的话，这个就是唐老师的手环。”

“留作纪念？”萧朗沉吟道，“说明我们对唐老师和崔振之间的关系判断，有可能是正确的。不过，既然留作纪念，她为什么不带走它？”

“我觉得有两种可能。”萧望说，“一种是崔振下一步可能要鱼死网破了，带着它也没用。第二种可能，她故意把这个留给我们，是因为既然她的身份暴露了，她就没有藏着手环的必要，不如让我们来证实唐老师的清白。”

说完，萧望关心地看了一眼唐铛铛，铛铛低垂着眼帘，没有反应。

“也有可能是两种因素皆有。”凌漠淡淡地说道。

程子墨点头说：“经过检验，有一点可以肯定，这个手环所有的内控部件，都是被动的。也就是说，不能主动操控，而是受到远程操纵的。”

“不能主动联络别人，而只能受制于人，这充分说明了老师是被利用的，老师对此是不知情的！”凌漠提高了音量，说明他的内心充满了激动之情。

“看来你的观点是正确的。”萧朗说，“这个证据很有力。”

“所以，爸爸不是卧底，至少，他不是有意背叛组织的……”唐铛铛终于说话了，她抑制着哭泣的心情，长久以来的压力终于可以稍微放下一些了。

萧朗拍拍唐铛铛的背，试图安慰。

唐铛铛意识到自己还有任务，于是推开萧朗，坚定地站起来继续说道："我这边主要是对现场的电脑进行复原。可是，现场的电脑主机箱内以及笔记本上应该是被安装了一个小型爆炸装置，所以，两个电脑主机都被炸毁了，还有很严重的焚毁迹象。我尝试了一下，很难，我还需要一些时间去恢复电脑硬盘的数据。"

"我们到了现场，还能闻见烧焦的胶皮味道，说明这个电脑是'医生'在离开的时候炸毁的。"萧朗说，"这更加说明，'医生'所代表的一派，是一直想掩盖罪行的，而不是挑衅警方。这和聂哥推断的碎尸动机，异曲同工。"

"这个崔振，真是煞费苦心啊。"萧望此时突然说道，"她知道我们即将明确她的身份，同时也知道自己的李代桃僵的计划被'医生'识破。所以，她故意暴露了自己的住处。这种暴露，真是一石多鸟啊。让我们和'医生'打遭遇战，她可以借我们的手除掉她的潜在威胁。同时，可以成功转移警方的视线，牵制警方的精力，给他们腾出时间。如果我们赢了，还能获取她的电脑资料。说不定，她这就是想通过电脑暴露另一派别的信息，让我们花更多的精力去清除她的敌对派。她则可以坐享渔翁之利。"

"他们，应该是在争取时间，为自己减轻来自警方的压力，策划另一场行动。"萧朗神神秘秘地说。

第八章

骨与尘的倒计时

时间的维度被打破了，
我们只能在时间的碎片中爱和思考，
每一个时间的碎片沿着自己的轨迹运行，在瞬间消失。
——伊塔洛·卡尔维诺

1

“这个光头画得真像，要是两边的三角肌再发达一点就更像了，不过不影响判断啦。”萧朗惊讶地说道，“这个光头画得像可以理解，那是我记得清。可是，其他这么多人，你是怎么画出来的？”

会议室的桌子上，放着数十张画纸，每张纸上，都有一幅素描，是一张张人脸。萧朗的手上，拿着一个光头的人脸肖像，是大力士的模拟画像。

“我们目前掌握的，黑暗守夜者至少还有声优、大力士、放电人和人形干扰器等成员。但显然，这些人，不是黑暗守夜者仅有的成员。”萧望根据特征，一一给之前交手的黑守成员标记了代号，接着说道，“如果说2000年之前出生的被盗婴儿都已经参与行动的话，那么剩余的也就是有十来个人，要是加上我们没掌握的被盗婴儿，那就更多了。从黑暗守夜者的窝点来看，有十个人左右。而这么多人，我们只掌握了大力士的样貌。”

“对啊，阿布昨天就是根据我的描述画出来的，我觉得，很像。”萧朗说。

“那其他人的画像怎么来的？”凌漠问道。

“这个，我也只是尝试，反正我们手上什么都没有，也不担心画得不像而误导侦查。所以就死马当活马医了一下。”阿布说。

“那总不能乱画啊。”萧朗一张一张地翻阅着素描。

“是这样的，傅姐不是建了一个疑似涉案被盗婴儿的DNA数据小库吗？我就想了，如果有画像，是不是有更大的作用？”阿布说，“所以我就找了所有这些丢失孩子当时登记失踪时的照片，有的是艺术照，有的是家庭照。毕竟 90 年代都流行去照相馆拍照了嘛，所以大部分是有照片的。然后我就比对了一下，从抓获的山魈以及死了的幽灵骑士、豁耳朵、皮革人来看，他们小时候的照片虽然不清晰，但是还是能看出长大后的影子的。所以，我觉得虽然婴儿到成人会有很大的面貌变化，但是万变不离其宗。于是，我就根据其他被盗婴儿的样子，画了他们长大以后的画像。”

“这也行？”萧朗半信半疑。

“除了大力士是你见过的，你描述的以外，其他的都是我根据他们小时候的照片画出来的。虽然不知道他们分别有什么演化能力，但是好歹也算是有个参考。”阿布说，“反正画像不是照片，是要结合绘画者画出的这个人的突出特征，加上识别者自己的脑内想象，才能做比对认定，所以，我觉得有这个总比什么也没有的强。”

“那这些都张贴出去了吗？”萧朗问道。

“还没有。这是我们手上的一张牌，这么早就打出去，怕给对方更多的心理戒备。”萧望说，“目前只张贴了大力士的画像，正在悬赏。”

“这些人行动诡秘，被别人发现还是挺难的。所以，我们还是得想别的办法。这些人下一步会去做什么？”凌漠说。

“他们的行为目的，都是围绕找杜舍报仇来的，是不是还是要从杜舍身上下手？”聂之轩说。

萧望摇摇头，说：“如果继续围绕杜舍的话，那么他们回南安来做什么？显然，报复杜舍就要从金宁监狱想办法，但是他们却回来了。”

“会不会又来找裘俊杰啊？”萧朗咬着笔帽问道。

“不太可能。”萧望沉思道，“一来裘俊杰还在南安的可能性不大，二来他们已经打草惊蛇，应该知道金宁监狱会针对设计漏洞进行改造，即便是他们再得到图纸，也用处不大了。”

“那他们所作所为，又是为何？”聂之轩百思不得其解。

“他们对于杜舍案件的了解，应该都源于唐老师的那本卷宗的电子版。”萧朗说，“那份卷宗里，还有他们没去报复的人吗？”

“这两天我一直在回忆这件事情。”凌漠说，“可是想来想去，卷宗里提及的人，不应该有他们继续报复的目标了。”

“这就奇了怪了，那他们回来，不是要和我们正面刚[1]吧？”萧朗问道。

“这个可能性倒是不能排除。”萧望说，“之前他们有藏匿自己行踪的动作，但是从林场案来看，他们已经不去藏匿行踪了。后来那个朱翠，他们也没有把尸体藏匿的意思，而是想误导我们，只不过被第三股力量干预了罢了。”

“好啊，来刚啊！谁怕谁！”萧朗咬着牙说道。

“如果真的是要来正面交锋，倒不失为一件好事，至少不会再有无辜群众受伤害了。”萧望若有所思。

正在此时，程子墨推门进来了。在此之前，程子墨作为守夜者组织的捕风者，被萧望派出去执行调查任务。而调查的目的，就是在人口众多的南安市，找出见过大力士的群众，从而获取黑暗守夜者的行踪，抓住他们的尾巴。

只是大家都没有想到，一张铅笔素描居然能这么快就得到了反馈。

程子墨说：“发布出去的悬赏通告有消息了，有人见过大力士！”

“谁？在哪儿？”萧朗从座位上跳了起来。

程子墨没有回答，风风火火地走到电脑前面，打开电脑和投影仪，在幕布上投出了南安地图，然后又迅速地将其中的一块区域放大。

“这是我们南安北郊和安桥县接壤的区域，是南安河边，在这一片居住的村民常年在水上生活。”程子墨说，“报警的人叫何大龙，平时帮助人走水路拉货，接一点散活儿为生。据他说，昨天晚上，他的船，被大力士租走了。”

“租？”萧朗问。

1　刚，东北方言，这里的意思是对抗。

"是的。"程子墨说，"说是画像中的这个人，昨天傍晚的时候，给了他两万块钱，把船租走了。说两万块是押金，过几天还船的时候退回来，租金是一天两千元。这可是相当高的价格了，而且，何大龙的小船价值也不超过两万，所以他很爽快就答应了。"

"确定是大力士吗？"萧望问道。

"是的，他很确定。"程子墨说。

萧望走到幕布前方，背着手看着眼前的巨幅地图，皱着眉头思考着。

"租船做什么？"萧朗问道，"这南安河面上有好几座桥，没必要坐船渡河啊。难道是，拉货？那也没必要啊，他们不是会偷车吗？偷一辆卡车比那小船能装多了，而且跑得也快。"

"船现在在哪里？能找到吗？"萧望问道。

"何大龙的船就是最简单的机动铁皮船，没有 GPS 定位。"程子墨说，"我已经通知了南安市局，他们会派出水上分局的侦察艇和无人机沿着南安河寻找。不过，不好找哦。毕竟河两边都是两人高的芦苇荡，这个季节，芦苇虽然枯了但是还是能起到遮掩的作用。而且，这几天河面上雾也很大。"

"为什么会是船，这个肯定是有原因的。"凌漠沉吟着看地图，指着一片区域说，"子墨，你看看这一块地图空白区，是不是应该是一个高地？"

"是的，地图显示，这里应该是沿河的一座小山，看起来有二十米高。沿河的那一面，是陡崖。"程子墨调整了一下 3D 地图的视角，说道。

"为什么是空白的？没有地址单位的标注？"凌漠问道。

程子墨摇了摇头。

唐铛铛插话道："我查了，这个地方，应该是安桥县矿业集团的属地。"

"安桥矿业？那不就是高速上闹鬼的那个案子中的当事人的产业？"萧朗问道。

"是。"唐铛铛一边熟练地在键盘上敲击，一边说，"当时涉事的几个煤老板虽然保了命，但是因为其企业违规，都被追究了刑事责任。所以，这块地方被收归国有了，现在的安桥矿业是国有企业。"

“矿业，地图上不标注。”凌漠沉吟了一会儿，惊讶地说，“可能这里是炸药库！”

作为一个矿产集团，势必是要使用大量炸药的。而炸药是国家严格管控的，所以国有企业的炸药库一般都是看守非常严密的。地图上的这座小山，依河而立、地处偏僻、地势险要，是设立炸药库的绝佳场所。因为不用担心小山背后，所以只要把守住前门，就可以安全地守住炸药库了。这样既增加了保险度，又降低了看守炸药库的成本。

当然，一个炸药库是不可能在电子地图上显示出地址库名的。所以当凌漠做出推断之后，大家都十分认可。

“能找出这附近的照片吗？”萧望转头问唐铛铛。

唐铛铛抿着嘴，在网络上搜寻着。不一会儿，幕布上呈现出南安河的一幅夕阳景象，照片的一角就是这座疑似炸药库的小山。

“你们看，山顶是有一座建筑物的，而且建筑物是水泥高墙，墙顶有向外展开弧度的铁丝网。”萧望用激光笔指着照片，说，“弧度外展，就是为了防止有人攀登。拉铁丝网的建筑物，除了监狱，恐怕就是一些特殊用品的仓库了。”

“凌漠推断得没错。”聂之轩说。

“你们看，如果前门把守严密的话，想进入这个十米高墙之内，就只有从南安河到悬崖脚下，然后攀登上二十米高凹凸不平的山崖，再攀登十米光滑的水泥墙，最后到达墙顶，剪断铁丝网进入。”萧望说。

“这不可能。”萧朗说，“我也喜欢攀岩，这个悬崖攀登上去就非常人能完成的事情了，更不用说那么高的水泥墙了，根本没地方搭手落脚啊。”

“看起来是这样，但是别忘记了，我们的对手并不能用正常人的思维去推断。”萧望说，“我们也不知道他们的队伍里会不会有一个异于常人的攀登高手。”

“总之，如果是想进入炸药库偷炸药，那就只有从炸药库后方进入。”凌漠说，“如果不是泅渡、耐寒能力极强的人，就只有用船到山后。”

“这恐怕是解释他们为什么租船的最好理由了。”萧望把激光笔放在了桌上，说，“我们的对手恐怕要从一个复仇者，转变成恐怖分子了。这就是他们需要牵制我们，获取时间去做第二计划的原因。事不宜迟，为了不让炸药在南安炸响，我们现在得赶紧去炸药库寻找蛛丝马迹了。”

万斤顶和皮卡丘绕了很多路，才找到了通往炸药库的小路。路的旁边指示牌都有“警戒地带、非请勿入”的字样，这说明他们找对了地方。沿着小路，来到了半山腰处，就看见水泥路面上有画着的黄色网格线和电动推拉门。万斤顶和皮卡丘刚刚停下，路边小树林上挂着的一个大喇叭就喊道：“停车，此处为警戒区，不得入内。”

原来，推拉门的两侧都有实时监控和红外线感应。山上的保安室监测到了万斤顶，于是对他们发出了指令。

萧朗跳下车，左看右看，看到了喇叭上的监控头，于是掏出了由南安市公安局治安支队民爆管理大队开出的介绍信，对着监控录像亮着。不一会儿，两名持枪的保安开着一辆小巧的电瓶厂车来到了推拉门后。

“什么事？”保安说。

“我们不进库，就了解点情况。”聂之轩从车窗探出头说。

两名保安对视了一眼，按了按手中的遥控器。

推拉门打开了。

万斤顶和皮卡丘继续沿着小路穿越树林，来到了山顶的炸药库。山顶的植被都已经被清除了，所有的山顶空间都被这一座不小的炸药库所占用。炸药库三面都是悬崖，并且在悬崖之上还修建了十米高墙，墙顶还有一米高的铁丝网，可谓戒备森严。

炸药库的另一面是进出的大门，门前有一片空地，可以防止有人藏匿在附近。大门是由铁质的高门组成的，此时大门已经打开，两名持枪的保卫人员开着电瓶厂车跟着两辆车回到了炸药库门口。

“就两个保安啊？他们就这样下去了？这里门就开着？”萧朗说。

“没事，你看，打开的大门只是院门，里面还有个门。”程子墨指着炸药库说道。

通过大门，可以看见大门内侧是一个小院落，小院落的一半面积都是保安室，而院落的后面就是完全封闭的炸药库了。炸药库还有一层大门，牢牢地锁着，看起来连只苍蝇都飞不进去。保安室只是两层大门中间的“馅儿”。

看到这么严密的戒备，大家稍微放了一些心。

守夜者几个成员从万斤顶上下来，来到了大门门口，萧望说：“据我们警方的线报，可能有人想到炸药库图谋不轨，所以来问问有没有什么异常情况。这两天，都是你们两位值班吗？”

保安点点头，说：“我们这边是轮班制，一班两人，每个班一周时间，都是吃住在这里。”

“这两天，有什么不正常的情况吗？”萧朗问。

保安摇摇头，说：“除了正常手续来取炸药的熟人，没什么异常情况了。”

“你们吃饭，是有人送吗？”凌漠问道。

保安摇摇头，说：“不，我们自己带食材，都是自己做。别人送，不安全。呵呵。你知道的，干我们这行，危险不比你们小。”

“我们，可以进去看看吗？”萧望指了指院子。

保安想了想，说：“库里是绝对不能进的，顶多看看院子和我们的保安室。”

萧望点头认可，和几个人走了进去，四处看看。

“我们这里防守是非常科学的。”保安说，“这里四周都是一览无余的，几乎没有遮挡物，所以无法藏人。两道大门，中间是我们保安室，即便能进第一道门，也进不了第二道。四周都有三百六十度无死角的监控。山路路口有红外线感受器，过路一定会触发。四周都是悬崖，不可能从悬崖上上来。我们俩身上都有报警器，一旦有危险，按了报警器就会有增援。”

“那如果不走大路，走路边的树林，是不是就不会触发红外线了？”凌漠问。

“这个没办法，不可能把整座山都装上红外线。不过，树林很难走，而且走上来，还不是要经过我这两道门吗？”保安得意地说。

“炸药数目，你们是掌握的吧？”凌漠问。

“那是肯定的，我们这里都有手续，而且每天早晨七点整清查。”保安说，“清查的时候，我们是要保证第一道大门关闭、院内无人的情况下，打开第二道大门。当然，有人来取炸药也是这样，他们只能在第一道大门外面等。所以我们的措施是非常科学的。哦，今早已经清查过了，没有问题。”

“清查，是个什么程序呢？”凌漠问。

“哦，这第二道大门打开，大门两侧是两排货架一直通到最内侧。”保安说，“货架上都有编号。我们会一人左边、一人右边，从门口开始，一个编号一个编号地核对，一直核对到最内侧，确认无误后，就出来锁门。当然，在这个过程中，外面的大门都是关闭的，没人能够进来。”

凌漠点点头，走进了保安室。

保安室面积不小，除了两张行军床、一个灶台、一台液晶电视、一台电脑和一台启动了的冰柜之外，没有任何摆设了。可以说，一进保安室，里面就一目了然，并没有什么犄角旮旯的隐蔽之处。

凌漠在保安室里逛了一圈，确认了没有可以藏人之地后，来到冰柜旁边。

“我们带食材来，就冻在这里，每天晚上做饭，带第二天早饭和中饭一起做了。”保安指着冰柜说，“为了免去送饭的麻烦，集团刚买的冰柜，零下十八摄氏度保鲜保存，你们要看看吗？”

凌漠没说话，屏住气猛地把冰柜盖子掀开。里面空间不小，放着一些蔬菜和冻肉，并没有其他什么东西。于是凌漠礼貌地挥挥手，见保安室里也没有什么好检查的，就退了出来。

而在院落里检查的萧朗似乎发现了什么。他抬着头对着院落高墙和炸药库墙壁接合的地方，说：“那里的铁丝网为什么弧度和别的地方不一样？”

2

“有吗？”聂之轩半信半疑地看着铁丝网。因为有阳光照射，有些刺眼，所以看不真切。

“绝对有。”萧朗咬了咬牙，四处看看，想找个什么东西攀爬上去细看。可是，这个院子真是除了墙壁就没有什么了，想攀登上十米高墙根本是不可能的。

“我来吧。”程子墨从包里拿出无人机，控制它升空到铁丝网附近。无人机上的摄像头把铁丝网的细目情况拍摄了下来。

“真的，这一截铁丝网是断的。”萧朗跳着脚叫道，“有人进来了！”

保安先是一阵惊恐，随即就平静下来，笑着说：“不会的，从这里进来，也就是进院子，不可能进炸药库，进了院子我们就看见了。而且，今早的清查也没有任何问题。”

“对，别紧张，这就是一截铁丝断了而已。”萧望仔细看了细目照片，说，“铁丝网的结构还是没有被破坏的，即便是能缩骨，也进不来。”

“这，可能真是人为的。”聂之轩指着照片说，“铁丝网断口上，有蓝色的油漆，说明是被蓝色的工具近期刚刚剪断的。虽然剪断的意义不大，但是需要引起我们的注意。”

“真的有人能从悬崖攀登，还能徒手攀登上高墙？”凌漠低眉沉思。

“有人费这么大劲剪我们铁丝网干吗？又进不去炸药库。”保安一脸不解。

“你们再回忆一下，这两天真的没有什么异常情况吗？”萧朗问。

保安你看看我，我看看你，若有所思地说：“一定要说有的话，那……那就是昨天晚上了。”

“昨天晚上怎么了？”萧朗被保安的磨叽逼得快疯了。

“昨晚九点半左右吧，红外线触发后，我们也是和今天一样，下到半山腰去看了。”保安说，“那里停着一辆银白色的轿车。”

“有人？几个人？”萧朗问。

“不知道车里几个人，不过只有一个驾驶员站在车外面。我们到了以后，他就用特别难懂的方言问着我们什么。”保安说。

“是问路，他拿着一张地图。”另一名保安补充道。

“然后呢？”萧朗问。

“然后我们就花了很长时间，搞明白了他说什么，就给他指了路。”保安说，“然后就没有然后了。这也算异常情况吗？有人在这里迷路了很正常的，毕竟这里在手机地图上都没路。”

阿布从自己的背包里拿出一沓素描，铺在地上，说：“那你们看看，这里面有问路的人吗？”

两名保安蹲在院子里的地上，看了好半天，其中一名保安从画像里拿出一张，说：“这个，有点像，不过发型不对，问路的那个人是个分头。”

“发型没关系。”阿布兴奋地说，“我画中了。”

“吸引注意，然后从围墙进入。”凌漠说，“可是，为什么没有剪开就离开了？”

“他们既然是问路，问的是去哪里？”萧望问道。

“沟通了半天才明白，是去建筑大学。”一名保安说，“要从这里北面过桥的。”

“建筑？”凌漠皱着眉头说，“难道是找裘俊杰？”

“你们这里的监控录像给我们看看。”萧望说，“现在我们怀疑有一伙犯罪分子盯上了你们炸药库，你们要万般小心。”

“我们这里的电脑是实时监控，没有存盘的，因为不是服务器嘛，而且数据保存这种大事，矿里也不放心我们两个中专毕业生。”保安挠挠头，不好意思地说，“数据都是在我们矿的一个办公地点里保存的。从这里下山，向北走一公里就到。”

“好，你们的线索很重要，这是我的电话，如果有什么发现，及时联系我们。”萧望朝保安点点头，说，“我建议你们再清查一遍炸药库，以防万一。”

“这个可以，不过——”保安看了看萧望，做了个“请”的手势，说，

“我们得按规章办事。”

“好，我们退出去以后你们再查。”萧望会意，转头看着自己的队员们，说，“我们终于又抓住了对方的尾巴，现在分头行动。铛铛你和子墨负责去矿办公地点看监控，我负责带队去建筑大学附近搜查。”

“我陪大小姐去。”萧朗自告奋勇。

“好，有可能有危险，有萧朗陪你们也好。”萧望同意了萧朗的提议。

守夜者兵分两路，萧朗开着皮卡丘带着唐铛铛和程子墨以最快的速度驶向不远处的矿业集团办事处查看监控。

办事处里，只有一名值班人员，正在百无聊赖地瘫在椅子上玩手机。在查看了萧朗的警察证后，值班人员也没有过多询问，就带着三人来到了位于小楼二楼的监控室里。唐铛铛立即坐在电脑前，熟练地敲打着键盘，调出了昨天晚上的监控录像。

从视频的画面来看，整个炸药库确实是三百六十度无死角，都在监控的控制范围之内。萧朗见到监控如此严密，更加放心了。唐铛铛很快把炸药库周围几个重点位置的监控调了出来，并从昨晚七点开始，快速播放。

从晚上七点整，到夜里十一点，反反复复地看了很多遍，几个监控录像都没有任何异常。

“没有人啊，甚至连那个问路的人也没见到。”唐铛铛很奇怪地说道。

“怎么可能？”在二楼房间和阳台闲逛的萧朗跑到了唐铛铛的身边，说，“你看看九点半附近时间。”

夜视监控里拍摄着静谧的山路和炸药库，确实一直没有任何变化。

“不对！你看时间。”萧朗最先发现了问题。监控录像显示的时间，从九点十七分直接跳到了九点三十二分。

“时间跳了？”程子墨说，“这中间十五分钟的时间，没有画面！呀，今天上午的监控也跳了好几次，每次都有几分钟。”

“对手黑进了系统？删除了关键时间段的录像？”萧朗急得额头上都渗出了汗珠。

“不，没有。”唐铛铛操控电脑进入了监控程序的后台，说，“没有黑客侵入的痕迹。”

“那是怎么回事？”萧朗一把拽过在一旁玩着手机的值班员，问道。

值班员被猛地一拽，吃痛了，说：“哟哟哟，怎么这么粗鲁，轻一点不行吗？”

“快点说！”

“我们这里的监控都是通过4G传输的，这里位置偏僻，基站少，有的时候信号不太好，就会有画面卡顿或者缺失，正常，正常。”值班员不以为意。

“正常个屁啊！”萧朗急了，“早不缺、晚不缺，就在关键的时候缺？你骗鬼呢？说！这个系统的密码是不是只有你有？你是不是和犯罪分子串通了？”

“喂喂喂，警官，有些话可不能乱说的！小心我投诉你诽谤！”值班员瞪着眼睛回应道。

“是的，是无线传输。”唐铛铛检查了服务器的设备，说，“应该是无线传输信号的问题。”

话音刚落，萧朗像是听到了什么，一个箭步冲到了二楼阳台上，往下看去。一辆银白色的小轿车沿着马路飞驰而过，向东北方向开去。

“走走走，不管这里了。”萧朗急匆匆地拉着唐铛铛和程子墨下楼，开着皮卡丘就向前追去。

“你又是哪根神经搭错了？”程子墨被拉上了车，一脸惊魂未定、莫名其妙。

“前面的车有问题。”萧朗简短地说着。

“有什么问题？”程子墨从口袋里掏出一粒口香糖，缓和一下急速跳动的心脏。

“说来话长，当时在劫囚案中对抗的时候，我就听见一个人用不男不女的声音尖啸。刚才，我又听见了，虽然不知道尖啸了什么。”萧朗说。

“就这个啊？你不会听错了吧？”唐铛铛问道。

“当时你们分析山洞里有五个人，发出尖啸的应该是首领。”程子墨说，“难道是崔振在车里？”

萧朗有点不耐烦地解释道：“你们别忘了，那两个保安说，问路的，就是一辆银白色小轿车！”

萧朗一边控制着车速，一边远远地跟在小轿车的后面。

萧朗说：“不信啊？不信你们查一下这个车牌，肯定有问题。”

唐铛铛打开笔记本，准备进入内部系统查车牌，可是，网页一直显示“无网络连接”。

“没信号。”唐铛铛说。

“我来打电话。”程子墨掏出了手机，可是手机显示无信号。

“这基本就确定了我的判断。”萧朗说，“在上次对抗中，我们所有的手机信号都被屏蔽了。还有，为什么监控录像在关键的时刻就断了？就是因为人形干扰器发挥了作用，破坏了4G传输，才让关键的监控录像都缺失了！”

“是的，这个人形干扰器能力强大，上次对抗中，我们的无人机都没法控制。”程子墨说，“那我们现在怎么办？”

“还能怎么办？”萧朗说，“只能跟着了，看他们究竟是要去干吗。”

“他们有炸药。”唐铛铛说。

“那也得跟着它。”萧朗用力踩了油门，跟上了银白色的轿车。

开了大约一个小时，轿车又重新绕回了市郊，在市郊的一处四层建筑物前停了下来。车上下来三个人，其中一个人拎着一个黑色的大袋子，径直走进了建筑物里。

“大力士！”萧朗说道。

“那个拎袋子的吗？”程子墨探头去看，“看来你分析得没错啊。”

“这是什么地方？”萧朗带着两个姑娘也跟着下了车，从建筑物的侧门进入后，直接躲在了楼梯的拐角里。

“不知道啊，以前没来过，外面好像也没牌子。”唐铛铛显得很紧张。

正在此时，大楼内的灯光闪烁了几下，紧接着便是接连的“哐当、哐当”的声音。

“怎么了？”萧朗似乎听见了尖叫声，但是毕竟这座不小的建筑物里并没有什么人，所以也无法询问怎么回事。

程子墨四处看看，说：“糟糕，建筑物的防火门全部关上了，我们被困住了。”

“手机还是没信号。”萧朗掏出手机看看，说，“那个人形干扰器一直在发挥作用。我去把他揪出来！”

这一次，唐铛铛没能拉得住萧朗。不过，刚刚走出去没多久的萧朗又重新溜了回来，尴尬地说：“糟糕了，外面的人有枪。而且，我还没带枪。”

“我总觉得有问题。”凌漠坐在万斤顶的副驾驶位上，思索片刻转头对正在开车的萧望说道。

“什么问题？”

“对手的行踪太过诡异了，让人莫名其妙。”凌漠说，“而且，我想来想去，觉得炸药库的规程设计，一样是有 bug 的。”

“这个世界上啊，没有哪种规程是没 bug 的。”聂之轩说，“但是监控是硬核啊。如果监控发现问题，萧朗他们早就联系我们了。”

“抛开监控不说，你们设想一下。”凌漠说，“假如有一种情况，银白色轿车去吸引保安的注意，而有一个人从山路边树林里摸上去。这时候第一道大门是打开的，他能顺利地进入保安室藏匿。当今天早晨保安清点炸药的时候，因为是从外向内清点的，所以这个人就可以等保安清理内侧炸药的时候，溜进去取到外侧已经被清点过的炸药，然后再返回保安室藏匿。等我们今天赶到的时候，保安下到半山腰接我们，这个人就可以从树林里逃离。以保安室作为中转站，就可以完美解决两道大门错落打开的麻烦了。”

“一是有监控，二是保安室你不都查了吗？没有能藏人的地方啊。”聂之轩说。

凌漠忧心忡忡，说："其一，监控是实时监控，也就是说要有人才能看得见异常。而我刚才说的几个节点，都没有保安看监控。其二，保安室里并不是没有地方藏人，虽然一目了然，但还是有隐蔽的地方，比如那个冰柜里面。"

"零下十八摄氏度的冰柜？躲里面一整夜？"聂之轩不信，"当机体散热远远超过产热，很快就会发生代谢紊乱和细胞内物理学变化，迅速冻死。"

"别忘了，我们的对手不能用常人的能力去解释。我们不能排除有耐寒的演化能力。"凌漠说，"而且，如果真的是这样，保安只是晚饭前开冰柜取菜，所以整夜和整个上午都不会发现冰柜里有人。等我们上去了，我也检查了冰柜，但这个时候人应该已经逃了。"

"可是，如果这样，那为什么还要费那么多事情攀登上去剪铁丝网？"聂之轩问道。

"这个我也想不明白。"凌漠说，"说不定这是他们的保险计划，比如正常计划是剪铁丝网进去，失败了以后换第二套方案。又或者攀登上去就是为了侦察地形？"

"不管怎么说，还是绕不过监控。"萧望说，"现在铛铛他们应该有结果了，你们打个电话问一下。"

凌漠掏出手机，连拨了三个电话号码，都显示"此号码暂时无法接通"。

"都打不通？"萧望很是担心，说，"不会出什么事情吧？"

"不会的，萧朗不仅聪明而且很能打。"聂之轩说是这样说，但也和大家一样有些担心。

大家都沉默了一会儿，萧望的手机响了起来，是一个陌生的号码。一股不祥之兆顿时涌上了萧望的心头。他把车靠到路边停好，然后接通了电话。

"喂？萧警官吗？"一个不太陌生的声音焦急地说道，"我是刚才炸药库的保管员。我……我现在报案。"

"怎么了？"萧望心头一紧。

“这真是奇了怪了。”保管员说，“今早明明清点无误的炸药，刚才我们又看了一下，少了十二公斤乳胶硝铵炸药。”

“什么？”萧望看了一眼凌漠。他知道，凌漠发现的这个漏洞，很有可能已经被黑暗守夜者利用了。凌漠推断的作案过程，很有可能真的实现了。

“除了炸药，”保管员用绝望的声音补充道，“还少了两支下一班值班员的配枪。”

3

“这是什么鬼地方？和监狱一样，四周的窗户都是被铁栅栏封锁着的。”萧朗偷偷摸摸地探头出去看了看，说，“不管怎么说，我们得找个安全的地方。如果他们走动走动，就能发现我们了。”

唐铛铛显得有些紧张，连忙点了点头。程子墨倒是镇定一些，嚼着口香糖把楼梯间里晾着的一套类似医院病号服的衣服抓在手上，说：“直接上楼，二楼应该是房间，不会像一楼这样是大厅。”

三个人相互给了个眼色，憋足了一口气蹑手蹑脚地上了楼。果然和程子墨说的一样，二楼都是一个一个的房间。

“那儿有个牌子，你眼睛好，看得见是什么吗？”程子墨指着走廊另一端的尽头，说。

萧朗抬眼望去，走廊的尽头确实挂着一个金属招牌，上面有一枚党徽，党徽的下方是一排小字。

“南安市残疾人联合会心矫托中心党支部。”萧朗小声地念道，“心矫托？什么鬼？”

“没听过。”程子墨摇摇头，说，“怎么二楼上三楼的楼梯有铁栅栏拦着？这个地方真是怪异得很。”

“铁栅栏没锁上，咱们是上去，还是就在下面找一间躲着？”萧朗向上走了几个台阶，看了看铁栅栏的锁扣说道。

“下面。”程子墨肯定地说，“下面看起来是办公区，那都是正常区域。上面既然锁着，肯定是不正常的区域。走，往里看看是什么情况。”

三个人走到二楼的走廊，发现一楼大厅里正有一个瘦高个拿着一把霰弹枪来回走动着，像是在巡逻，于是更加蹑手蹑脚地弯腰向前挪动着。

“办公室门都开着的，但没人。”萧朗小声地说着，“鉴定科？这里怎么会有鉴定科？”

“你以为鉴定只有法医鉴定啊？还有很多鉴定种类的。”程子墨说，“这里的办公室不行，一开门就暴露了，连个遮挡都没有。”

“这里，这里。”萧朗已经来到了走廊尽头标牌旁的一间屋子，小声说，“这个屋子上面写的是机房，不知道是什么机房，不过门是锁着的。下面有人，也不能踹开。”

“你总是那么简单粗暴。”程子墨摇摇头，从口袋里掏出两根铁丝，用一分钟的时间就把门锁给打开了。

“我去，你幸亏没当小偷。”萧朗佩服地说。

三个人打开门，发现房间里面摆着两排正在运行的服务器。因为房间过于密闭，且有服务器发热，唯一的窗户也就是个五十厘米宽的排气窗，房间里没有开空调，所以温度还是很高的。

“就这儿吧，没人、不冷还能藏人。”萧朗护送两名姑娘进入房间，然后自己进房间并悄悄地关上了门。

“这里好啊。”唐铛铛走在服务器中间，左右看看，说，“网络、通信和监控什么的线路都是要从这里走的。”

“啊！太好了，你快连一下网，让他们给我送枪来。不然我这也太憋屈了。”萧朗说。

唐铛铛在一大堆电线中挨个寻找，然后从包里拿出笔记本电脑，用鳄鱼夹[1]尝试连接了几根电线后，说：“这里的网线和电话线都是不通的，应

1 鳄鱼夹，用以做暂时性电路连接的，形似鳄鱼嘴的接线端子。

该是从外面切断了。”

“切断了？那怎么办？有线的不通，无线的也不通。凌漠他们就是长出九个脑袋也想不出来到这个鸟不拉屎的地方找我们啊！”萧朗懊恼地说道。

唐铛铛没有回答，依旧用灵巧的双手在众多电线中寻找着什么。

萧朗左顾右盼，看见一台服务器上有一支记号笔，于是拿了起来，把上半身探出窗外，说：“这么小的窗子也要装一个防盗窗，还是钢筋的，这究竟是个什么鬼地方！”

“这里有全称。”唐铛铛不知道连接上了一根什么电线，用电脑打开了一个页面，说，“南安市残疾人联合会心理智力精神疾病矫治与托养中心。好长的名字啊。”

“我说这个怎么看起来像是病号服呢，原来这里住着精神病人。”程子墨把手中的病号服穿在了身上，说，“怎么样，我看起来像不像个精神病人？”

“哪有这么漂亮的精神病人？”唐铛铛捂嘴笑道。

程子墨见萧朗费劲地把胳膊伸出防盗窗外，不知道他在做些什么，问道：“你这是在干吗？”

萧朗得意扬扬地说：“我在外面的墙上写了一个SOS[1]，还写了个110，看到的人应该会报警吧。”

“嘿，精神病人在墙上写个SOS，要是你你会不会报警？”程子墨摇着头说道。

“你说得有道理哈。”萧朗听此一言，又探出身子不知道在写什么。

“你不会在下面写上‘我不是精神病人吧’？你说有精神病人会说自己是精神病人吗？”程子墨说。

“那你说你是不是精神病人？”萧朗反驳道。

“你……”程子墨知道自己给自己挖了个坑。

1　SOS，国际上曾通用的紧急呼救信号，也用于一般的求救或求助。

“我可没那么傻，而且你试试，这么困难怎么写字啊？我在画一个咱们守夜者的六角星标志，凌漠他们来了，就知道我们在这扇窗户里。”萧朗费劲地咬着牙说道。

“我接通了他们的监控数据库。”唐铛铛兴奋地说道，“好了，整座楼的十三个监控我们都能看到了！”

萧朗从窗台上跳下来，走到唐铛铛身边看着说：“这不就是我们刚才藏身的楼梯间？原来监控都看得见。”

“说明他们没有专人负责看监控，不然我们早就暴露了。”程子墨一身冷汗。

“这是……这是二楼走廊，不对不对，他们在逐个房间清查！”唐铛铛惊讶地说道。

视频里，两名持枪、戴口罩的年轻人正在二楼逐个房间检查，距离他们的房间只剩下两间了。

“不行就拼了！”萧朗摩拳擦掌，准备大干一场。

“不行！你不能去！他们有枪！”唐铛铛拉住萧朗的衣角。

“我去。记得上课的时候老师教我们如何读唇语吧。”程子墨微微一笑，还没等二人反应过来，她把自己的头发弄乱，便开门出去了。

“干什么的？”

“找……找厕所，没……没有人。”

“厕所在楼上，走，上去。”

“枪……枪。”

“别碰，走，上去。”

“那边是机房了，没人了，估计那人也快到了。”

萧朗和唐铛铛躲在机房里看着二楼走廊的监控。伪装成智障者的程子墨被两名持枪人押解着，走上了三楼。

萧朗把自己的牙都快咬碎了，拳头捏得紧紧的，却又无能为力。他知道，程子墨此举，不仅保护了他俩，而且还成功打入了敌人后方探听消息。

从监控上看，心矫托中心内的二楼和三楼都被清空了，无论是病人还是工作人员，被全部集中到了四楼的一个会场里。

会场的东北角有个监控，从监控里看，总人数在四十名左右。程子墨也被押进了会场，她装作不经意地四下环顾，然后径直来到东北角的监控摄像头下坐下。

“他们在等人。”萧朗见程子墨面对摄像头做了几个口型，连忙读出来，“还有人在做装置。”

“什么意思？”萧朗转头问唐铛铛，唐铛铛也不解地摇了摇头。

另一边，萧望已经掉头往南安市公安局开去。在接到保安员的报警之后，萧闻天已经派出一拨刑警封锁了炸药库，并进行相应的现场勘查工作。不过，当务之急并不是发现提取证据，而是搞清楚炸药的去向。

然而，根据视频部门的报告，炸药库附近的几个监控头都没有发现任何异常。也就是说，偷盗炸药的人或车很有可能是预先分析了监控头的位置，并且刻意躲避。

拿到了报告，萧望认定想知道炸药的去向，一定要找到萧朗他们。毕竟他们莫名其妙地失踪，一定是有失踪的原因。幸亏让萧朗跟着两个姑娘，毕竟以萧朗的能力，让萧望放心不少。

他们没有去炸药库，而是直接赶到了矿业集团的办事处。办事处的值班员倒是没有意识到问题的严重性，依旧在那里百无聊赖地玩着手机游戏。

萧望费了半天的劲，才弄明白萧朗等人刚才在监控室的经过。炸药库监控在特定的时间点出现了缺失的现象，萧望很快就明白过来很有可能是人形干扰器发挥了作用。但是萧朗不知道为什么突然拉着两个姑娘驾车离开，萧望就想不明白他们是发现了什么了。

据值班员所叙述，他们开着皮卡丘向东北方向驶去了。只可惜现在通过技术手段都无法获取萧朗等三人的手机信号，也无法获取皮卡丘的定位。

就在此时，南安市公安局的视频侦查部门给出了一条线索，一名唐氏综合征面容的男人在南安市西区加油站出现了。于是萧望二话不说，驾车赶往南安市公安局视频侦查室。

“不久之前，我们的视频系统发现了一个唐氏综合征面容的人，在加油站里鬼鬼祟祟的。”萧闻天指示操作员打开了视频录像，“你们看。”

视频里的人似乎有些瘸腿，在摄像头前晃动了两次，并露出了一次清晰的正脸。随后，这个人来到油库后侧蹲在地上，似乎往下水道里扔了个什么，然后起身离开。

“扔了什么？”萧望紧张地问道。

“我们派了人去查，没有找出什么。”萧闻天说，“不过，这里是油库的下水道，炸药随水流移动也是有可能的。而且，油库的下水道里一般都充斥着沼气，一旦发生爆炸，后果不堪设想，那将会是连环式的爆炸，殃及地面上的人民群众。所以，我们已经派出拆弹专家在下水道里清查了。”

“这个加油站在什么位置？”凌漠打开了一张南安市地图，问道。

“问题就在这里。”萧闻天额头上都是汗珠，他用激光笔指着南安市西南角的一处红点，说，“事发加油站在这里，周边有十几所加油站的地下道都是相连的，一旦一点或多点爆炸，这一片居民区域后果不堪设想。所以，我们所有机动警力都已经铺撒到这一片区域，以抓捕这个犯罪嫌疑人。”

“西南？”凌漠盯着地图四处看着。

“而且这个唐氏综合征面容的人在这处加油站出现之后，就再也没有出现过。就连加油站附近的路面监控都没有拍下任何一个关于他的影子。”萧闻天说。

“现在人都已经派出去了吗？”凌漠问道。

萧闻天点点头，说：“几乎能出去的人，都在这个区域了。”

“我很担心。”凌漠说，“出于三个方面。一是萧朗他们追踪的路线是往南安市东北市郊。二是这个唐氏综合征面容的人，其实就是‘医生’，从我们掌握的情况来看，是和这拨可能偷取炸药的黑暗守夜者敌对的一方。他怎么又和他们联合起来了？他们偷的炸药怎么会给‘医生’？三是既然‘医生’可以躲避所有的路面监控，说明他非常了解附近的监控设置。既然了解监控设置，那他不可能不知道加油站里都是有多个监控头的。那他为什么不避开？毕竟连通十几个加油站的地下管道在非加油站区域也有出入口，完全没有必要去一个监控头多的地方暴露自己。”

“你的意思是，这是一招声东击西？”萧闻天皱着眉头说，“我也想到了这一节。但是我这边也是有两个方面考虑。一是既然嫌疑人出现，我不出动全部警力，真的在这个区域发生了爆炸，人民群众的生命财产安全问题我们是要负全责的。所以，政府要求我们全力而出。二是既然你说了‘医生’和他们是敌对的，为什么要帮其他人掩盖？为什么要帮其他人吸引警力？”

“我只是觉得，我们的对手，黑暗守夜者组织，他们只是复仇者。”萧望说，“而不是恐怖分子。”

“是啊。如果我们没有分析错，这帮人从小就被‘替天行道’的想法洗脑，要是去进行恐怖活动，是替哪门子天，行哪门子道？”凌漠盯着萧闻天，说道。

“这种大事，调动警力已经上升到市委、市政府层面了，我已经没有职权了。”萧闻天说，“但如果我们有明确的地点，我可以向党委政府汇报调动一部分警力增援。”

“爸，您对南安市了如指掌，您觉得萧朗他们驰向东北方向，是为了什么？”萧望有些着急。

“镇定点。”萧闻天发现萧望有些紧张，说道。

“主要是，萧朗、铛铛和子墨现在还下落不明。”萧望解释道。

“这一处是什么地方？”萧闻天指着南安市东北市郊的一处建筑物，问道。

操作员简短地回答道：“地图上显示是市残联的二级机构，没有具体的机构名称。”

“我似乎对这个地方有一点印象。”萧闻天说，“你知道吗，聂之轩？”

聂之轩摇摇头，说：“我原来一直跑现场，和残联没有联系。”

“叫法医来，快。”萧闻天说。

不一会儿，法医董其兵一路小跑来到了视频侦查室。萧闻天指着建筑物问他，董其兵看了看，立即回答道：“这是残联的精神病矫治托养中心，啊，官方名称是残联心理智力精神矫治托养中心。哦，我们南安市的精神病鉴定中心设立在这里。”

凌漠腾的一下从座位上站了起来，说：“精神病鉴定？”

萧闻天默默地转头看了看凌漠，冷静地说：“对，我也想起来了，杜舍的精神病鉴定结论就是这里出具的。我之所以对这里有一点印象，是因为二十几年前，是我押着杜舍去这里做鉴定的。你们先赶过去，我马上去市委汇报，给你们增援。”

4

“右侧三个，左侧拐角一个，门口两个。会场中央坐着几个医生，旁边有三个人。”萧朗和唐铛铛关闭了其他监控探头，把会场监控放大到最大，仔细地读着程子墨悄悄传递的唇语和手语。

会场的监控头覆盖面有限，甚至有一大半会场面积是看不见的，只能指望程子墨来解读会场的情况。

“对手有九个人，两条枪。而且这些还都是战术站位，恐怕我打不过呀。”萧朗说，“还有，这枪和炸药库保安员的枪是一样的，你发现没有？”

唐铛铛摇了摇头。

“难道真的偷成炸药了？”萧朗盯着画面。

“子墨又说了两个字。”唐铛铛回想着程子墨的口型，自己模拟着。

“奸情？”萧朗说，“谁和谁有奸情啊？”

“什么奸情啊！是鉴定！”唐铛铛纠正道。

萧朗恍然大悟，就连说话时都保持着醍醐灌顶的表情："我说这里怎么有什么鉴定科呢！这里就是精神鉴定的地方啊！他们是来报复当年给杜舍做精神病鉴定的医生！"

"他们会怎么做？"唐铛铛有些害怕。

"不管，反正盯紧了。"萧朗说，"要是他们敢杀人，我就冲上去了。我现在脑子里已经有破除他们战术站位的办法了。"

"他们九个人！两把枪！你呢？"唐铛铛说。

"我有这个。"萧朗从背后掏出一把扳手，也不知道是从哪里拿来的。

"胡闹！"唐铛铛说。

"看看看，又说话了，又说话了。"萧朗连忙重新盯着屏幕，说，"下去了三个人？"

萧朗看看唐铛铛，把她挡在自己身后，举起了扳手。

然而，这几个黑暗守夜者的人并没有来机房，而是径直下到了一楼。还没等唐铛铛切换监控画面，就听见一楼的一扇防火门哗啦啦地打开了，随即又哗啦啦地重新关闭。

"应该是鉴定人被他们'钓鱼'了。"萧朗咬着牙说，"胁迫这里的工作人员把当初的鉴定人给骗来，然后实施报复。"

唐铛铛把画面重新切换到会场，盯着程子墨。程子墨的身边，出现了一个老人的画面，他看起来应该有六十多岁了，他和另外两个戴着口罩的人拉扯了几下，最终寡不敌众，被按到一把椅子上坐下，被两个人用绳子捆扎在椅子上动弹不得。

等到老人不再挣扎的时候，一个戴着口罩的人给老人套上了一件马甲。

"放大，放大！"萧朗让唐铛铛把画面放大。

不用程子墨的"现场解说"，萧朗也能看出，画面中，马甲上捆绑着层层的电线，马甲的腰部有一卷一卷黑色的东西。那不是硝铵炸药是什么？

萧朗二话不说，把扳手揣在腰间就要出门，却被唐铛铛一把拽住。

“你别急啊，事情好像没有那么简单。”唐铛铛说。

果然，一个戴着口罩的人拿着一台摄像机对着老人拍摄着，然后又把摄像机连接在一台电脑上。

“他们这是在采集图像？”萧朗不解地问，“可是没有信号，传输不出去啊。”

“你别忘了，他们有卫星通道。”唐铛铛说，“只是不知道他们这样做的目的是什么。”

“看子墨。”萧朗说。

程子墨在此时又开始了唇语和手语，大概的意思是他们拍摄了老人背负炸药的画面，并发送给媒体，要求金宁监狱在半个小时之内处决杜舍，并传输处决视频，不然就会引爆炸药。在视频中，这帮人还声称现在在场的人员都是“罪有应得”或是“社会垃圾”，一并处决，死不足惜。

“他们孤注一掷了。”萧朗说，“在利用社会舆论施压。”

“是要同归于尽吗？”唐铛铛问道。

“他们没有暴露我们的位置，也不担心警方在半小时之内就能发现地点。”萧朗说，“我觉得无论满足不满足他们的要求，他们都会引爆炸药。而且，在引爆之前，他们都会撤离。不然为什么要在炸药上设置一个10分钟的定时装置？”

萧朗指着被放大的画面中炸药背心的中央，一个小小的显示屏上，有“00：10：00”的字样。

“会满足他们的要求吗？”唐铛铛的眼睛有点发红。

“哼。”萧朗冷笑了一声，“他们也太小看我们的法律了。”

视频中的程子墨一直坐在监控的下方，她的两边都有和她并排坐着的人。此时，程子墨左手边的一个短发女人抬了抬头，似乎在观察程子墨，同时她的面孔正暴露在监控头下。

“啊！那是崔阿姨！”唐铛铛突然叫了起来，指着屏幕说道。

虽然大家都看过崔振的照片，但是毕竟不认识，印象不深。而唐铛铛是从小就认识崔振的，自然可以一眼认出来。

“她坐在子墨旁边，是不是发现子墨了？”萧朗急得直跺脚，“她确实有可能掌握我们组织的情况。”

“她一直在盯着子墨，观察她，但估计她还不知道子墨在用什么办法来给我们传输信息。”唐铛铛说。

“子墨有危险。”萧朗说。

“可是我们要怎样才能通知警方事发地点在这里呢？或者，我们怎么通知子墨她身处危险？”唐铛铛急得小脸通红。

“我也不知道。”萧朗思考了片刻，来到了小窗子前。他用双手抓住钢筋防盗窗的两根栏杆，用力往两侧掰。他这一掰，掰得面红耳赤，屏气凝神了好久，钢筋才似乎被掰开了一点，露出一个扭曲的豁口。

“大小姐，你看看你能不能出去。”萧朗松开双手喘着粗气。

唐铛铛盯着萧朗说：“你什么意思？”

“你得跳下去，然后开着我们的皮卡丘去求援。我相信，离开了人形干扰器的作用范围，手机就打得通了。”萧朗说。

“我不走。”唐铛铛说，“你和子墨都在这里，太危险了，我知道因为有炸药，所以你想让我走。”

“你苗条，这个豁口只有你能钻得出去！我看了，下面有遮阳棚，你跳下去肯定摔不坏。”萧朗被揭穿了心思，脸微红地说道。

唐铛铛的心跳如擂鼓，她知道出去求援是唯一的希望，但谁也不知道炸弹什么时候会引爆，这一去，或许就是永诀。

“我们的时间不多了……”萧朗话还没有说完，但似乎听见了什么声音，立即探头向窗外看去。

一辆黑色的大面包车疾驰而来，在他们所在的窗户下面以一个漂亮的漂移停下。

“他们来了！他们来了！”萧朗兴奋得差点要跳起来，使劲朝窗外挥手示意。

万斤顶刚一停下，萧望和凌漠就从车上蹦了下来。

“怎么样，有人受伤吗？”萧望朝着窗口问道。

“没有。里面九个犯罪嫌疑人，包括崔振，还有好多无辜的人。炸药是鉴定人背在身上。而且，现在子墨有危险。”萧朗简短地介绍完，对凌漠喊道，“你把我的枪扔给我，我去解决他们。”

“别急！南安警力都被调虎离山到西南边了。”凌漠说，“刚才有很多媒体向警方求证人肉炸弹的真实性，有了这个视频，萧局长已经说服了市委，现在警力都在往这边赶过来，估计十分钟之内就能包围这里。等特警和拆弹专家来了，我们再里应外合。”

“我就说嘛，他们太小看我们的法律了。还处决杜舍？真当法律是儿戏？”萧朗自豪地说道，“你们是不是看着我画的守夜者徽章赶过来的？”

“是啊，虽然画得真的很难看。”聂之轩笑着说道。

“嘿！你来试试！你看这钢筋有多结实！”萧朗指着防盗窗说，“房子是砖混的结构，不牢固，窗子倒是牢固得很啊！”

“不对，不对，情况有变化！”刚松下一口气，却听到唐铛铛在电脑前面大声叫道。

萧朗一个转身，看屏幕，眼神的焦点迅速被老人背心上跳动的数字给吸引了。程子墨也面色紧张地做了一个手势，意思是“炸弹启动”。

这似乎也不在黑暗守夜者成员的预料之中。面对这忽然被启动的倒计时，他们也显得有些措手不及。混乱之中，崔振很快冷静下来，监控器中，萧朗看到她似乎对着成员们下达了某些指令，然后，所有成员飞快行动起来，他们用枪支强行胁迫病人和工作人员待在屋里，反锁了房间，然后纷纷撤退。

“炸弹不知道怎么启动了！”萧朗对着窗外喊道，“炸药丢了多少？”

“十二公斤！”凌漠喊道。

“靠！一旦爆炸，整个老房子都有可能塌！一个也活不了！”萧朗说，“你们快想办法打开一楼的防火门，我去试试能不能拆弹。把车里的枪和拆弹包给我扔上来！”

就在此时，二楼走廊里发出了一些响声。萧朗一个箭步蹿到门口，把耳朵贴在门上倾听。

是一阵铁门关闭和上锁的声音。

“不好，他们把二楼到三楼的楼梯铁门给锁上了，这是要炸死所有人！”萧朗一边听，一边赶紧对唐铛铛说道，让唐铛铛把信息同步传给楼下的同伴。

隔着一扇门，萧朗努力听着外面传来的动静。

“怎么莫名其妙启动了？”一个女人的声音。

“不知道，肯定是有人动了手脚！”一个男人的声音。

“肯定是‘医生’！”女人说，“快去操纵室打开大门，我们先撤。处决了这个鉴定人，也不算白来。”

“可是，还有很多无辜的人。”男人说。

“都是些社会渣滓，浪费粮食。”女人说，“死不足惜。”

“不好！不好！操纵室的控制台被破坏了！”另一个男人高声喊道，“我们也出不去了！”

“肯定是‘医生’！肯定是‘医生’！这个狗日的要连我们一起困住，一起炸死。”男人说，“他要杀人灭口、毁尸灭迹！”

接下来，是有人猛撞防火门的声音。可是防火门很结实，而且是上下开动的，所以这样的碰撞丝毫伤不到门的结构。

“不行，撞不开。”一个女声说道，“来，这边。”

黑暗守夜者的一行人可能走到了一楼走廊的另一头，萧朗听不见他们说话的声音了。于是他重新来到窗口，接过凌漠丢上来的黑色皮包，然后转头对唐铛铛说：“万斤顶顶部的升降梯打开了，你先下去，配合他们弄开防火门。只要弄开了防火门，绝大多数人就能幸免于难。”

“你确定你能成功弄开其他铁门吗？”唐铛铛盯着萧朗。

“别小看我呀大小姐，等会儿你就知道我的能耐了！凌漠，你先爬上来，把她给我拽下去！”萧朗急得满脸通红。

“你们都下来！”萧望说，“减少不必要的牺牲。”

“我钻不出去这么小的口。”萧朗说。

“我要和你一起！我不能再失去一个亲人了。”唐铛铛拉着萧朗的衣袖，坚定地说道。

萧朗愣了下，对凌漠说：“赶紧想办法打开防火门。”

说完，萧朗和唐铛铛一起，向二楼楼梯铁门处跑去。

果然，铁门被一个链条锁锁上了。萧朗来不及考虑，直接用扳手卡住链条锁，用力旋转。随着萧朗竭尽全力的一声嘶吼，链条锁咔嗒一声被扭断了，铁门随即打开了。

来到了位于四楼的会场，会场大门也是从外面被反锁上了，从门缝里透出的人影、屋内传出的夹杂着哭喊和求救的声音中可以看出，会场里的人们因为求生欲的驱使已经乱成了一锅粥。其中还能听见程子墨尖声叫喊、试图安抚人们情绪的声音。

“都让开！不要站在门后！我要踹门了！”萧朗高声喊道。

萧朗等了一会儿，见门后的人影散开了，直接一脚就将大门踹开了，里面的病人和工作人员蜂拥而出，纷纷向楼下跑去。只剩下那个被捆绑在椅子上、背负炸弹的老人在瑟瑟发抖，还有在一旁轻声安慰的程子墨。

炸弹已经摆放在了眼前，萧朗反而冷静了下来，他蹲在老人的身前，观察着炸弹上线路的走向。

“年轻人，我已经六十五了，当年和我一起做鉴定的鉴定人都没了，我也活够了。”老人泪流满面地说，“既然他们要报复，就让我一个人赴死吧。你们还年轻，你们走吧。”

萧朗一边整理着电线，一边说：“怕死不是共产党！什么叫活够了，您还能继续活！而且，法律是什么？法律是需要敬畏的！鉴定人负责的鉴定，都是法律体系的组成部分，敬畏鉴定人、敬畏鉴定，就是对法律的敬畏！这帮人不懂得敬畏法律，我绝对不能让他们得逞！保护住鉴定人的生命安全，就是对法律的维护，就是守住了法律的底线！这是我的职责。”

一席话说得程子墨和唐铛铛热血沸腾。

“还有五分多钟，来得及。”萧朗说，“子墨去看看凌漠那边进展如何。”

“凌漠他们正在用万斤顶上的牵引绳尝试拉开防火门。”程子墨离开了一会儿，又回来说，“人们都聚在门口，出不去。”

“那帮人呢？”萧朗问。

“没有见到。”程子墨说，“可能用什么我们不知道的办法逃离了吧。”

萧朗咬着牙，清点着手中的电线，说：“四个诡雷[1]，三十七条线，两个触发装置。还好，还好，司徒老师教过我类似的。我想想，我想想。”

排爆属于特警警种技能，所以在守夜者组织中，掌握排爆技能最强的，就数司徒霸了。而作为司徒霸的嫡传徒弟，萧朗也应该是排爆的高手。可惜，书到用时方恨少，只喜欢体能、格斗训练的萧朗，在这方面学得并不精。

“这次要是能回去我得让司徒老师重新教我一次。”萧朗揉了揉有些酸痛的眼睛。

又清理了一会儿电线，萧朗说：“差不多了，我要开始剪线了。最好能等人都撤出去，我再剪。拆弹专家还有多久能到？”

“刚才说五分钟之内。”程子墨说。

萧朗看了看电子显示屏上显示的倒计时只剩下五分零七秒，只能无奈地摇摇头，说：“下面全是人，子墨和大小姐你赶紧下去维持一下。等门一拉开，估计场面会比较乱。哦，还有，门一拉开你就喊我。”

“我不走。”唐铛铛冷静地说，“这个炸弹有芯片，肯定不是你想象中剪开电线那么简单。”

萧朗显然拿唐铛铛没有办法，对程子墨说：“快，你快下去，时间不多了。”

程子墨咬了咬牙，转身离开。

时间一秒一秒地过去，萧朗看着屏幕上倒计时只剩两分钟了，默默地咽了口口水，对唐铛铛说：“大小姐，你说你在这里也顶不上什么用，我求你了，你下去等我好不好？还有，门到现在还没拉开吗？子墨没声音，你去看看，好不好？”

---

1 诡雷是指采用高爆性材料制成的布设在敌方意料不到的地方，通过伪装、诱惑、欺骗等诡计引爆，使敌方在毫无防备之下受到伤害的地雷。

“别说了。”唐铛铛低下头，说，“我体会过一个人在家的感觉，很可怕。如果，如果你真的剪错了，好歹有我陪你。”

萧朗心里一股暖流涌过，甚至有种想哭的感觉。他知道自己再说什么都是徒劳，于是充满感激地看着唐铛铛。他心里倒是想着，都以为好好学习没用，其实好好学习是可以保命的啊。

“是这根线了。”萧朗看倒计时还剩下最后一分十五秒，说，“就是这根线连着芯片，是不是要剪断？”

“不对。”唐铛铛从包里拿出电脑，用鳄鱼夹夹住萧朗捋出的电线，说，“是这根电线引爆，不过这是设密码的，不是普通电路。交给我吧。”

“妥妥的，我们的身家性命就交给你了。”萧朗并无惧色地说道。

“嘀嘀嘀嘀嘀嘀。”不一会儿，随着一阵急促的声音，显示屏上的数字突然急速下降。

萧朗心里一沉，心想这下完了，小命到此为止了，不过有铛铛陪着，也不算太糟糕。他下意识地鱼跃而出，把唐铛铛扑倒在地上，用臂弯把唐铛铛的头抱在自己的怀里，用自己的身体护住了唐铛铛。

过了五秒，十秒，二十秒。

并没有爆炸。

萧朗睁开眼睛扭头看去，已经被吓傻了的鉴定人喘着粗气，而他身上的定时器显示在“00:00:01”的位置停止了。

唐铛铛从来没有和萧朗挨得这么近，她满脸通红地看着萧朗说：“你快勒死我了。”

萧朗尴尬地一跃而起，说：“大小姐，我要怎么夸你呢？前辈，您再忍一下，一会儿有拆弹专家来给您彻底解除炸弹。”

“子墨呢？”唐铛铛也站起身来，掸掉身上的灰尘，红着脸说。

“走，去看看。”萧朗甚至不敢去看唐铛铛的眼睛。

萧朗和唐铛铛下到了一楼大厅，见防火门已经被拉开了一个小角，大厅里空无一人。一楼的天花板正在往下喷着水，地面上都是水渍。刚刚抵达的特警已经从防火门的一角钻进了大厅，拆弹专家戴着头盔正准备上楼。显然增援部队稍微来晚了一点。

眼尖的萧朗看见楼梯间有两名特警正支起瘫软的程子墨，用凉水拍打着她的脸颊。

“炸弹在四楼。”萧朗给拆弹专家指了路，然后跑到程子墨的身边，说，“她……她怎么了？”

“没事，晕过去了。”一名特警显然已经检查了程子墨的生命体征。

就在此时，程子墨醒转了过来，她看着萧朗定了定神，释然道：“……我们没死。”

“怎么了？出什么事了？”萧朗连忙问道，“凌漠他们呢？”

程子墨说：“我刚下来，就看见门被打开了小口。可是太多人急着逃生，现场太混乱了，然后我就看见黑暗守夜者有几个人从那个房间跑了出来。我知道他们是想要夹在人群中逃生，正准备提醒外面的望哥和凌漠他们注意。没想到我身后有个短发女的，一枪打爆了一楼天花板上的消防喷头，然后用枪托把我砸晕了。”

“为什么每次被打晕的都是你？不过这次不怪你，崔振早就盯上你了。”萧朗嬉笑道。

“你说，那就是崔振？”程子墨说道。

唐铛铛点了点头，说：“枪响和突然喷水，会引发更加严重的骚乱，他们就更容易混出去了。不过凌漠他们不见了，应该是发现了踪迹才追出去的。”

“没有爆炸，你们是怎么做到的。”程子墨揉着后脑勺坐直了身子。

“这个是大小姐的功劳，大小姐救了我一命，以后做牛做马。”萧朗笑着说完，又指着走廊尽头说，“他们是从那个房间出来的吗？几个人啊？”

程子墨点头说：“就是那一间，几个人我还真是没注意。”

萧朗走进了一楼大厅最末端的房间，是一楼唯一的一间房间，标识是“操控室”。打开门，可以看见里面有一台遭到破坏的主控台，想必这些主控台就是控制监控、防火门等设施的设备了。房间的一端有和刚才萧朗待的房间一模一样的小窗户和防盗窗，窗户是打开的，而防盗窗已经被掰变了形。不过虽然变形程度比萧朗的“成果”更严重，但依旧不可能供那些人高马大的人逃离。

“他们一部分人从窗户逃离，那部分不减肥的，混在大门人群中逃离了。”萧朗断言道，“我们是救了这么多无辜群众，但也同时救了这一帮犯罪分子。”

第九章

血刺猬

人生布满了荆棘。

——伏尔泰

1

如果不是实在找不到太阳，这似乎就是一个晴天。天空很亮，虽然不能说是蓝色，但至少看起来像是清澈的。虽然寒冷但不刺骨的空气却没有一丝流动，就连午间开始逐渐飘洒起来的小雪花，都没有了风的约束，自由自在地随意飘舞。

即便是在喧嚣的菜市场门口，这样的天气，还是能让人感受到一丝恬静。雪花慢悠悠地落在地面上，开始是迅速融化，随后慢慢地积攒出了薄薄的一层“地毯”。

可是，受到车内空调和引擎温度的影响，万斤顶周身火热，车上却是存留不住一片雪花，就像是车内的几个小伙子的心情，心急火燎的。

“这是唯一出口，应该就要从这里出来了。”萧望指着菜市场大棚的唯一一个出口说道。说出来的虽然是安慰的话，但语气里却充满了担忧。

凌漠知道，萧望曾经在东北追捕幽灵骑士的时候也经历过大棚追逐，那一次因为豁耳朵的本事，萧望败了，还险些殃及无辜群众。这时候，萧望的担忧也是正常的，他不敢贸然冲进市场也是正确的。

毕竟，对手的手上还有六公斤硝铵炸药。

在万斤顶拉开心矫托中心防火门的那一刹那，萧望和凌漠就蒙了。他们知道，在求生欲面前，他们是根本控制不住局面的，即便眼前大部分是精神病人或心理障碍患者，也是一样。当人群冲出了防火门，和周围的围观群众掺杂在一起的时候，他们意识到了刚才程子墨的那一声提示的意思。

可是，四处都是意识到危险并疯狂逃命的群众，黑暗守夜者的人都在哪里？谁也不知道。而且，此时的萧朗和唐铛铛正身处险境，让人揪心不已。

作为策划者的萧望此时必须做出决策，是上楼拉出萧朗和唐铛铛，还是赶去追逐几名夹杂在群众中的黑暗守夜者成员。短暂思考之后，他选择了后者。

萧望知道，此时即便是上楼，也拉不回犟得像头牛一样的萧朗。而且，萧朗跟随司徒霸学习的业务之中，也有拆弹一科，只是不知道这个小子用心了没有。这个用心还是不用心，牵扯的后果实在是太严重，他可不想一时间就没有了弟弟，以及从小一起长大的妹妹。

人群之中，似乎能看得到几个隐约和阿布的画像有所相似的面孔，但又不能确定。不过，那个光头大块头的扎眼外表，却瞒不过萧望的眼睛。他们很明确，大力士就在人群之中，穿着蓝色的心矫托中心工作服外褂，外褂的里面显然是揣了什么物件，看起来凸凸棱棱的。他用手拽着胸前的衣襟，护着褂内的物件，拎着一个黑色的手提包在人群中若隐若现。

萧望咬着牙，掉转了万斤顶的车头，向人群消失之处，驱车追去。

因为对萧朗和唐铛铛的极度担心，让萧望的意识有一些恍惚。这一恍惚，导致万斤顶在追逐的路上，错过了一个路口。而正是这一个小小的失误，给了大力士喘息之机。浪费的这十几秒的时间里，大力士钻进了一个胡同。

这个时候，距离万斤顶离开心矫托中心已经十分钟了。而直到现在，也没有听见爆炸的声音。不论是黑暗守夜者的爆炸装置是假的，又或是萧朗成功地拆除了炸弹，至少萧朗和唐铛铛是安全了，特警和拆弹专家都已经抵达了，无辜的司法鉴定人也安全了。既然是这样一个皆大欢喜的结果，萧望的心神也就重新恢复了平静。

萧望驾驶着万斤顶，朝大力士逃窜的胡同里追去。还没到胡同口，就感觉到一个黑影扑面而来。萧望来不及急打方向，却一脚踩住了刹车。一辆 Polo 汽车[1] 从天而降，横在了万斤顶的前面。

“我的天哪！他举得动一辆汽车！”聂之轩难以置信。

而凌漠还来不及讶异，转瞬全副心神便已贯注在眼前的状况上，毕竟这一条窄窄的胡同，被一辆轿车完全堵住，任凭他们再有本事，也无法驾驶万斤顶冲出重围。

“大力士意识到我们只追他，而不掌握其他成员的资料。所以他这一举其实是在吸引我们，给他的同伴，尤其是崔振更多逃离的时间。因为他自信自己一个人很容易就能够逃脱。”萧望一边倒车一边说，“这附近几条胡同都是平行贯通的，他堵住这一条，并没有什么用，我们完全可以绕道而行。”

“也没有别的办法，我们不能根据画像来判断每一名黑暗守夜者成员的行踪。我们唯一的办法就是抓住大力士，不管他是不是在设计引开我们，我们也只有被引开。”凌漠手持着电子地图，说，“你左拐绕过这个胡同，上大路更近。”

当万斤顶绕过胡同，通往大路的时候，一眼就看见了在前方骑着一辆摩托车的大力士。此时他已经脱掉了外褂，露出里面的一件棉马甲，赤裸着双臂。他背后背着两把 97 式霰弹枪，那一辆不知道从哪里抢来的破旧摩托，在平坦的公路上发出了巨大的轰鸣。

这造型，看上去就像是《虎胆龙威》里的约翰·麦卡伦。这样的景象，刺激了萧望，他深踩油门，驱车追赶了上去。

万斤顶不是靠速度制胜的车辆，超重的车身严重影响了它的动力，所以即便追出了十几公里，依旧没能缩短他们之间的距离。不过也就是在这十分钟的时间里，萧望已经通过车载电台联络了后方指挥部，百名特警已经分出十几路出发，在他们前方的各个路口都设置了卡点。想是这家伙已经插翅难飞了。

又行驶过五公里，萧望从万斤顶上清晰地看到远处有警灯在闪烁，数

1 一个汽车品牌。

名特警持枪据于车后，用障碍带和破胎器把这条大路封死了。他们前方的车辆，也纷纷被特警召至路边临时停靠。

而前面的这个“山寨版约翰”却一点也没有惊慌的表情，他驾车行驶到大路的一个小路口，一个急刹，摩托车发出了一声难听的嘶吼，尾部一个旋转，车头掉转了九十度。大力士朝疾驰而来的万斤顶诡异一笑，从背上取下两把霰弹枪，扔在了路中间，然后重新转动摩托车把手，朝小路疾驰而去。

好嘛，这是一招“丢枪保帅”啊。

其实大力士的这个举动很好解释。这两支霰弹枪远距离几乎没有作战能力，从之前萧望了解到的情况，每支枪里只有两发子弹，还已经打掉了一发，几乎只能算作“纸老虎”。而且，这两支枪很长、很重，不仅携带困难，而且目标太大。背着它们走到人群当中，如果不是装酷，那就是真傻了。

可是，把它们丢在车来车往的路中央，不把万斤顶停下来把它们拾起来也是不可能的。而且，为了保存证据，还不能简单地“拾起来”。这就需要耗费时间了。在这种分秒必争的追逐战中，这样的举动，足以让大力士获得足够的逃跑时间。

也没有什么别的办法，萧望只能急刹住万斤顶，等着聂之轩下车拍照固定，并用物证袋把两支霰弹枪给提取了。

再看小路的路口，早已没有了大力士的影子。不过萧望并不气馁，毕竟这附近所有的路口都已经完成了设卡堵截，大力士这么一个外形“出众”的人，不可能逃得出天罗地网。

果真，两名闻讯跟上的骑警，在聂之轩提取枪支的时候赶了上来，并且在萧望的指引下驶上了崎岖的小路。

通过对讲机，骑警向萧望报告，大力士的摩托车在一个集贸市场附近被发现，通过现场访问得知，大力士进入了集贸市场。分析认为大力士此举是为了躲避追踪，越过附近的关卡。不过，这个集贸市场只有一个出入口，所以扎住了这个口袋，他无处可逃。骑警同时向特警部门申请了支援。

就在万斤顶绕过崎岖小路来到集贸市场门前的时候，萧望再次接到了守夜者组织内的通报：现场爆炸险情已经全部解除，除程子墨受轻微外伤，其他无人受伤，不过，要命的是，现场拆除的炸弹，只用了六公斤硝铵炸药。

换句话说，大力士离开心矫托中心的时候手里拎着的那个黑色袋子里，还装有六公斤硝铵炸药。

这就麻烦了，毕竟他现在在一个人口密度很大的地方，手中又有大量炸药。显然，刚刚在萧望脑海中成形的强行抓捕方案是要泡汤了。为了不打草惊蛇，萧望决定让特警在周边潜伏，他们将万斤顶开进一个车库，并且在车内观察集贸市场出入口的状况。同时，几名民警在集贸市场里假装排查，并离开。

这是一个诱捕的方案。

所以，当民警们假意结束搜查，从集贸市场里撤出之时，就轮到万斤顶上的这三个小伙子发挥自己的眼力了。

此时的萧望已经可以全身心投入工作了，毕竟现场那边传回来的好消息让他彻底放心了。而且，活蹦乱跳的萧朗肯定是闲不住的，此时，他正从现场往这边赶。面对大力士，如果论单打独斗，恐怕只有萧朗有胜算了。

等了大约二十分钟的时间，萧望发现了一个人。

这个人穿着一件黄色的外套，戴着兜帽，看不清眉目。唯一的疑点就是这件外套似乎和他的体形并不搭配，紧紧地裹在身上，袖子似乎也短了一截。

“凌漠，你看看那个人。”萧望指着前方说道。

“是他！步态很相似。”凌漠肯定地说。

“看来他乔装打扮了。”聂之轩说，“鞋子也换了，刚才是皮鞋，现在穿着一双红边的耐克运动鞋。”

说完，聂之轩拿出了自己的警务通，在看着什么。

“就是炸弹不知道哪里去了。”萧望担忧地看着那个男人慢慢地离开集贸市场，说道。

“不管怎么说，现在我们要去跟上他。”凌漠说。

萧望点点头，对着对讲机说：“目标现在离开集贸市场，但没有看到炸药，我们跟上人，特警部门和拆弹专家秘密封锁集贸市场，秘密疏散群众，找炸弹。记住，动静要小，不要打草惊蛇。”

说完，萧望等三人套上自己的便服，下了车，默默地跟着大力士向一片居民区走去。

“萧朗，你过来的时候从安居小区的北门进来，我们跟着他从南门进了，他身上已经没有武器了，伺机就可以动手。”萧望一边低头跟踪，一边用对讲机指挥着，“特警分出一个小队，把小区周围守好了，等我信号就进攻。”

大力士像是脑袋后面长了眼睛，竟然感觉到了自己被跟踪。他越走越快，到后来竟小跑了起来。看路线，他是想穿过安居小区。可是，距离小区北门越来越近的时候，他迎头撞上了骑着骑警的摩托就冲进小区的萧朗。

两人已经交过一次手了，都知道对方并不那么好对付，所以默默地对峙了几秒钟。空气凝结了几秒钟时间后，大力士就先发制人了。

似乎是感觉到了靠近的危险，大力士突然扯掉了外套，露出了他的那件马甲和健硕的臂膀。同时露出来的，还有他捆在自己腰间的六公斤硝铵炸药。

“好吧，算你狠。”已经迅速拔枪并瞄准的萧朗又把手枪插回了枪套，“今天看来是和炸药杠上了。”

“特警进场，进攻。”萧望一见这样的情况，下令道，“嫌疑人身上有炸药，不要开枪！”

大力士见萧朗重新收起了手枪，于是突然发力，向前急冲了几步，举起拳头就朝萧朗挥舞了过去。他这是想冲过由萧朗形成的屏障，而逃离这个封闭的小区。

以大力士的力量，加之这几步的助跑作用力，这一拳的威力实在可怕。已经尝过大力士厉害的萧朗倒是毫不慌张，但显然也来不及拔枪，他双臂抱于胸前，做出一副准备接下这一招的架势。这可急坏了另一边的萧望，萧望很清楚，即便萧朗是钢筋铁骨，也是挡不住这一下子的。

在那只铁拳就要击打到萧朗身体的一刹那，萧朗一个侧身闪过，紧接着一个扫堂腿朝大力士的下盘攻去。大力士没想到这个和自己一样强壮的小伙子还这么灵活，一个不注意，就被绊了个踉跄。萧朗并没有停止攻击，而是转身一个后摆腿，把他那个坚硬的脚后跟朝大力士的面门摆了过去。

这一连串的散打招式，萧朗完完全全地从司徒霸那里汲取到了精髓。大力士避无可避，硬生生地挨了这么一下。纵使他力量超人，但脆弱的鼻骨也顶不住这一下重击。大力士重重地摔倒在地，鼻孔里呼呼地往外冒着血。

大力士倒也不是软蛋，他倒地后，直接一个鲤鱼打挺就重新站起来准备再战，可是看见了北门口正有特警持枪进入，他稍一权衡，便转头向小区的深处跑去。因为小区结构复杂，他瞬间就消失在了一座居民楼楼角。

“没事，封闭小区，他出不去。”萧朗说。

“快，别让他跑去了群众家里，威胁到群众的生命安全！”萧望指挥道，“所有人按楼排查！”

“不用了。”聂之轩刚刚才收起了手机，说，“我跟着足迹找就可以了。”

“足迹？”萧望看了看地面，惊讶地说道。

确实，因为下了几个小时的小雪，地面上已经有薄薄的一层积雪了。可是，这种公共场所，足迹杂乱到了分不清鞋底花纹的地步，而且他们根本就不知道大力士的鞋底花纹是什么样的。

聂之轩看出了萧望的疑惑，微微一笑，说：“刚才我看到了他换的鞋子，还是蛮有特征的，就去我们‘全国足迹数据库’里找了一下，找到了一模一样的鞋子的鞋底花纹。虽然这里鞋印杂乱，但是我们只需要找几个特征点，就可以追踪他了。”

聂之轩也来不及详细解释，就按照自己脑中的形状，在雪地里寻找了起来。

雪是天然的足迹模型，在雪地里寻找固定的鞋底花纹，比平时要容易许多倍。聂之轩并没有费多大工夫就找到了一趟鞋印的方向，并且带着大家伙直接追到了一栋楼的单元门下。

“雪就是好。”聂之轩微笑着说道，“直接踩在雪地里，就是立体足迹，等进入水泥地面了，脚上黏附的雪又形成了水渍足迹，所以，他跑不了。”

一行人沿着楼道里的水渍足迹，直接追到了 301 室。显然，大力士进入了这个房间。而且，极大的可能是敲门入室的，里面有被挟持的无辜群众。

对待顽固的犯罪嫌疑人，喊话谈判是没用的，所以特警队长直接选择了破门硬攻。可是，还没等特警队长下令破门，这扇木门突然嘭的一声爆裂了，门后的特警直接被震倒了，几名警察像多米诺骨牌一样堆积在楼道里，若不是最后的萧朗稳稳抓住了楼梯扶手，那画面就比较尴尬了。等大家反应过来，才发现是大力士破门而出，腋下夹着一个十岁左右的男孩，向楼上奔去。

“他挟持了一个小孩！”萧朗眼尖，说，“这孩子，家长没教他，陌生人敲门是不能开门的吗？”

此时是下午三点多，孩子放学了，但家长都还在上班。居民楼里有人的住户不多，但大力士还是敲开了一扇门，并挟持了小孩。

既然孩子被劫持，那就是大事了。一行警察不由分说，直接向楼顶追去。

楼顶的一角，大力士抓着小男孩的颈项部，蹲在楼顶护栏的后面，抚摸着自己腰间的炸药。小男孩因为恐惧和寒冷，瑟瑟发抖。

“狙击手上六号楼楼顶。”特警队长看了看周边的环境，冷静地在对讲机里悄悄布置着。

“换我当人质好不好？这还是个孩子。”凌漠这个读心者此时直接转换成了谈判专家。

“换人质？你别是电视剧看多了吧？真是搞笑！你当我傻啊？”大力士嘶哑地回答道。

“你们不也自称‘守夜者’吗？‘守夜者’是为群众守护光明的人，难道拿一个小孩子挡子弹，是‘守夜者’干出的事情？”凌漠直接攻心。

“你们不逼我，我当然不会。”

“不管什么理由，你终究是做了。至少，你违背了你们组织的原则。”

凌漠看着大力士涨红的面孔和额头上迸出的青筋，心里越来越有把握了。

然而，就在此时，似乎楼下有几声车喇叭响。大力士微微偏了偏头，继续和十米开外的警察们僵持着。

而大力士脸上的微表情却引起了凌漠极度不安，他小声问特警队长：“小区是不是还封锁着？”

“小区各处全部都有人，小区门口都设置了关卡。”特警队长说，“跑不掉的。”

话音刚落，大力士猛地把小男孩推开，翻身就从楼顶跳了下去。

大家都被惊呆了，毕竟这是六楼楼顶，不管大力士有多抗摔，这种高度跌下去想毫发无损那也是不可能的。

凌漠和萧朗最先冲到了楼边，向下望去。

楼下停着一辆貌不惊人的垃圾车。这种带斗的垃圾车在小区里非常常见，以至于它刚才是不是就在小区里都没人注意到。它什么时候悄悄来到了楼下，也没人知道。但是，垃圾车的斗里，堆满了垃圾袋，这就成了一个天然的缓冲垫。而此时，大力士正仰面躺在垃圾车的垃圾堆中。不过，他的表情并不是得意扬扬，而是似乎有些痛苦。

“快！快！封锁！狙击手找机会射击！”萧望大声地叫道。在他的想象中，一旦感受到人掉进了车里，这个来接应大力士的同伙就会加足油门，冲卡逃离。

然而，垃圾车并没有开走。

它静静地停在那里，直到楼下的持枪特警把它团团围住。

2

冲下楼的萧朗敏捷得像一只猴子，他三步并成两步蹦上了垃圾车的车帮，也顾不上垃圾车里翻涌而出的腐臭味，拿枪指着仰面朝天躺在垃圾中央的大力士。这时候看得清楚，那就是大力士，腰间绑着剩下六卷硝铵炸药的大力士。

与此同时，凌漠带着几名特警用枪逼住了垃圾车的驾驶室，可是驾驶室里并没有人。

“傻眼了吧，跑不了吧？”萧朗站在车斗侧，轻蔑地说，“天罗地网你钻得出去吗你？你以为你是那个医生会缩骨啊？”

在心矫托中心的机房里偷听到几个黑暗守夜者成员说话的萧朗，此时知道那个会缩骨、会用毒、会分尸、会 DNA 检验的唐氏综合征患者，在他们的组织里，也被称为“医生”。可是，和萧朗想象中不一样，车斗里的大力士丝毫没有动弹，也没有任何表情的变化。他依旧保持着他那副可憎的嘴脸，朝萧朗瞪着眼。

“哎哟我去，你还敢瞪我！没看到我拿枪指着你吗？”萧朗生气地说，“就算是你们那个皮革人，也挡不住我这 92 式的子弹吧？你还以为是转轮枪呢？这么近，我就打你头，可不怕引爆炸药了。”

大力士依旧一动不动。

“嘿，你小子装死呢吧？”萧朗接着说，“你是不是看谍战剧看多了？嗑了氰化钾自杀了吗？我才不信呢！你要想死早就死了。”

大力士静静地躺着。

萧朗看出了异常，他伸出自己的右脚，小心翼翼地准备跨进车斗里，却听见了“咔咔嚓嚓”的碎裂声，就像是玻璃的碎裂声一样。

“不对，这垃圾袋底下有问题。”萧朗又收回了自己的右脚。

聂之轩显然也听见了破碎的玻璃声，知道事情可能没有想象中那么简单。他立即翻上垃圾车的一边，将自己的假腿探了进去。果真，一样发出了一阵破碎的声音。聂之轩用假肢把周围的垃圾袋拨开，露出了下方密密麻麻的破碎玻璃，破碎的玻璃上还有乳白色的浆液。

“糟糕。”聂之轩叹了一声，以假腿为支撑点，探过身子去摸大力士的颈动脉。

“哎，小心点。”萧朗警惕地握了握枪柄。

“不用小心了，他死了。”聂之轩沮丧地说道。

“死了？”几乎所有在场的人都大吃了一惊。

“摔死的？”萧望问道。

聂之轩未置可否，但在他的心中已经确认，并不会是摔死的。毕竟六层楼的高度，摔在有厚厚垃圾袋衬垫的车斗里，至少不会当场死亡。无论是失血还是颅脑损伤，死亡都会有个过程。

为了安全起见，聂之轩用自己的假手翻动了一下大力士的尸体。尸僵还没有形成，所以翻动起来并没有那么费力。一翻过大力士的背面，聂之轩就知道怎么回事了。

大力士的后背血肉模糊，他马甲的背后已经被碎玻璃扎成了碎布条，不少碎玻璃都插入了他的后背，横七竖八的创口交织在一起，随着尸体的翻动，还有血液汩汩流动。尸体已经被聂之轩翻身侧卧，还有数不清的碎玻璃扎在或者黏附在他的后背，看起来就像是一只血刺猬。即便是刚刚死亡，大力士尸体皮肤较薄的地方，以及口唇、指甲都有紫绀的迹象。

这样的尸体征象引起了聂之轩的警觉，他突然想到了玻璃上乳白色的液体，于是小心地把身边的垃圾袋挪开，用假肢沾了一点乳白色的液体，放在鼻下闻了闻。

可是，他没有萧朗那么敏锐的嗅觉，在这种垃圾腐臭味之中，很难分辨出这种乳白色的液体究竟是什么。但是，看着车斗里铺得满满的碎玻璃和上面沾染的可疑液体，结合尸体的征象，聂之轩也猜到了八九不离十。

“有人设了个计，在车斗里设置了涂满毒药的碎玻璃。一旦他跳上车，弄破了皮肤，就会中毒。”聂之轩说，“所以，他是中毒死亡。”

听聂之轩这么一说，在场的警察们又开始紧张起来。萧望开始布置对小区进行封锁，另一队人挨家挨户进行排查，还有一队人以垃圾车为中心，向周边进行搜索。

“可是，他被逼上楼顶到跳楼就是转瞬之间的事情，凶手又是怎么预料到这一幕，然后提前做准备的？”萧朗不解道。

“没人说要跳楼才会死。”凌漠说，“只要能骗得他们的人跳上垃圾车，这么尖锐的碎玻璃总会擦破皮。那么，凶手杀人的目的就达到了。”

“所以，刚才在楼顶听见的下面的几声喇叭响，是他们的暗号？”萧朗说，“凶手用暗号骗得大力士跳楼了？”

“肯定是这样。”凌漠沉吟道，“可是我们的动作那么快，并没有看见有人从车内离开啊。”

“看不见也知道，肯定是那个什么‘医生’干的，他在心矫托中心的时候就想炸死我们和他们。”萧朗说。

这话一说完，萧朗和凌漠对视了一眼，似乎想到了什么。两个人同时趴在地上，朝车底盘下方望去。

底盘下虽然没有藏着人，但是车底盘挡住的一个小小的窨井盖却被掀开了。

“缩骨。”凌漠说道。

“又是走下水道跑的，他是属老鼠的吗？”萧朗说。

“利用车体的掩护，按过喇叭后，就钻到车下，打开窨井，然后利用缩骨的能力，从下水道逃离。”萧望失望地说道，“收队吧，抓不到了。”

“是抓不到了，但是这辆车子，我们得拉回去检验。”聂之轩说话的时候，眼神里闪烁着微光，那是一种自信的微光。

除了聂之轩之外的所有守夜者组织成员都围坐在会议桌旁，看着大屏幕上播放出的监控录像。

唐铛铛从心矫托中心提取回来的监控硬盘里，找到了很多视频片段，并且按照时间轴完成了拼接，基本搞清楚了在心矫托中心发生的一切。

“在我们进入监控室后，我们基本放弃了对其他监控的观察，而是只观察四楼的会场里的情况。”唐铛铛说，“毕竟当时子墨在会场里，我们必须把窗口放大，从而观察子墨的一言一行。”

“这就导致楼下发生的事情，你们没有及时掌握。”凌漠说，“‘医生’此举，也是险招。”

“这人似乎就喜欢走险招。”萧朗耸了耸肩膀。

视频里，一个看起来似乎有点儿瘸的人，从一楼的操控间里走了出来。

“这就是‘医生’，错不了。”凌漠说，“他可能是预先知道了黑暗守夜者的下一步计划。为了防止在爆炸前被我们剿灭，用了一个声东击西的战术。看时间轴，他是先到西南面的加油站里故意露了一下脸，然后立即避过监控赶到了位于东北的心矫托中心。也就这一举，他成功地吸引了我们的所有警力。”

接着，“医生”走出操控室，向二楼走去。因为二楼到四楼之间有很多监控盲点，唐铛铛干脆就直接把有“医生”的影像接在了一起。从视频上看，“医生”直接从一楼上到了四楼。此时的时间点，正好是那个被诱饵引诱来的鉴定人抵达的时间。黑暗守夜者的几名成员都在整装警戒，其中几人去楼下“迎接、护送”鉴定人上楼。

就在所有人的注意力都被鉴定人吸引的时候，一个黑影混进了会场，在毫不起眼的角落里，似乎做着什么。而在此时，最有可能发现“医生”的崔振，正坐在程子墨的身边盯着她。

“原来‘医生’是在这个时候进入了会场，然后在爆炸装置上做了手脚。”凌漠恍然大悟。

“这连我们都没注意到。”萧朗摇头叹息，“子墨的伪装救了我们，但是也牵制住了崔振。”

就是鉴定人被挟持进入会场的这个时间差，“医生”完成了自己的工作，并且重新回到了楼下。对于正常人来说，那扇被黑暗守夜者成员锁闭的楼梯间的铁栅栏门是无法进出的。但是对于会缩骨的“医生”来说，那根本就不是事儿。所以在鉴定人就位后，“医生”又轻而易举地走到一楼每一个已经关闭的防火门后，像是在做什么。然后回到了操控室。操控室里没有监控，但是从操控台的破坏情况来看，是“医生”彻底摧毁了防火门的解除装置，让整个心矫托中心成为一个地牢。

“他用缩骨能力进出自如，但是其他人就不行了。”萧望说，“按照常理，这十二公斤硝铵炸药，足以让这座地牢里的人完蛋。”

接下来，就看见几名戴着口罩的黑暗守夜者成员慌张地跑到一楼，尝试打开防火门。在大力士撞击防火门未果之后，他们一起向位于一楼角落的操控室转移。再然后，就看见数十名工作人员和病人如潮水一样涌向大门，直到万斤顶拉开了防火门。

“‘医生’的行为很明确，就是要让他们死。”凌漠说。

“而且他肯定也是黑暗守夜者的人，不然不会知道他们的暗号。”萧朗说，“他能用暗号引导大力士跳楼。”

“还有，就是为什么他仅仅有自己一个人，却能随时掌握黑暗守夜者的行踪？”萧望说，“如果他们是敌对方，为什么‘医生’总是能在关键的时刻出现在关键的位置？”

“会不会是有什么信号追踪的设备？”凌漠问，“别忘了，他们几乎每个人都有通信设备，而且即便那个人形干扰器发挥作用，他们的卫星信号设备也能正常使用。如果有设备能追踪这些通信设备，不就能掌控他们的行踪了？”

“说得有道理。”萧朗点头认可，“那赶紧把‘医生’抓了，然后所有人就全部得归案。”

“‘医生’是必须抓的，也是唯一的线索。”萧望说，“对了，之前在崔振家地下室发现的电脑检验的结果怎么样？”

“哦，这些天我一直在研究。可是，电脑烧毁得太严重了，硬盘已经无法进行数据恢复了。”唐铛铛低头沮丧地说道。

“没事的，没事的，不是你的错。”萧朗安慰着。

“不过，至少从一些痕迹可以证实，硬盘在被摧毁之前，处于开机状态。而且，有数据拷贝的迹象。”唐铛铛说。

“你看，那还是有发现的嘛！我们大小姐最棒了！”萧朗说。

“当时现场里，只有‘医生’。那么，拷贝走数据的，只有‘医生’。”凌漠说。

“说明现在‘医生’的手上有黑暗守夜者的资料，我们更要不惜一切代价抓住他了。”萧望说，“其他成员应该暂时成不了气候，他们的枪和炸药都被我们缴了，至少短期内不能去危及无辜群众了。”

“要抓住‘医生’，还是得分析他的动机。”凌漠说，“他分尸、藏尸的行为说明什么？寻找崔振、摧毁电脑的行为说明什么？锁闭爆炸现场的行为说明什么？”

“不想给警察线索？不想让黑暗守夜者被警察抓活的？”萧朗被凌漠这么一梳理思路，似乎瞬间通透了。

凌漠默默地点了点头，说：“应该就是这个道理。他尽可能切断我们追查黑暗守夜者的线索，在我们接二连三重新接上线索之后，他试图杀人灭口和毁灭证据。面对诸多黑暗守夜者成员，他不自信能单打独斗取胜，于是将计就计，在爆炸物上做手脚，把设置好爆炸物的黑暗守夜者成员们，干脆都锁到了房子里。这样，一切证据线索都全部毁灭了。警察也会结案。”

“他是在想隐藏什么？”萧望若有所思。

“为了隐藏这些，可以不惜葬送所有黑暗守夜者成员的生命。”凌漠补充道。

“这家伙，看来不好抓啊。”萧朗感叹道，“要不，我们欲擒故纵，让他把黑暗守夜者都灭完了，再去抓他。”

“胡扯。犯罪分子的生命也是生命。”萧望训斥道，“杀害犯罪分子的行为也是犯罪。”

“这我知道，我就开个玩笑。”萧朗不好意思地挠了挠头。

3

“开什么玩笑呢？”聂之轩推门走了进来，从他汗渍还未干的发梢可以看出，他刚刚经历了一场紧张而又繁重的尸体检验工作。

“怎么样？”萧望站了起来，算是迎接聂之轩，也算是表达了自己内心的急切。

聂之轩一笑，说：“首先，大力士的DNA在傅姐的数据库里找到了。他的大名叫金刚，是1999年农历六月初八丢失的婴儿。父亲是个挑山工，母亲在家里做农活。”

“挑山工？嗨，你说他们这些演化能力究竟和他们原本的基因有没有关系啊？”萧朗问道，“而且这个名字还真是巧，金刚不就是那个力大无穷的大猩猩嘛。”

“可能会有一点儿关系。”凌漠沉吟道。

“他身上也有通信设备。”聂之轩说，“是他的一个项链坠，看起来就是普通的金属牌子，但其实是通信设备。我们直接封存了，不然怕一动又自毁了。”

“封存也没用吧。”萧朗说。

“现在萧局长正在寻找无线电装置方面的专家，要是找到合适的，再试试检验。”聂之轩说。

凌漠的眉毛动了一下，但很快又恢复了平静。

“我们更关心，他是怎么死的。”萧望问道。

“毒死的，和我判断的一样。”聂之轩说。

“真是毒死的？是什么毒啊？”萧朗问道。

“是植物毒素，叫见血封喉。”聂之轩说，“这种植物叫作箭毒木，生长在雨林之中。”

“雨林？我们这里也不是雨林啊。”萧朗打岔道。

萧望挥挥手，让萧朗不要插话，听聂之轩把话说完。

“箭毒木是剧毒之物，它的汁液呈乳白色，含有剧毒。但是这种毒即便是涂抹在人的皮肤上，也不会直接毒死人。不过，如果一旦接触到人畜的伤口，就可以毒死人畜了。”聂之轩接着科普道，“所以它才有了‘见血封喉’这个别名。古代人就经常说到见血封喉毒，说的就是这种毒。这种毒药会被古代人涂抹在弓箭之上制成毒箭。这种毒药入血之后，可以直接作用于人畜的心脏，导致心律失常而迅速死亡。”

“这和大力士，啊不，是金刚的死亡过程也吻合了。”程子墨说。

“那这确实是一起处心积虑的杀人案件了。”萧望说。

“当然，这种毒素不好搞，但是车斗里的量可真不少。”聂之轩说，“而且，车斗的垃圾袋下方，都堆积了大量的碎玻璃。有啥用啊？就是为了人为地将目标皮肤给割裂开。啊，对了，不仅仅是碎玻璃，还有很多钢钉和美工刀片。不管是玻璃、钉子还是刀片，上面几乎都可以看到喷洒有乳白色的液体，经过检验，也都可以检出箭毒木的毒素成分。”

“也就是说，只要进入了车斗，就很难不造成伤口。而一旦造成伤口，就不得不死。”萧望说道。

“我的天哪，这个‘医生’果真善于用毒，幸亏我精明，不然给他毒两次，太没面子！”萧朗回忆起自己差一点就一脚踩进了车斗，心有余悸，“感觉最近我是在水逆期啊。”

“人家水逆是不顺，你的水逆是要命啊。”程子墨掩嘴笑道。

“所以说，‘医生’做了准备，不管是从楼上跳进车斗，还是从平地上翻入车斗，只要进去了，难免一死。”凌漠已经确定了这个“医生”就是行凶者。

“不仅是准备，而且是精心准备。”聂之轩说，“把垃圾车清空，然后在车斗里均匀布置好各种玻璃、刀片和钉子，保证进入车斗一定受伤。然后在这些物件上喷洒上毒药，再找来一大堆垃圾物品把这些物件严严实实地给遮盖起来。这可不是一个小工作量，没有一定的时间和秘密的场所是做不到的。”

“也就是说，‘医生’并不是在锁定心矫托中心之后去制造了毒药车？”萧朗问道。

“显然不是。”凌漠说，“他提前就准备好了。不过有了炸药这一节，他就干脆用更简单的办法灭口了。只是他发现我们‘救’了黑守成员，于是又拿出了之前的方案。”

“我关心的是，既然要有充分的时间和秘密的场所，就说明这个‘医生’在南安市应该有一个隐秘的居所。”萧望说，“如果找到这个隐秘的居所，就可以抓到他了。”

“这个我们也想到了。”聂之轩说，“所以我在尸检的时候，就让南安市局技术室的同僚们，对垃圾车的垃圾进行了全面的清理。”

“真是难为你们了。”萧朗想起那刺鼻的腐臭味，说道。

“清理的结果是，我们在垃圾堆里找到了一些能够提供线索的垃圾袋和购物小票。”聂之轩说，“总的来说，重点怀疑区域是西市区和南厂区两个区域。”

“垃圾确实能够给警察提供很多的线索。”萧望说，“可是，为什么是两个区域呢？而且这两个区域一个在西，一个在南，中间还隔了两个区，距离现场也都不近。”

“现场的垃圾车，首先我们明确了车源。”聂之轩说，“这是一辆从经济开发区某街道市政部门偷来的车。确实，我们在诸多垃圾袋中，也找到了有这个街道特色的垃圾。不过，除此之外，我们还发现了一些在西市区西市超市的购物小票和塑料袋。同时，也有南厂区某集贸市场特色的垃圾袋。就说明这么多垃圾里，除了垃圾车被盗的时候自带的垃圾以外，还被凶手加入了两个区两个街道的垃圾。”

“这是他伪装的一个手段吗？”萧望问道。

“我觉得不会。”聂之轩说，“如果他想伪装，直接在垃圾车里加入一些没有地域标识的工业垃圾就可以了，何必跑两个区找来这么多有地域标识的生活垃圾？无标识总比有标识更可靠吧？”

“有道理。”萧望点头认可，“虽然不知道为什么会出现这种情况，但是我们现在可以肯定的是，凶手藏身的地点，极有可能就在这两个区域里。”

"不仅如此，我们还能知道，如果藏在西市区，那么就在西市超市附近的三个街道里。如果是在南厂区，那么就肯定在南厂区集贸市场附近。"

"我们完全可以兵分两路，同时调查这两个区域。"萧望说。

话音刚落，萧闻天走进了会议室，面色冷峻地说："等等再兵分两路，现在水上分局发现了黑暗守夜者租的小船，还有一具未知名尸体，你们现在就去现场！"

已经是晚上了，小雪已经慢慢停息。忙碌了一整天、冒了无数次险情的守夜者成员们似乎丝毫没有倦意。水上分局的小艇载着守夜者成员在夜幕下的芦苇荡中穿行。很快，看到南安河西北岸有一片芦苇遮盖的区域周围闪烁着警灯，水上分局派出的多艘冲锋艇已经把这个区域包围了起来。

进入这个区域不久，守夜者们就看见在芦苇荡的深处，漂着一艘小船。看船体的特征，确实是金刚在某船民处租的小船。即便仍在十米开外，因为有冲锋艇上探照灯的强力照射，也可以清楚地看到船舱内殷红的血迹和一具苍白的尸体。

等船靠近，聂之轩戴好了手套，小心翼翼地跨进了船舱。

"这人赤足，手掌和脚掌中央有环形的肉垫。"聂之轩已经很有经验，最先寻找尸体与常人有异的地方，"我觉得，有这种特征性的改变，可能会让他的手掌、脚掌具备吸附能力，从而获得攀爬能力。"

"攀爬？壁虎吗？"萧朗突然想起了炸药库上方那处被剪开的铁丝网，说，"那个不可能的高度，只有攀爬能力超强的人才有可能上得去！"

聂之轩点了点头，说："不过，不知道为什么他会掉下来？这个船舱应该就是死亡的第一现场。船舱周围有明显的喷溅状血迹，他的损伤位于头部的后肋骨，后肋骨粉碎性骨折，头部也基本是全颅崩裂了。人力难以形成，出血没有想象中多，是高坠损伤。"

"喷溅状血迹表示了第一现场的位置。"凌漠沉吟道，"他是从围墙上直接跌落到三四十米下的船里而导致了高坠死亡。"

"为啥会掉下来啊？"萧朗问道。

“注意保护好他的通信设备。”萧望提醒聂之轩。

凌漠眉头稍动。

聂之轩点点头，从他的勘查箱里取出一台便携式X光机，沿着尸体和船从上向下扫描着，说：“现在我们在疑似黑暗守夜者成员的尸体检验之前，都先扫描一遍，看看有没有疑似通信设备的东西。金刚的项链就是这么发现的。”

话音未落，聂之轩找到了通信设备所在。他小心翼翼地把放在船上的皮鞋放进一个防震动的物证盒中。

“在鞋子里？”萧朗哈哈大笑，“这人要打电话的时候，是脱下鞋子放在耳边吗？那给别人看起来是不是有点傻？”

“在鞋跟里，也许可以从鞋跟取出，然后再通信。他应该是将鞋脱在这里后去攀爬的。”聂之轩把物证盒递给凌漠，又开始转头检验尸体。

“死者有个手表，摔坏了。这个真好，法医最喜欢的就是死者身上可以表明时间的物体毁坏，因为那一般都是死亡时间。这比法医估计的时间要准多了。”聂之轩把尸体手腕上的一只机械手表取了下来，说，“手表上显示是七点整。”

“七点？他七点钟就上墙了？然后不知道为什么坠落死亡了，这时候才会派另一个可以藏在冰箱里的成员混进炸药库？看来我们之前分析对了。”萧望在之前凌漠分析的可能性基础上推测道。

“不不不。”聂之轩的头摇得像是拨浪鼓，说，“根据尸斑、尸僵和尸体混浊等尸体现象来分析，死者的死亡时间也就在12小时左右。”

说完，聂之轩抬腕看看手上的手表，显示现在是晚上八点整。

“你看现在是晚上八点，也就说明，这人是今天早晨七点整死亡的。”聂之轩说。

“那，顺序就要重新捋一捋了。”凌漠说，“是一拨人把那个耐寒的家伙掩护进了保安室冰柜躲藏，然后等待炸药库早晨七点钟清点数目的时候盗取。然后在保安员仍在库内清点的时候逃离到墙下，等待‘壁虎’剪开铁丝网，用绳索把他拉上墙头，再在‘壁虎’的帮助下从悬崖下到船里逃离。全部过程因为有树林里躲藏的人形干扰器帮助，在关键的几个时间点干扰监控。”

“这个设计，就和炸药库运营的bug紧紧贴合了。”萧望说，“他们非常了解炸药库的具体情况，也是经过了深谋远虑而实施的计划。只是因为意外情况，‘壁虎’坠落，导致耐寒者无法出炸药库，只能再次藏身于冰柜。”

“也就是说，如果第一道大门一直不开，等到晚饭时间的话，保安员一打开冰柜，就发现他了。”萧朗模拟着保安员打开冰柜后的场景，说，“惊喜不惊喜？意外不意外？”

“可是，我们的到访，让保安员打开了第一道大门并到半山腰迎我们，给了耐寒者逃离的机会。”萧望说，“看来我们不只在心矫托中心救过他们，之前就救了他们。”

“对，就是这样的情况了。”萧朗说，“耐寒者未能逃离，他们接应的车辆其实一直在山下等待。就是后来我发现的那一辆银白色轿车了。”

“可是如果人形干扰器一直在等待，不应该一直信号屏蔽吗？”程子墨问，“监控好像不是一直都没有。”

“说明人形干扰器是可以‘收放自如’的。”萧望肯定地回答道。

“现在的问题是，‘壁虎’的坠崖，是意外还是谋杀？”凌漠目不转睛地盯着正在工作的聂之轩，说。

“是需要进一步检验，但是这个损伤很有可能就是他坠崖的原因。”聂之轩指着死者后背的一处黑色小圆点，说，“这是一支毒镖留下来的损伤。”

“毒镖？”萧朗最先做出了反应，毕竟他曾经是毒镖的受害者。

“如何确定？”萧望问道。

“你看，这一处黑色的小点，其实是一个针孔。”聂之轩用假肢持着一把止血钳，小心翼翼地从黑点处夹出了一个什么。

在冲锋艇灯光的照射下，聂之轩的止血钳钳头上有一根细针闪闪发亮。聂之轩接着说：“这是断在针眼里的针头，而且，尸体的背后针眼附近还有一小块挫伤，对应的船舱里，有碎裂的塑料片。”

说完，聂之轩又用镊子夹起一块小小的塑料片，说："尸体后背针眼有明确的生活反应，说明是生前扎入的，在其坠落后，后背的毒镖被撞碎了，但是仍在后背留下了挫伤。针眼附近软组织有发黑的迹象，说明镖内有毒。"

"是'医生'，他发射了毒镖，把'壁虎'给打下来了。"萧朗肯定地说。

"看起来是这样的。"萧望沉吟道，又像是想起了什么，说，"可还有个问题。从我们掌握的'医生'活动轨迹来看，他一直想隐瞒什么，生怕我们抓住黑暗守夜者的线索，甚至不惜牺牲掉黑暗守夜者的成员。可是，这一次他为什么不等'壁虎'把耐寒者救上了墙头再动手？要知道，把耐寒者留在冰柜里，直到被保安发现、被警察逮捕，黑暗守夜者真的就暴露了。"

"我觉得，这是因为黑暗守夜者分了两次行动，而'医生'并不掌握第一次行动。"萧朗说，"他都不知道有个人藏在了炸药库的冰柜里，那肯定就不会等了呀。我们都知道'医生'可能有监控其他黑守成员通信器的设备，如果他们第一次行动没开通信器，'医生'当然就不知道有个耐寒者藏在冰柜里了。"

"不，我觉得，是因为现实情况所迫。"凌漠在冲锋艇的船帮上展开了一张地图，说，"你们看，南安河的走向是从西北到东南。而非常巧合的是，西北的南安河码头，距离西市区的集贸市场不远；而东南的码头，又离南厂区的工业园很近。"

"垃圾车内的线索指向？"萧望说。

"对。这样我们就可以捋顺了。"凌漠说，"'医生'从经济开发区偷了垃圾车，开回了他平时的窝点——位于西市区的集贸市场附近，制造了一辆毒物车，并且找了一些垃圾补充进去。今天早晨，他监控到了黑暗守夜者的行动，于是驾驶垃圾车上了南安河上的某艘货船，在货船经过炸药库的时候，射飞镖打死了'壁虎'，然后在南厂区下船。下船后，他觉得垃圾车内的垃圾不能完全遮盖碎玻璃，于是又找了一些垃圾填充。这样，两个相隔甚远的区域的生活垃圾在一辆垃圾车里，这一点就解释通了。这个时候，他还顺便在西南边的加油站附近露了个脸，把警力都吸引走，然后再驾车去心矫托中心实施作案。”

“也就是说，从这条路线上看，是唯一可以解释‘医生’全部活动轨迹的方法。”萧望点头认可。

“从地形上也基本可以确定，想用飞镖打下几十米高墙头上的人，只有可能在河中心，在任何地方都不行。现在问题来了，‘医生’只有可能是在货船上射镖。”凌漠说，“射镖的时机他是掌握不了的。船在移动，如果他不发射，就错过了发射位置，那么他一个也打不掉。那个时间点，耐寒者没有能够上墙，‘医生’干脆打掉一个是一个。总之，他最重要的目的就是防止他们偷出炸药惹出更大的动静。”

“可是我们无意中救出了耐寒者。”萧朗补充道，“‘医生’从监视器上发现这帮黑暗守夜者成员从上午九十点钟就开始向心矫托中心移动了，就知道他们得手了，于是干脆引开警力，然后去心矫托中心冒险把那里变成一座人间地狱。”

“在全部解释通了的同时，我们还知道了‘医生’平时的生存据点大概位置。”萧望激动地说，“我真为你们骄傲！”

4

“告诉我，你已经侦查到线索了！”凌漠用炙热的眼神看着风尘仆仆刚钻进万斤顶的程子墨，说。

“嘿，你对我这么有信心吗？”程子墨坐了下来，第一件事是往嘴里丢了个口香糖，然后含糊不清地说，“你让我喘口气。”

“喘什么气，你不是一直在喘气吗？”萧朗急着问，“你别卖关子了，快点说。”

万斤顶停在南安市西市区集贸市场的一个很不起眼的角落里，已经在这里静静地等待了一整个晚上。

第二天一早的天空已经放晴了，空气虽然依旧寒冷，但是异常干净。所以，一大早天还没全亮，就已经有很多小商贩来到了市场，买菜的、卖菜的，还有那些起来晨练的人群，让市场很快熙熙攘攘起来。

守候了一晚上，万斤顶和十几辆公安侦查车内的警察们，也没有发现“医生”的踪迹。而且在他们悄悄布控这个区域的时候，已经是晚间了，根本无法开展走访调查工作。毕竟大半夜的去敲门调查，弄不好就会打草惊蛇。

按照之前的分析，这个“医生”很有可能是隐藏在崔振背后的更大的boss，而且他行踪诡异、刁滑奸诈、心狠手辣。一旦让他知道警方已经掌握了他的活动区域，很有可能就再也不会回到这里来了。如果再想找到他的线索，会付出更多的代价。

所以，这是一次无法重来的行动。

“嘿，说老实话，按照捕风者的标准来看，我是不如你的。”程子墨大大咧咧地拍了拍凌漠的肩膀，说，“可是你非要当读心者。”

凌漠没说话，依旧盯着程子墨的眼睛。他已经从这个短发女孩的眼神中读到了骄傲和自信，虽然程子墨的开场白很谦虚。

“不过，你们都已经根据垃圾车的勘查和炸药库附近的地形推断出‘医生’就生活于此，而且他又是一个唐氏综合征患者，那我这个捕风者再侦查不到一点什么，就真的算是失职了。”程子墨甩了甩耷拉到面颊的发梢。

既然市场附近已经热闹了起来，而且单纯地守候并没有发现任何异常，萧望决定，让捕风者程子墨化装成附近居民，混入市场进行侦查，通过访问来确定“医生”的日常居住地。

“你真是磨叽，快点说。”萧朗急得直跺脚。

程子墨白了萧朗一眼，打开手机地图，说：“喏，就是西三胡同里中间的这一家。这一家两间平房一个院子，就是因为有院子，他才有隐秘的场所来改造垃圾车嘛。”

“那还说个啥！”萧朗从万斤顶枪库里拿出自己的92式手枪。

“别急！”程子墨说，“我去打探过了，‘医生’不在家里。”

“你怎么知道？”凌漠问道。

“我找附近几个晨练的阿姨套了一下话。”程子墨说，“具体过程我就不多说了，总之，大家都隐约知道西三胡同的盲女有一个相好，这个相好就是个‘孬子’。她们所谓的‘孬子’，其实就是指唐氏综合征患者。”

“她们知道不知道‘孬子’住不住这里？”萧朗问。

“她们都不确定，说是这个‘孬子’不和邻居多沟通。但是，大家都能经常看到他。他经常会买一些生活用品来找盲女，看起来，两个人感情非常好。”程子墨说，“然后，我就和那些阿姨聊这个盲女的事情。这个盲女就是出生在这里的，从小在这里长大，没上过学，但是人很好。盲女十五六岁的时候，她父母不知道怎么就死了。从此，盲女就一个人生活，靠政府低保和帮邻居做一点针线活儿生活。两年前吧，就和这个‘孬子’有来往了。”

“除此之外，没有其他唐氏综合征的患者了？”萧望说。

“反正我一形容‘医生’的模样，有一点瘸什么的，她们就想到这个所谓的‘孬子’了。”程子墨说，“不过从调查上来看，这个盲女的背景是没有问题的，可能对‘医生’的事情不知情。我刚才也冒险去她家后院趴了一会儿，听见盲女在打电话，应该是在和‘医生’通话，问他什么时候回来什么的，那一头应该说最近都不回来，然后盲女在哭，就这样。”

“那先把盲女控制起来再说。”萧朗刚准备下车，被萧望一把抓住。

萧望说：“又犯老毛病，沉稳点儿。”

“我们之前说了，这是一次不能重来的行动。”凌漠说，“如果他的房子有监控、盲女有途径向‘医生’报警或者周围有人盯梢，我们控制盲女的行动就直接暴露了，就打草惊蛇了。”

“那怎么办？你没听见说最近都不回来吗？我们就这样傻等？还是坐等他再杀一个黑守成员？”萧朗说。

"我在想，不知道萧朗之前的提议，可不可行。"凌漠像是在自言自语。

"我有提议吗？哪一条？"萧朗莫名其妙。

"你说过。"凌漠说，"我们欲擒故纵，让他把黑暗守夜者都灭完了，再去抓他。"

"不行。"萧望斩钉截铁。

"我那是玩笑话，你怎么又当真呢。"萧朗不好意思地说道。

"不，这个玩笑，倒是给了我一个启发。"凌漠说，"'医生'为了掩盖什么，不是要追杀其他黑守成员吗？他不是有仪器设备可以定位其他黑守成员的通信设备吗？那么，假如有一个黑守成员的通信设备突然出现在了他相好的盲女家附近，他会怎么想？"

萧朗恍然大悟，说："对啊！我们有金刚和'壁虎'的没有自毁的设备！如果他们来了盲女家，敌对的'医生'一定会以为他们来报复自己的媳妇了！如果像群众说的那样，两个人感情很好的话，'医生'一定会来救的！"

"金刚的不行，因为'医生'已经知道金刚死了。"凌漠说，"但是'壁虎'死没死，'医生'是不能确定的。"

"你确定'壁虎'的通信设备是开启状态吗？"程子墨问。

凌漠点点头，说："'医生'之所以可以发现'壁虎'爬上了围墙，一定是因为'壁虎'的设备是开启的。毕竟，'壁虎'要和耐寒者交流营救。'壁虎'遭遇不测，从墙头跌落，也是没有时间去关闭通信设备的，所以现在一定是开着的。"

"那只鞋子在哪儿？"萧望问凌漠。

"一直在我们万斤顶上。"凌漠说，"这个时候，'医生'会以为'壁虎'在集贸市场附近逗留，可能不以为意。但是我们把鞋子放到盲女家里去的话，他一定就绷不住了。"

"刚才我偷听到的电话，很有可能就是'医生'觉得危险，才打电话确认盲女的安全。"程子墨说。

"这是个好主意啊。"萧望由衷赞叹，随即发出了指令，"把'壁虎'

的鞋子扔到盲女的院子里去，然后在胡同周围设伏。两边的楼房上都安排上狙击手和瞭望手。”

“对了，在丢入鞋子之前，请信号屏蔽车过来，把这里的手机信号屏蔽了。并且摸清楚盲女家的固定电话，也让电信给处理一下。”凌漠微微一笑，说，“防止他打电话给盲女求证。”

一切准备就绪后，所有的警察又陷入了默默的等待。谁也不知道未来的这几个小时内会发生些什么，但每个人都期盼着发生点什么。

自愿当瞭望手的萧朗，此时已经登上了胡同附近唯一的高楼——一栋四层楼房的房顶，并且在房顶架设的一台电视锅[1]背后藏身。他一手持枪，一手拿着对讲机，摩拳擦掌等待着异常情况的出现。

时间一分一秒地过去，不知不觉一个小时就过去了。站在楼顶的萧朗，即便是身强体健之人，也感觉到寒冷空气的厉害。这个时候的萧朗，哆哆嗦嗦地、小心地挪动着即将冻僵了的双脚，基本就是靠意志力在支撑。

然而，就在一瞬间，所有的寒冷几乎都被自己体内飙升的肾上腺素驱赶殆尽，他看见了一辆飞驰而来的摩托车。

虽然骑车的人戴着头盔，看不到面容，但是萧朗清晰地记得，在心矫托中心监控中的“医生”就穿着一件带着斜杠的夹克衫。而眼前这个人，正是穿着一模一样的衣服。而且，在这种小路崎岖的人口聚集区，如此高速行驶的摩托车，还会是谁骑着的呢？

“各组注意，‘医生’进入视野，‘医生’进入视野。”萧朗压抑着内心的兴奋，说道，“听我指令，一旦进入包围圈，立即合围。”

为了不让周围无辜群众受到伤害，将抓捕行动的影响降到最小，在这个人口密集的区域，特警们设置了一个不大的包围圈。对于怎么合围抓捕，这就是特警们的必修课了。

1　电视锅，又叫卫星锅，是有线电视接收卫星信号的装置。

眼看着摩托车离包围圈越来越近，萧朗握着枪的手心都开始出汗了。二百米，一百米，五十米，时间定格了。

在摩托车行驶到距离包围圈还有四五十米距离的一个胡同口的时候，突然警笛声大作。

“呜呜呜呜……”刺耳的警笛声引得周围群众都侧目寻找，可是却找不到一盏闪烁着的警灯。

“谁开了警笛！谁特么傻？”萧朗从电视锅后面跳了起来，也不管自己是不是在高楼之上，直接朝楼下的遮阳棚就跳了下去。

摩托车上的人也在第一时间做出了反应，他一脚撑地，猛捏刹车，摩托车在原地旋转了两圈，掉转了车头。“医生”猛加油门，向这个胡同口驾车冲去。

“糟糕！胡同口有铁丝！”萧朗凭着敏锐的视觉，最先发现“医生”冲向的胡同口，不知道什么时候被人布置了一根横着的非常细的铁丝。

这一招够狠啊，用警笛声逼得“医生”不得不向这个胡同口转移，然后在胡同口设置铁丝。以“医生”这么快的速度，一旦撞上铁丝，必然会被铁丝立即“分尸”。

“子墨！铁丝！”萧朗急得哇哇大叫，用手远远地指着胡同口奔跑着。

此时的程子墨相对于目标胡同较近，听见了萧朗的叫喊，向胡同口看去，铁丝太细，看不真切，但是胡同两侧墙壁上固定铁丝的螺丝，她倒是看得真真切切。程子墨由不得多想，抽出手枪，迅速瞄准，嘭的一声开了枪。

随着枪声响起，固定铁丝的螺丝应声爆裂，铁丝就像是一条眼镜蛇一般，摆着尾巴掉落。恰巧在此时，“医生”的摩托车抵达了胡同口。他虽然没有撞上铁丝，但是被脱落的铁丝尾巴狠狠地抽打在头盔上，竟然直挺挺从摩托车上摔了下来。摩托车倒是没有停歇，由于惯性，它向前滑倒摔出几十米，闪着和地面摩擦而形成的火花，撞到了胡同一侧的墙壁上，嘭的一声，引发了爆燃。

经过遮阳棚的缓冲，跳下地面的萧朗也没有受伤，一个骨碌爬起来，用百米冲刺的速度朝几十米开外的胡同里跑去，和程子墨一起接近“医生”。

此时的“医生”显然也因为剧烈的摔跌而受伤，他费劲地靠在了胡同墙壁上，艰难地从内衣口袋里掏出一支注射器。

“不要！”眼尖的萧朗明白了“医生”的意图，一边加速奔跑，一边喊道。

“医生”微微一笑，狠狠地将注射器插入了自己的肩膀。

只有几秒钟的工夫，萧朗狂奔到了“医生”身边。而也就这几秒钟的工夫，“医生”已经完全瘫软。

萧朗一把拔掉了插在“医生”肩膀上的注射器，忍不住痛心地喊道：“为什么啊？干吗要自杀？”

随后赶来的萧望也同样沮丧，他知道一定是有黑暗守夜者成员早就设伏于此，等到“医生”靠近之后，发出了警笛的声音，逼得“医生”只能掉头逃跑。而在之前，黑守的成员们悄悄地在这个胡同口设置了铁丝，在极高的相对速度产生的作用力下，一根细铁丝就像是一把锋利的刀，让人无法躲避的刀。虽然萧朗和程子墨的机敏并没有让黑守直接得逞，可是“医生”在摔伤后无法逃脱，却果断选择了自杀。

正在此时，萧朗感觉到身后一个身影闪动，于是想都没想，矫健的身躯就像是被弹簧弹了出去一样，直接追了过去。

随后赶到的凌漠一行人，把“医生”扶起，摘掉了他的头盔，果真就是这个处心积虑的唐氏综合征患者。

“没法救了，生命体征停止了。”聂之轩熟练地检查了“医生”的状况，遗憾地摇了摇头。

“他在看哪儿？”凌漠却注意到了“医生”的表情。

“医生”是一副唐氏综合征的面容，不大的眼睛一直瞪着远处地面，嘴角像是浮现出一丝笑容，或者说，是一丝欣慰的微笑。

作为读心者的凌漠，顺着“医生”的眼神，看向远方，那是一团火球，一台正在燃烧着的摩托车。凌漠很快明白了问题所在，他一边冲向摩托车，一边大声喊叫着周围的特警找水、找灭火器。

几个人手忙脚乱地把摩托车的火灭掉的时候，摩托车已经几乎烧得只剩下架子。

“我去，我实在没勇气往水里跳，都快结冰了。”萧朗此时从远处跑了回来，说，“设置铁丝的那个彪货，我眼看就要抓住他了，他直接跳南安河里去了。”

“他不一定是设置铁丝的，但一定是伪造警笛的。”凌漠一边在摩托车残骸里找着什么，一边说，“就是那个冒充孩子喊叫声的声优，既可以模仿声音，又可以在水下潜行。所以啊，你没跳下河是对的，跳下去也追不上。”

“要不是天气太冷，我还真跳下去追了，你怎么知道我追不上？我游泳速度也不一般！”萧朗辩驳道。

“组织有序、策划缜密、因材施用。”萧望说，“这个崔振比我们想象中要狡猾得多啊。”

“好了，找到了。”凌漠把手探进了摩托车已经烧毁的储物盒内，拿出了一个黑黝黝的皮袋。

第十章

亡灵教室

我悄悄进了自己的房间，
在黑暗中站了一段时间，既不敢动，也不敢开灯。
我只是站在那里，感觉眼中的旋涡。
——丹尼尔·凯斯

1

“煤渣？这么多煤渣说明什么？”萧朗在南安市公安局物证实验室的靠椅上坐着，左右晃动着转椅，举着一个透明物证袋，看着里面黑黝黝的东西，说道。

“摩托车轮胎里抠出来的，你说能说明什么。”聂之轩坐在实验台前，面前有个通风橱，他双手插在通风橱内工作着。

“说明从矿上赶过来的呗。”萧朗晃着物证袋，说，“在我们南安，说到矿，就想到安桥县了。从那儿赶过来，最快估计一个小时差不多。”

聂之轩知道萧朗指的是，他们设下诱饵后，“医生”花了一个小时赶过来。

“摩托车，就找出这么点东西？”萧朗挥了挥手中的物证袋，又指了指聂之轩正在工作的对象——黑色的皮袋。

“摩托车大体已经烧毁了，好在还有部分轮胎在。”聂之轩说，“再有，就是位于油箱后侧的储物盒也都烧毁了，要不是凌漠反应快，这些物证都找不到。”

“凌漠这小子就是鬼机灵，他说从‘医生’临终的眼神中，看到了欣慰。”萧朗说，“欣慰的是，这个包烧毁了。可没想到，没烧毁。对了，尸体那边，就一点发现也没有？”

“没有，死亡过程我们都在场见证了，还有什么好鉴定的。”聂之轩一直没停下手中的活计，“他的身上没有找到疑似的通信设备。”

“因为他们内部有分派别吧。”萧朗说，“你说黑守的大 boss 究竟是崔振，还是‘医生’？”

"背后大 boss 的问题还是有待商榷的。"聂之轩摇了摇头，说，"我看了'医生'的牙齿，判断他的年龄，也就二十出头。"

"啊？'医生'不是背后 boss 啊？那难道是叛乱的人？不应该是他设计了疫苗、制造了基因改造物吗？"萧朗坐直了身子。

"这个我就不知道了。"聂之轩说。

"那得赶紧和凌漠那小子说一下，他还在和盲女聊呢，按照'医生'是背后 boss 的路子在聊。"萧朗从口袋里掏出手机。

"尸检完，我就和他说了。"聂之轩说，"没什么影响，因为凌漠说这个盲女对黑暗守夜者的事情一无所知，甚至对'医生'本人也所知甚少。"

"原来是纯洁的男女关系啊？"萧朗耸了耸肩膀，重新拿起装有煤渣的物证袋看着，"这煤渣，有细有粗，是没有经过筛选的，看来离煤矿的坑口不远。"

"铛铛，我觉得接下来，还是要看你的本事了。"聂之轩对萧朗身边的唐铛铛说道。

从进了实验室，唐铛铛一直在低着头，像是思考着什么，听见聂之轩唤她，便直起身子去看通风橱里的情况。

因为高温，皮袋几乎熔化了，熔化了的皮革和皮袋之内的种种物件纷纷粘连在一起。聂之轩这么小心翼翼地工作了个把小时，就是为了把熔化了的皮袋和里面的东西彻底分离。

因为高温的作用，皮袋里的一些易燃品已经消失殆尽了，但是分离出来的一块平板电脑和一张厚卡片还算是保存了外形。

唐铛铛按照聂之轩的要求戴上了手套，检查这两件仅存的物件。

"平板电脑现在是开机的状态，但屏幕好像坏了，我可以尝试破解里面的内容。"唐铛铛低声说。

"你看这两个红点，闪啊闪的。"萧朗说，"我猜啊，这就是'医生'接收其他黑暗守夜者成员通信信号的设备。这两个红点就是金刚和'壁虎'的设备，现在在我们守夜者物证室里。"

"有道理！"聂之轩恍然大悟，"如果真的是这样，说明其他所有的黑暗守夜者成员都已经关闭了他们的通信设备。”

“那是肯定的呀。”萧朗说，“从‘医生’分尸，再到跟踪到炸药库、心矫托中心，这么久了，还不知道‘医生’能够追踪他们啊？我觉得他们反应已经够慢了。”

“可是如果‘医生’能实时追踪，为什么还会去崔振的住处？崔振明明不在住处啊。”聂之轩问道。

“这就是崔振把唐老师的手环留在那个基地的原因？”萧朗说，“当作诱饵？”

“不，唐老师的手环已经完全坏了，不能追踪。而且如果那个时候崔振就知道‘医生’能追踪通信器，那么他们后面的行动就不会打开通信器了。”聂之轩说道。

“那就只能说明……”萧朗说，“一、‘医生’知道崔振的住处有重要证据，所以在去找崔振之前，先去她住处毁了证据。二、崔振他们不行动的时候，是不会打开通信器的。”

聂之轩点了点头，说：“既然黑守组织成员需要在行动时打开、行动完关闭通信器，而唐老师的手环是完全被动、不能主动操纵的，这一点更加证明了唐老师是无辜的。”

说完，聂之轩注意到唐铛铛的表情微变，于是把卡片递给唐铛铛，说道：“这个卡片，会不会是什么宾馆的房卡啊？”

唐铛铛左右摆弄了一下卡片，推了一下卡片一侧的芯片，居然推出一个小“门”。原来，这个芯片并不是卡片芯片，而是一个隐形的U盘。

“U盘！U盘的价值可就大了！”萧朗跳了起来。

唐铛铛默不作声地把U盘插进了电脑，丝毫没有反应。她说：“毕竟是在很高的温度下受热过的，可能功能上有损坏，也需要我尽可能去还原一下，看能不能恢复读取。哦，对了。这个很有可能是‘医生’从崔振的电脑上拷贝走的资料。”

“是了，你之前说了，崔振的电脑炸毁了，但可以从硬盘数据上看出有过拷贝的迹象。”萧朗补充道。

唐铛铛默默地点了点头，说：“我把这两个东西带回守夜者组织，需要一点时间去破解。”

“我陪你去！”萧朗整理了一下衣服，拿着车钥匙说。

“等会儿，萧朗你看看这是什么。”聂之轩指着通风橱里说道。

通风橱里，散落着很多被聂之轩剥离下来的皮革碎片。有的碎片已经完全炭化，有的碎片还粘连着之前在皮袋内存放的已经烧毁了的物体。

聂之轩发现的，是一块熔化了的皮革黏附的淡黄色的类似纸片状的东西。这个纸片中间受热变成了淡黄色，四周已经烤焦发黑卷缩。聂之轩用镊子小心翼翼地尝试把纸片从皮革上分离下来。

试了好几次，最终聂之轩还是放弃了。因为皮革熔化程度严重，这种粘连已经不是简单的机械力量可以予以分离的了。

“这是二维码吗？”萧朗眯着眼睛看着聂之轩用镊子掀起的纸片的一角。

“看形状，好像是的。”聂之轩点头认可。

“这种大小，还有二维码的，多半是快递单啦。”萧朗受到之前调查唐骏遗物时的启发，说道。

唐铛铛听闻这句话，消瘦的肩头微微抖动了两下。这些天，唐铛铛把自己沉浸在工作中，似乎已经忘却了丧父之痛。可是，这种痛又是何等的深刻，所谓的忘却，只是暂时的忘却罢了。

“包里有个快递回执？”聂之轩沉吟道，“那他是最近寄走了什么，这个很重要啊。”

“重要有啥用！你又分离不下来。”萧朗转着圈看着这个被皮革黏附的纸片，急得直打转。

“你等等。”聂之轩丢下三个字，跑出了实验室。过了大约十分钟，他拎着一个箱子又跑了回来，气喘吁吁地说，“我把物证拿回市局来检验，就是因为市局比咱守夜者的实验室设备要齐全啊。这种特制的多波段光源，有更多的波段。既然纸片上的字是印刷上去的，我相信总有一种光是可以显现出来的。”

萧朗看着聂之轩一个波段一个波段地调节光源，脸上戴着的红色眼镜在光源的反射下闪着光芒。

“纸。”聂之轩说。

“啊？”萧朗说，“哦，让我拿纸记录是吧？你看到什么了？”

“677732。”聂之轩说，“这应该是运单号了吧。”

“运单号哪有这么短的？”萧朗说。

“这是后六位。”聂之轩说，“前面的实在是看不见了，这就需要你去排查了。”

“这个容易。”萧朗说，“上次通过运单找到快件的时候，老萧意识到了快递的重要性，所以申请对本地的几个快递公司的运单系统对接了接口，现在通过公安网就可以查询。不过，只有后六位怎么查，我还真不知道。”

“我来吧。”唐铛铛放下手中的平板和U盘说。

接通了快递运单系统，唐铛铛开始熟练地在电脑上敲打着什么，似乎是进入了数据库的后台，然后设置了搜寻后六位对比的一个编程命令。只用了二十分钟，电脑上就开始疯狂地滚动着数据，并有运单信息一条一条地出现在对话框里。

“哎哟，知道了后六位，还有这么多啊？”萧朗看着一条一条出现的运单信息，说。

“是啊，现在快递就是多。你想想啊，你一个人每个月就有多少快递了，更何况我们两千万人口的城市。”聂之轩笑着说。

“哎哎哎，停停停，你看这个。”萧朗指着其中一条信息说。

这条信息很明显比别的信息要短得多，因为寄件人的地址只有南安市西市区六个字，而寄件人的电话号码都没有写。收件人信息倒是很详细，但是电话号码是十一个零，很明显是假号码。收件地址是距离南安市三百公里的一个二线城市——文疆市。

不好的消息是，这件快递是四天前发出的。按照常理，收件人应该已经收到了快递。可惜，数据库里并不能显示签收状态。

“假号码也不能这么假吧。”萧朗从座位上跳了起来，说，“而且，快递不是必须有收件人手机号才收的吗？四天，万一四天还没签收呢？南安安通快递是吧，我现在就去他们公司。”

“去吧。”聂之轩微笑着说，“我要去药监局，看一看上次对崔振他们公司疫苗的抽检情况，究竟有没有什么猫腻。”

“我也要去恢复U盘了。”唐铛铛说。

“怎么这么多事，连个陪我的人都没有。”萧朗在一座硕大无比的物流园中穿行，也不知是诸多的快递公司招牌，还是复杂的园区小路把他弄得有些头晕。本身方向感就不出众，又从来不爱逛街的萧朗，这次算是惹上了个大麻烦。

找了整整四十分钟，萧朗终于看见园区的角落里，有一张歪歪斜斜的照片，上面写着：南安安通。这就像是哥伦布发现了新大陆，萧朗一蹦三尺高，然后一溜烟地就钻进了大棚里。

相对于其他的快递公司，这家快递公司的货物明显要少很多，站点的工作人员也懒懒散散地喝着下午茶。

萧朗带着风走进了管理室，出示了警察证，说：“我需要紧急查一个快递，单号给你。”

“警察同志，这是有什么大事儿吗？我们公司可经不起折腾啊。”管理员一脸惊恐，一边说，一边打开电脑，调取运单记录。

“大事儿倒也没有，不必担心。不过，这个快递连收件人电话都不写，你们也收？”萧朗问。

管理员没说话，静静地看了看电脑上的信息，接着说：“咋不能收？门牌很详细，能收到不就得了？咱们这儿萧条的，还挑活儿吗？”

“这个快递签收了吗？”萧朗问。

“没有，在文疆主站点，还没分件呢。”管理员说，“最近我们的快递运送车队整体保养，所以耽误了两天。”

萧朗心里想，只有三百公里，四天时间都还没到，找的理由居然是运输车保养？这也真够搞笑的！但是萧朗心里还是一阵狂喜，毕竟这个快件肯定不会落到对方手里，而是会被警方查扣了。

“哦，寄到文疆的是吧？”一名快递员估计是中午没有吃饭，此时正坐在管理室里大快朵颐，含糊不清地说，“不就是那个‘孬子’，哦不，就是那个残疾人嘛，他经常会来寄快递，每次都是寄去文疆的。”

“对啊，人家都是残疾人了，多不容易啊。不知道对方手机号码有什么关系嘛，只要能收到不就好了？”管理员警惕地为自己做着解释。

此时，萧朗的内心已经确认，这个黑暗守夜者成员“医生”只不过是幕后大 boss 的一个瞭望手，他负责在南安的某处做着某些事情，时刻向文疆市的大 boss 汇报着工作。

出了快递公司的大门，萧朗就电话联系了萧闻天：“老萧，我微信发给你了一个地址，是‘医生’经常会邮寄邮件去的地址，也应该是黑暗守夜者组织大老板的地址。你赶紧联系文疆警方去抓人。哦对了，‘医生’四天前又邮寄了一个邮件过去，现在在文疆市快递中转总站点，我一并发过去的还有一个快递单号，你赶紧联系文疆警方去把这个快递给我找回来。”

一口气说了一大通，萧朗挂断了电话，仰望着碧蓝的天空，享受着并不算太冷的空气在脸颊拍打，心想，给一个公安局长下命令，真他妈痛快。

2

和萧朗想象中并不一样，到晚上时分，他并没有启程赶去文疆市收获战果，而是心情郁郁地坐在守夜者会议室里，在萧望的组织下开碰头会。

此时聂之轩带了一摞材料回到了守夜者组织，一边整理材料，一边介绍药监局组织的联合调查组对疫苗抽样检查的结果：“联合调查组对疫苗公司的每批次、每个渠道的供销疫苗进行了抽样检测，均未检出有毒有害物质。”

“这和之前的结果是一样的。”萧朗耸了耸肩膀。

“不过，在我的要求下，他们对疫苗进行了免疫组化的进一步检验。”聂之轩说，“对某些特定批次、特定渠道的疫苗检验，发现了多种结构复杂的未知蛋白质结构。”

“我觉得，你还是说一些我们能听得懂的吧。”萧朗瞪大了眼睛。

“呃，简单来说，就是经过了一些特殊的检验手段，发现了正常疫苗里不该有的物质。”聂之轩尽可能地用通俗的语言去解读，“我们拿这些蛋白成分去咨询了一些医学专家，他们也搞不清楚。后来我又联系了我母校的一个基因学专家，他看完之后，分析这可能是一种基因突变的诱导剂。”

“诱导剂？”萧望皱了皱眉头。

“不知道你们还记不记得，我们曾经说过，如果想改造人的基因，必须从胚胎的时候就开始介入。如果是对婴儿进行基因改造，是有很多方面行不通的。虽然我们知道了很多基因位置所决定的功能，即便我们能靶向修改基因，但依旧很难从功能上改造一个人。”聂之轩说，“但我说的，是目前我们了解到的基因科技的状况。但如果有人有办法对婴儿的基因进行改造，并让其获得演化能力也未可知。不过，我们也曾经说过，即便是修改基因，也未必能形成基因的‘进化’，势必也会有‘退化’和‘变化’。因此，这样的基因修改，应该说是一种代价非常大的医学实验。代价可能是很多孩子的生命。”

“那诱导剂是什么意思？”萧望问。

“我和基因专家们商量了一下，觉得事情的可能性应该是这样的。”聂之轩说，“崔振通过在成品疫苗中投放这种诱导剂，观察疫苗受体的状态，一旦有可以发生基因改造的生物体条件，他们就会去把孩子偷来，进一步持续用药，来改造基因，从而在孩子发育的过程中，获得某些能力的‘演化’。我们看到的是‘演化’成功的，失败的，或者是‘退化’的，就不知道他们怎么处置了。”

“也就是说，疫苗的投放，是一种试探。”萧望说，“但即便是这种试探，还是有用疫苗后出现严重副作用的报道。”

"这是肯定的。"聂之轩说，"现在是新媒体时代了，群众的维权意识也强，所以最近就有很多打过疫苗出问题的案例出现了。但在以前，可能大家信息不通畅，也不会想到是和疫苗有什么关系。从我整理的材料来看，媒体报道出问题的疫苗，以及那些抽样检查出问题的疫苗，都来自崔振负责的渠道。"

"也就是说，即便他们不这么大张旗鼓地去复仇，崔振暴露的可能性也越来越大了。"萧望说。

"对。"聂之轩说，"从调查报告来看，崔振是从1996年就入职这家疫苗公司的。当时，这家公司还是国企，后来是在国有企业改革的大潮之中，改成私企的。"

"如果我没记错，我整理的盗婴案，最早的一次就是1996年农历六月初八作案的。"萧望说。

"是的，那个时候崔振刚刚二十周岁，她不知道通过什么关系在疫苗公司里做技术辅助人员。"聂之轩说，"既然是技术辅助人员，自然就有机会在疫苗成品里投放物质。二十多年来，崔振从技术辅助人员，一直做到技术部副主管，然后转到销售部门。出事的时候，是销售部的总经理。"

"也就是说，之前她在技术部的时候，可以在所有的疫苗中投放物质；但现在转了销售，就只能在她自己掌控的渠道内投放物质。"萧朗说，"这就是以前她一直没有暴露，而现在被我们轻而易举找出狐狸尾巴的原因。"

"那么，问题来了。"萧望说，"1996年就开始作案，那么，年仅二十岁，没有经过高等教育的崔振，有能力研制出当时科技最前沿的基因产品吗？我们现在掌握的十来个黑暗守夜者成员，基本都被证实为被盗婴儿，可是，仅仅是我整理出的被盗婴儿就有三十余人，还有我们未知的其他人，那么其他人哪儿去了呢？尤其是近些年被盗的孩子，现在还只是孩子，他们去哪里了？比如，那个体育老师的孩子，究竟经历了什么？还有，杀害崔振的行为显然是杀人灭口。'医生'一直在刻意隐瞒着什么，他究竟在隐瞒着什么？"

“对啊，想起当时的案子，体育老师的叙述，偷孩子的人，轻轻一跃就过了墙头。”萧朗说，“这和你追捕豁耳朵，哦不，麦克斯韦的情景是一样的。”

萧望点点头，说：“崔振只是这个组织的关键人物，她可能现在已经不负责偷孩子了，而是由那些已经‘出师’了的黑暗守夜者去作案。这些孩子应该有一个孤立的安置点，接受基因实验。而组织的总负责，一定不是崔振。而且，这个组织的存在意义不仅仅是为了‘替天行道’，也不是为了帮崔振报仇。负责人一定另有动机。因为负责人看出了崔振的报仇心切，而且崔振暴露的风险越来越大，则做出了‘清理门户’的决定。不过，一些崔振的死忠粉，只听崔振的。”

“对啊，这些早年间被盗的孩子，应该都是崔振负责训练的吧，感情自然不一样。”萧朗说。

“基本上是捋顺了。”萧望叹了口气说，“既然黑暗守夜者的炸弹和枪支都被缴获了，那么现在最要紧的事情，还是要去解救那些孩子。”

萧望的脑海里，浮现出教师夫妇撕心裂肺的哭喊和绝望的眼神，更是能想象出身处水深火热、步步惊心的环境中的孩子们。在启动守夜者组织之前，萧望就发现了盗婴案的线索，所以此时，尽快解救孩子，是他脑子里想得最多的一件事情。

“你说，那个‘医生’的居所，会不会就是孩子们的藏身之地？”萧朗大胆地推断道。

“不排除。”萧望沉吟道，“如果我们的判断都正确的话，崔振并不能实际掌控黑暗守夜者的大本营，而是另有势力在控制。而孩子们，最大的可能就是在他们的大本营里。”

“看‘医生’赶来的速度，估计这个大本营距离西市区集贸市场有骑摩托车一个小时的车程。”萧朗说，“而且大本营附近有煤矿。”

“对了，会不会是‘医生’寄快递的文疆市？”聂之轩问。

“不会，不会。”萧朗说，“文疆市三百多公里呢！除非他能把摩托骑得像高铁一样快！如果‘医生’是在从南安到文疆的路上，也说不过去，因为他骑摩托车的过程中，应该无法观察藏在储物盒里的平板，从而发现信号移动到了他相好的家里。”

“文疆警方那边，有什么动静吗？”萧望想起萧朗之前一直在关注快递的问题。

“快件倒是截了下来，可是对邮箱的监控，迟迟没有动态。”萧朗郁闷地说道。

在萧朗看来，快件被截下来是必然的事情，而根据邮箱去抓到幕后大boss也一样易如反掌。不过，他还是低估了对手的敏感性。

文疆警方在接到萧闻天的联络后，立即派出精干力量，兵分两路予以协查。一路直奔快递中转中心，并根据运单号，找到了那个文件袋，并立即派人驱车赶往南安，将快递送过来进行检验。另一路，则对邮箱地址进行了调查。

经过调查，这是一户普通的人家，并没有异常。警方对户主进行了调查，发现户主居然还是文疆市公安局的民警。又绕了很多圈子，才知道民警的这户住宅一直是长年出租的。再去找民警调查，发现租户一直是通过某中介公司来租这个房子，而中介公司则声称这个租户一直是从网上交易并提交租金的。

也就是说，租房子的，似乎是一个虚拟人。

这还不算夸张，夸张的是，民警秘密对这处住宅进行了勘查，发现这个住宅是长年无人居住的状态。住房子的，也是一个虚拟人。

事情至此，基本已经有了定论。租房子的人，不过是使用这间住宅的邮箱传递信息而已。而想通过邮箱来找到租房子的人，所有的线索都是断的。唯一的希望，就是派民警长期守候这个邮箱，抓住来取件的人。

因此，萧闻天决定，临时伪造出一份邮件，并于明天早晨投递到邮箱，然后派人守候，看能不能发现和抓住来取件的人。

这个结果听起来并不那么差，不过，在萧朗看来，没有直接抓到幕后大boss，已经是很差的结果了。

“邮件送到的话，会直接送去南安市公安局刑事科学技术研究所。”聂之轩说，“到时候会有专家负责拆封邮件，并检验查看里面的内容。唐铛铛留在市局进行平板电脑和U盘的检验，如果有什么消息，会赶回来和我们会合。”

“凌漠和子墨那边呢？”萧望看着窗外的夜色，问道，“天都黑了，他们还没结束吗？”

“按照计划，他们应该是和盲女进行谈话，如果效果不好，就会就地等待搜查令，对盲女家里进行搜查。”聂之轩说，“看能不能从‘医生’在盲女家居住的时候遗留下来的生活用品中找到线索。”

“嗯，那现在我们能做的，只有等待了。”萧望说。

“来来来，我们来赌一下，是铛铛先回来，还是凌漠先回来。”萧朗学着电视上的样子，说，“我做庄，各位押大还是押小？我押凌漠先回来，大小姐从小就最磨叽。”

话音还没落，唐铛铛就出现在了会议室的门口，夹着一台粉红色带有Hello Kitty图案的笔记本电脑。怎么看，这台萌萌的电脑，都不像是能破解诸多密码，能攻入任何一个网站的电脑。

“你是在说我吗？”唐铛铛柳眉倒竖。

“没，没有啊。”萧朗装作若无其事地摆弄着手中的激光笔，其实面颊已经涨得通红。

“怎么样？铛铛，有发现吗？”萧望起身迎接唐铛铛。

唐铛铛淡定地点了点头，说：“主要有两个方面的发现。”

“嗯，你慢慢说。”萧望给唐铛铛倒了杯茶。

“第一个，就是刚刚送到南安市局的快递。”唐铛铛说，“我们用X光机检验了，里面没有金属物，所以也就没有什么危险了。拆封之后，看到里面是一张纸和一根透明的、小小的、锥形的管子，带盖子的那种。感觉是高中生物实验课会用到的东西。”

“嗯，那是离心管，DNA实验室最常用的容器了。”聂之轩解答道。

“哦，是，离心管。”唐铛铛说，“傅阿姨看到管子里有半管血一样的液体，就直接拿去进行DNA检验了。然后，那一张纸上，写着一串数字，他们不知道怎么破解，就给我了。”

“然后你破译出来了？”萧朗瞪大了眼睛期待好的结果。

唐铛铛看了看他，还有些嗔怒地说道：“我最磨叽，我哪有那么大本事！”

萧望见两个人还像小孩子一样生气，知道唐铛铛大致已经从悲痛中走出了大半，还是略感欣慰的。

唐铛铛接着说：“没有其他的参照物，其实我也没本事破译一段专有的密码的。不过，这个巧了，我一眼就能看出这是黑客常用的13变位密码转变过来的一种数字代码。我以前感兴趣，还专门研究过。所以，我就尝试着翻译了一下。翻译出来以后，就知道我的翻译是对的。”

“翻译出什么了？”萧朗问。

“应该是一句话：故地灭迹正在扫尾，蚁王已可不靠药物存活，已从临时点向你处转移。”唐铛铛对着一张白纸念道。

“这是啥意思啊？”萧朗跳了起来，说，“故地是哪里？临时点又是哪里？还有蚁王？在做动物实验吗？”

“故地和临时点似乎是两个地方，而且他们似乎正在所谓的故地里灭迹？”聂之轩皱起眉头思考着。

萧望说：“没有甄别依据，我们查不了。”

“又是没办法，唉。”萧朗叹了口气，又像是想起了什么，问唐铛铛，“你刚才说，有两件事情，那还有一件事情，是什么？”

“就是平板和U盘。”唐铛铛说，“平板我进入了存储器，看了一下，系统基本是破坏了，但是里面安装的软件，只有地图。”

“对呀，只要在硬件里改装信号接收装置，配合地图软件，就可以定位了！”萧朗说，“那我们是不是还能定位到黑暗守夜者的信号？”

“这个是需要他们开机才能实现的。”唐铛铛说，“除了我们缴获的两枚设备，其他设备都没信号。不过，我已经把平板和南安市公安局的一台机器连通了。如果这台平板能接收到新开机的设备信号，南安市公安局的报警系统就会响。”

“这个希望不大。”聂之轩说，“我之前说过，他们已经有戒备了，不会再开机了。或者说，他们很有可能都已经启动了设备的自毁功能了。”

“那 U 盘呢？ U 盘总有发现吧？”萧朗问。

“U 盘里是两个文件夹和一个隐藏文件夹。”唐铛铛打开自己的电脑，投影在幕布之上，说，“第一个文件夹的标识是一个六角星，也就是咱们守夜者的标志。第二个文件夹的标识是一个书包。而隐藏文件夹我没有发现被打开过的痕迹。”

“这就是他们的资料啊！”萧朗说，“前面的肯定是‘出师’了的成员，后面的，肯定是学员，也就是还没有‘演化’好的成员。那个隐藏文件夹没被打开？难道是‘医生’没有发现这个文件夹？”

“看起来应该是这样。只可惜，U 盘损坏很严重，第二个文件夹打不开了。而隐藏文件夹我也花费了很长时间才解开第一层，发现里面还有两个子文件夹，一个写着‘一号任务’，另一个写着‘二号任务’。这两个子文件夹被多重加密，非常难以破解，我需要再多一些时间才能打开。”唐铛铛就像已经忘记了生气，略微沮丧地朝萧朗看了一眼。

“没关系，第一个文件夹能打开也行啊。”萧朗摩拳擦掌。

“第一个文件夹里，也有问题。”唐铛铛说，“明明可以看到十七个文件，但只能打开三个。第一个，是一个 EXE 文件。这个我分析了，是他们自己制作的一个执行程序，能打开其他资料的执行程序。其他的资料，都有特定的文件格式，用普通软件是打不开的。可能就是这个 EXE 文件有问题，我安装上之后，只能打开两个文件。”

说完，唐铛铛在幕布上投影出两张并排的图纸。

两张图纸上，都是一个五边形，而在五边形之内，似乎分成了五个象限，每个象限有不同位置的标点，五个标点又被直线连接起来，形成不同的形状。

“这是什么？”聂之轩看得一脸茫然。

“这，这不就是‘吃鸡’的图谱吗？”萧朗说，“我们打游戏的时候，经常会有统计。比如‘吃鸡’的时候，就会在个人战绩里，根据你的游戏记录画一个五边形象限的数据图。根据生存、吃鸡率、积分、支援、战斗五个项目指标，画一个五边形。总之，就是对每个人的具体属性进行一个直观的描绘吧。”

“不管‘吃鸡’还是‘杀鸡’，看起来这些图纸，正是对每一名黑暗守夜者成员能力的描绘。不过，你发现没有，他们顶多是一两项指数会很高，但其他的都很低。”萧望说，“这说明，他们也很关注每个人的属性变化，更加印证了他们进行的，是医学实验。这种违背伦理和法律的医学实验，是要坚决遏制的！”

“而且，你们看，”唐铛铛用软件操作了一下，说，“这个软件应该是可以编辑这些图形的，只要能输入管理员密码，就可以对里面的指标进行调整。”

“是了，他们在随时监控孩子们的变化，所以使用的并不是简单的只读文件。”萧望说，“那具体每个象限代表了什么，能从软件后台看出来吗？”

“这个软件很复杂，我没敢随便就分析。”唐铛铛说，“我找了几个网络信息界的朋友，准备一起研究一下，看能不能破解这些图形背后的密码。还有，因为U盘受损，我恢复得并不好，我也想进一步恢复，看能不能把这些资料都打开。”

“这个很重要。”萧望点头说，“黑守的运行模式以及内部成员的评估体系可能都在这些资料里面了。”

“整个恢复程序，还是挺复杂的，那我去张罗了。”唐铛铛合起了笔记本，站起身说道。

“晚上了，回去睡一觉，明早再张罗。”萧朗嚷嚷道。

“嘁。”唐铛铛似笑非笑地瞪了萧朗一眼，转身离开。

萧望也默默地笑了，这么多天过来，唐铛铛开始慢慢恢复成过去的唐铛铛了，也算是其中的一个牵挂可以慢慢放下了，不然他的脑子里，实在是有太多事情了。

他的心情也就欣慰了一小会儿，电话又响了。电话里，是程子墨慌张的声音。

“我发定位给你们，凌漠出事了！这地方，我也不知道是什么地方，好像是个……福利院吧。”

3

“这个急救常识，你也应该是知道的。在人晕倒之后，首先要检查患者的意识是否存在，呼吸、心跳是否存在。只有毫无意识、无呼吸、无心跳的时候，才可以做 CPR！”聂之轩指教着程子墨，“凌漠明明有呼吸、有心跳，这说明他只是晕厥，你慌什么？”

“我主要是太紧张了，这鬼地方看起来就挺恐怖的，他再一倒，我有点……”程子墨辩解道。

“害怕吗？”萧朗打趣地问道。

“没，我怕什么？你也不看看我是做什么的！我就是有点紧张。”程子墨白了萧朗一眼。

“乱做 CPR，不仅起不到急救的效果，关键还有可能造成患者的二次伤害，比如肋骨骨折。最严重的结果，还会让原本正常跳动的心脏出现抑制，导致死亡。”聂之轩把气氛拉回了严肃。

“我做了几下，就意识到了这一点，就没继续了。”程子墨低头认错。在她的心目中，聂之轩像是大哥哥，更像是严厉的老师。

“CPR 是什么？”萧朗问道。

“心肺复苏，呃，简单说就是胸外按压和人工呼吸。”聂之轩说。

“人工呼吸？”萧朗不怀好意地重复道。

“不要乱想，没有！”程子墨飞快地说。

“究竟是怎么回事？”萧望一边看着聂之轩和萧朗把凌漠抬去车上，一边问程子墨。

凌漠和程子墨负责在西市区盲女的住处做工作。凌漠运用自己的心理学知识，辅助程子墨对盲女进行了询问。虽然盲女是盲人，但是她眉眼清秀，而且智商还是很正常的。和程子墨交流起来，也丝毫没有障碍。

凌漠和程子墨冒充“医生”的朋友，来给她带话说“医生”真的很忙，不能来看她，所以嘱咐带来了很多生活用品。盲女就默默地流眼泪，说“医生”已经很久没有回来了。上次回来，他开了自己的车回来。虽然那车感觉很吵，而且盲女在屋内都能闻见车上似乎有异味，但是至少是自己的车。那次回来，几乎没有过多的交流，“医生”在院子里忙活到很晚，可能是在洗车吧，然后就睡觉了。在盲女没有起床之前，“医生”就离开了。给盲女的感觉，他是心事重重。

可能因为是年龄相仿的女人，所以，盲女和程子墨聊了大约两个小时，把自己和“医生”相识、相知、相爱的全部过程和盘托出。从盲女对“医生”的认知来看，她并不知道“医生”患有唐氏综合征，也不知道他具体的信息。盲女只知道他姓田，别人都喊他田医生。在市里某个大医院上班，工作非常繁忙，经常要当住院总医师，所以不能回来和她团聚。但是田医生一旦有时间，就会赶回来，带来很多生活用品和零食。总之，田医生对她相当好。对于一个父母早逝，从不和邻居多交流的内向女子来说，田医生就像是一股暖流，让她欲罢不能。

问来问去，都是一些感情上的、生活上的细节。而凌漠清晰地判断，盲女是真的对“医生”一无所知。因为她的微表情、微动作和微反应都没有任何说谎的迹象。既然是这样，聊天就没有必要再进行下去了。

在搜查令获准后，凌漠向盲女提出，“医生”要他们来帮助寻找一些东西。盲女也毫无遮掩地指了指内间，非常配合地引导凌漠对“医生”住在这里的时候所在的房间进行搜查。

房间里都是一些很普通的日常用品，凌漠和程子墨耐心地寻找着线索。衣服、鞋子、牙刷、毛巾，这些物品似乎根本就看不出任何异常。找了十分钟，他们都没能找出什么有价值的线索。

倒是盲女像是感受到了房间里沮丧而又尴尬的气氛，说：“你们要找的，是不是田医生藏起来的东西？”

“对啊，这次他让我们给他带回去，但没说是什么。”凌漠赶紧应声。其实他自己心里也知道这个谎有多拙劣。

不过盲女似乎通过聊天，对他们已经充分信任了，于是摸摸索索地来到了一张双人床，探身到床下，拖出了一个小方盒。

“那天他回来，藏在这里的，他以为我不知道，所以，你们也别说。”盲女微笑着说道。

凌漠看着那个有些年代的木质小方盒，左右端详着，甚至凑近了用鼻尖嗅了嗅。

“这是什么啊？”程子墨小声嘀咕着，还没等凌漠说话，就一下打开了方盒。

若不是程子墨见多识广，这一打开，就得把盒子扔出去。盒子里，是一堆发黄的白骨，人类的白骨。

“骨灰盒啊，这是。”程子墨此时已经避开盲女，小声地和凌漠说着，“啊，不是骨灰，是尸骨盒啊。”

凌漠也不知道在想些什么，皱着眉头看着这一盒白骨。尸骨显然已经完全白骨化很多年了，早已没有腐臭的气息，取而代之的，是常年在阴湿潮冷的环境中而出现的霉变气味。

“这是孩子的尸骨！”程子墨戴上手套，从盒子里捧出放在最上面的颅骨，左看右看，说，“看起来，也就十岁。这个‘医生’为什么要藏一个很多年前的孩子的尸骨？是为了做实验吗？”

凌漠摇了摇头。

因为颅骨被程子墨从盒子里拿了出来，狭小的盒子瞬间显得宽敞了许多。就是这么一宽敞，凌漠发现尸骨的下面，似乎垫着一张纸，而这张纸并不是普通的纸，而是画有地形的地图。

凌漠连手套都没戴，直接伸手进盒子，把地图拽了出来。

“地形图？”程子墨对地形也是极为敏感的，她站在凌漠的身边，观察着地形图。

地形图上标着一些小路的路线，在小路的尽头，画着一个红圈，红圈里有十几个红色的十字架，而其中的一个十字架被另外标明了蓝颜色。

“这，这画的都是什么？”程子墨说，“这么多加号。”

凌漠默不作声，皱起了眉头，认真地盯着地形图，像是石化了一般。

“摩托车，煤渣，安桥县，桥南镇。”凌漠皱着眉头左右看着。

“啥意思？”程子墨问。

“还记得我们办过的高速闹鬼的案子吧？”凌漠说。

“记得啊，然后呢？”

“中间我们去探查的时候，到矿业局看过安桥县所有国有煤矿的地形图。”凌漠说。

“然后呢？”程子墨歪着头说。

“这个地形有特点，三座山，凹地是池塘，我记得。”凌漠简短地解释道。

“别开玩笑了！所有煤矿的地形图！那么久了！你还记得？”程子墨完全不信。

凌漠没有辩解，不由分说，拽着程子墨的衣袖就往外走。

“哎，你真记得啊？你是魔鬼吗？还有，你不通知他们吗？”程子墨问。

“我们先去看看，如果我判断得正确再说。”凌漠简短地回答着，把程子墨拖到了车边，驾驶皮卡丘向安桥县驶去。

“说真的，这手画的地形图，你能和几个月前看过一眼的真实地图比对上？”程子墨问。

“我觉得应该不会错。”凌漠摇了摇头，似乎是一脸痛苦的表情。

“你脸好白啊，没事吧？”程子墨伸手探了探凌漠的额头，并不热。

凌漠侧身避过，说：“坐好。”

大约一个小时的车程，皮卡丘来到了安桥县桥南镇的一个煤矿上。煤矿一般都属于矿业局的地盘，不属于地方政府管辖。为了不打草惊蛇，凌漠并没有去矿上求证地图的真实性。凌漠拿出尸骨盒内的地形图认真地看着，然后左顾右盼地辨明方位。

少顷，凌漠指了指一条小路，说：“来，从这边走。”

“这条路好深啊，天都要黑了，你看是不是要通知他们？”程子墨说。

“你是警察，你怕吗？”凌漠反问。

“这有什么好怕的。”程子墨硬撑着，和凌漠一起沿着小路向看不清的小山里走去。

越走，凌漠越是沉默，他的表情越凝重，或者说是越痛苦。在穿越了两条小溪，翻过一座小山之后，他们来到了一个小树林里。而这个小树林，分明就是一个野坟场。树林里凌乱地堆着十几座土堆，虽然没有墓碑，但也可以猜到那是一座座的孤坟。

凌漠的表情更加痛苦，他踉踉跄跄地走到其中一个被挖开的土堆前，蹲下来，轻轻地用手抚摸了土堆上的泥土，说：“错不了，这应该是黑守大本营掩埋尸体的地方。‘医生’从这里偷走了一具埋葬很多年的尸骨。”

“他们要掩埋什么尸体？”程子墨莫名其妙。

“不远了。”凌漠没有回答程子墨的问题，似乎使了很大的力气，才重新站起身来，领着程子墨穿越树林，沿着小路走上一座小山坡。这里是高点，视野很好。

虽然处在夜色当中，但他们似乎可以看见远处有一座小院，院内有一座三层楼的建筑物，但是因为建筑物和院子内没有任何灯光，所以也看不真切。

凌漠抬起胳膊指了指远处的小院，摇晃了几下，想说什么，但没有说出来，一头栽倒在地上。

这才发生了之前的一幕。

“凌漠那小子没事吧？”萧朗趴在草堆里，注视着不远处的小院落，“他可不能出什么事。”

聂之轩沉默了一会儿，说：“现在还不清楚，你哥会照顾好他的，在医院全面检查后，才能知道他突然晕厥的原因。”

不一会儿，程子墨从身后弯腰走了过来，说：“我去调查了，有附近的工人说，这是一家福利院。”

"福利院？矿上为什么有福利院？"聂之轩惊讶地问道，随即想了想，又说，"煤矿的地盘不属于地方政府管理，在这里如果真的设置了一个福利院，很有可能变成一个矿上没工夫管、地方没权力管的两不管状态。"

"福利院里有小孩，就是很正常的一件事情了。"程子墨补充道。

"嗯，没错了，这里就是黑暗守夜者的大本营。"萧朗肯定地说，"就是那个什么故地，或者是临时点？我们是不是要赶紧进去看看？看看里面究竟是已经被灭迹扫尾的故地，还是藏匿'蚁王'的临时点？"

"有道理，这也是'医生'要挖出尸骨的原因，可能是要'带走'某个人。"聂之轩恍然大悟，"不知道他们灭迹完成了没有。"

"特警到位了没有？"萧朗问。

程子墨点了点头。

萧朗一手拔出手枪，一手拿着对讲机，说："行动！"

夜色之中，安静的小院附近，不知道从哪里冒出来那么多端着微型冲锋枪的特警。他们以查缉战术的队形，迅速朝小院靠近。不一会儿，整个小院就被完全包围了。

萧朗持着手枪，带领一队特警从小院的大门破门而入，迅速对小院的各个角落和三层楼房进行了搜查。

可是，这座孤零零的建筑，早就已经人去楼空。除了还残留着一些生活用品之外，根本就看不出这里曾经有人居住。

小院不大，但是从地面上残留的痕迹来看，院落里曾经安置了不少器械，因为此时器械都已经消失不见，所以也无法判断这些器械究竟是什么类型的器械。但是从泥土上的深坑可以看出，一定不是类似幼儿园里的滑梯玩具。

小院的一端，是一座三层楼的建筑，通电都是正常的。萧朗和特警们打开电灯，对三层小楼进行了逐层的排查。而打开电灯之后，最先映入大家眼帘的，是墙壁上的三个大字："守""夜""者"。这三个字不知道原来是什么材质，此时已经被卸下带走，留下了墙壁上的三个字的空心痕迹。

三层楼的一层和二层，有各种各样不同的房间，房间的一面墙壁上，还有黑板。看起来，就像是教室。教室里并没有课桌椅，但从地面上的痕迹来看，地面上应该曾经有海绵垫，只是现在都已经被撤走了。从灰尘的痕迹可以判断，这些海绵垫撤去的时间并不长。

三楼的各个房间，应该是寝室，所有房间里面的双层木床都没有撤走，但是所有的被褥都已经消失不见。木床也有区别，一半的房间是小床，应该是未成年的孩子睡的，而另一半房间则是大床，是成人睡的。

成人睡的房间里，有一些联排的文件柜，文件都已经撤走。但是从地面散落的一些纸张来看，这次撤离是非常仓促的。

三楼走廊的尽头，有两个房间与众不同，因为都安装着铁质的防盗门。不过这种老式铁质防盗门的门锁对程子墨来说，实在是小儿科。

虽然程子墨很快打开了两个房间的防盗门，但大家还是有些失望。因为和其他房间一样，这两间房间不仅没有人藏身在内，而且里面的物品也都已经转移了。

不过，从残留的痕迹来看，这两间房间很不简单。其中一间，不像是寝室，而像是一间办公室。虽然办公桌和文件柜已经被挪走，但是在墙壁上和地面上依旧留下了清晰的轮廓。而另一间，则只有一张床。

这张床没有被挪走，但是看起来已经锈迹斑斑。以聂之轩的经验来看，这至少是二十年前的医院才会使用的病床。床面是铁丝网的，上半截是活动的，可以通过手摇柄控制掀起一个不大的角度。

床的周围应该曾放置过各种各样的仪器，留下一圈灰尘的印记，当然，此时仪器也都已经被移走了。

聂之轩像是想起了什么，他用生物检材发现仪照射着陈旧的铁丝网床面，然后从物证箱里拿出棉签，在几个地方仔细地擦拭提取。

“走吧，他们太狡猾了，不管他们的灭迹行动完成了没有，至少这里是没有人了。”萧朗收起了手枪，失望地说道，“我们回去连夜检验一下从这里找到的线索，然后碰头。”

4

深夜两点半，守夜者组织会议室里。

程子墨最先发言：“这个福利院位于三个矿区的正中间，所以不仅仅是矿业局、政府两不管地带，更是三个矿区三不管地带。因为地处非常偏僻，所以即便是周边的矿工，都不太清楚里面的情况。不过，从我的调查来看，有几个年纪大的矿工反映，这个福利院存在于这个地方至少二十年了，虽然一直都不太和外界有什么接触。”

“和黑暗守夜者的成立时间吻合了。”萧望点头认可道，“所以，这就是信中所说的‘故地’，也就是黑守存在于世间二十多年的大本营。可是，临时点又是哪里呢？‘蚁王’又是什么？”

“完全不和外界接触，是不太可能的吧？”萧朗问道。

程子墨点点头，说：“是啊，比如到矿上去交水电费什么的，都是由一个大妈去。从描述来看，就是普通到没有任何特征点的人。但和外界的接触，也就仅限于此。我趁着睡觉时间之前，对周围矿上二十多人进行了调查访问，基本得到的结论就这些了。哦，有一个矿工反映，这两天总有卡车和垃圾车停在福利院门前，我想，应该是搬家吧。可惜，矿上的卡车太多了，矿工根本就回忆不起卡车的特征是什么，更不用说车牌号了。”

“不管外界对他们的了解是什么，我们应该有自己的判断。”萧望说，“黑暗守夜者以福利院为掩护，秘密培养那些因基因诱导剂出现症状并被他们偷盗而来的孩子。不仅对他们的基因进行改造和演化，而且对他们的演化能力进行训练和加强。他们从小对孩子进行洗脑，以至于孩子们对‘替天行道’的理念坚信不疑。在基因改造的过程中，有十几个孩子殒命，并被埋葬于不远处的偏僻树林里。黑暗守夜者有专人在福利院对孩子进行训练、观测、考核，并根据他们的指标变化调整演化技术。他们虽然是以崔振或者‘医生’为黑暗守夜者大本营的首领，但是他们的技术能力，应该取决于背后的大 boss，这个人我们还没有线索，但有可能在文疆市藏身。这个，从‘医生’往文疆市邮寄检测血液可以判断。”

“没错。”聂之轩说，“我们从福利院残留的一些文件中，可以印证这些推断。你们看。”

聂之轩从文件夹中，拿出几张纸。这几张纸，都是在福利院遗留下的众多纸张中挑出来的。

其中一张纸，是用手画的五边形，这和唐铛铛破译出来的资料非常相似。另一张纸，写着各式各样的名词，看起来更像是一种进行记忆测试的道具。第三张纸，是复杂的工业器械设计结构图，虽然看不出是在做些什么，但应该是黑守成员设计的某种机械。第四张纸则最有价值，看上去应该是类似于呈请报告审批的纸。拟报人的姓名部分有磨损，并不清晰，但几个审批人的签名还是被保留了下来。审批的人一共有三个，按照顺序，先是“医生”，再是“涡虫”，最后是个阿拉伯数字“8”。

“‘涡虫’肯定就是崔振了。”聂之轩说，“这种动物就是自愈能力强，还记得我们之前说过崔振的自愈能力强吧？”

如果聂之轩的推断不错，“医生”是崔振的下属，而崔振上面，还有一位“领导”。这个领导的签名更像是圈阅，仅仅画了两个罗列在一起的圆圈。

“还有，从挖出来的十几具尸骸来看，都是六岁至十一岁的孩子尸骨。被埋葬的时间，也从十几年到一年左右不等。”聂之轩悲痛地说，“如果我没有猜错，这些应该是实验失败而死亡的孩子。从十几具尸骸中，我们发现有四个孩子的身上存在多处骨折愈合的痕迹。我分析，这和黑暗守夜者严酷的训练有关。”

“孩子们的死因可知道？”萧望也掩饰不住内心的愤怒和悲痛，说道。

“没有办法知道。”聂之轩说。

“我们要把这个‘老八’给赶紧抓住。”萧朗狠狠地说道，“只有这样才能尽快解救出剩下的那些孩子。”

话音刚落，傅如熙推门走了进来。

“妈，你怎么来了？”萧朗站了起来。

傅如熙两只眼睛通红，甚至有一些浮肿。从她不自然的走路姿势来看，应该是椎间盘突出的老毛病又犯了。

“送检 DNA 结果出来了。”傅如熙说，“事关重大，我觉得还是来当面和你们说比较好。”

“有发现吗？”萧朗拉过椅子让母亲坐下，给母亲轻轻捶着后腰。

“大发现。”傅如熙说，“你们从现场床面上提取到的检材 DNA 和快递中离心管里的血液 DNA，比对一致。”

“是哪个丢失了的孩子的 DNA 吗？”萧朗急着问。

傅如熙看着小儿子，摇了摇头，说：“是老董的。”

萧朗一惊之下，用力过猛，捶得傅如熙眉头一皱。萧朗赶紧帮母亲揉着后腰，说：“这……这怎么可能？董老师真的没死？”

“看来，真的没死。”聂之轩低头沉思。

“难道，‘老八’就是董老师？”萧朗说，“董老师才是黑暗守夜者的幕后大 boss？”

“不可能，董老师四肢都没了，怎么签字？”聂之轩说。

“那，有可能是假肢。”萧朗看着聂之轩的假肢说道。

“不，我们推断过，是幕后大 boss 指示‘医生’杀掉崔振的。如果董老师是幕后大 boss，怎么可能和自己的亲生女儿过不去？虎毒不食子！而且，崔振是为了给董老师和董乐报仇才会逐渐暴露，而黑暗守夜者内讧的原因，就是崔振的逐渐暴露！这个在逻辑上实在说不通。”萧望分析道。

“这可不好说。”萧朗说，“既然是坏人，就有可能坏到我们无法想象！”

“可是，董老师并不懂得基因学，他不可能掌握基因改造的技术。”聂之轩说。

“不管他是雇用了懂得基因学的人，还是自学了基因学，都是可以解释的。”萧朗说，“毕竟对方也给自己的组织起名为‘守夜者’，如果不是对守夜者组织怀有感情的人，怎么会这么做？”

“老董应该不是这样的人。”傅如熙说，“即便是你姥爷知道这件事情，他也会坚信老董不会做出这样的事情。”

既然谁都说服不了谁，会场顿时陷入了死寂。

“妈，你快回去睡觉！你看你，这都老了十岁，看起来就像四十岁了！”萧朗贫嘴道。

“你都二十多了，你妈才三十啊？”傅如熙笑着轻轻地拍了一下萧朗的后脑勺。

凝重的气氛，因为萧朗的贫嘴，稍微缓解了一些。

“你们回去睡觉吧，保存体力。革命尚未成功，同志仍须努力。”萧望说，“看起来，我们的对手比想象中要复杂很多。我们要将他们一网打尽，还有很多路要走。”

“我们去睡觉？那你呢？”聂之轩抬腕看了看手表。

“我要去医院，凌漠还在进行全面的检查。”萧望说，“医生说，他可能脑子里有一些问题，所以在进行很多检查。我估计，现在差不多结果也出来了。我放心不下，得去看看。”

“那我也去。”程子墨、聂之轩和萧朗异口同声道。

凌晨三点，南安市市立医院门诊大楼里，已经没有了平时的熙熙攘攘。除了急诊部以外，其他的门诊部门都已经停诊，所以整个楼道里都黑洞洞的。

在萧闻天的协调下，市立医院的院长亲自加班，叫来了神经外科、放射科的负责人，共同对凌漠进行了全面的检查。此时，检查结果已经全部出来了，门诊大楼会议室里，围坐着几个人。面色疲惫的市立医院院长、神经外科和放射科主任坐在萧望等人的对面，把一大堆检查资料平铺在会议桌上。

聂之轩手持着一摞检查报告，一张一张地看着。

“CT、MRI、DSA[1]，我的天哪，这都是些什么东西啊？当个医生真累。”萧朗说，“要是我，就只知道一个 CT 是什么。院长叔叔，你先告诉

1　CT，计算机层析成像；MRI，磁共振成像；DSA，血管造影机。它们都是医院用于检查人体多种疾病的设备和技术。

我，凌漠那小子还活着没？”

院长虽然面色凝重，但是依旧很轻松地说：“不至于，不至于，少量的颅内出血，导致暂时性昏迷。估计明天就能苏醒了。”

“颅内出血还不严重啊？”萧朗张大了嘴巴。

“如果量少，确实是没有问题的。”聂之轩说，“如果是外伤导致的颅内出血，也就是个轻伤一级。”

“呃，他这个不是外伤所致的。”院长说，“他这个是，自发性的脑出血。”

“可是他才二十多岁。”聂之轩一脸惊讶地说，“难道是，血管畸形？”

“这个病人，情况还是比较奇怪的。”院长还是面色凝重，“你不要着急，我们得慢慢说。”

“我们还是想最先知道，他究竟是怎么了，是不是肯定没有生命危险，会不会有后遗症？”萧望打断了院长的话。

“嗯，怎么说呢。”神经外科的主任看见了院长的眼神，接话道，“病人晕倒的原因，是他的大脑海马区、杏仁核附近，有一个范围较大的海绵状血管瘤。这个血管瘤的某个部分出现了小的破裂，出血了，压迫了脑组织，造成了一系列的神经系统症状体征。这种血管瘤造成颅内出血的情况比较少见，而且即便是出血，通常程度也不严重。一般情况下，只要破裂的区域距离大脑重要功能区域较远的话，是不会危及生命的。这次，他的出血也不多，都不需要手术治疗，只需要保守治疗一些日子，颅内出血就会自己吸收。但是，你们知道的，只要是脑血管畸形，那就等于是在脑袋里装了个定时炸弹，而且他这个比较特殊，谁也没有把握敢说他下次破裂不会在危险的大脑功能区域，从而危及生命。”

“所以说，这次治好了，不代表下次不会把小命丢了？”萧朗问道。

医生点了点头。

“那就不能根治吗？你刚才不是说这种病不严重吗？”萧朗着急地问道。

“我们也在商讨一些治疗方案，正常情况下，这确实是一种良性疾病，是不需要治疗的。但是他这个血管瘤的位置……呃，以及这个病人个体的特殊情况，所以，会比较麻烦。”神经外科主任解释道，“我想想怎么和你们解释这个问题。”

“可是，我们和他共事这么久，也没有发现他有什么异常情况啊。”萧朗忧心忡忡，“他天天活蹦乱跳的，不像有肿瘤啊。”

“这个，血管瘤不是传统意义上的肿瘤。血管瘤是由众多薄壁血管组成的海绵状异常血管团，是一种缺乏动脉成分的血管畸形。畸形，不是肿瘤。这种血管瘤吧，有百分之四十的患者是没有任何症状的。”神经外科的主任说，“即便是有症状，也是头痛、头晕等一些并不严重的神经系统症状，引不起什么注意。更严重的，也就是偶发一些幻觉什么的。最严重的，才会有颅内出血。”

“偶发幻觉？”萧朗瞬间想起了他们刚刚进入守夜者组织进行培训的时候，那场劫持演习里，凌漠的失态表现。是啊，一个演习而已，那么假、那么夸张的演习，他突然就失去了自控力，这不是幻觉是什么？

“这些医学专业的问题，没必要细说。回头我会联系一场专家会诊，想办法对他的情况进行治疗。魏主任，你挑重要的说。”院长挥了挥手。

神经外科魏主任点点头，说：“我们现在关注的，也比较纠结的，是这个病人的大脑结构比较奇怪。”

“怎么奇怪？”程子墨问。

“呃，怎么说呢？他是不是平时记忆力非常好？”医生问。

“那是！他那记忆力不是一般的好。”程子墨说，“不说过去的事情，就说刚才啊，我和他去办案，他仅仅是根据一张手绘的并不准确的地图，就能联想出很久之前他看过的一大张地图中的一个小区域，然后还能比对认定，还能到实地去找出路来。你知道吗，地形图多复杂啊，就是放在你眼前比对，你也未必能比对正确！”

“是啊，这个真是必须有过目不忘的本事加上超强的地形敏感度才能做到。而且这种记忆力，不仅仅是记住，而是任凭时间经久，还能对所有的细枝末节都记忆犹新。”聂之轩想了想，似乎明白了什么，接着说，“所以说，他的记忆力超群，是和他海马区的海绵状血管瘤有关系？”

“不是。”放射科主任摇头说，“是他的海马区、杏仁核附近的脑组织异常发达，所以我们看这张磁共振的片子都觉得很奇怪。反正我是从来没有见过这样发达的局部脑组织。”

“也是因为这个原因，我们对他的疾病进行根治的治疗方案就会显得很冒险，不手术，有血管畸形破裂的危险，手术了，怕损害其对应的脑组织。就连伽马刀[1]，也似乎有很大的风险。”神经外科的主任补充道。

“治疗的事情，可以先放一放。我们现在讨论的是，因为海马区、杏仁核附近的脑组织发达，所以他的记忆力好？”聂之轩顺手抄起了桌面上平铺的 MRI 片子，在阅片灯下观察。

“我推测是这样的。”神经外科的主任说，“你是学医的，你是知道的，我们的记忆力，和很多大脑区域有关，但是最关键的，就是海马区和杏仁核了。”

沉默了一会儿，聂之轩用手指划着桌面，用低沉的声音，如数家珍般地说道：“幽灵骑士脑电波异常，却伴有大脑软化灶而引发的癫痫；山魈面部软组织可以滋生超量的玻尿酸，但颈动脉却有严重的硬化斑块；皮革人皮肤硬，内脏黏膜却薄。其他几个人，我们也有相对应的怀疑，但是不能确证，于是没有和你们通报。‘麦克斯韦’擅长制造各种机械，却有肺动脉瓣狭窄；金刚体质超群，但经过切片检验，我们发现他肾功能不全，是个尿毒症患者；‘壁虎’虽然善攀爬，但从解剖情况来看，他很有可能是严重的风湿性心脏病患者；就连那个‘医生’也是会缩骨、善医学，可却是个唐氏综合征患者。”

“嚯，你说的这些毛病，个个致命啊。”院长不懂他们在说什么，插话道。

“啥意思？”萧朗瞪圆了眼睛。

1　伽马刀是立体定向放射外科的主要治疗手段，是根据立体几何定向原理，将颅内的正常组织或病变组织选择性地确定为靶点，使用钴 -60 产生的伽马射线进行一次性大剂量的聚焦照射，使之产生局灶性的坏死或功能改变而达到治疗疾病的目的。

“每一个经过基因改造的孩子，虽然可以获得一部分功能上的进步，但随之而来的，是致命的疾病。这些疾病多是遗传病、先天性疾病，但只要是遗传病，就与基因有关。”聂之轩说，“所以，我怀疑这些看似遗传病的病，并不是先天带来的，而是改造的副作用。比如，‘医生’的唐氏综合征，看起来就有并不典型的面容和不应该那么好的脑部发育情况，我们怀疑他的唐氏综合征并不是像普通的唐氏综合征那样与生俱来，而是后天演变的。”

“我们不是在说凌漠的病情吗？”萧朗心里似乎已经明白了怎么回事，但还是忍不住问了一句。

聂之轩转头问神经外科的主任，说：“魏主任，您知道这种海绵状血管瘤的病因主要是什么吗？”

“这种疾病的病因，也是有先天学说和后天学说之争的。”神经外科的魏主任说，“我个人比较倾向于先天学说。因为我们接触的该病的婴儿患者通常有家族史，这就支持先天性来源的假说。近年来研究证明海绵状血管瘤为不完全外显性的常染色体显性遗传性疾病，基因位于染色体 7q 长臂的 q11q22 上。”

“也就是说，这疾病和基因有着紧密的关系，并且被基因学印证了。”聂之轩沉吟道。

魏主任茫然地点了点头。

“有演化能力就有相对的副作用，使用演化能力越卖力，其副作用的表现就越激烈，以至于海绵状血管瘤并不常见的颅内出血的症状，都出现了。”程子墨也一脸悲伤地沉吟道。

“嗨！不要说鸟语了！能不能说一点我们听得懂的？”萧朗拍着桌子腾的一下站了起来，嚷嚷道，“有话明说！”

聂之轩慢慢地抬起头，和萧朗对视着，少顷，低声说道：“凌漠，他，很可能是演化者。”

尾声

心里仿佛黑牢里的禁锢者，

摸索着一根火柴，刚划亮，火柴就熄了，

眼前没看清的一切又滑回黑暗里。

——钱锺书

一间斑驳的房间。

老式的红漆铁质窗户栅栏和对开式的窗户。

阳光透过窗户，又钻过窗帘的夹缝，投进屋内，在被打扫得干干净净的水磨石地面上，画出了笔直的一条光线。

房间的正中央，摆放着一张普通得不能再普通的住院病床。可是它又是极其不普通的，因为在病床的外面，罩着一个半球形的有机玻璃外罩。看上去，那像是一张被施了法、套上了保护结界的病床，又像是一艘星际飞船的密封舱。

病床之上，躺着一个满头白发、面色蜡黄、满脸皱纹的老人。一张薄薄的被单，从颈部开始，将老人的全身盖住。不过，从那被单上隆起的形状来看，老人只有一个孤立的躯干。四肢位置的被单，都软软地垂在床面之上。

有十几根软管从被单的一角垂了出来，连接着各式各样、形状奇怪的仪器，仪器的屏幕上，跳动着不同的数字。

老人的鼻孔里伸出一条长长的软管，被一个医用铁夹夹在密封舱壁上的一个小门旁边。不仅如此，老人的头皮上，还插着一根静脉留置针，体外的部分，同样被夹在了小门旁边。是啊，一个没有了四肢的躯体，如果要接受静脉输液，不通过头皮针，又该如何呢？

老人微闭着双眼，从他不停闪动的眼睑来看，他的意识是清醒的。他时不时地深深吞咽一下，用以缓解从鼻孔里插入的胃管给咽部带来的灼热感。其实，二十多年来，他都是通过这种方式进食的，早该习惯。不过，这一段时间连续两次“转院”，为了运输方便，他那插了很多年、插拔无数次的胃管被拔除了，又换上了新的胃管，这让他很不适应。

咔咔两声响，房间的大门被打开了，一个魁梧但也苍老的身影走进了房间之内。身影走到了密封舱的一侧，恰好把地面上的那一条光线遮蔽。

“你居然越来越厉害了，不仅连续两次转移都能活下来，而且还不需要我的药养活了。”那人侧过脸，看着密封舱内的十几台模样奇怪的仪器，用沙哑的声音说道。

老人微闭的眼睑开始了剧烈的振动，双侧的鼻翼夸张地张开，他喘着粗气，扭动着脖子。可是，这种扭动只是微微的振动，甚至都做不到将自己的头颅侧倾。更不用说可以控制自己那个失去了四肢的躯干了。

随着老人鼻翼的张开，胃管稍稍移动了一下。在咽部的胃管和老人的声门一起振动，配合着发出了“吼……吼……吼……”的嘶吼声。然而也只是低低的嘶吼声罢了，隔着那层有机玻璃的密封舱，几乎已经听不见了。

“不要每次看到我，都是这副德行。”那人挪了挪步子，来到了密封舱侧的小门旁，一边戴着无菌手套，一边说，“这么多年了，是我养活了你。即便你现在不需要我的药物养活了，你难道能走得出这个玻璃罩？难道你不知道，中国有一句古话，叫好死不如赖活着吗？不管你有多痛苦，至少你还活着嘛。还有什么比活着更重要呢？”

那人戴好了手套，将手伸进了密封舱的小门，拽过胃管，用一个特大号的注射器，向里面注射糊状的物质。因为感受到大量食糜猛然间充斥入胃，老人并没有什么饱食的满足感，取而代之的，似乎是撕心裂肺的疼痛感。老人瞬间皱起了眉头，嘶吼声似乎都变成了哀求声。

“是有一些刺激性，不过你可以换换口味嘛。”那人冷漠地说着。

在注射完食糜之后，他又拉过连接在老人头皮上的静脉留置针，将另一头，插进了一个特大号的真空管中，血液立即自头皮开始向外移动。

老人微闭的眼睛慢慢地眯开一条小缝，黑色的瞳孔透过那条小缝，跟随着软管内正在移动的血液前沿而移动着。

忽然，老人喉部发出的嘶吼声加重了，他扭动着脖子，似乎想要挣脱插在自己头皮上的留置针。可是，这又谈何容易？

“别动！”虽然这种微位移状的振动，并不可能真的挣脱留置针，但是那人还是用沙哑而又冷酷的声音威胁道，“你还长本事了是不？你别忘了，你的小君还在我手上！”

话音未落，老人瞬间静止了，那喉间发出的声音也随之停止。老人微闭的眼睛又睁大了一点，用毫无神采的目光，目送着自己体内的血液源源不断地向外输送。

“配合我，帮助人类完成蜕变，这是会被历史永远铭记的壮举。”沙哑的声音里充满了得意，“这比你二十多年前一直在做的事情，伟大多了。”

老人皱了皱眉头，似乎对这个沙哑的声音充满了厌恶之情。

取完了血，伸在密封舱内戴着无菌手套的手并没有撤回。它们掀开了盖在老人身上的被单的一角，露出了老人已经断裂了的肩关节。

那是一个巨大的没有愈合的创面，表面是黄色和红色夹杂的软组织。创面上渗出的组织液体甚至已经浸湿了床单。

那人将一根手指伸出，轻轻地戳了戳创面的中央。老人立即瞪大了双眼，用那无法放大的声音拼命地哀号着。

像是成功地完成了一个恶作剧，那人扬起了头，夸张地哈哈大笑。

“即便你不需要我的药物了，你没了我一样会死！不要和我作对，我能让你稍微好过一点。”那人得意地说完，将密封舱的小门重新关上。留下密封舱内的老人，重重地喘着粗气。

他转身走到房间的门后，那里放着一台透明的玻璃冷藏柜。柜内，大大小小全是各种对照的样本。有血液，有皮肤，有不知名的组织……

他弯下腰，仔细端详着里面各种各样的对照样本，面容从邪恶到狰狞，又从狰狞变回了平静。他直起身，推门走出了房间。

房间，又恢复了安静。阳光重新在水磨石的地面上形成了一条窄窄的光线，似乎比刚才的那条长了一些。

吱呀一声。

如果不仔细去听，甚至完全听不见。

房间的大门被推开了一条小缝。

小缝里，一只眼睛，正在向里窥探着什么……

（未完待续）

致　谢

《守夜者 2：黑暗潜能》出版后，# 守夜者神秘对手 # 的竞猜活动也随之开启。

从守夜者系列第一部的 # 守夜者谁是卧底 # 活动开始，我就感受到了来自你们的神奇力量。我在书中铺垫的小小细节，都被你们默契地捕捉到；甚至有一些我没有注意到的信息，也被眼尖的你们所抓取。无论在微博、微信还是豆瓣，你们发出的每一篇关于守夜者系列的推理我几乎都看了，你们丝丝入扣的分析，精彩绝伦的脑洞，都让我赞叹不已，甚至还有人发来了图文并茂的推理小笔记，充分展示了一个悬疑爱好者的专业素养——非常感谢你们如此认真的参与，也感谢你们在守夜者系列的成长道路上的相伴！是你们推动了书中人物的命运，让他们的旅程变得更为丰富！

在写作第三部时，和之前一样，我挑选了一些积极参与推理的小伙伴，把他们的名字暗藏在了守夜者系列小说的世界里。当然，还有很多贡献了优秀推理的读者，虽然我无法安排你们在小说中出场，但你们以自己的方式参与了，在这里一起向你们致谢！

特别鸣谢

守夜者外援精英团

（排名不分先后）

何大龙	端木紫璇	陈蛮子	罗　伊
肖　言	乖乖鸭的小窝	颜　宁	
贺七成	肖　蔷	白未晞	

无论黑暗中有什么

我都是你的守夜者

图书在版编目（CIP）数据

守夜者 . 3, 生死盲点 / 法医秦明著 . -- 北京 : 北京联合出版公司 , 2019.12

ISBN 978-7-5596-3792-5

Ⅰ . ①守… Ⅱ . ①法… Ⅲ . ①推理小说—中国—当代 Ⅳ . ① I247.5

中国版本图书馆 CIP 数据核字 (2019) 第 239490 号

守夜者 . 3, 生死盲点

作　　者：法医秦明

责任编辑：李伟

封面设计：Topic Design

北京联合出版公司出版

（北京市西城区德外大街 83 号楼 9 层　100088）

嘉业印刷（天津）有限公司印刷　新华书店经销

字数 313 千字　700 毫米 × 980 毫米　1/16　23 印张

2019 年 12 月第 1 版　2019 年 12 月第 1 次印刷

ISBN 978-7-5596-3792-5

定价：48.00 元

法医秦明所有作品

守夜者系列

无论黑暗中有什么，我都是你的守夜者

第一季《守夜者：罪案终结者的觉醒》

第二季《守夜者 2：黑暗潜能》

第三季《守夜者 3：生死盲点》

第四季《守夜者 4：天演》
正在创作中，敬请期待

法医秦明系列

死亡不是结束，而是另一种开始

万象卷

第一季《尸语者》

第二季《法医秦明：无声的证词》

第三季《第十一根手指》

第四季《清道夫》

第五季《幸存者》

第六季《偷窥者》

众生卷

第一季《天谴者》

第二季
正在创作中，敬请期待。

法医科普书系列

第一季《逝者证言：跟着法医去探案》

第二季《逝者之书》